DAS SCHWARZE KOLLEKTIV
Michael Zandt

art skript
PHANTASTIK
»Verlag/Publishing«

IMPRESSUM

Copyright © 2012 Art Skript Phantastik Verlag
Copyright © 2012 Michael Zandt

1. Auflage 2012
Art Skript Phantastik Verlag | Salach

Lektorat/Korrektorat » Sabine Dreyer
» www.tat-worte.de

Layout, Satz & Cover » Grit Richter
Gesamtherstellung » CPI books GmbH | Ulm
» www.cpibooks.de

ISBN » 978-3-98-1509-23-6

Verlag und Autor im Internet
» www.artskriptphantastik.de
» art-skript-phantastik.blogspot.com

Printed in Germany

ÜBER DEN AUTOR

Michael Zandt, geboren 1967, lebt im Herzen des Stauferlandes. Im Jahr 2011 war eine seiner Kurzgeschichten für den „Deutschen Phantastik Preis" nominiert, im selben Jahr erschien auch sein Debüt-Roman „Hapu – Teufel im Leib".

Alle Personen und Handlungen sind frei erfunden.
Ähnlichkeiten mit realen Personen sind zufällig und nicht beabsichtigt.

Teil I
DIE HORDE

1

Das Spiel ist noch keine zehn Minuten alt. Der Schiedsrichter hat dem Torhüter der Heimmannschaft gerade den gelben Karton gezeigt und wird dafür vom Publikum beschimpft und ausgepfiffen. Der zwei Reihen unter mir stehende ältere Herr nimmt die Verwarnung persönlich. Er brüllt und gestikuliert mit einer Heftigkeit, vor der sein Arzt ihn wahrscheinlich warnen würde. Die weiter unten stehenden Zuschauer rütteln an dem das Spielfeld umgebenden Gitter oder werfen Getränkebecher über die Absperrung.

Ich stehe im rechten oberen Eck des Zuschauerblocks. Soweit abseits wie nur möglich. Ich weiß nicht, wer hier spielt, und ich weiß auch nicht, warum das den Menschen wichtig ist, aber wegen der Menschen bin ich auch nicht hier. Weder interessieren mich ihre Leidenschaften noch ihre Abgründe. Alles, was mich interessiert, ist die Frau, die auf dem Zaun des Nachbarblocks sitzt. Man könnte sie ihrer schneeweißen Haut und ihrer blitzenden Fänge wegen für eine Asartu halten. Die Menschen mögen das auch glauben, ich aber weiß es besser. Dieses Geschöpf, das seiner Umgebung vorgaukelt, es wäre eine gewöhnliche junge Frau, ist in Wahrheit eine der tödlichsten Kreaturen dieser Erde. Oder sollte es doch zumindest sein, denn irgendetwas stimmt nicht mit ihr. Zu meinem unwahrscheinlichen Glück liegen ihre halb göttlichen, halb teuflischen Kräfte in festgeschmiedeten Ketten. Ich kann es spüren. Gut möglich aber, dass ich der Einzige im Stadion bin, der das kann.

Die Frau, von der ein Dämon mir verraten hat, dass sie Hapu heißt, leitet ein seltsames Ritual. Sie hat sich den Rängen zugewandt und kommandiert mit Rufen und Gesten den vor ihr stehenden Teil des Publikums. Unterstützt wird sie dabei von einem bebrillten Menschen von etwa zwanzig Jahren, der ein Megafon in den Händen hält. Gemeinsam motivieren und koordinieren sie die Schlachtrufe der ihnen gegenüberstehenden Meute. Hapu hält die Arme zur Seite gestreckt, um der Menge den Beginn eines neuen Sprechgesangs anzuzeigen. Sie wartet, bis die Aufmerksamkeit des Blockes ihr gehört, dann klatscht sie in die Hände. Erst langsam, dann immer schneller. Der Mensch mit dem Mikrofon skandiert die dazugehörigen Worte, denen schließlich die Gruppe Wucht und Dynamik verleiht.

»SVK! SVK! SVK!«

Während die in meiner Nähe stehenden Zuschauer sich wie schlecht erzogene Kinder benehmen, erinnern mich die Leute im Nachbarblock an Soldaten. Ihre Fahnen sind wie Schlachtenbanner, ihre Sprechchöre gleichen Kriegsgesang. Der dunkle Qualm einer Rauchbombe steigt aus ihren Reihen auf. Der Geruch des Pulvers weckt Erinnerungen von grausamer Klarheit. Das Lärmen der Zuschauer verwandelt sich in das Brüllen und Fauchen von Flammen. Granaten haben den Wald in Brand gesetzt, und das alles verzehrende Feuer erhitzt die Luft so sehr, dass ich kaum noch atmen kann. Der von glühenden Winden angefachte Funkensturm setzt meine Haare in Brand und lässt die Kleider mit der Haut verschmelzen.

Das Wüten des Feuers wird von leisen, kläglichen Lauten begleitet. Sie gehören den von den Flammen eingeschlossenen Tieren. Sie wissen, dass es keine Rettung für sie gibt. Nicht mehr lange, und der Gestank ihrer schmorenden Kadaver wird die Luft erfüllen.

Ich verlasse meinen Platz und dränge in Richtung Ausgang. Dabei muss ich mich zwingen, niemanden zu schlagen oder aus dem Weg zu stoßen. Als ich endlich vor dem Stadion stehe, verliert sich die Vision allmählich. Ich presse meine schweißnasse Stirn gegen einen Pfeiler und schöpfe Atem. Meine Kehle ist so trocken, dass es schmerzt. Glücklicherweise habe ich etwas Geld dabei. Ich krame die Münzen aus meiner Hosentasche und gehe zu dem neben dem Aufgang zu den Rängen stehenden Kiosk. Die dicke Verkäuferin mit der schmutzigen Küchenschürze mustert mich argwöhnisch.

»Ein Bier, bitte.«

»Soso, du willsch a Bier. Wie alt bisch denn, Kerle?«

»Neunzehn.«

»Hosch dein Ausweis dabei?«

»Nein.«

»Dann kriagsch au koi Bier!«

»Dann geben Sie mir ein Wasser.« Ich bezahle, nehme den mir über den Tresen gereichten Becher und trinke in gierigen kleinen

Schlucken. Anschließend werfe ich den Pappbehälter in eine Mülltonne und schaue auf die Uhr. Das Spiel dauert noch etwa anderthalb Stunden. Zeit, die ich nicht hier verbringen muss, habe ich doch gefunden, was ich finden wollte. Unwillkürlich taste ich nach dem in meiner Hosentasche verborgenen, goldenen Nagel. Es ist eine magische Waffe, die Hapu zwar nicht töten, dafür aber in die Hölle schicken wird.

In der Nähe des Stadions befindet sich ein kleiner Wald. Dort gehe ich hin. Ich setze mich ins Gras und lehne mich mit dem Rücken gegen den Stamm einer Birke. Ein weißer Schmetterling kommt vorbei. Ich biete ihm meinen Handrücken an, doch er flattert weiter.

Auch wenn das Fieber der Jagd mich in den letzten Tagen nicht hat schlafen lassen, sorgen die Kräfte der Roten Mutter doch dafür, dass Geist und Körper funktionieren. Müde bin ich trotzdem.

Ich denke an mein Mädchen. Ich denke an ihre lockigen, braunen Haare, das Grübchen über dem Kinn und die mit Sommersprossen gesprenkelte Nase. Wäre sie doch bei mir. Wäre sie doch nicht so verdammt weit weg! Ich schüttele mich und zwinge meine Gedanken in eine andere Richtung. Wenn ich es zulasse, dass der Schmerz mich überwältigt, wird mich das die letzte kleine Chance kosten, sie je wiederzusehen.

Der Wind trägt die Geräusche des Stadions herüber. Wenn man nicht auf den Text, sondern nur auf den Rhythmus achtet, klingen die Anfeuerungsrufe wie ein Gebet.

Ich schließe die Lider und versuche, zu schlafen. Doch statt zu ruhen, machen sich meine Gedanken auf die Reise. Erst wandern sie ziellos hierhin und dorthin, aber schließlich bekommen sie doch eine Richtung. Langsam steigen Erinnerungen aus dem Nebel der Zeit. Sie nehmen mich bei der Hand, küssen mir sanft die Stirn und führen mich an den Tag zurück, an dem alles begonnen hat.

Da war dieses Licht, dessen eisiges Leuchten die schützende Hülle meiner Träume zerbrach. Erst schien die blendende Helligkeit allgegenwärtig, doch bald begann sie, an Intensität zu verlieren und sich zusammenzuziehen. Dort, wo sie wich, ließ sie nichts als Dunkelheit zurück, doch da, wo sie blieb, nahm das kalte Strahlen Gestalt an und wurde zu einem gewaltigen weißen Wurm. Zu einem Geschöpf voll bösartiger Kraft, beschworen zu dem einzigen Zweck: ein göttliches Volk zu vernichten.

Der Wurm wogte vor mir in die Höhe. Sein zahnloser Schlund war so mächtig und tief, dass er einem Mammut Platz geboten hätte. Mir stockte der Atem. Ich wollte fliehen, wollte fort von diesem entsetzlichen Wesen, doch ich blieb, musste bleiben, weil ich der Letzte war, der zwischen dem Angreifer und der heiligen Weide stand. Dem Baum, in dem die Rote Mutter wohnte, dem Ort auch, an dem der Geist des Waldes zuhause war.

Das Untier kroch vorwärts. Was dabei unter seinen massigen Leib geriet, wurde zerbrochen, zermalmt, zerquetscht. Ich hob meine Klingen und rief: »Agrunbar!« Dann rannte ich vorwärts, doch mein Angriff hatte keine Chance. Mit einem Ruck ihres wulstigen Körpers schmetterte mich die Kreatur gegen die den Schauplatz unseres ungleichen Kampfes einfassende Felswand. Mein Blick brach, und mein Herzschlag stockte. Es war vorbei, aber war es das nicht schon zuvor gewesen? Was hatte ich geglaubt, gegen einen Gegner ausrichten zu können, der selbst die Sepuku ins Nichts geschleudert hatte?

Ich war kein Dorn auf dem Weg des Dämons, nur welkes Laub. Gleich würde sich der Wurm in die Erde graben, tief hinab an den Ort, an dem das ewig junge Herz des Waldes schlug. Dort würde er sein stinkendes Fleisch um die Wurzeln der heiligen Weide schlingen und die Unsterbliche ihrer Macht berauben. Unsere geliebte Rote Mutter Agrunbar musste dann schlafen und würde die Wälder nicht mehr schützen können.

Mein Schmerz verging und wich der großen Finsternis. Die letzten Gedanken der Roten Göttin galten mir, ihrem sterbenden Krieger: »Wir kehren zurück, Ariko!«, hauchte sie. »Wir kehren zurück, und wir werden uns rächen!«

Die Finsternis gebar Wärme, und aus der Wärme wurde neues Licht. Wie ein allmählich müder werdendes Herz verging der Rhythmus des Todes, verlor sich im Rauschen des ewig um sich selbst drehenden, ewig in sich wiederkehrenden Universums und wurde schließlich eins mit der Wirklichkeit. Ich schlug die Augen auf und sah eine warme, freundliche Sonne durch ein lichtes Blätterdach auf mich herunter scheinen.

»Gütiger Gott ...« Ich zog ein Tuch aus der Brusttasche meiner Uniform und tupfte mir damit den Schweiß von der Stirn. Träume wie den hinter mir liegenden hatte ich manchmal, aber damit war ich nicht allein. Sie waren Schatten des gemeinsamen Gedächtnisses, das die Agrim mit den Hameshi teilten. Während die Kinder der Agrunbar aber weiter auf den Pfaden des Bösen wandelten, wussten die dem Kollektiv dienenden Agrim derlei Visionen einzuordnen. Sie waren Albträume, die der eine Gott uns sandte, um unseren Glauben auf die Probe zu stellen.

Mein Blick wanderte zur Akademie hinüber. Hinter ihren weißen Mauern hatte ich den größten Teil der vergangenen acht Jahre verbracht. Sie war ein Bollwerk des Glaubens, in einer Welt, die immer weniger Gott als vielmehr das Vergängliche in den Mittelpunkt ihrer Betrachtungen rückte. Man stellte den Glauben auf den Kopf und nannte es *Wissenschaft*. Der weiße Wurm sei ein von der Horde aufgescheuchtes Wesen aus dem Oligozän gewesen, heißt es, wo die Bibel doch etwas vollkommen anderes lehrt. ER hat den alten Zauberern die Macht gegeben, den Dämon auf die Erde zu locken, und ER hat die hochmütigen Kinder der Agrunbar ihrer teuflischen Kräfte beraubt. Allein SEIN Wille hat aus den Herrschern der Wälder die heimatlosen Agrim werden lassen. Zu Zehntausenden haben die ihrer grausamen Herrscherin beraubten Hameshi damals die Wälder verlassen, um entweder den Tod durch das Schwert oder aber die Gnade der Vergebung zu finden.

Der diensthabende Wachoffizier kam über den Exerzierplatz gelaufen. Unmittelbar vor der den Akademiepark eingrenzenden Rasenfläche blieb er stehen.

»Bruder Ariko!«, rief er. »Der Bataillonskommandeur will dich sehen!«
»Ich komme!«

Ich hatte jeden Grund, für mein Leben, insbesondere für die geordneten Bahnen, in denen es ablief, dankbar zu sein. Das Kollektiv hatte mich aus der Hölle mit Namen *Waisenhaus* befreit. Es hatte mich gekleidet und ernährt und mich die Liebe zu Gott und Vaterland gelehrt.

Eines Tages waren die Soldaten des Kollektivs ins Heim gekommen. Der Direktor hatte uns vor den in schwarze Uniformen

gehüllten Männern antreten lassen. Wie viele schmutzige, von Läusen befallene Jungs waren wir damals gewesen? 82? 93? 105? Ich weiß es nicht mehr. Überhaupt wusste ich damals noch nicht viel vom Leben, aber was das Schwarze Kollektiv war, das wusste ich. Das Kollektiv war dazu da, Taugenichtsen wie uns entweder den Tod oder das Glück, in jedem Fall aber Erlösung zu bringen. Auch vor mir, dem kleinsten und schmächtigsten der Kinder, blieb einer der Fremden stehen. Er tippte sich an sein schwarzes Barett und fragte:
»Wie heißt du, mein Junge?«
»Ariko.«
»Kannst du schwimmen, Ariko?«
»Nein.«
»Das macht nichts. Gott wird dir helfen.«

Der Oberstleutnant saß an seinem Schreibtisch. An der Wand hinter ihm hing ein knapp zwei Meter hohes Gebilde aus schwarzem Silber. Es bestand aus einem vertikalen und zwei horizontalen Balken, wovon der obere etwa doppelt so lang war wie der untere. An den Enden der horizontalen Geraden befanden sich jeweils zwei kurze, schräg nach unten zeigende Fortsätze. An dem vertikalen nur einer, der sich am oberen Ende des Balkens befand und nach links unten wies. Es war das Symbol all dessen, was gut und gerecht war in diesem Land. Es war das Zeichen des Kollektivs. Des Schwarzen Kollektivs. Dem Schwert des christlichen Glaubens.
»Bruder Oberstleutnant, Fähnrich Ariko meldet ...«
»Danke, Ariko. Steh bequem.«
Mein Vorgesetzter sah nicht auf. Seine ganze Aufmerksamkeit galt den Papieren, die er in Händen hielt. Während der Kommandeur las, ließ ich meinen Blick durch den Raum schweifen. Auch wenn ich für gewöhnlich nicht erpicht darauf war, hier antreten zu müssen, so mochte ich doch die im Amtszimmer des Oberstleutnants herrschende Atmosphäre. Die dunklen Holzvertäfelungen schufen ein Gefühl der Wärme, und der direkt neben dem Zeichen des Kollektivs befestigte Wandteppich lud zum ehrfürchtigen Bestaunen ein. Die Bildwirkerei zeigte Aniguel, den Schutzpatron des Kollektivs. Er war in seiner Gestalt als schwarzer Stier abgebildet, dem lodernde

Flammen aus den sich zornig kräuselnden Nüstern schlugen.

Gütig und weise ist unser Herr, aber streng und unerbittlich sein Gericht. Er hat die Gläubigen von einer Geisel erlöst, als ihre Not am Größten war, und er hat sie ihnen zurückgegeben, als sie der Sünde anheimfielen. Es war Aniguel gewesen, der im Jahre 1276 nach der Geburt unseres Erlösers den weißen Wurm getötet und den Geist der Roten Mutter befreit hatte. Kaum erwacht, begann die Agrunbar, die Abkömmlinge ihrer einstigen Kinder zu sich zu rufen, doch es kamen nur wenige. Für die meisten Agrim gab es kein Zurück in die Tiefen der Wälder. Der glutrote Funke, der einstmals die Seelen ihrer Vorfahren beherrscht hatte, war längst schon erloschen. Von der Roten Mutter verschmäht und von den Menschen verachtet, waren die Agrim dazu verdammt, ihren eigenen Platz in der Welt zu finden.

Der Oberstleutnant legte das Papier zur Seite und sah mich über die Gläser seiner schwarz umrandeten Brille hinweg an. »Wie alt bist du, Ariko?«

»Ich werde nächsten Dienstag sechzehn, hoher Bruder.«

»Zigarette, Fähnrich?«

»Gerne.«

Nikotin war eines der wenigen Laster, die den Soldaten des Kollektivs erlaubt waren. Vermutlich erlag ihm deshalb fast jeder. Nachdem er unsere beiden Zigaretten angezündet und sein goldenes Feuerzeug neben die Schreibtischlampe gelegt hatte, griff der Kommandeur zu einem Lichtfinger. »Sieh her, Ariko.« An der von mir aus betrachtet linken Wand des Arbeitszimmers hing eine etwa zwei Meter hohe und drei Meter breite Reliefkarte. Sie zeigte den Teil der Welt, deren leuchtender Mittelpunkt meine Heimat bildet. Der vom Leuchtstift des Kommandeurs ausgesandte kleine rote Punkt wanderte die Gestade des Nordens und Westens entlang, glitt über das an die Wüste grenzende Gebirge hinweg, zeichnete akkurat die Südküste nach, bog kurz vor dem Rabenländer Gebirgsmassiv gen Norden, streifte die finsteren Wälder Burgenreichs und erreichte schließlich wieder seinen Ausgangspunkt am Nebelmeer.

»Das ist Wilderland, mein Sohn. Hort der Freiheit und Säule des Glaubens. Unser Land ist 550.000 Quadratkilometer groß. Es bietet 80 Millionen Menschen und 500.000 Agrim Schutz und Heimat.«

»Dank Gottes Hilfe.« Ich schlug ein Kreuz.

»Ja. Dank Gottes Hilfe«, bestätigte der Oberstleutnant, »aber auch Dank all derer, die ihr Leben gaben, um unserem Land zu seiner heutigen Größe zu verhelfen.«

»Ehre ihrem Angedenken.«

»Amen! Doch müssen wir uns der alten Recken nicht nur erinnern, sondern uns auch ihres Erbes würdig erweisen. Und zwar schon bald!« Der Kommandeur griff erneut zu dem kaum bleistiftgroßen Lichtfinger. Diesmal wies der von ihm ausgesandte Strahl auf einen dunklen Fleck zwischen Wilderland und Burgenreich. Dieser Fleck symbolisierte keinen See und kein Gebirge, keine Stadt und keinen Wald. Er stand für das bösartigste Gebilde, das sich über das Antlitz unserer Erde bewegte. Es stand für die Horde. Die Horde!

Wer die Geschichte meiner Heimat verstehen will, muss die finstere Plage kennen. Die Horde besteht aus unzähligen, etwa zwei Meter großen und ungefähr zwei Zentner schweren gepanzerten Insekten, die so dicht auf- und aneinander lagern, dass kein Blatt zwischen sie passt. Diese Wesen bilden einen Schwarm, der sich über etwa 23.500 Quadratkilometer von der nördlichen Tiefebene bis tief hinein nach Burgenreich erstreckt. Die Horde ist riesig, gierig, unbesiegbar, doch ruht sie in der Regel, was Gottes Kreaturen manchmal dazu verführt, ihre Existenz zu vergessen. Die meisten Erdenbewohner verbringen ihre Tage in Zeiten, in denen die Horde weniger an ein Lebewesen als an erkaltete Lava erinnert. Man wird geboren, altert und stirbt, ohne je eine Wanderung der Horde miterlebt zu haben.

Doch die Horde ist nicht tot. Genau 734 Jahre nach ihrem letzten Marsch erwachen die Schaben. Dieses *Erwachen* beginnt, so lehrt uns die Bibel, im unbekannten Innern der Horde und erreicht nach zwei Jahren den für das Auge sichtbaren Teil der schwarzen Pest. Sobald das geschieht, kann die Horde ihren Feldzug beginnen. Sie zerstört Städte, vertilgt Wälder, zertrümmert Berge und ist dabei von nichts und niemandem aufzuhalten. Wer sein Leben retten will, muss fliehen. Wem das nicht gelingt, der erleidet ein Schicksal, das ärger ist als der Tod. Der wird von den Klauen und Zähnen der Horde an einen Ort gezerrt, den weder sein Leib noch seine Seele je wieder verlassen können.

»Dem Land bleiben kaum mehr als neun Tage, um die gefährdeten Gebiete zu räumen!«

»Noch ist Zeit, hoher Bruder. Noch ruht die Horde.«

»Die Horde ruht niemals, Junge! Nie! Sie sieht und hört alles!«

In den langen Jahren ihres Schlummers bewegen sich die Schaben nicht. Zumindest hat man das bisher geglaubt. Langzeitbeobachtungen aber haben bewiesen, dass die Hordenwesen sich doch regen. In für das bloße Auge unsichtbarer Langsamkeit lassen sie ihre Zangen schnappen und ihre Fühler kreisen. Ob die rätselhaften Gehirne der Schaben vielleicht so etwas wie Träume kennen? Das ist nicht sicher. Sicher dagegen ist, dass die dämmernden Käfer sich mit Beginn ihrer Wanderschaft in eine vitale, alles verschlingende Walze verwandeln. Zumindest war das in der Vergangenheit so, denn diesmal sollte sich das ändern. Wissenschaftler hatten die mutmaßliche Stoßrichtung der Horde berechnet. Sie wollten versuchen, die Wanderschaft der Plage einzudämmen, wenn nicht gar ganz zu verhindern.

»Vorbereitet?« Mein Gegenüber sandte mir einen strengen Blick.

»Nicht?«, fragte ich verwirrt, und der Kommandant schüttelte den Kopf. Er schien enttäuscht von meinen Worten, wenn nicht gar enttäuscht von mir als Kollektivist zu sein. Vielleicht hatte er mir ja mehr Verstand oder aber einen festeren Glauben zugetraut.

»Die alten Wesen lassen sich nicht von der Technik, der Wissenschaft oder sonst einer eitlen Menschenkunst bezwingen, Ariko, sie beugen sich nur Gott!«

»Gewiss, hoher Bruder.«

»Bislang hat der Papst es aus Gründen der Staatsräson vermieden, den Kurs der Regierung zu kritisieren, doch er hat sich den Kardinälen offenbart. Die Horde ist eine Manifestation göttlichen Willens, ihre Wanderung eine Botschaft!«

Ich schwieg. Das Wort des Papstes war mehr als eine Meinung. Das Wesen der Horde berührte Fragen des Glaubens, und in solchen war seine Heiligkeit unfehlbar.

Scheinbar unvermittelt wechselte der Kommandeur das Thema. »Wann warst du zuletzt in Hammerschlag, Ariko?«

Hammerschlag war das südlichste Viertel von Wilderklinge, unserer Hauptstadt. Zwischen 270.000 und 300.000 Agrim lebten dort.

»Vor etwa zwei Jahren.«

Der Kommandeur nickte langsam, fast bedächtig, um dann den eben unterbrochenen Gesprächsfaden wieder aufzugreifen. »Noch hat der Herr uns das Geheimnis der Horde nicht offenbart. Zwar hat man den ihr Erwachen einleitenden Impuls vor zwei Jahren erstmals gemessen, doch niemand weiß, welche Auswirkungen er möglicherweise sonst noch hat.«

Ich war verwirrt. »Welche Auswirkungen meinst du, hoher Bruder?

Statt mir zu antworten, stand der Kommandeur auf und ging zur Karte hinüber. Mit hinter dem Rücken verschränkten Armen betrachtete er den Plan.

»Du wirst in den Aselschott fahren, Ariko. Ich möchte, dass du dir den Beginn des Hordenzugs nicht im Fernsehen ansiehst, sondern vor Ort!«

»Vielen ... vielen Dank!« Da ich mich gerade auf die für das Offizierspatent abzulegenden Prüfungen vorbereitete, hätte mir diese Reise eigentlich eine ärgerliche Last sein müssen. Der Gedanke an das auf mich wartende Abenteuer aber elektrisierte mich. Ich wollte nicht länger lernen, ich wollte eine Aufgabe!

»Du dankst deinem Schicksal zu Recht, Fähnrich Ariko, denn du wirst die Geburt eines neuen Zeitalters erleben. Der Zug der Horde ist Gottes Mahnung an unser Land. Er fordert uns auf, das flammende Schwert des Glaubens in die Hand zu nehmen!«

Der alte Soldat wandte sich mir zu. Tiefe Falten zerfurchten das strenge, von einem silbernen Bart umrahmte Gesicht. Der Oberstleutnant war im vergangenen Herbst 76 Jahre alt geworden, doch das änderte nichts an seiner Autorität. Kollektivist zu sein war kein Beruf, es war eine Bestimmung. Noch von unseren Toten wurde erwartet, dass sie sich am Tag des Jüngsten Gerichts bei ihren Einheiten meldeten.

»Du bist ein Agrim, Ariko. Ebenso wie ich, ebenso wie alle Soldaten des Kollektivs. Verstehe diese Reise daher nicht nur als Auftrag. Dir können Erfahrungen zuteilwerden, die einem Menschen verborgen bleiben müssen.«

»Mit Gottes Hilfe!«

Der Oberstleutnant lächelte, wie ich mir vorstellte, dass ein Vater seinen das erste Mal in die Schlacht ziehenden Sohn anlächeln müsse. Doch dieser Moment währte nur kurz. Der Kommandeur beendete ihn mit einem Räuspern. »Geh in dein Quartier, Soldat. Du wirst auf deinem Bett ein Dossier finden, das dich mit den Einzelheiten deines Auftrags vertraut macht.«

Ich tat einen Schritt nach vorn, drückte meine Zigarette in dem auf dem Schreibtisch stehenden Aschenbecher aus und nahm dann

Haltung an. »Jawohl!«
»Sowohl deine Ausbilder als auch ich halten große Stücke auf dich, Ariko. Beweise, dass wir uns nicht in dir täuschen!«

Fünf Tage später, es war neun Uhr am Morgen, stand ich in der Einkaufszeile des Rabelstädter Bahnhofs. Rauchend, und von Zeit zu Zeit an meinem Kaffeebecher nippend, studierte ich die Auslage des Zeitungskiosks.
Nebelinsel weist Ultimatum zurück!
Botschafter Burgenreichs erneut einbestellt.
Hordenanbeter sammeln sich.
Hameshi bedrohen Hilfsorganisation.
Die Hameshi. Obwohl der letzte Krieg gegen sie bereits etliche Jahrhunderte zurücklag, wurden die Herren der riesigen östlichen Wälder noch immer gehasst. Doch wer wollte das der Gemeinschaft der Gläubigen verdenken? Arrogant und anmaßend beharrten die Kinder der Agrunbar darauf, nicht etwa Menschen, sondern Götter zu sein. Sie leugneten Jesus Christus oder lehnten es doch wenigstens ab, sich dem Willen seiner irdischen Repräsentanten zu unterwerfen. Sie verboten den in ihrem Machtbereich lebenden Menschen das Essen von Fleisch und das Fällen von Bäumen. Sie stützten den korrupten, den unbewaldeten Teil Burgenreichs regierenden Senat und weigerten sich, die sie umgebenden Völker am Reichtum ihrer Heimat teilhaben zu lassen. Ganz besonders hassenswert aber machte die Hameshi der Umstand, dass man sie, anders als früher, heute nicht mehr fürchten musste. An ihrer militärischen Unterlegenheit bestand kein Zweifel. Während der Mensch Panzer, Hubschrauber und Maschinengewehr erfunden hatte, benutzten die Kinder der Agrunbar noch dieselben Waffen wie vor zweitausend Jahren, nämlich Dolche und Armkatapulte. Eine Entwicklung nach vorne, ein Streben nach neuen Ufern kannten die Hameshi weder in waffentechnischer noch in sonst einer Hinsicht.
Ich verließ den Bahnhofskiosk, ging zu den Gleisen hinüber, lehnte mich über die Brüstung und sah auf Hammerschlag hinab. Hier lebten traditionell jene Agrim, die weder Geld noch Gott gefunden hatten. Nirgendwo im Land gab es mehr Prostituierte, härtere

Drogen oder brutalere Gewalt als in Hammerschlag. Dinge, auf die ein guter Christ getrost verzichten konnte.

Viele Wurmkinder, wie die Hameshi ihre entwurzelten Verwandten abfällig nannten, waren süchtig. Gepanschter Alkohol, mit Pflanzenschutzmittel gestrecktes Heroin, und vor allem das tückische *Wolfsblut* richteten schwere Schäden in den Herzen und Hirnen der jungen Agrim an. Die Drogen waren der Grund, warum in Hammerschlag noch selbst der niedrigste Instinkt befriedigt werden konnte. Wer über das entsprechende Geld verfügte, konnte sich skrupellose Mörder ebenso leicht mieten, wie hemmungslose Huren.

In dem angrenzenden Rabelstadt lebten dagegen überwiegend Menschen, die einst aus dem Machtbereich der Hameshi geflohen waren. Keine andere Bevölkerungsgruppe stand dem sich bereits damals abzeichnenden Krieg gegen die Hameshi so positiv gegenüber wie die burgenreichischen Exilanten. Es schien, als wüchse die Wut dieser Menschen exponentiell zum Faktor Zeit. Je länger ihre Flucht aus den Wäldern zurücklag, desto unvorteilhafter war das Bild, das die Auswanderer von den Kindern der Agrunbar zeichneten. Ein nur vordergründig überraschender Effekt. Kam eine Waldbauernfamilie nach Webeloth, war ihr die öffentliche Anteilnahme sicher. Es gab staatliche und kirchliche Wohlfahrtsprogramme. Die Menschen fühlten sich angenommen, man interessierte sich für sie. Später änderte sich das. Die vormaligen Waldbewohner saßen dann in ihren schönen, zentralbeheizten Wohnungen und mussten erkennen, dass ihnen die bisher erlangten Fähigkeiten in einer modernen Industriegesellschaft nicht von Nutzen waren. Statt einer Aufgabe gab man ihnen Sozialhilfe, statt eines Sinns bekamen sie Kabelfernsehen. Sie fühlten sich nutzlos und rutschten in die soziale Verwahrlosung, Drogensucht und Kriminalität.

Die Burgenreicher boten neben den Agrim das größte Konfliktpotenzial innerhalb der Wilderländer Gesellschaft. Beide Volksgruppen hassten einander ebenso sehr, wie sie sich strukturell ähnelten. Sowohl Agrim als auch Exilanten waren unzureichend in die sie umgebende Mehrheitsgesellschaft integriert, und beide suchten die Verantwortung dafür nicht bei sich, sondern bei anderen.

Hammerschlag stand also in dem Ruf, gefährlich zu sein, doch ich machte mir keine Sorgen. Ich war ein Soldat des Kollektivs. Gott war mein Hüter, Aniguel mein Patron. Ich war ausgebildet, um mit den Dingen fertig zu werden. Dennoch verstand ich nicht, warum ich meine Reise in den Aselschott ausgerechnet hier beginnen sollte. Was hatte der moralisch und sozial problembehaftete Teil meines Volkes mit dem bevorstehenden Zug der Horde zu tun?

Ich betrat das Viertel über die Brücke an der Breitenöder Straße. Mein von mir willkürlich festgelegter Weg würde mich über den Schwarzwasserkanal zum Bezirksrathaus führen, von dem aus ich zum Platz am Florentinenbrunnen gelangen wollte. Zwei Querstraßen südlich davon befand sich der Hammerschlager Busbahnhof. Dort würde ich in ein Taxi steigen, mich zum Hauptbahnhof bringen lassen und meine Reise in den Aselschott beginnen.

Schon auf den ersten Metern meines Weges konnte ich erkennen, dass mein Bild von Hammerschlag nicht mehr der Realität entsprach. War das Viertel auch noch immer ein gutes Stück davon entfernt, ein Vorzeigequartier zu sein, stand der Stadtbezirk doch sicht- und spürbar im Begriff, seinen Charakter zu verändern. Die Drogensüchtigen waren aus dem Straßenbild verschwunden. Trunkenbolde und Bettler sah ich ebenfalls fast keine mehr.

Die Stadtteilverwaltung, so erfuhr ich später, wertete diesen Umstand sowie den deutlichen Rückgang der Kriminalität als einen politischen Erfolg. Endlich, so der Bezirksbürgermeister, würden die Investitionen in Bildung und Infrastruktur Früchte tragen.

Ich hätte gleichfalls gerne an einen Wandel zum Guten geglaubt, doch meine Wahrnehmung war eine andere. Schwärme Halbwüchsiger patrouillierten durch die Straßen. Mit den Banden, die früher das Bild der Einkaufspassagen und Bahnunterführungen prägten, hatten diese Jugendlichen allerdings nichts gemein. Sie waren ordentlich gekleidet und pöbelten keine Passanten an. Weder tranken sie Alkohol noch nahmen sie Drogen.

Hatten die meisten Agrim der Uniform des Schwarzen Kollektivs früher furchtsamen Respekt gezollt, traf mich nun eine Vielzahl feindseliger Blicke. Ich fühlte mich von den jungen Agrim beobachtet, ja fast schon überwacht.

»He, ihr da!« Die Entschlossenheit der Gruppe schien einen Moment lang zu wanken, doch obwohl ein Soldat des Kollektivs auf sie zukam, stoben die jungen Agrim nicht auseinander. Stattdessen scharten sie sich hinter ein vielleicht vierzehn, vielleicht fünfzehn Jahre altes Mädchen, das mich mit vor der Brust verschränkten Armen erwartete.

»Warum folgt ihr mir?«

Die junge Agrim sah mir zuerst ernst in die Augen, doch als ich schließlich vor ihr stand, begann sie zu lächeln. Dieses Lächeln, so unverbindlich es gemeint war, traf mich mitten ins Herz. Nie zuvor hatte ich etwas Ähnliches erlebt. Alles was ich gerade noch hatte sagen wollen war fort, vergessen, ausgelöscht. Ich hatte schon viele wundervoll gearbeitete Darstellungen der heiligen Jungfrau gesehen und doch konnten die sich nicht auch nur entfernt mit der Schönheit dieses unbekannten Mädchens messen. Das braune Haar fiel ihr in langen Locken weich auf die Schultern. Ihre schwarzen Augen leuchteten und waren dabei von einer Tiefe, in der man sich verlieren konnte. Die Nase des Mädchens war schmal, die Lippen voll und ihre Erscheinung von einer Anmut, wie sie die Göttinnen des Altertums besessen haben mochten.

Mit langen schlanken Fingern strich sie sich durchs Haar, bevor sie sagte: »Tod den Verrätern! Tod dem Kollektiv!«

Ich stand noch immer wie versteinert da. Natürlich hatte ich die Worte des Mädchens verstanden und begriff auch, dass sie mich beleidigen sollten, doch war mir das egal. Alles, was mich interessierte, war dieses Mädchen. Zu der Magie ihrer Erscheinung war nun auch noch der Zauber einer Stimme getreten, die mich durch ihre kristallene Klarheit und warme Melodie in Bann schlug.

Ich war in einem Tagtraum gefangen, der erst zu Ende ging, als unmittelbar neben mir ein Schraubenschlüssel auf das Straßenpflaster krachte. Ich erschrak! Das schwere Werkzeug musste aus einem Fenster des vor mir liegenden Wohnblocks geworfen worden sein. Die in den langen, harten Jahren meiner Ausbildung erworbenen Automatismen begannen zu greifen. Ohne in die Höhe zu blicken, zog ich meine beiden Waffen, feuerte mit jeder davon einmal in die Luft und hielt sie dann den beiden mir am nächsten stehenden männlichen Agrim gegen die Stirn. Der ältere der beiden, ein rothaariges Pickelgesicht, hielt ein Springmesser in Händen, das er jetzt zusammenklappte und langsam wieder in die Hosentasche gleiten ließ. Zögernd ging die Gruppe auseinander. Ich erwartete, dass sich das Mädchen ihren Freunden anschließen würde, aber das tat es nicht. Stattdessen hob sie ihre Rechte und legte sie mir sanft auf das silberne, in Höhe meines Herzens auf die Uniform gestickte Kreuz. »Havion Mamiche«, wisperte sie. »Havion Mamiche Agrunbar!«

Eigentlich hatte ich mir vorgenommen, während der ersten Etappe meiner Reise einen kurzen Zwischenbericht zu erstellen. Obwohl ich noch kein Offizier war, hatte der Kommandeur mich für die Dauer meiner Unternehmung doch mit offiziersähnlichen Befugnissen ausgestattet. Daher konnte ich mich auf dem Rechner der Akademie einklinken und dort Dokumente bis zur Geheimhaltungsstufe 3 einsehen. Außerdem durfte ich, was noch sehr viel spannender war, zum ersten Mal das Weltnetz nutzen.

Außer mir saß niemand im Erste-Klasse-Abteil des gen Osten fahrenden Schnellzugs, weshalb ich es mir erlauben konnte, die Stiefel abzustreifen und die Beine auf das Polster der gegenüberliegenden Sitzreihe zu legen. Meinen Rechner auf den Schoß gebettet, studierte ich die verwirrende Vielfalt des digitalen Universums. Faustballvereine, Nachrichtenmagazine, Hobbygeologen, Briefmarkensammler, Wünschelrutengänger ... Sie alle wollten sich mitteilen und taten es, indem sie Berichte, Bilder, Tondokumente und sogar ganze Filme digitalisierten und ins Netz luden. Das alles war sehr interessant, doch meine Gedanken wanderten schon bald zu der unbekannten Schönheit zurück. Wer war sie? Würde ich sie wiedersehen? Die Chancen dafür standen schlecht, so viel war klar, doch selbst, wenn sie es nicht täten, was sollte ich ihr sagen? Sie war ein Mädchen aus Hammerschlag, ich ein Soldat des Kollektivs. Mein Leben gehörte der heiligen Kirche, und die teilte ihre Besitztümer nicht.

Ich versuchte mich von diesem traurigen Gedanken abzulenken, indem ich anfing, an meinem Bericht zu arbeiten. Zuerst suchte ich gezielt nach neueren Presseberichten über Hammerschlag. Den Eindruck, den ich im Viertel gewonnen hatte, fand ich bald bestätigt.

Der Drogenhandel, die Bandenkriminalität, das Glücksspiel, die Prostitution ... all das schien den Stadtteil in einem breiten, übel riechenden Strom zu verlassen. Nur wenige Kolumnisten und Artikelschreiber kamen allerdings auf den Gedanken, dass der Anstoß für diesen Wandel nicht von einem Regierungsprogramm, sondern aus den Tiefen der Wälder gekommen sein könnte. Der Geheimdienst seiner Heiligkeit dagegen war sich dessen fast sicher.

Seiner Kirche Wissenschaftler halten es für sehr wahrscheinlich, las ich in einem Bericht der Geheimhaltungsstufe 2, *dass der Hordenimpuls sich stimulierend auf die Wesenheit mit Namen Agrunbar ausgewirkt hat. Ihr Einfluss auf die in Hammerschlag lebenden Agrim ist in den beiden vergangenen Jahren kontinuierlich gestiegen und muss inzwischen als bedeutend angesehen werden.*

2

In Grabenstett hatte ich einen Tag Aufenthalt, was am stark ausgedünnten Fahrplan lag. Ein Großteil der Triebwagen und Waggons verkehrte inzwischen ausschließlich nach Maßgabe der Evakuierungsbehörde. Der mich am folgenden Tag in den Aselschott bringende Zug sollte der vorerst letzte sein, der in die östlichste Provinz des Landes fuhr. Danach würde der Bahnverkehr dorthin eingestellt. Vielleicht, wie die Regierung hoffte, für Tage, vielleicht aber auch, wie seine Heiligkeit glaubte, für Jahrzehnte.

Es war ein merkwürdiges Gefühl, sich entgegen dem Strom der Flüchtlinge zu bewegen, die der Heimatschutz aus den bedrohten Gebieten brachte. In jedem Bahnhof, durch den ich kam, standen Trauben von Menschen, die sich dicht an dicht an den Bahnsteigen gen Westen drängten.

Einige Pessimisten fürchteten, dass bei einem ungünstigen Verlauf ihrer Wanderschaft die Horde vielleicht sogar die Hauptstadt bedrohen könnte. Trotz dieser schrecklichen Gefahr konnte sich das Parlament nicht zu einer Räumung von Wilderklinge entschließen. Als zu gering erachtete man die Gefahr im Vergleich zu den Problemen, die eine Evakuierung von rund 9 Millionen Menschen mit sich bringen würde.

Fuhr der Zug über Land, deutete nichts auf den unmittelbar bevorstehenden Feldzug der Horde hin. Es war warm, und ich hatte das Fenster weit geöffnet. Die Sonne schien mir ins Gesicht, der Fahrtwind zauste meine Haare, und der frische Duft der an mir vorüberfliegenden Felder lud zum Träumen ein.

Am Bahnhof von Friedeburg war Endstation. Mir fiel auf, dass mein Zigarettenpäckchen fast leer war. Ich ging zum Bahnhofskiosk, doch der war bereits geplündert worden. Ich ärgerte mich, an diese Möglichkeit nicht schon bei meiner Abfahrt gedacht zu haben. Die Angst, vielleicht auf unbestimmte Zeit vom Glimmstängelnachschub abgeschnitten zu sein, löste augenblicklich Entzugssymptome in mir aus.

Friedeburg selbst, obwohl bereits evakuiert, war voller Menschen. Hier sammelten sich die Angehörigen der Hordenkirche, um gemeinsam in den Tod zu gehen.

Den Weg bis an den Ostrand der Stadt legte ich zu Fuß zurück.

Immer, wenn ich an einer Gruppe der in weiße, wallende Gewänder gehüllten Sektierer vorüberkam, tippte ich mir mit dem Finger gegen die Stirn. Die wenigsten ärgerten sich darüber, im Gegenteil. Die meisten schüttelten ihre Köpfe und lachten mich aus. Sie glaubten, dass ich, der Christ, derjenige sei, der ob der mir fehlenden »Erleuchtung« bedauert werden müsse.

Das Militär hatte am Stadtrand zwei Absperrungen errichtet, welche die Hordenanbeter einzeln passieren mussten. Gemäß unserer Verfassung durfte der Staat die Anhänger der Horde zwar nicht daran hindern, sich von ihrer Göttin verschlingen zu lassen, doch konnte er wenigstens dafür sorgen, dass sie eine letzte Möglichkeit zur Umkehr bekamen. Direkt hinter der ersten Absperrung standen neben einem in den Boden gepflockten hölzernen Kreuz drei Geistliche. Die Männer, zu denen ich mich gesellte, taten ihr Möglichstes, Zweifel in die Herzen der zum Selbstmord Entschlossenen zu säen.

»Komm zu uns, Bruder! Bekenne dich zu Jesus Christus als deinen Herrn und Erlöser! Stirb keinen sinnlosen Tod!«

Die Mehrzahl der Hordenanbeter hatte für die Bemühungen der Diener Gottes wenig mehr als einen ausgestreckten Mittelfinger übrig, doch gab es, was die Festigkeit im Glauben anging, unter den Sektierern durchaus Unterschiede. Ohne dem unmittelbaren Zugriff ihrer Familie oder anderen ideologisch gefestigten Gemeindemitgliedern ausgesetzt zu sein, begannen manche, am Sinn des von ihnen eingeschlagenen Weges zu zweifeln. Immer wieder warfen einzelne Frauen und Männer ihre Skarabäenamulette von sich. Sie kamen zu uns herübergelaufen, fielen auf die Knie und küssten das heilige Holz, das ihnen Schutz und die Vergebung ihrer Häresie verhieß. Nach einer rasch vorgenommenen Taufe wurden die Konvertierten zu einem der bereitstehenden Truppentransporter gebracht, wo sie vor dem Zorn ihrer ehemaligen Glaubensgenossen sicher waren.

Während ich neben den beiden Absperrungen stand und auf meinen Transport nach Fort Waterkamp, dem Ziel meiner Reise, wartete, wurde ich Zeuge einiger erschütternder Szenen. Kinder weinten, Männer schlugen um sich, eine Frau riss sich aus Kummer über die Apostasie ihres Gatten die Haare vom Kopf ... Noch heute habe ich das Bild eines vielleicht siebenjährigen Mädchens vor Augen. Es hielt eine ausgebleichte Stoffpuppe an ihren mageren Körper gepresst. Den tränenverschleierten Blick hatte sie fest auf den vor ihr liegenden Durchgang gerichtet. Von vorn und von hinten drangen die Stimmen ihrer Familie auf sie ein. Die Erwachsenen beschworen das Mädchen, nicht auf die Geistlichen zu hören und weiter zu gehen. Die Christen seien Lügner und Verführer. Das Paradies sei nah und würde sie im Innern der Horde erwarten. Unterdessen versuchten die Pfarrer, das verängstigte Kind ganz besonders engagiert auf ihre Seite zu ziehen. Langsam und unsicher tat es Schritt um Schritt. Bald waren es nicht nur die Geistlichen, die auf das Kind einredeten, sondern auch die umstehenden Soldaten, die Fahrer der Transporter und schließlich auch ich.

»Komm zu uns, liebes Kind! Komm hierher! Komm doch! Komm!«

Als die vor der ersten und hinter der zweiten Absperrung stehende Familie der Kleinen hörte, wie sehr wir uns um sie bemühten, verstärkte sie ebenfalls ihre Anstrengungen. Alle Worte, alle Argumente verschmolzen mit der Zeit zu einem einzigen *Komm!*, das von allen Seiten auf das Mädchen eindrang, es einzufangen suchte in einem Netz sich widersprechender Verheißungen. Endlich, kurz vor der zweiten Barrikade, blieb sie stehen. Eine Sekunde verging, dann eine weitere ... dann ließ das Kind seine Puppe fallen, drehte sich stolpernd um die eigene Achse und kam schluchzend auf uns zugerannt. Kaum hatte es das Kreuz berührt, wurde es von den Priestern auch schon getauft und von seinen Sünden reingewaschen. Ein Soldat nahm das zitternde Bündel auf. Während wir übrigen uns lachend in den Armen lagen, rannte er mit der Kleinen zu den Schutz verheißenden Fahrzeugen hinüber.

Dann kam die Mutter des Mädchens durch die Absperrung. Gerade noch rechtzeitig, um mit anzusehen, wie ihre Tochter im Innern des Militärtransporters verschwand. »Amelie! Amelie!«, schrie sie und schlug sich dabei in selbstvergessener Gram wieder und wieder die Fäuste ins Gesicht. »Amelie!«

Hätte ich vielleicht Mitleid mit dieser Frau haben sollen? Mit diesem Zerrbild einer Mutter, die dazu bereit gewesen war, ihr Kind von den Kiefern der Hordenwesen zerstückeln zu lassen? Die Priester, die Soldaten und ich, wir alle hüllten uns in eisiges Schwiegen, bis die Frau endlich aufstand und benommen auf die zweite Absperrung zu taumelte.

Es war Mittag, und mir wurde warm. Ich öffnete den obersten Knopf meiner Uniform und zog die Sonnenbrille aus ihrem Etui.

Auf einer meiner Stiefelspitzen ließ sich ein Zitronenfalter nieder. Bis auf das heisere Schluchzen von Amelies Mutter war es still.

⚜

Wir verließen die Ebene von Aselschott, kurz bevor die Ufer des großen Flusses in Sichtweite gekommen wären. Bis auf die Felsenfeste von Jista – dem Ort, an dem das heilige Buch vom Himmel fiel – hatte ich damals jeden für unseren Glauben bedeutsamen Platz bereits einmal besucht. Die Horde bildete da keine Ausnahme. Gemeinsam mit fünf anderen Kadetten des Kollektivs hatte ich von der großen Aussichtsplattform aus auf die zwar erstarrte, nichtsdestoweniger aber Furcht einflößende Geißel unseres Herrn hinabgeblickt. Doch diesmal war es anders. Ganz anders. Ich konnte die Horde fühlen, noch ehe ich sie sehen konnte. Ihre Nähe verursachte ein unangenehmes Kribbeln auf meiner Haut. Ich bekam Kopfschmerzen. Erst kaum wahrnehmbar wie ein leichter Schwindel, dann immer heftiger werdend.

Am Ende ihrer letzten Wanderschaft hatte die Horde den großen Fluss verdrängt. Nachdem er das umliegende Land eine Zeit lang überschwemmte, grub sich der Strom ein neues Bett in den Untergrund. Nun umfloss er die vorderen Ausläufer der Insektenbrut und bildete damit die in der Abendsonne glitzernde Fassung für ein Amulett aus reiner Bösartigkeit.

Mit Fort Waterkamp unterhielt die Armee eine kleine Festung, wie es an der Grenze zu Burgenreich einige gibt. Der Kommandant wies mir ein bequemes Quartier zu, doch an Schlaf war trotzdem kaum zu denken. Obwohl die Außentemperatur selbst in der Nacht nicht unter 15 Grad sank, war mir ständig kalt. Ich fror auf eine beklemmende Art, gegen die weder Decke noch Heizkörper halfen. Ich wurde immer fahriger, immer nervöser, und ich litt unter dem Gefühl, meine Gedanken würden auseinanderstreben. Die unmittelbare Nähe der erwachenden Insekten beeinträchtigte den Verstand der Menschen ebenfalls, doch schien ich, der Agrim, für die von der Horde ausgehenden Reize besonders empfänglich. Schon das Lesen der Zeitung bereitete mir Mühe.

Wir hatten große Geduld mit dem Volk der Asartu!, stand dort. *Viele Jahre lang haben wir mit ihnen gesprochen wie mit Freunden, die durch Leichtsinn und Verführbarkeit dem Bösen anheimgefallen sind. Doch unsere Geduld ist nun zu Ende, und die Zeit der Reinigung ist nah!*

Gerechter Zorn durchbrach den bleiernen Gürtel meiner Schmerzen. Die Asartu, das Volk Luzifers! Diese tückischen Wesen mit der kreidebleichen Haut und den mörderischen Reißzähnen! Ihr dämonisches Aussehen war freilich nicht die verabscheuungswürdigste Eigenart der auf der Nebelinsel herrschenden Asartu, oh nein: Satans Volk aß Menschenfleisch!

Wie oft hatte Wilderland von den Asartu schon ein Ende der Unterdrückung der in ihrem Hoheitsgebiet lebenden Menschen gefordert. Ohne jeden Erfolg. Die Mehrheit der Gläubigen hatte inzwischen genug von den ewigen und nirgendwohin führenden Verhandlungen. Tag für Tag zogen Demonstranten vors Parlament. Sie verlangten von den Abgeordneten, die Aktendeckel zu schließen und die Kasernentore zu öffnen!

Die Kopfschmerzen waren unangenehm, doch zu ertragen. Was mir zusetzte, war eine Art ständiges Flüstern und Rascheln, das von der Horde auszugehen schien und das sich anfühlte, als würde sich ein Teppich auf mein Bewusstsein legen, der jeden Gedanken erstickte.

Unter unserem Standort in der Ebene von Aselschott hatten sich inzwischen die Hordenanbeter versammelt. Sie hielten sich bei den Händen, sangen und beteten und warteten auf das Paradies. Das Ganze hatte den Anschein eines morbiden Volksfestes. Es wurde gegessen, getrunken und gelacht.

Petra Drechsler und *Dunkler Traum* standen dort unten. Eingerahmt von einem kleinen Wald aus Verstärkern und Lichtmaschinen. Vor den Anti-Blasphemiegesetzen waren *Dunkler Traum* fast jeden Tag im Radio zu hören gewesen. Selbst ich als Kollektivist kannte zwei oder drei ihrer Lieder. Und jetzt standen sie dort unten und machten Musik, während wir, die wir auf den sicheren Mauern des Forts standen, bereits die ersten Regungen der gewaltigen, schwarzen Masse beobachten konnten.

Die Wanderung der Horde begann im Morgengrauen des zweiten Tages nach meiner Ankunft im Fort. Den Berechnungen des Fachbereichs Physik der Wilderklinger Staatsuniversität zufolge hätte das über die Horde gespannte Netz dem Zweieinhalbfachen des von den Insekten maximal entfaltbaren Drucks standhalten müssen. Aber das tat es nicht. Ohne feststellbare Mühe hatte die Horde ihre acht Milliarden Franken teuren, aus einer superstabilen Titanlegierung bestehenden Fesseln gesprengt. Ganz so, wie seine Heiligkeit der Papst es vorausgesehen hatte. Das Zittern der Erde rüttelte mich aus einem wirren Traum. Einen magischen Moment lang hatte ich nicht die leiseste Vorstellung, wer ich war oder wo ich mich befand. Das ängstigte mich weniger, als es mich elektrisierte. Für die Dauer eines Augenblicks hätte ich jedermann sein können.

Dann fiel mir alles wieder ein. Die Horde! Ich sprang aus dem Bett, stolperte über die auf dem Boden stehende Nachttischlampe und stieß mit dem rechten Oberschenkel gegen die scharfe Unterkante des Schreibtischs. Knurrend warf ich mir meine Uniformjacke über, verließ die Unterkunft und rannte humpelnd den Wehrgang hinauf. Dort standen die Soldaten bereits dicht an dicht, sodass ich Mühe hatte, mich bis an die Brüstung vorzuarbeiten.

Schließlich aber sah ich es! Das erste Licht des anbrechenden Tages fiel auf die Ebene von Aselschott und verwandelte die sich über das Flussufer hinweg wälzende Horde in eine turmhohe, schwarzglühende Woge.

Die Hordenanbeter knieten einzeln oder in Gruppen, hielten sich umschlungen oder erwarteten ganz für sich allein das Ende. Die Unerschütterlichkeit ihres Glaubens bestürzte mich. Wie konnte eine derart teuflische Häresie jemandem eine so fundamentale Gewissheit schenken?

Immer wieder lösten sich einzelne Riesenkäfer aus der Masse, stürzten den vorwärtsdrängenden Steilhang hinunter, nur um Sekunden später wieder unter der nachströmenden Flut ihrer Artgenossen begraben zu werden. Bäume, Büsche, Menschen ... Alles wurde von den Zangen der grässlichen Insekten ergriffen und in das Innere der Horde gezerrt. Noch immer bebte die Erde, stärker sogar denn je, und mein Kopf schmerzte mit einer Heftigkeit, die mich in die Knie zwang. Das *Flüstern* der Horde wandelte sich zu einem schrillen Kreischen. Ich konnte nichts mehr fühlen, nichts mehr denken. Alles in mir war Schmerz und Furcht. Viele der um mich herum stehenden Soldaten sanken ohnmächtig zu Boden. Ich selbst begann aus Ohren und Nase zu bluten, doch dafür ließ der entsetzliche Druck in meinem Kopf etwas nach. Ein Soldat, der sich auf den Beinen hatte halten können, gab mir ein graues Stofftaschentuch, mit dem ich mir das Blut aus dem Gesicht wischte.

Im Tal zog unterdessen der gewaltige Strom der Horde vorüber, und es gab nichts und niemanden, der dem hätte Einhalt gebieten können. Ich dachte an *Dunkler Traum* und daran, dass sie nun nie wieder ein Konzert spielen würden.

Die anderen drängten sich noch an der Brüstung, als ich in meine Unterkunft zurückging. Dort stellte ich fest, dass ich mir in die Hosen gepinkelt hatte. Das war mir schrecklich peinlich, obwohl ich nicht glaubte, dass es von jemandem bemerkt worden war.

Noch während ich unter der Dusche stand, brachte man mir eine Nachricht aus der Akademie. Ich wurde zur Divisionskommandantur meines Ordens nach Leppenstein beordert. Es sei äußerst dringend, ich müsse mich sofort dorthin auf den Weg machen. Obwohl mir nicht ganz klar war, was es für mich dort so überaus Dringendes zu tun geben könnte, ließ ich meinen Kaffee stehen und hetzte zum Hubschrauberlandeplatz hinüber. Dort erklärte mir der leitende Offizier, dass keine Maschine für mich reserviert worden sei und er im Augenblick weder einen Hubschrauber noch einen Piloten entbehren könne. Daraufhin rief ich in Leppenstein an, um die Divisionskommandantur zu informieren, konnte aber niemanden erreichen.

Da es mit einem Flug also nichts werden würde, dachte ich über Alternativen nach. Ich ging zum Fortkommandanten und schilderte ihm meine Lage, woraufhin er mir anbot, mich mit seinem Wagen nach Leppenstein bringen zu lassen. Ich willigte ein, noch bevor mir klar wurde, dass wir, um vom Aselschott aus nach Leppenstein zu gelangen, zwangsläufig den mutmaßlichen Weg der Horde kreuzen mussten.

Wir fuhren mit knapp hundertdreißig Sachen über die leere Autobahn. Mehr gab der fast zwanzig Jahre alte Wagen nicht her. Sowohl mein Fahrer als auch ich rauchten eine Zigarette nach der anderen. Der Schweiß lief mir in kleinen Bächen das Rückgrat hinab, die Kieferknochen des Gefreiten mahlten unaufhörlich. Voller Angst lauschte ich den Geräuschen des Motors. Bald glaubte ich, allerlei unheimliche Laute zu hören, die das baldige Versagen der Technik anzukündigen schienen.

Ich suchte einen Musiksender, bekam aber nur die von der Horde verursachten Störgeräusche herein. Es war ein hypnotischer, fast lockender Laut, der aus dem Äther auf uns einknisterte, und ich musste mich fast zwingen, das Radio wieder auszuschalten. Schließlich war es nicht die Technik, die versagte, sondern das Herz meines Fahrers. In Höhe der Autobahnausfahrt Marschstadt griff er sich plötzlich an die Brust und sackte dann über dem Lenkrad zusammen. Instinktiv riss ich an der Handbremse, doch war deren Wirkung zu schwach, um den Wagen zum Stehen zu bringen. Wir gerieten ins Schleudern und krachten gegen die Leitplanke. Als der Wagen endlich stand, zitterte ich zwar am ganzen Körper, war ansonsten aber unverletzt.

»Hallo? Hallo? Was ist mit Ihnen?«

Mein Fahrer dagegen war tot. Ich konnte das überhaupt nicht begreifen. Der Soldat sah nicht älter aus als 25 und hatte gerade eben noch einen vollkommen gesunden Eindruck gemacht. Doch jetzt hatten sich seine Lippen blau verfärbt, und sein Blick war ins Jenseits gerichtet.

»Himmel!« Was sollte ich tun? In fieberhafter Eile kletterte ich aus dem Wagen. Obwohl ich nicht viel von Autos verstand und noch nicht einmal einen Führerschein besaß, erkannte ich doch sofort, dass der Wagen nie wieder fahren würde. Seine Frontpartie war völlig zerstört. Der Motorblock verlor Öl und Kühlflüssigkeit, beides rann in kleinen Strömen auf den Asphalt, wo es sich zu einer bunt schillernden Lache vermengte. Als guter Christ hätte ich mich eigentlich um den Toten kümmern müssen, aber dazu war ich in diesen Augenblicken, in denen meine Angst ins Unermessliche wuchs, nicht in der Lage. Mit jeder Sekunde, die verging, kam die Horde näher, wurde mein Tod wahrscheinlicher. Wie viel Zeit blieb mir, bis die Geisel hier war? Eine Stunde? Weniger?

In der Ferne sah ich eine Hügelkette. Wenn ich die erreichte, so meine verzweifelte Hoffnung, würde ich mich retten können. Ich rannte los, und auch wenn meine Flucht aussichtslos war, so bewahrte sie mich doch davor, vor lauter Angst den Verstand zu verlieren. Als ich die Horde jedoch hören und bald darauf auch sehen konnte, musste ich einsehen, dass ich verloren war.

Wie eine gewaltige Springflut erschien die schwarze Geisel am Horizont. Ich blieb stehen, sank auf die Knie und zog eine meiner Pistolen. Mein Leben zerrann mir zwischen den Fingern. Es war eine große Sünde, sich selbst zu töten, aber eine noch größere Sünde wäre es gewesen, meine Seele der Horde zu überlassen. Ich wollte beten, aber selbst das gelang mir nicht. Mein Herz rebellierte. Es wollte nicht zu Gott, sondern an die Seite des Mädchens, dem ich in Hammerschlag begegnet war. Was war das für ein Gefühl? War das Liebe? War diese Empfindung Gottes letztes Geschenk, oder war sie die Sünde, für die er mich jetzt bestrafte?

Das Kreischen der Horde wurde immer schriller, immer mächtiger und steigerte sich schließlich zu einem Geräuschorkan, der jeden anderen Laut verschluckte. Meine Nase begann wieder zu bluten, doch das nahm ich kaum wahr. Ich schloss meine Augen und hielt mir den Lauf einer Pistole gegen die Stirn. Ein Soldat des Kollektivs muss immer bereit sein, dem Tod gegenüberzutreten, ich aber zögerte. Andere tapferere Soldaten mochten ihre Seele leicht in Gottes Hände befehlen, mir aber liefen die Tränen über das Gesicht. Ich wollte nicht sterben.

»Hey! Lass das, Junge!«

Die Waffe wurde mir aus der Hand geschlagen. Verwirrt riss ich die Augen auf und sah in das Gesicht eines kleinen, rundlichen Mannes, der eine neongelbe Jacke mit der Aufschrift *TV 1* trug. »Komm schon! Steh auf! Steh auf!«

Erst jetzt sah ich den Hubschrauber, der keine zehn Meter entfernt von mir gelandet war. Er hätte vor einem blauen Himmel stehen müssen, doch da wo früher einmal der Himmel gewesen war, war jetzt das schwarze Leichentuch der Horde! Ich kam fast nicht auf die Beine. Alle Kraft schien von mir gewichen. Hätte der Mann mir nicht geholfen, wäre ich gleich nach dem Aufstehen wieder zusammengesackt. Er zerrte mich zum Hubschrauber und schob mich dort in die Ladeluke, wo ein anderer Mann mich an den Armen packte und in das Innere der Maschine zog. Gleich darauf wurde die Luke zugeschlagen und wir hoben ab. Der Boden des zur Flotte des Staatsfernsehens gehörenden Hubschraubers war aus durchsichtigem Plastik, und ich, der ich mit blutender Nase auf dem Kabinenboden lag, konnte die Horde bereits unter uns hinwegströmen sehen.

Die Maschine protestierte aufheulend gegen den ihm vom Piloten aufgezwungenen Kurs, doch blieb dem Flieger keine andere Wahl als seiner Maschine einen mörderischen Steigwinkel aufzuzwingen, denn die Bugwelle der Horde raste heran. Wir befanden uns noch immer in höchster Gefahr! Bald schienen mir die grässlichen Insektenwesen so nah, dass ich meinte, sie würden jeden Moment nach unseren Landekufen greifen. Der Mann, der mich an Bord gezogen hatte, sah zwinkernd zur Decke. Mit den Händen klammerte er sich an seinen Sitz, die farblosen Lippen hatte er fest aufeinander gepresst. Dann hatten wir es geschafft. Die Horde blieb unter uns zurück, und das Rütteln und Schütteln fand ein Ende. Erst jetzt, da wir ruhig dahinflogen, wurde mir klar, welch großes Risiko die Hubschrauberbesatzung eingegangen war, um mein Leben – das Leben eines ihnen völlig Fremden – zu retten. Zitternd und stotternd bedankte ich mich bei jedem Einzelnen. Dabei erfuhr ich, dass derjenige, der mir die Waffe aus der Hand geschlagen hatte, den Pilot regelrecht zur Landung gezwungen habe.

»Das werde ich Ihnen nie vergessen!«, sagte ich ihm daher zum Abschied. »Ich verdanke Ihnen mein Leben.«

Der untersetzte Kopilot, ein rothaariger Mann von Mitte vierzig, lachte herzlich. Er legte mir die Hand auf die Schulter und sagte: »Ich habe dir zu danken, mein Sohn. Dank dir weiß ich, dass ich nicht der verdammte Feigling bin, für den ich mich immer gehalten habe!«

In der Kaserne zu Leppenstein interessierte sich niemand für mich. Überhaupt hatte ich Mühe, dem wachhabenden Offizier klarzumachen, wer ich war und was ich hier zu suchen hatte. Der Mann wollte einen Marschbefehl und eine Dringlichkeitsbescheinigung sehen. Einen schriftlichen Marschbefehl hatte ich nicht erhalten, und dass es so etwas wie eine Dringlichkeitsbescheinigung überhaupt gab, hörte ich bei dieser Gelegenheit zum ersten Mal.

Unterdessen hatte die Horde den vorausberechneten Endpunkt ihrer Wanderschaft schon deutlich überschritten, und die Angst wuchs, dass sogar die Hauptstadt von der todbringenden Woge bedroht sein könnte.

Unmittelbar vor Albingen, dem westlichsten Vorort von Wilderklinge, kam die Horde endlich zum Stehen. Rechtzeitig für die Metropole, zu spät aber für rund zweihundert Flüchtlinge, die in den schmalen Gässchen Albingens von einer panischen Menge totgetrampelt wurden.

Der Zug der Horde hatte am Ende rund 90.000 Menschen das Leben gekostet. Die meisten von ihnen waren Angehörige der Hordenkirche gewesen, aber es gab auch andere Opfer. So starben die Bewohner eines abgelegenen Weilers nur deshalb, weil die zuständige Behörde vergessen hatte, sie zu evakuieren.

Die materiellen Verluste waren kaum zu beziffern. Das schöne Aselschott mit seinen Wiesen, Bächen und lichten Hainen existierte nicht mehr, und das Mashgader Ländchen lag unter einem Heer gewaltiger Insektenpanzer begraben. Das Industriedelta von Wimmelinge war zerstört und seine Trabantenstädte vernichtet worden.

Ich bekam in Leppenstein eine Unterkunft zugewiesen. Einen Termin beim Standortkommandanten erhielt ich erst zwei Tage später. Dort erfuhr ich, dass die allgemeine Mobilmachung bevorstünde und meine Ausbildung in der Akademie bis auf Weiteres ausgesetzt sei. Die Worte des Mannes hätten Freude in mir auslösen müssen, aber das taten sie nicht. Nahezu mein gesamtes Leben war ich auf die heiligen Pflichten eines christlichen Soldaten vorbereitet worden. Ich war der zweitbeste Schütze meines Ausbildungsjahrganges, der viertbeste Boxer und der Effektivste, wenn es darum ging, lautlos einen Gegner auszuschalten. In Gottes Namen kämpfen und sterben zu dürfen, so hatte man mich gelehrt, war das Höchste, was ein Mann vom Leben erwarten durfte. Doch nun, da der Krieg unmittelbar bevorstand, war ich mir plötzlich nicht mehr sicher, ob es wirklich das war, woran ich aus tiefster Seele glaubte.

Mein Empfinden hätte ich damals nie so klar umschreiben können, denn noch war ich nicht imstande, mich meinen Zweifeln zu stellen. Noch redete ich mir ein, dass die Freude am Krieg schon kommen würde, sobald mich erst das Fieber der Schlacht ergriffen hätte.

Die nächsten Tage über blieb ich in der Leppensteiner Kaserne und wartete auf weitere Befehle. Vom Kriegsausbruch zwischen meiner Heimat und Burgenreich erfuhr ich aus den Nachrichten. Niemand war überrascht. Zu groß waren die Gegensätze zwischen den beiden Ländern, als dass sie sich auf diplomatischem Wege hätten lösen lassen, zu gering im Vergleich die Stärke der Burgenreicher Streitkräfte. Die Sorge mancher, der Krieg könnte vieltausendfaches Leid mit sich bringen, schien unbegründet. Die Armee Burgenreichs leistete den Invasoren nämlich kaum Widerstand.

Im Fernsehen waren Bilder von befreiten Leibeigenen zu sehen. Diese vor Glück weinenden Menschen waren vom burgenreichischen Adel unter zum Teil sklavenähnlichen Bedingungen gehalten worden. Die beiden Abgeordneten von *Christen für den Frieden* wurden bei ihrem Auszug von der vor dem Parlament feiernden Menschenmenge verhöhnt. Welch Glück für die Unterdrückten und Geknechteten dieser Erde es doch sei, schleuderte ihnen eine Demonstrantin entgegen, dass in Wilderklinge nicht *Pazifisten* und *Gutmenschen* wie sie das Sagen hätten.

Der erfolgreiche Krieg, sofern man ihn überhaupt so nennen möchte, gegen den unbewaldeten Teil Burgenreichs war Balsam auf der Wunde, die meiner Heimat von der Horde beigebracht worden war. Das Ausmaß des von den Insekten angerichteten Schadens sprengte die Dimensionen all dessen, was selbst die Pessimisten unter den Experten prognostiziert hatten.

Es zeigte sich, dass zu viele Mittel in den Versuch investiert worden waren, den Zug der Horde zu verhindern, aber zu wenige, um sich auf die drohenden Folgen der nun eingetretenen Katastrophe vorzubereiten. Die Bilanz war verheerend. 15% des Erdölvorkommens und 20% der Gasvorkommen Wilderlands lagen unter den Panzern der Horde begraben. 3,2 Millionen Hektar landwirtschaftliche Nutzfläche war verloren gegangen. Eine Hungersnot drohte. Vor allem fehlte es an Wohnraum für all diejenigen, deren Dörfer und Städte von der Horde verschlungen worden waren. Hunderttausende waren gezwungen, in Zeltstädten und Turnhallen zu hausen.

Der Staat hätte auf verschiedene Arten auf die Krise reagieren können. Mit einer Bodenreform zum Beispiel. Mit massiven Energiesparmaßnahmen oder einer umfassenden Beschäftigungsoffensive. All dies wäre sicher sinnvoll gewesen, doch die Stimmung in der Bevölkerung war viel zu angespannt, als dass sie sich durch Maßnahmen hätte beruhigen lassen, deren Auswirkungen erst mittel- oder gar langfristig sichtbar geworden wären.

Bis zu dem Tag, an dem die Horde über Wilderland gekommen war, konnte das Land auf eine nahezu ununterbrochene Erfolgsgeschichte zurückblicken.

Erweckt vom Licht des Glaubens hatte sich knapp 1000 Jahre zuvor ein in viele Grafschaften, Herzogtümer und Kleinkönigreiche zersplittertes Gebiet zu einer gemeinsamen Nation zusammengefunden. Vereint war es den Menschen gelungen, Bedrohungen die Stirn zu bieten, denen gegenüber sie bis dahin wehrlos gewesen waren. Man vertrieb die kriegerischen Wüstenstämme vom Kontinent, warf die burgenreichischen Invasoren hinter den *Großen Fluss* zurück und beendete das grausame Wüten der Kinder der Agrunbar.

Unterdrückte und Verfolgte aus allen Winkeln der Erde kamen ins Land. Für sie war Wilderland weniger Staat als vielmehr Symbol. Der Beweis, dass der Wille freier Menschen Ketten sprengen und Tyrannen besiegen konnte. Mit dem Einfall der Horde geriet das Selbstverständnis der Wilderländer Gesellschaft in seine erste schwere Krise. Weder moderne Technik noch inbrünstige Gebete hatten es vermocht, den Zug der Insekten aufzuhalten.

Seit langer Zeit fürchteten die Menschen zum ersten Mal wieder, dass die Übel dieser Erde letzten Endes vielleicht doch über die Gemeinschaft der Gläubigen triumphieren könnten.

So entstand aus einer realen Katastrophe und irrealen Ängsten eine explosive Mischung. Die Falken unter den Klerikalen, und das war damals mit Abstand die Mehrzahl, schleuderte von ihren Kanzeln aus verbale Giftpfeile unters Volk. In teils glühenden, teils eifernden

Reden boten sie den Menschen Trost und die Gewissheit, Teil einer von Gott erwählten Elite zu sein, deren Aufgabe es sei, die Flamme des Glaubens in die Welt hinauszutragen. Eine Flamme, die nötigenfalls auch aus einer Geschützlafette kommen konnte.

Neben religiösen waren es hauptsächlich ökonomische Gründe, die für die Kriege gegen Burgenreich und bald darauf auch die Nebelinsel sprachen.

Unter dem ewigen Eis des Nordteils der Nebelinsel wurden die größten Energievorkommen des Planeten vermutet. Rohstoffe, die nur darauf warteten, der Erde entrissen zu werden.

Dann gab es da diese gigantischen Urwälder, die offiziell zwar dem Staatsgebiet Burgenreichs zugerechnet wurden, tatsächlich aber Hoheitsgebiet der Hameshi waren. Mit welchem Recht, fragte man sich in Wilderland, beanspruchte eine Handvoll angeblicher Götter ein Gebiet für sich, das – erst einmal gerodet – zur Kornkammer der ganzen zivilisierten Welt werden konnte?

Das Wörtchen *Krieg* hatte für die Mehrheit der Wilderländer Gesellschaft keinen negativen Klang. Wilderland hatte in seiner Geschichte viele Kriege geführt. Die allermeisten einer *gerechten Sache* wegen. Auch als angreifende Nation begriff man sich weniger als Aggressor, sondern vielmehr als der Überbringer eines gesellschaftlichen Models, von dem man überzeugt war, dass es das natürliche Bestreben aller Völker sein müsse, ihm zu folgen.

Das Land übte zwar wenig Rücksicht, wenn es darum ging, seine Interessen durchzusetzen, war aber gleichzeitig bemüht, den besiegten Völkern nicht als Besatzer, sondern als Befreier gegenüberzutreten. Und tatsächlich bedeutete das Erlöschen der staatlichen Souveränität eines von Wilderland besiegten Landes für dessen Bevölkerung oft auch das Ende von Unterdrückung und Knechtschaft.

Auch ich betrachtete mich damals nicht nur als Soldat des Kollektivs, sondern ebenso als Patrioten. Ich war stolz auf mein Land und das, was es in der Vergangenheit für sich selbst und für die zivilisierte Welt geleistet hatte. Als die Würfel unwiderruflich gefallen waren und das Verhängnis seinen Lauf zu nehmen begann, war ich trotz meiner fehlenden Begeisterung ebenso bereit, meine vaterländische Pflicht zu erfüllen, wie meine übrigen Landsleute auch.

3

Der Befehl, mich in Richtung östlicher Grenze zu begeben, erreichte mich drei Tage nach der Kapitulation Burgenreichs. Für eine einzige Nacht kehrte ich unter das Dach der Akademie zurück. Die meisten derjenigen, mit denen ich die letzten beiden Ausbildungsjahre verbracht hatte, waren bereits auf dem Weg zu ihren zukünftigen Einheiten. Es waren nur noch wenige da, von denen ich mich verabschieden konnte. Eine Stunde verbrachte ich beim Kommandeur, dem ich von meinen Erlebnissen in Hammerschlag und während des Hordenzuges berichtete. Meine Begegnung mit dem Mädchen behielt ich dabei ebenso für mich, wie die näheren Begleitumstände meiner Rettung. Ich wusste, was eine solche Heimlichtuerei nach Meinung der Kirche bedeutet. Es hieß, die Lüge in sein Herz zu lassen. Dieser Gedanke hätte mich belasten müssen, aber das tat er nicht. Vielleicht deshalb, weil ich tief in meinem Innern fühlte, dass es ein Unterschied war, ob man log oder ein Geheimnis besaß. Während die Lüge sich kalt und dornig anfühlte, war ein Geheimnis süß und schwer. Es erfüllte das Herz nicht mit Bitterkeit, sondern mit ahnungsvoller Wärme.

Nachdem ich meinen Bericht beendet hatte, fragte mich der Oberstleutnant, welche Schlussfolgerung ich aus meinen Erlebnissen, ergänzt um das Wissen aus den mir nun zugänglichen Quellen, ziehen würde. Ich überlegte kurz und sagte: »Ich glaube, dass die Agrunbar vor nicht allzu langer Zeit wieder Agrim in die Wälder gerufen hat, wenn ... wenn sie es nicht noch immer tut.«

Ich hatte mit einer Antwort gerechnet, doch der Offizier lehnte sich nur in seinen Bürosessel zurück, verschränkte die Hände vor dem Bauch, sah mich nachdenklich an und sagte: »Danke, Fähnrich. Ich wünsche Ihnen alles Gute!«

Als sich die Tore der Akademie hinter mir schlossen, wurde ich von einem Gefühl der Unsicherheit ergriffen. Wie viele Jahre hatte ich hier verbracht? Wie lange war hier das Zentrum meiner Welt gewesen? Viel hatte es nicht gebraucht, um mein Leben auf den Kopf zu stellen. Ein schlichtes Stück Papier, auf dem *Marschbefehl* stand, genügte, um mich in eine Welt zu schicken, die ich kaum kannte und noch weniger verstand. Mir blieb nicht viel Zeit, bis ich mich beim Sammelpunkt melden musste, die aber nutzte ich, um mich nach Hammerschlag zu stehlen. Ich ging in die Straße, in der ein unbekanntes Mädchen einst seine Hand auf mein Herz gelegt hatte. Auf ein Herz, das seitdem ihr gehörte. Natürlich war sie nicht hier. Ich unterdrückte das nagende Gefühl der Enttäuschung und zog die Sprühdose aus meiner Jacke. Die hatte ich in einem Laden für Automobilzubehör gekauft. *Ariko* sprühte ich damit in roten Lettern auf die Straße. *Und du?*

Der Zugverkehr funktionierte auch in vielen nicht direkt vom Zug der Horde betroffenen Gebieten noch immer nur sehr eingeschränkt. Daher kehrte ich mit einem Militärhubschrauber an den großen Fluss zurück.

Hier – dem baumlosen, *Gürtel* genannten Teil Burgenreichs gegenüberliegend – war ein aus mehreren Hundert Baracken und Mannschaftszelten bestehendes Armeelager errichtet worden. Ich hatte noch fast zwei Stunden, bis ich mich bei meiner Einheit melden sollte, und so nutzte ich die Zeit, um mich ein wenig umzusehen.

Mir fiel auf, dass die Stimmung im Lager längst nicht so nervös war, wie ich es erwartet hatte. Den jungen Soldaten schien vor dem Kampf mit den Hameshi nicht bange zu sein.

Nach der Kapitulation des Senats hatte das Auswärtige Amt eine offizielle Note an die Kinder der Agrunbar gerichtet und über der Feste von Jista – der größten der wenigen bekannten Siedlungen der Hameshi – abwerfen lassen. Man hatte den Herrschern der Wälder eröffnet, dass das Burgenreicher Staatswesen in seiner althergebrachten Form nicht mehr existieren würde. Bis eine demokratisch legitimierte Regierung im Amt wäre, würde das Land, die Wälder eingeschlossen, kommissarisch von Wilderklinge aus regiert. Dies bedeute, dass das Wilderländer Recht auch für sie, die Hameshi, gelte. Man erwarte Kooperation, vor allem aber die strikte Wahrung der Persönlichkeitsrechte der in ihrem Einflussbereich siedelnden Menschen. Die Hameshi hatten weder auf diese Note noch auf das drei Tage später gestellte Ultimatum reagiert. Doch das waren nur Formalien. Jedem war klar, dass die Hameshi die Herrschaft über die Wälder nicht aufgeben würden.

Unter den frisch einberufenen menschlichen Rekruten wurde viel gelärmt und gelacht. Keiner von ihnen schien sich ernsthafte Sorgen zu machen, was seine unmittelbare Zukunft betraf. Auch wenn ich bei diesen Leuten die im Kollektiv herrschende, heilige Ernsthaftigkeit vermisste, glaubte ich sie doch sicher an den Fäden einer Welt der Regeln und Gesetze. Das kam daher, weil ich den Krieg noch nicht kannte. Ich konnte mir damals einfach nicht vorstellen, dass in diesen Burschen, die oft nur ein oder zwei Jahre älter waren als ich, reißende Bestien lauern sollten. Doch der Krieg war weit weg. Einstweilen wirkten diese groß gewachsenen breitschultrigen Jungs vom Lande alles andere als Furcht einflößend. Sie trugen den *Großen Dienstanzug*, stolz geschmückt mit Schützenschnur und Sportabzeichen. Für sie war der Krieg ein Abenteuer. Eine Gelegenheit, den elterlichen Feldern den Rücken zu kehren, um im Auftrag des Vaterlandes Heldentaten zu vollbringen. Daneben gab es aber auch *richtige* Soldaten. Männer aus den Kasernen und Schwerpunktzentren des Militärs. Berufssoldaten, die wussten, was zu tun war, wenn es galt, die Interessen des Landes durchzusetzen. Diese Einheiten waren nicht nur hervorragend ausgebildet, sie verfügten darüber hinaus auch über eine ausgezeichnete Ausrüstung inklusive modernster Waffentechnik. Vokabeln wie *Budgetstraffung*, *Haushaltskonsolidierung* oder *Ausgabeneinschränkung* kannte der Verteidigungshaushalt nicht. Ein Umstand, der im Volk kaum diskutiert wurde. Zu oft hatte Wilderland im Lauf seiner Geschichte erfahren müssen, dass es nicht das Ansehen seiner Wissenschaftler und Künstler war, die ein Land vor dem Verderben schützten, sondern die Stärke seiner Armee.

Den größten Eindruck auf die frisch rekrutierte Landjugend machten hier – am Westrand des Lagers – zweifellos die Tanks des Schwarzen Kollektivs. Die Bauernburschen umlagerten diese gewaltigen, bald dumpf grollenden, bald laut dröhnenden Maschinen in Scharen. Aufgeregt tuschelnd wiesen sie hierhin und dorthin, wagten es aber nur selten, die kühl dreinblickenden Panzerbesatzungen anzusprechen. Alles in allem war es eine beeindruckende Streitmacht, die westlich des großen Flusses zusammengezogen worden war. Und doch war sie nichts im Vergleich zu den Kräften, die sich an der Nordküste sammelten. Seit zwei Tagen bereiteten die

Luftstreitkräfte dort schon mit gezielten Angriffen die Invasion der Nebelinsel vor.

Ich verließ das Lager und schlenderte zum Fluss hinüber. In dem von mir einsehbaren Teil Burgenreichs sah es friedlich aus. Nichts deutete darauf hin, dass hier vor Kurzem noch geschossen worden war. Bereits übermorgen, so hatte ich erfahren, sollte der zivile Autoverkehr zwischen beiden Ländern wieder aufgenommen werden.

Ich zündete mir eine Zigarette an und schnippte das Streichholz in den Fluss. Ich tat einen Zug und rieb mir die Nase. Ganz in der Ferne sah ich die Spitzen der Türme von Vogelsang, der Zwillingsfeste des legendären Jista.

Jista war das logische Ziel der bevorstehenden Offensive. Die Feste war nicht nur der heiligste Ort der Christenheit, sondern neben der Heiligen Weide auch der spirituelle Mittelpunkt jenes rätselhaften Volkes, das man die *Kinder der Agrunbar* nannte.

General Bergner, der Kommandeur der mit der Eroberung der Wälder betrauten Panzerdivision, war eine in jeder Hinsicht imponierende Erscheinung. Er maß mehr als zwei Meter und war nicht viel weniger breit als der Türrahmen, den er gerade durchschritten hatte. Sein Haar war so pechschwarz wie seine Uniform, sein Blick so streng, dass er einem jungen Soldaten Angst machen konnte.

Ich, der ich mich eben bei meinem Kompaniechef gemeldet hatte und nun dabei war, meine Unterkunft zu beziehen, wandte mich überrascht dem General zu. Um ihm in die Augen sehen zu können, musste ich meinen Kopf in den Nacken legen.

»Guten Morgen, hochwürdiger Bruder.«

Der General führte seine Fingerspitzen an die Schläfe. Er betrachtete mich mit einer bei höheren Militärs selten zu beobachtenden Aufmerksamkeit. Die meisten Obersten oder Generäle erwarteten zwar eilfertigen Respekt, waren aber stets bemüht, so zu wirken, als wäre ihre Zeit zu kostbar, um sie an die Pflege ihrer Umgangsformen zu verschwenden.

»Guten Morgen, Fähnrich. Steh bequem.« Der General musterte mich einen Moment lang, dann richtete er seine Aufmerksamkeit auf das Klemmbrett, das er in Händen hielt. »Du sprichst Hameshi?«

»Ja, hochwürdiger Bruder.«

»Du bist einer von nur neun Kadetten, die es auf sich genommen haben, neben einer Ausbildung, die als eine der Härtesten überhaupt gilt, auch noch Kultur und Sprache der Hameshi zu studieren.« Das war eine Feststellung.

»Ja, hochwürdiger Bruder.«

»Warum?«

Die Frage war berechtigt. Und schwer zu beantworten war sie außerdem. Vor allem dann, wenn während des Nachdenkens der durchdringende Blick von Bergner auf einem ruhte. Als ich gerade den Mund öffnen wollte, hob der General die Hand.

»Du bist zwar noch sehr jung, Bruder Ariko, aber so, wie es den Anschein hat, bist du – von zwei in Ehren ergrauten Professoren abgesehen – der größte Experte auf dem Gebiet der Hameshiforschung, den das Schwarze Kollektiv derzeit zu bieten hat. Pack deine Sachen, du begleitest mich zum Stab. Deine Aufgabe wird die eines Dolmetschers sein, und ich erwarte von dir, dass du dich dieser Aufgabe gewachsen zeigst. Haben wir uns verstanden, Fähnrich?«

Die Fahrt nach Burgenreich verlief weitgehend ereignislos. Der Gürtel war befriedet. Überall schien das, was man das »normale Leben« nennt, bereits wieder begonnen zu haben. Auf den meisten Feldern wurde gearbeitet. Die von der Knute ihrer Herren befreiten Knechte warfen ihre Hüte in die Luft, wenn wir an ihnen vorüberfuhren, und die Mägde schwenkten ihre sonnenverbrannten Arme. Wir Christi Soldaten erwiderten die Grüße mit gespreiztem Daumen, Zeige- und Mittelfinger. Dem Zeichen der Heiligen Dreifaltigkeit.

Hinter Eschelsbrück umkurvten wir einen ausgebrannten Militärtransporter, und zwischen Steinenfels und Mutterstadt sah ich eine zerbombte Radarstation. Bei Wiebelen erreichten wir schließlich unser Ziel, eine ehemalige Kaserne der burgenreichischen Streitkräfte. Die vormalige Besatzung war unmittelbar daneben in einem auf freiem Feld errichteten Lager interniert worden.

Selbst diese Männer jubelten, als sie uns, die Soldaten des Kollektivs, erkannten. Ich ging an den Lagerzaun und verteilte Zigaretten.

Mit mir kam ein Hauptmann, der sich nach dem Befinden der Kriegsgefangenen erkundigte. Niemand schien unzufrieden mit seinem Los. Sie bekämen ausreichend zu essen, und überhaupt sei beabsichtigt, das Lager in der übernächsten Woche aufzulösen. Die meisten Männer freuten sich darauf, nach Hause zurückkehren zu dürfen, aber nicht wenige erklärten auch, sich um eine Aufnahme in die Wilderländer Streitkräfte bemühen zu wollen.

⁂

Am folgenden Abend nahm ich an meiner ersten Lagebesprechung teil. Kaum einer der anwesenden Offiziere nahm Notiz von mir. Ein Major verwechselte mich gar mit dem für die Bewirtung der Anwesenden verantwortlichen Burschen. Jan Bergner betrat die ehemalige Offiziersmesse als Letzter, aber nun, da er da war, füllte seine Gegenwart den Raum bis in den letzten Winkel. Mit seinem tiefen und vibrierenden Timbre erläuterte Bergner den Aufmarschplan, sprach über die Aufgaben der einzelnen Truppenteile und die jeweiligen Angriffsziele. Er erklärte, wie wichtig es sei, die Bewohner der Walddörfer für die Invasoren einzunehmen. Ihnen müsse klargemacht werden, dass die Diktatur der Hameshi zu Ende sei, ohne sie durch allzu offene Konfrontation mit westlichen Ansichten und Verhaltensweisen zu verstören. Man dürfe nicht vergessen, dass die Kinder der Agrunbar diese Menschen in einer vorzivilisatorischen Entwicklungsstarre gehalten hätten. Gottes Wort sei ihnen ebenso fremd wie Maschinen aus Stahl. Beides müsse sie bei der ersten Begegnung erschrecken.

Die Offiziere nickten. Sie sprachen nur, wenn sie vom General dazu aufgefordert wurden, dann aber eifrig und sichtlich bemüht, einen befähigten Eindruck zu machen.

Bergner referierte: »Es ist nicht damit zu rechnen, dass die Hameshi sich offenen Kämpfen stellen werden. Weder ihre Anzahl noch ihre Ausrüstung erlauben ihnen eine offensive Kriegführung. Wir werden es mit einem unsichtbaren Gegner zu tun bekommen, der den schweren Verbänden ausweichen und vorwiegend versuchen wird, die uns nachfolgenden Verbände zu attackieren.« Bergner beugte sich über die Karte. Mit der zur Faust geballten rechten Hand stütze er sich am Tisch ab, während er mit dem Zeigefinger der linken auf einen etwa 180 Kilometer nördlich der Waldgrenze gelegenen, grauen Punkt deutete. »Diese Burg bildet eine Ausnahme. Es ist Jista. Wir alle kennen Jista als den Ort, an dem das Heilige Buch der Christenheit vom Himmel fiel. Während, wie die Aufklärung meldet, die Kinder der Agrunbar die Feste Vogelsang bereits räumen, bereitet sich Jista auf eine Belagerung vor. Das ist keine Überraschung, denn Jista ist auch den Hameshi heilig und wird daher von ihnen verteidigt werden.«

Ein Major, eben jener, der mich kurz zuvor aufgefordert hatte, ihm ein gekühltes Getränk zu bringen, ballte die Fäuste. »In zwei Tagen weht die heilige Fahne des Kollektivs über ...«

Bergner unterbrach den Major nicht. Sein Blick genügte, den aufgebrachten Soldaten verstummen und die Fäuste sinken zu lassen. »Du bist ein Dummkopf, Bruder. Wie lange hast du eigentlich vor, diesen Krieg zu führen? Jahre, Jahrzehnte? Was glaubst du, wie lange es dauert, bis der Wald so weit gerodet ist, dass wir die Hameshi stellen können?«

Das Gesicht des Majors rötete sich. Es war eigentlich nicht üblich, Untergebene in Gegenwart anderer zurechtzuweisen, doch General Jan Bergner folgte hier – und nicht nur hier – seinen eigenen Regeln. Er fuhr fort: »Wir werden Jista belagern, aber nicht erobern. Wir werden dem Feind die Möglichkeit geben, Verstärkung heranzuführen. Die Hameshi sollen die Feste so lange wie möglich verteidigen. Sie sollen ausbluten!«

Am darauf folgenden Abend wurde es ernst für mich. Der General gab mir den Auftrag, seinem Stab etwas von dem Wissen zu vermitteln, das ich mir in den letzten Jahren in Bezug auf die Hameshi angeeignet hatte. Man mag sich darüber wundern, dass die Agrim, sofern sie dem Kollektiv dienten, die unter den Menschen herrschenden Vorurteile in Bezug auf die Hameshi vielfach übernahmen. Das Studienfach, das sich mit den Kindern der Agrunbar beschäftigte, war nicht sonderlich populär. Es wurde als sperrig, wenn nicht gar als langweilig empfunden. Eine Meinung, die sowohl unter menschlichen Studenten als auch unter den Kadetten der Akademie verbreitet war. Zugegeben: Der Zugang zum Thema war nicht einfach. An den Kriegen des klassischen Burgenreichs hatten sich die neuen Kinder der Agrunbar nie beteiligt, und eine Art *historische Persönlichkeit*, über die man hätte referieren können, besaßen die Waldkinder auch nicht. Keine Könige, keine Philosophen, keine Erfinder, keine Religionsstifter. Es gab sie quasi nur im Kollektiv. Sie sprachen nicht, sie intervenierten nicht und hatten der Menschheit keine Lösung ihrer Sorgen und Nöte anzubieten. Sie lebten im Verborgenen und weigerten sich, am Geschehen außerhalb ihrer Wälder teilzunehmen.

Etwa eine Stunde lang sprach ich über Bewaffnung, Kommunikationswege, Kultur, Glaube und Eigenheiten der Hameshi. Es fiel mir anfangs nicht leicht, war bisher doch immer ich derjenige gewesen, der auf einer Schulbank gesessen und einem anderen zugehört hatte. Bergner wusste das und nickte mir daher immer wieder wohlwollend zu.

Langsam verlor sich meine Nervosität und ich gewann an Sicherheit.

»Ein Punkt, in dem sich die Dämonen aus den Wäldern von Menschen und Agrim unterscheiden, ist ihre körperliche Leistungsfähigkeit. Ein männlicher Hameshi, so schätzt man, kann bis zum 5-fachen seines eigenen Körpergewichts tragen, eine Frau immerhin noch etwa das 3,5-fache. Weiter wissen wir, dass die Kinder der Wälder von den Waffen des Altertums zwar zu verletzen, aber nur selten zu töten waren. Die Körper der Hameshi verfügen über enorme Selbstheilungskräfte. Sie kennen keine Krankheiten und sind in der Lage, sich selbst von schwersten Verletzungen in nur wenigen Stunden vollständig zu erholen. Ein weiterer Faktor ist ihr über Jahrtausende hinweg konkurrenzloses Kommunikationssystem. Ich habe euch bereits von den *sprechenden Steinen*, den Bolivaren, erzählt. Von den mit Kupfer und Mangan durchzogenen Findlingen, die wir in den östlichen Wäldern des Öfteren sehen werden. Die Bolivare sind in der Lage, die schwachen telepathischen Fähigkeiten der Hameshi so zu verstärken, dass diese über mehrere Hundert Kilometer hinweg miteinander kommunizieren können. Nur wegen der sprechenden Steine ist es den Kindern der Agrunbar möglich, in relativ kurzer Zeit und in großer Anzahl an nahezu jedem beliebigen Punkt ihrer Wälder zu erscheinen. Dieser Umstand trug dazu bei, dass noch Michelbeck die Population der Hameshi auf etwa zwei Millionen schätzte, wohingegen wir heute wissen, dass sie allenfalls 130.000 bis 150.000 Individuen zählt.

Auch heute verfügen die Hameshi noch immer über enorme Kräfte, können sich noch immer selber heilen und tauschen Neuigkeiten noch immer über die *sprechenden Steine* aus.

Verändert aber hat sich die Welt außerhalb der Wälder. Er gibt heute Waffen, gegen die körperliche Stärke nichts ausrichten kann, und Kommunikationsmittel, die den Bolivaren an Wirkungsweise und Flexibilität weit überlegen sind. Nur gegen ein *Talent* der Hameshi kannte man lange kein Mittel. Gegen das *Paschawé*, gegen die *Angst*!«

Die versammelten Offiziere folgten mir, nach dem zu Beginn meines Vortrags hier und da gegähnt worden war, inzwischen aufmerksam. Nur gelegentlich wurde noch an einem Mineralwasser genippt oder an einer Zigarette gezogen. Meine Art zu sprechen wurde immer flüssiger, mein Selbstbewusstsein wuchs. Wenn ich mich so gelehrt daherreden hörte, war ich fast selbst geneigt, mich für einen Experten zu halten.

»Wie man weiß, handelt es sich bei der *Angst* um einen elektrischen Impuls, den das Gehirn eines Hameshi auszusenden in der Lage ist. Ein Impuls, der direkt auf das limbische System wirkt und je nach Stärke beim Empfänger eine Furcht hervorruft, die von dumpfer Unruhe bis zur qualvollen Todesangst reichen kann. Ein erwachsener Hameshi kann mit einem einzigen dieser Impulse ein Paschawé erzeugen, das bei seinem Empfänger zum Herzstillstand führt.

Das vor rund zwanzig Jahren entdeckte *Medik*, sofern regelmäßig eingenommen, schützt das Gehirn vor Paschawé. Wir alle nehmen es daher bereits seit Tagen. Medik begann seine Karriere übrigens als Medikament zur Steigerung der Manneskraft. Seine für uns so nützliche Nebenwirkung gab es eher zufällig preis.«

Als ich schließlich endete, spendeten die Offiziere freundlichen Applaus. Ich will nicht verheimlichen, dass ich in diesem Moment sehr stolz auf mich war. Ich hatte, wie ich fand, meine Aufgabe sehr gut gemeistert.

Bergner kam nach vorn. Er legte mir die Hand auf die Schulter und gab mir damit zu verstehen, dass meine Aufgabe erfüllt sei und ich unter den übrigen Mitgliedern seines Stabes Platz nehmen könne. »Ich danke unserem Bruder vor Gott und möchte seinen Vortrag ergänzen«, sagte er. »Das zu tun wäre mir gestern noch nicht erlaubt gewesen. Erst vor zwei Stunden hat seine Heiligkeit, der Papst, die oberste kirchenmilitärische Geheimhaltungsstufe für die folgende Information aufgehoben.«

Eine Leinwand glitt hinter Bergner aus der Decke. Ich schlug die Beine übereinander und runzelte die Stirn.

»Vor nunmehr zwei Jahren begannen die ersten Agrim, Hammerschlag zu verlassen. Nur wenige haben das damals bemerkt. Es war die Zeit der Bandenkriege, und fast täglich wurde ein ermordeter oder am Rauschgift zugrunde gegangener Agrim aus dem Fluss oder der Kanalisation gezogen. Die Monate vergingen, und die Zahl derer, die aus Hammerschlag verschwanden, wurde schließlich so groß, dass die Bezirksverwaltung die Diözese informierte.«

Ich war mir sicher, dass ich wusste, worauf der General hinaus wollte. Meine Theorie, nein, eher Vermutung als Theorie, war also richtig!

»Anfangs war es nur ein Gerücht, dem nachzugehen weder der staatliche noch der kirchliche Geheimdienst für lohnenswert hielten. Niemand interessierte, was in Hammerschlag vor sich ging. Kein Politiker wollte mit den Anliegen der Agrim behelligt werden, solange deren Probleme das Ghetto nicht verließen. Unterdessen begannen die Agrim, sich zu spalten. In diejenigen, die den Pfad der Rechtschaffenheit beschreiten wollen, und diejenigen, die es zuließen, dass ihr Herz erneut vom Fluch der Agrunbar vergiftet wird.«

Ein Raunen ging durch die Versammlung. Man mochte es für Empörung der Nachlässigkeit und Ignoranz der Behörden gegenüber halten. Falls dem so war, mochten die »Empörten« in diesem Moment vielleicht vergessen, dass sie selbst sich in der Vergangenheit ebenfalls nur wenig für den nicht zum Kollektiv zählenden Teil unseres Volkes interessiert hatten.

»Vielleicht fragt ihr euch, wie es gerade jetzt dazu kommen konnte. Nun, wie wir wissen, stehen die alten Wesen in einer gewissen Wechselwirkung zueinander. Daher nehmen wir an, dass der erstmals nachgewiesene Impuls aus dunkler Materie nicht nur die Mobilisierung der Horde eingeleitet, sondern auch auf die *Rote Kreatur* eingewirkt hat.«

Der neben mir sitzende Hauptmann bekreuzigte sich. Einen Moment lang war ich versucht es ihm nachzutun, widerstand dem

Impuls aber. Der General sollte mich für einen klar und nüchtern denkenden Agrim halten.

»Gott befahl, den weißen Wurm zu töten, doch gab er der bösen Macht aus den Wäldern ihre Kräfte nicht zurück! Die Dämonin Agrunbar sollte den Gläubigen Mahnung sein, ihre Existenz aber nie mehr gefährden können. Nun aber, wo er seine Kinder gerüstet weiß, ruft er sie auf, sich den alten Übeln dieser Welt zu stellen! Die Liebe Gottes hat ihren Preis, und dieser Preis wird mit Blut bezahlt!«

Bergner war dabei, sich in Rage zu reden, hatte aber die Katze noch immer nicht recht aus dem Sack gelassen. »Aniguel hat das dunkle Herz der Roten Mutter wieder zum Schlagen gebracht, doch erst der Hordenimpuls hat ihre böse Seele geweckt. Erst jetzt hat sie ihre alte Macht zurück erlangt, erst jetzt war sie wieder fähig, einen Clan zum Leben zu erwecken, der früher vor allen anderen für seine Grausamkeit berüchtigt war: die Felsenkatzen!«

Dann stimmte es also! Die Rote Mutter hatte wieder Agrim in die Wälder gerufen. Das Raunen ringsum war nun sehr viel lauter als vorher. Offenbar war ich nicht der Einzige, der mit dem Begriff *Felsenkatzen* etwas anfangen konnte. Die Felsenkatzen hatten sich als der Roten Mutter eigener Clan begriffen. Anders, als die übrigen Clans, hatten sie der Agrunbar keine Blüten- und Blumen-, sondern Menschenopfer dargebracht. Davon abgesehen waren die Felsenkatzen der einzige Hameshi-Clan, der nicht auf dem Gebiet des heutigen Burgenreichs, sondern im bewaldeten Süden Wilderlands gelebt hatte.

Der General fuhr fort: »Es muss als sicher gelten, dass in den vergangenen beiden Jahren zwischen 10.000 und 13.000 Agrim in die Wälder des Ostens gegangen sind. Diese vom militärischen Standpunkt aus betrachtet geringe Zahl darf uns nicht darüber hinwegtäuschen, dass wir es hier mit sehr gefährlichen Leuten zu tun haben.« Der General entzündete eine Zigarette, bevor er weitersprach. »Wir müssen diese Kreaturen als für Gott und das Land verloren betrachten. Sie sind nicht länger Agrim, sondern Hameshi vom Clan der Felsenkatzen. Tückisch, grausam, tödlich! Dieser jüngste aller Clans ist es, in dem sich der Hass der Roten Mutter in seiner alten Reinheit zeigt! Einst waren die Felsenkatzen Agrim wie wir, aber das sind sie nun nicht mehr. Sie gehören jetzt der Roten Mutter, und wer einmal unter ihrem Bann steht, den gibt sie nicht mehr frei.«

Auf der Leinwand erschienen Bilder. Sie zeigten, wie der General erklärte, Agrim, die im Verdacht standen, heute den Felsenkatzen anzugehören. Die vorüberflimmernden Gesichter sagten mir nicht viel. Für mich hätten das ganz normale Leute sein können. Die Fotografien waren, das konnte man deutlich sehen, heimlich aufgenommen worden. Keiner der Abgebildeten hatte sich der Kamera zugewandt. Doch es gab eine Ausnahme.

In meinem Haaransatz sammelte sich Schweiß; er bildete eine feuchte Perle, die meinen Nacken hinab wanderte, um nach wenigen Zentimetern vom Hemdkragen aufgesogen zu werden. Sie stand mit dem Rücken gegen eine Mauer gelehnt. Das rechte Bein hatte sie angewinkelt und die Fußsohle gegen den Beton gedrückt. Die Arme hielt sie vor der Brust verschränkt, ihre Mundwinkel deuteten nach unten. Der zwischen ihren langen, braunen Locken hervorschimmernde Blick war ernst. *Sie* war es! Das Mädchen, das meine Träume regierte und noch im Angesicht der Horde bei mir gewesen war. *Sie* sah in die Kamera. Nicht verstohlen, nicht fragend, sondern im vollen Bewusstsein, genau jetzt fotografiert zu werden. Das Bild war kaum zwei Sekunden zu sehen, und doch brannte es sich mir ins Gedächtnis. Nicht ihr Gesicht, nein, denn das besaß ich bereits, es waren die roten Buchstaben, die neben ihr auf die Mauer gesprüht waren: *Lamis'jala* stand dort. Keiner der anwesenden Offiziere sprach Bergner auf das Bild an, und auch der General ging nicht darauf ein. Ich aber saß mit heftig klopfendem Herzen auf meinem Stuhl. Ich wusste, dass dieses einsame Wort eine Botschaft war und dass sie weder der Roten Mutter noch dem kirchlichen Geheimdienst, sondern allein mir galt. Allein mir. »Lamis'jala«, flüsterte ich leise vor mich hin, und noch einmal: »Lamis'jala.«

4

Am nächsten Tag ging es in die Unendlichkeit der Wälder, in das Reich der Hameshi hinein. Gemeinsam mit zwei Stabsoffizieren wurde ich einem der vorausfahrenden Tanks zugeteilt. Ich nutzte die letzten Kilometer vor Erreichen des Waldes, um zur Panzerluke hinauszuschauen. Pollen drangen mir in die Nase und ließen mich kräftig niesen. Eine Hummel prallte mir gegen die Brust und ließ einen gelben Kranz aus Blütenstaub zurück. Der dunkle Saum des Waldes kam näher und näher, und ich träumte mich auf ein kleines, sturmumtostes Fischerboot, unwiderstehlich angesogen von dem Schlund eines großen, dunklen Wals.

⚛

Zäh reihten sich die Stunden aneinander. Der Fahrer behauptete, wir kämen zügig voran. Aus seiner Sicht heraus mochte das stimmen, doch mein Magen erzählte mir etwas völlig anderes. Der Weg, auf dem wir uns befanden, schien mir sehr viel unwegsamer als der Panzerübungsplatz des Akademiegeländes. Übelkeit ist etwas Tückisches. Sie vermittelt einem den Eindruck, als würde die Welt auf das Maß der eigenen Befindlichkeit zusammenschrumpfen.

Unser erstes Ziel hieß Aspergen, die mit Abstand größte menschliche Siedlung in den östlichen Wäldern. Sie besaß damals eine geschätzte Einwohnerzahl von etwa 11.000 Männern, Frauen und Kindern. Die Funkverbindung unter den Fahrzeugen war schlecht, und die Mobiltelefone versagten ihren Dienst bald ganz. Unser Bordfunker war der Erste, der die Vermutung anstellte, es seien die Bolivare, die unsere Übertragungen störten. Ich wurde ein wenig nervös, doch ich war nicht der Einzige. Auch in das professionelle Gebaren der Panzerbesatzung schien sich allmählich Anspannung zu mischen. Die Kinder der Agrunbar hatten sich bislang noch nicht blicken lassen, doch wir fragten uns, wie wohl die Einwohner der Waldstadt auf uns reagieren würden. Möglicherweise waren sie tief in der Glaubenswelt der Hameshi verwurzelt und würden in uns Eroberer sehen, gekommen, um die Welt, in die sie hineingeboren waren, zu zerstören, und wenn nicht zu zerstören, dann doch auf den Kopf zu stellen.

Der Panzer kam so unerwartet zum Stehen, dass ich gegen den Helm des Ladeschützen knallte. Er lachte, und mir dröhnte der Kopf. Der Kommandant öffnete die Luke. Sofort drang ein Lärmen zu uns in die Tiefe, das mich zusammenzucken ließ. Wir sahen uns gegenseitig an. Was ging dort draußen vor? Quälende Minuten verstrichen, bis der Kommandant erklärte, dass die Umgebung gesichert sei und alle außer dem Fahrer und dem Richtschützen den Tank verlassen könnten.

Der Anblick der unser Fahrzeug umringenden Menschen verschlug mir die Sprache. Ganz Aspergen schien auf den Beinen. Die Bevölkerung, sehr einfach gekleidet, jubelte uns zu. Man hielt dem Kommandanten schreiende Säuglinge entgegen. Frauen legten Blumen auf die Panzer, und die Kinder grüßten uns mit dem Zeichen der Heiligen Dreifaltigkeit.

Ich sprach mit den Einwohnern des Städtchens. Es ging uns in erster Linie um die genaue Lage der nächstgelegenen Hameshi-Siedlung, doch konnten die Aspergener dazu nur vage Angaben machen. Sie schilderten mir die Kinder der Agrunbar als tyrannische Despoten. Das Jagen sei ihnen ebenso verboten wie das Fällen von Bäumen. Den Besitz von Waffen hatten ihnen die Waldkinder ganz untersagt. Waren im Winter die Wölfe aus den Bergen gekommen, hätten sie sich ihrer nur mit Stöcken und Steinen erwehren dürfen.

Am westlichen Dorfrand stieß ich auf die Überreste einer Weihestelle. Jedes Dorf in den Wäldern besitzt einen solchen Ort. Hier hatte man den Hameshi Opfer dargebracht, hauptsächlich kleine Basteleien aus Holz oder Laub, um sie um ihren Segen – für den Bau eines neuen Hauses oder die bevorstehende Geburt eines Kindes – zu bitten. Die Weihestelle Aspergens bestand aus zwei ineinander wuchernden Eschen. Die Hameshi selbst hatten mit einer besonderen Knüpf- und Bindetechnik für die kunstvolle Verschlingung der beiden Bäume gesorgt. Gerne hätte ich eine kleine Skizze von diesem Ort gefertigt, doch er war von den Apergenern bereits zerstört worden. Sie hatten die Schlingen durchtrennt und die meisten Zweige abgehackt. Also machte ich nur eine Fotografie und ging dann zu meiner Einheit zurück.

Die Aspergener beschworen uns, bei ihnen zu bleiben. Sie fürchteten die Rückkehr der Hameshi, vor allem aber das, was diese ihnen antun könnten, wenn sie von ihrem Verrat erführen. Bergner selbst beruhigte die Menschen. Er versicherte, dass das reguläre Militär in wenigen Stunden nachrücken würde. Aspergen bekäme bald Elektrizität und eine Kirche. Die Tage der Unterdrückung seien vorbei und würden auch nicht wiederkehren.

Noch am selben Tag entdeckten die Hubschrauber die mutmaßliche Heimstatt der in diesem Gebiet ansässigen Hameshi-Familie. Um sie zu erreichen, mussten wir Spezialgerät einsetzen, das uns schneidend und fräsend einen Weg durch den Urwald bahnte. Viele Jahrhunderte alte Bäume fielen unserem Eindringen zum Opfer. Ein alles in allem sehr trauriger Anblick.

Die Siedlung selbst war von den Hameshi offenkundig aufgegeben worden. Der General verbot uns, sie zu betreten. Sehr wahrscheinlich, so sagte Bergner, sei die Siedlung von ihren ehemaligen Bewohnern mit Fallen versehen worden. Daher blieb mir nur der Blick aus der Ferne. Durch meinen Feldstecher hindurch betrachtete ich die Laubkronen der gewaltigen Bärenbäume. Die größten unter ihnen besitzen an ihrer Stammbasis einen Umfang von sagenhaften 90 Metern. Diese Bäume sind innen hohl und dienen den Hameshi als Zuhause. Bärenbäume sind sehr selten. Genau genommen gibt es sie überhaupt nur in Burgenreich. Es war umstritten, ob die Hameshi die Nähe der Bäume suchten oder ob sie von ihnen durch ein bislang unbekanntes Verfahren gezüchtet werden konnten.

Während ich die Siedlung beobachtete, landete ein Sperling auf meiner Schulter. Als ich den Kopf in seine Richtung drehte, schlug er kurz mit seinen kleinen Flügelchen, blieb aber sitzen. Ich hielt ihm vorsichtig zwei Finger hin, die er als Brücke nutzte, um auf meinen Handrücken zu gelangen. Der zutrauliche Spatz pfiff und schrillte, dass es ein Vergnügen war, und flog erst davon, als unter mir laut der Diesel ansprang.

Die Wegeverhältnisse wurden zunehmend schwieriger. Auch wenn unsere Fahrzeuge speziell auf die Erfordernisse des Waldes ausgelegt waren, gelangten wir an Steigungen und Hindernisse, die den Fahrern all ihr Können abverlangten. Immer öfter war der Einsatz von schwerem Räumgerät notwendig, um zum Beispiel einen quer über den Weg gefallenen Baumriesen zur Seite zu ziehen. Den Männern, die sich zu diesem Zweck eine Zeit lang im Freien aufhalten mussten, war sichtlich unwohl in ihrer Haut. Bergner begegnete dieser Unsicherheit, indem er sich zu den Pionieren gesellte und ihnen dabei half, Ketten um Baumstämme zu schlingen oder schwere Äste abzusägen.

Wenn die Panzermotoren einmal schwiegen, konnten wir die Rotoren der unseren Vormarsch deckenden Hubschrauber hören. Die Aufklärung meldete, dass die Hameshi die Wälder südlich von Jista preisgaben und sich in Richtung der Festung zurückzögen. Solchen Meldungen war mit Vorsicht zu begegnen, musste man doch damit rechnen, dass die Hameshi früher oder später Mittel und Wege finden würden, der Wahrnehmung der Wärmesensoren, Bewegungsmelder und Richtmikrofone zu entgehen. Mehr als auf die moderne Technologie vertrauten die Soldaten auf die Worte des Generals, der ihnen versicherte, im Augenblick außerhalb jeder Gefahr zu sein.

In jedem Weiler, durch den wir kamen, bot sich uns ein nahezu gleiches Bild: jubelnde Menschen, die uns mit Blumen und Früchten begrüßten. Bergner nahm sich die Zeit, überall einen kurzen Gottesdienst abzuhalten und ein hölzernes Kreuz zu errichten. Der General sagte den Menschen, dass der Erlöser uns gesandt hätte, um das Licht seiner Worte in das Dunkel der Wälder zu tragen. Die Waldbauern dankten ihm seine Rede mit Hochrufen und indem sie ihm die Hände küssten.

Dann begegneten wir zwei Tage niemandem mehr. Selbst die Tiere machten sich rar, und die Bäume schienen immer dichter zusammenzurücken. Für mich gab es nicht viel zu tun. Ich gewöhnte mich an das stete Dröhnen des Diesels und vermochte es mit der Zeit, selbst während der holprigen Fahrten zu schlafen. Ich unterhielt mich gerne mit den übrigen Besatzungsmitgliedern. Wir sprachen über das Wunder des Glaubens, aber auch von dem Druck, der in Hammerschlag mittlerweile auf diejenigen ausgeübt wurde, die sich nach wie vor als Bestandteil der Wilderländer Gesellschaft sahen. Allein über Lamis'jala ... über Lamis'jala sprach ich mit niemandem.

An unserem achten Tag in den Wäldern erreichten wir eine Siedlung mit Namen Furtensee. Dort, so hatte ich gelesen, sollte es einen kristallklaren See geben, gespeist von einem Wasserfall. Ich stellte mir vor, wie schön es sein müsste, dort ein Bad zu nehmen. Das Wasser wäre kalt und ich bekäme eine Gänsehaut. Ich würde mich bis auf den Grund des Teiches sinken lassen, könnte von dort aus aber immer noch die Sonne sehen. Es war ein verführerischer Traum, auch wenn mir klar war, dass er ein Gedankenspiel bleiben musste.

Der Empfang, der uns in Furtensee zuteilwurde, war eine für uns bis dahin gänzlich neue Erfahrung. Die Menschen, die sich entlang der Straße versammelt hatten, jubelten nicht und sie reichten uns auch keine Blumen. Sie schwiegen und starrten uns aus düsteren Gesichtern heraus an.

Wir alle, die wir von unseren Panzern stiegen, waren nicht sofort in der Lage, das veränderte Verhalten zu verstehen. Wir hielten die Einwohner Furtensees für verängstigt, vielleicht auch für erschrocken im Angesicht des militärischen Apparates, der so unverhofft in die Abgeschiedenheit ihres Dorfes eingedrungen war.

Der in der Reihe vor uns fahrende Panzer hatte einen großen Seesack mit Spielzeug und Süßigkeiten an Bord. Malbücher, Puppen, Modellautos ... Dinge, die Kinderherzen für die Sache der Invasoren einnehmen sollten. Ich nahm eine Tüte Bonbons und ging auf eine Gruppe von etwa acht oder neun Jungen und Mädchen zu. Lächelnd gab ich jedem eine Süßigkeit in die Hand. Sie betrachteten meine Gaben erst unschlüssig, ließen sie dann in den Staub fallen und rannten davon.

In Furtensee fand ich auch die erste unbeschädigte Weihestelle. Sie bestand aus einem Schlehendorn, der – trotzdem es schon längst Sommer war – noch immer in voller Blüte stand. Ich untersuchte die Zweige so genau, wie es mir möglich war, konnte aber nicht das geringste Anzeichen für einen unmittelbar bevorstehenden Laubaustrieb entdecken. Der Opferstein, der vor dem Schlehenbusch stand, war erst vor Kurzem mit frischen Laub und Blütenblättern geschmückt worden. Die alte Waldmagie war hier spürbar, und ich fand es schade, dass meine Kamera nichts davon einfangen konnte.

Mitten in der Nacht, wir hatten inzwischen etwas mehr als die Hälfte des Weges nach Jista zurückgelegt, ließ Bergner unseren Tross halten. Auf dem Gefechtsturm hockend konnte ich ihn im Licht unseres kleinen Bordscheinwerfers sehen. Die Fäuste in die Hüften gestemmt, so stand er am Wegesrand und schien in die Finsternis der Wälder hineinzulauschen. Als er nach vielleicht einer Viertelstunde von dort zurückkehrte, gab er bekannt, dass wir von nun an unter voller Gefechtsbereitschaft fahren würden.

Bei seinen Worten krampfte sich mir der Magen zusammen. Obwohl ich die harte Ausbildung des schwarzen Kollektivs durchlaufen hatte, wusste ich nicht, ob und wie ich den Schritt von der Theorie zur Praxis des Krieges bewältigen konnte. Mittlerweile war ich sogar in der Lage, diesem durch meine Seele irrlichternden Gefühl einen Namen zu geben. Ich hatte Angst, und ich empfand es als bedrückend, niemanden zu haben, mit dem ich offen über diese Angst sprechen konnte.

Am Morgen des folgenden Tages wurde ich von einer Detonation aus dem Schlaf gerissen. Folgendes war geschehen: Um 5 Uhr 31 hatte das Wilderländer Staatsfernsehen ein Fax erhalten, in dem sich eine bis dahin unbekannte Untergrundgruppe namens *Roter Frühling* zu einem Anschlag auf die in den östlichen Wäldern operierenden Kirchenverbände bekannte. Namentlich wurde in diesem Schreiben ein *Märtyrer Stiebelen* genannt.

Um 5 Uhr 32 überquerten wir als drittes Fahrzeug unserer Kolonne eine Furt. Um 5 Uhr 35 bemerkte unser Fahrer, dass uns der Rest der Kolonne nicht gefolgt war, und meldete es dem Führungsfahrzeug. Kurz, nachdem wir zum Stehen gekommen waren, hörten wir die Detonation. Der unmittelbar vor der Furt stehen gebliebene Tank hatte sich gesprengt. Der Kommandant des Panzers, Sven Stiebelen, hatte seine Mannschaft erschossen und anschließend die

Lafettenmunition gezündet. Einzelteile des Tanks wurden bis zu 400 Metern weit durch die Luft geschleudert.

Damit ging der Oberleutnant Stiebelen als der erste Selbstmordattentäter dieses Krieges in die Geschichte ein. Seit seinem vierten Lebensjahr hatte er sich in der ständigen Obhut kirchlicher Einrichtungen befunden. Niemand konnte verstehen, wie ausgerechnet er zum Verräter hatte werden können.

In dem Moment, als der Terrorist seinen Panzer sprengte, griffen uns, die wir für den Moment vom Rest der Kolonne abgeschnitten waren, die Hameshi an. Mit bloßen Händen riss einer von ihnen den Lukendeckel unseres Fahrzeugs aus seiner Verankerung. Bevor ich meine Waffe ziehen konnte, war der Hameshi mitten unter uns und schoss einen Pfeil in das rechte Auge des Ladeschützen. Es war das erste Mal, dass ich sah, wie jemand im Kampf getötet wurde. Meine mittlerweile gezogene Waffe glitt mir aus der schweißnassen Hand. Sie fiel zu Boden und schlidderte unter die Abdeckung des Geschützmagazins. In den nächsten Augenblicken bewiesen die Kirchensoldaten, warum sie als die bestausgebildetste Kampfgruppe des Heeres galten. Von mir einmal abgesehen verlor niemand die Nerven. Die Brüder nahmen den Hameshi kontrolliert unter Feuer, sich der Gefahr von Querschlägern immer bewusst.

Der Überfall dauerte nur Sekunden. Die Soldaten trugen die Leichen des toten Hameshi und unseres Kameraden nach draußen. Sie waren nun keine Kämpfer mehr, sondern Teil einer Statistik.

Der Pfeil, der aus dem Schädel des toten Ladeschützen ragte, verfing sich an den Überresten der Luke und brach ab. Er fiel in das Innere des Panzers zurück und blieb zwischen meinen Füßen liegen. Überall klebte Blut. An den Wänden, an den Armaturen, auf den Kabelleitungen. Es funkelte feucht in den Farben der Knöpfe und Leuchtdioden: rotgelb, rotgrün, rotblau ...

»Ariko?«

»Ja?«

»Wir brauchen dich hier draußen.«

Die von den Panzern abgesessenen Soldaten standen zwischen unserem und dem hinter uns stehenden Panzer und bildeten dort einen Kreis. Unter ihnen befand sich Bergner, der mich zu sich rief. Er zeigte auf den Boden: »Was sagt sie?«

Auf dem Boden, in der Kettenfurche eines Tanks, lag die Hameshi.

Sie musste zur Gruppe der Angreifer gehört haben. Sie hatte zwei wie gestanzt wirkende Löcher in ihrem Leib. Eines knapp oberhalb des Herzens, ein weiteres in Höhe der Leber. Die der Frau innewohnenden Kräfte versuchten, die schrecklichen Wunden zu schließen, doch es schien mir sicher, dass die Magie der Wälder den Wettlauf mit dem Tod verlieren würde.

Es war ein für mich sehr bedeutsamer Moment. Noch heute erinnere ich mich an viele Details. So weiß ich, dass die Hameshi mit Henna gefärbte Augenbrauen gehabt hatte und dass ihre beiden Armkatapulte noch vollständig geladen waren. Das Gesichtstuch war ihr nach unten gerutscht, und ich sah Blut auf ihren Zähnen. Sie sah aus wie Mitte zwanzig, doch sie könnte ebenso gut achtzig Jahre alt gewesen sein. Hameshi beginnen, erst unmittelbar vor ihrem Tod zu altern.

Bergner hatte recht. Die Frau sagte etwas. Sie sprach zu leise, als dass ich sie hätte verstehen können, also sank ich auf die Knie und beugte mich zu ihren Lippen hinab. Die fremde und doch seltsam vertraut wirkende Sprachmelodie der Frau griff an mein Herz. Ihr Blick ging durch mich hindurch, und der Stoff meiner Hose sog sich voll mit ihrem Blut. Ihre Stimme wurde leiser und leiser und versickerte schließlich ganz, obwohl ihre Lippen sich noch eine ganze Zeit lang weiterbewegten. Dann endlich lag sie still. Die Hameshi war tot. Ich mühte mich auf meine zitternden Beine und wandte mich Bergner zu.

»Was hat sie gesagt?«
»Sie hat gesungen.«
»Gesungen? Was hat sie gesungen?«
»Ein Kinderlied.«
»Aha.«
Der General nickte, als habe er genau das erwartet.

Am Abend, nachdem uns die beiden Hameshi angegriffen hatten, fuhren wir nach Balbach ein. Es war von Anfang an die Hölle. Ich weiß nicht, wie ich es anders beschreiben soll. Die Bewohner empfingen uns mit Steinwürfen. Die Soldaten sahen sich gezwungen, über die Köpfe der sich zusammenrottenden aggressiven Menschenmenge hinwegzuschießen. Erst, nachdem ein Hubschrauber mehrere Tränengasgranaten über dem Ort abwarf, beruhigte sich die Situation etwas.

Mitten in der Nacht griffen uns die Hameshi mit Paschawé an. Zum ersten Mal war es ihnen in größerer Anzahl gelungen, durch das Netz der Luftsicherung zu sickern. In diesen Stunden zeigte sich, dass Medik nicht ganz das halten konnte, was man sich zu Beginn des Krieges davon versprochen hatte. Bergner befahl das Verdoppeln und schließlich das Vervierfachen der Medikamentenrationen, und ich weiß aus eigener Anschauung, dass es nicht wenige Kameraden gab, die sogar bis zum 16-fachen der ursprünglich als für ausreichend erachteten Menge zu sich nahmen. Auch meine Unruhe wurde durch den Einfluss des Paschawé gesteigert, aber nicht bis ins Unerträgliche. Im Vergleich mit den Empfindungen, die ich bei dem Beginn der Hordenwanderung durchlitten hatte, schien mir der Druck des Paschawé erträglich. Es erschreckte mich, mitzuerleben, dass viele Kameraden dagegen sehr heftig auf *Angst* ansprachen. Männer, die ich bislang in jeder Situation als kühl, ja stoisch erlebt hatte, brachen nun gelegentlich der nichtigsten Anlässe in Tränen aus. Manche begannen zu zittern und konnten nicht wieder damit aufhören.

Bergner, der als Einziger wirkte, als würde das Paschawé keinerlei Eindruck auf ihn machen, erwog mir gegenüber die Möglichkeit eines vorübergehenden Rückzuges, verwarf den Gedanken aber wieder, da er sich ernsthaft sorgte, die Männer nicht wieder zum Stehen zu bringen, wenn sie sich erst einmal zur Flucht gewandt hätten.

Die Hubschrauber nahmen die Umgebung unter Beschuss, was den Druck auf uns aber kaum verringerte. Erst, als die Heeresleitung den Einsatz von hochgiftigen Herbiziden genehmigte, zogen die Hameshi sich tiefer in die Wälder zurück.

Drei Tage gruben wir uns in Balbach ein. Dann warfen die Hubschrauber zwei an Fallschirmen hängende Kunststoffbehälter über unserer Stellung ab. Sie enthielten die klassische Version von Medik, die wir nehmen sollten, bis die Schwächen der neuen Variante behoben wären. Tatsächlich erwies sich das ursprüngliche Medik als sehr viel wirkungsvoller gegen Paschawé als der von seinen die Libido steigernden Bestandteilen bereinigte Nachfolger. Den Nachteil, nämlich häufiger, mitunter schmerzhafter Erektionen, nahmen die Soldaten gerne in Kauf.

Bergner dachte bereits daran, den Vormarsch fortsetzen zu lassen, als uns kurz vor dem Verteilen der Abendrationen der weitergeleitete Notruf einer verirrten Einheit erreichte. Der Ort, zu dem wir gerufen wurden, lag etwa 18 Kilometer östlich von Balbach und war so ungünstig gelegen, dass dort kein Hubschrauber landen konnte. Auch wir mussten, um ihn zu erreichen, nicht nur einen Fluss, sondern auch eine dicht bewaldete Hügelkette überqueren.

Daher ging auch bereits wieder die Sonne auf, als wir unser Ziel erreichten.

Alle waren wir müde, selbst ich, obwohl ich während der Fahrt gut drei Stunden geschlafen hatte. Bergner erklärte die Gegend für sicher, und wir saßen ab. Zuerst bemerkte ich den umgestürzten Truppentransporter. Er gehörte zu den regulären Streitkräften. Wie sich später herausstellte, hatte das mit Sanitätern sowie Angehörigen des Militärmusikdienstes besetzte Fahrzeug die zur Vorausfahrt bestimmten kirchlichen Streitkräfte versehentlich überholt.

Der Wald lag noch im Morgennebel. Nur vereinzelt fielen bereits einige Sonnenstrahlen auf den etwa fünf Meter vor dem Fahrzeug liegenden Toten.

Ich hatte schon Leichen gesehen. Früher, während eines Besuchs der medizinischen Fakultät. Krebskranke, Unfallopfer, sogar einen Ermordeten ...

»Komm her, Ariko. Ich brauche deine Meinung.«

Das Zittern begann unter meiner Schädeldecke und breitete sich von dort im ganzen Körper aus. Ich glaubte mich auf einem dünnen Brett stehend, das von unsichtbaren Kräften in rüttelnde Bewegungen versetzt wurde.

Bergner wies auf die Leiche. »Ist es das, wofür ich es halte?«

Mir war, als könnte ich mir selbst über die Schulter schauen. Ich bückte mich zu dem aufgebahrten Soldaten herab.

»Der Mann hier wurde von zwei weiblichen Felsenkatzen getötet.«

Der General stieß einen interessierten Pfiff aus.

»Zwingend von Frauen?«

Nur weibliche Felsenkatzen führen ... führen rituelle Tötungen durch. Sie unterliegen in Form und Ablauf strengen Regeln.«Der

General rieb sich nachdenklich das Kinn. Er wirkte ruhig und gesammelt. Er betrachtete den Toten, als hätte er ein Schachbrett vor sich, auf dem er eine verborgene Kombination finden müsse.

Ich sagte »Entschuldigung« und erhob mich. Mein Ziel war ein hüfthoher, vielleicht zehn Meter entfernt stehender Busch, doch den erreichte ich nicht mehr. Auf etwa halber Strecke schloss sich eine stählerne Faust um meinen Magen. Ich beugte mich vornüber, stützte meine Hände auf die Oberschenkel und erbrach mich quer über den Pfad. Ich wischte meinen Mund mit zwei Papiertaschentüchern ab und ging zu Bergner und der Leiche zurück.

»Was kannst du mir noch erzählen?«

Ich nahm den mir angebotenen Mundschutz und zog ein paar gelbe Gummihandschuhe über. Dann hob ich den Kopf des Getöteten vorsichtig an. Sein Unterkiefer war entfernt worden und der Brustkorb klaffte offen. Die Speise- sowie die Luftröhre lagen in einer Länge von etwa zehn Zentimetern frei. Das Herz hatte man dem Soldaten herausgeschnitten und ihm in den Schoß gelegt.

»Diese Form der rituellen Tötung trägt den Namen *Liebe der Roten Mutter*. Vermutlich wurde der Soldat von einer Erwachsenen und einer jüngeren Hameshi getötet, von denen Letztere etwas fehlerhaft gearbeitet hat. Das sieht man hier und hier ...« Der Mann war der Roten Mutter Agrunbar geopfert worden. Vom Rest der Besatzung – vermisst wurden 15 Soldaten – fehlte jede Spur.

Noch während der Rückfahrt musste ich mich erneut übergeben, wofür ich von der Besatzung meines Panzers, die nun mit dem Gestank leben musste, einiges zu hören bekam. Wie aus dem Nichts bekam ich Fieber. Es kam so schnell und stieg so hoch, dass unsere Kolonne schließlich halten und einer der beiden mitgefahrenen Ärzte nach mir sehen und mir eine Spritze geben musste.

General Bergner machte der Umstand zornig, dass er aus den Reihen des Kollektivs heraus verraten worden war. Es war Terroristen gelungen, einen Attentäter anzuwerben, und nun musste der General sich fragen, ob es möglicherweise noch weitere Verräter gab. Bergner ging mit diesem Problem auf seine eigene Weise um. Trotz der feindseligen Haltung der Dorfbewohner ließ er die Weihestelle

Balbachs zerstören und ein Kreuz an seine Stelle setzen. Auch wenn der weitere Vormarsch auf Jista sich deswegen um volle zwei Tage verschob, wäre es doch keinem Angehörigen des Kollektivs eingefallen, einen Befehl von Jan Bergner infrage zu stellen. Mit vielen Soldaten verband ihn eine persönliche Geschichte. Der General kannte die Waisenhäuser, Gefängnisse und Hinterhöfe Hammerschlags nicht aus dem Fernsehen, sondern weil er selbst schon dort gewesen war.

Bei allem, was man Bergner nachsagen konnte: Er war nicht die Art Vorgesetzter, der seine Männer zur Erreichung militärischer oder gar persönlicher Ziele opferte. Es war ihm wichtig, dass jeder, der mit ihm zog, seine heilige Überzeugung teilte. Der General ließ keinen seiner Männer im Stich und war, wenn es sein musste, bereit, auch für die Heimholung einer Leiche in die Schlacht zu ziehen. Es stellte für die Männer fraglos eine Belastung dar, zwei Tage lang in einer ihnen gegenüber feindselig eingestellten Umgebung verharren zu müssen. Aber sie taten es. Ohne zu murren, ohne nach dem Sinn zu fragen.

Am 19. Tag nach Beginn unseres Marschs in die Wälder erreichten wir die Ebene von Jista. Meine Kameraden und ich sahen den heiligsten Ort der Christenheit zum ersten Mal. Alle jubelten oder fielen mit gefalteten Händen auf die Knie, während ich nur beklommen auf die Ehrfurcht gebietende Feste starrte. Nach dem Morgenappell wurde ein Dankgottesdienst abgehalten. Niemand ahnte, dass in der Eroberung der Burg bereits der Keim der Niederlage stecken würde.

Jista war direkt aus dem dahinterliegenden Felsmassiv geschlagen worden. Das atemberaubende Bauwerk sah aus wie ein Berg, der gerade dabei war, eine Festung zu gebären. Niemand wusste, ob die Erbauer Jistas dies so beabsichtigt hatten oder ob die Anlage aus unbekannten Gründen nie ganz fertig gestellt worden war. Unmittelbar vor Jista floss der ruhige, aber breite Solimbor entlang. Die darüberführende Brücke war von den Hameshi zerstört worden, doch sie hätte das Gewicht der Panzer ohnehin nicht tragen können.

Der die Feste schützende Berg sowie die drei gewaltigen und mit je vier mächtigen Katapulten bestückten Wehrtürme hatten Jista den

Ruf eingebracht, uneinnehmbar zu sein. Die von mir beschriebenen Eigenheiten hätten bereits ausgereicht, die Burg zu einem imposanten Anblick zu machen, doch seinen unverwechselbaren und Ehrfurcht gebietenden Charakter erhielt das Festungswerk erst durch die beiden 85 Meter hohen steinernen Skelette, die mit vor der Brust verschränkten Knochenarmen den Zugang Jistas bewachten.

Es ist bis heute nicht wirklich geklärt, wem die Kinder der Agrunbar dieses sowie ihre wenigen weiteren Bauwerke verdanken. Die herrschende Meinung geht davon aus, dass die Vorfahren der Hameshi einst den nördlichen Teil der Nebelinsel besiedelten, bevor der Ruf der Roten Mutter sie in die Wälder des Kontinents lockte. Dabei hätten sie Zug um Zug ihre für die damalige Zeit herausragenden architektonischen und bautechnischen Kenntnisse eingebüßt, bis sie schließlich ganz in Vergessenheit geraten seien. Demnach wären die Hameshi beziehungsweise ihre Vorfahren die Erbauer von Jista, von Vogelsang oder auch von Siebenstein. Jenem Ort, an dem die Waldkinder der Legende nach einst ein Hordenelement gefangen hielten. Eine starke Minderheitenmeinung widerspricht dem allerdings. Mathissen, der bedeutendste Vertreter dieser Strömung, war zwar ebenfalls der Ansicht, dass die Hameshi aus dem ewigen Eis des Nordens zuwanderten, glaubte aber darüber hinaus, dass sie hier auf die bereits im Niedergang begriffene Kultur der *Kadrash* genannten Ur-Waldkinder trafen. Mathissens Theorie zufolge hat die aggressive Kriegerkultur der Hameshi das friedliebende und hoch entwickelte Volk der Katarash nach und nach verdrängt, um letztlich deren Erbe anzutreten. Demnach würden die Knochenmauern von Jista und Vogelsang keine Hameshi darstellen, sondern eben jene Katarash, von denen Mathissen und auch Michelbeck sagen, dass sie den Wäldern einst weisere und gütigere Herren gewesen seien als die Kinder der Agrunbar.

5

Für die Wilderländer Presse war unser Vormarsch bis zu diesem Zeitpunkt allenfalls ein Randthema gewesen. Nicht mehr als eine knappe Meldung zwischen Vermischtes und Sport. Nicht der Feldzug gegen die Hameshi stand damals im Mittelpunkt des öffentlichen Interesses, sondern der Krieg auf der Nebelinsel. Dort wurden große Städte erobert und gewaltige Schlachten geschlagen. Innerhalb von nicht ganz drei Wochen nach Beginn der Invasion war die Armee dreihundert Kilometer weit ins Landesinnere vorgedrungen und hatte dabei 180.000 Gefangene gemacht. Das Fernsehen zeigte Bilder von zerlumpten und abgemagerten, von ihren dämonischen Herren in den Kriegsdienst gezwungenen Menschen, die ihren Wilderländer Gegnern die Hände küssten. Auch deren Herrscher, die Furcht einflößenden Asartu mit ihrem Raubtiergebiss und der leichenblassen Haut, schienen sich nicht als der schreckliche Feind zu erweisen, zu denen sie im unmittelbaren Vorfeld des Krieges von Politik und Presse gemacht worden waren. So erfuhr man von Offizieren, die ihre menschlichen Untergebenen aufforderten, sich den Invasoren zu ergeben, da sie ihre Truppen nicht mehr versorgen konnten. Eine Option, die für die Asartu selbst nicht infrage kam. Sie entzogen sich der Schande einer Gefangennahme in der Regel durch Suizid.

Die Nebelinsel erwies sich als bitterarmes Land, das zwar einen unermesslichen Schatz natürlicher Ressourcen besaß, zu deren Nutzung aber die technischen Voraussetzungen fehlten. Und doch wurde vielerorts erbittert gekämpft. Manche Städte mussten Straßenzug um Straßenzug, Haus um Haus von sich darin verschanzenden Asartu gesäubert werden. Wurde vom Feldzug in den östlichen Wäldern berichtet, war wahlweise von einer *Polizeiaktion* oder einem *Operettenkrieg* die Rede. Mit Details wollte die Öffentlichkeit nicht belästigt werden. Im Grunde war nur der Zeitpunkt des Falls von Jista interessant. Schon erwog das Parlament, einige ursprünglich für die Wälder vorgesehene Einheiten auf die Nebelinsel zu entsenden oder sie gleich ganz zu demobilisieren. Bergner machte das wütend. Er war der Meinung, dass der Krieg in den Wäldern noch Jahre andauern würde, wenn er nicht mit aller Entschlossenheit zu einem Ende gebracht werde.

Während die Streitkräfte, sowohl die regulären als auch die des Kollektivs, sich auf der Ebene vor Jista sammelten, verhielten sich die Hameshi ruhig. Sowohl die, die auf den Zinnen der heiligen Feste standen, als auch jene, die sich in den umliegenden Wäldern verbargen. Nur wenige, unter anderem ich, konnten ermessen, wie zornig es die Hameshi machen musste, die Panzer nicht am Durchpflügen ihrer Heimat hindern zu können. Zum ersten Mal seit vielen Jahrhunderten waren sie nicht mehr in der Lage, die Gesetze des Waldes dem Menschen gegenüber durchzusetzen.

Wenn ich vorhin gesagt habe, dass Jista in der Vergangenheit den Ruf besessen hatte, uneinnehmbar zu sein, so galt das dieser Tage natürlich nicht mehr. Die moderne Artillerie hätte Jista ebenso problemlos zerstören können wie die mit Raketen bestückten Kampfhubschrauber. Doch das war nicht gewünscht. Jista war ein heiliger Ort, gehörte darüber hinaus zu den vierzehn Weltwundern und sollte durch die Kampfhandlungen keinesfalls in Mitleidenschaft gezogen werden.

Zwischen der Festung und dem Solimbor bewegte sich ein fast ununterbrochener Zug von Menschen in Richtung Norden und versorgte dabei die Feste mit Nahrungsmitteln. Die Besatzung Jistas von dieser Versorgung abzuschneiden, das war Bergner erstes operatives Ziel. Noch während die Planungen für die Operation *Sichelschnitt* liefen, wurde offenbar, zu welchem Zweck die Hameshi die Kadetten des von ihnen überfallenen Truppentransporters entführt hatten. Tag und Nacht waren deren Hilferufe aus den umliegenden Wäldern zu hören.

Obwohl allen klar war, dass wir den Männern nicht helfen konnten, wurden etliche Versuche zu ihrer Rettung unternommen. Das herzzerreißende Klagen der Gefangenen war nur schwer zu ertragen. Wütend schüttelten die Soldaten ihre Fäuste gen Jista und schrien dabei finstere Drohungen über den Fluss.

Am vierten Tag der Belagerung begann die von Bergner ausgearbeitete Offensive, in deren Verlauf die Panzer und Kampfhubschrauber die Waldkrieger aus den umliegenden Wäldern drängten. Bei dieser Operation gelang es dem Kriegsorden zum ersten Mal, eine größere Hameshi-Rotte einkreisen. Sechzehn Waldkrieger wurden dabei getötet. Bergner ließ sich zu den Leichen führen. Seinen Stab nahm er mit. Der General zog den Hameshi ihre Tücher von den Gesichtern.

»Sehen Sie sich das an, Fähnrich. Man möchte sie schön nennen, nicht wahr?«

»Ja.«

»Ist es nicht erstaunlich, hinter welch anmutigen Masken sich das Böse verbirgt? Wie kann es sein, dass Verblendung und Grausamkeit keine Spur in ihren Gesichter zeichnen?« Bergner befahl einen der umstehenden Soldaten zu sich. Er legte dem Mann die Hand auf die Schulter und wies in Richtung Solimbor. »Bindet sie an Stangen und stellt sie so auf, dass man sie von Jista aus gut sehen kann!«

Für die Moral der Truppe war dieser Erfolg viel wert. Nun konnte jeder Soldat sehen, dass es keine Geister waren, gegen die er kämpfte. Seine Feinde waren aus Fleisch und Blut. Sie konnten verletzt und getötet werden. Im Übrigen geschah alles, wie Bergner es befohlen hatte. Die getöteten Hameshi wurden an lange Stangen gebunden und in Sichtweite der Feste aufgestellt. Die Verteidiger von Jista sollten sehen, welches Schicksal sie erwartete.

Am sechsten Tag der Belagerung gelang es den Pionieren, eine über den Solimbor führende Brücke zu bauen. Die sie begleitende Einheit des Kollektivs besetzte die dahinterliegenden Wälder und schnitt die sich in der Feste verschanzenden Hameshi damit von jeglichem Nachschub ab. Noch immer versuchten zahlreiche, aus dem Südosten stammende Flüchtlinge, in den Norden zu gelangen. Sie folgten der an Jista vorbeiführenden Route, wurden aber von den Wilderländer Soldaten jetzt am Fortkommen gehindert. Diese Menschen hatten ihr gesamtes Leben unter der Herrschaft der Hameshi verbracht. Im Gegensatz zu den Einwohnern Aspergens wussten sie nur wenig von der Welt außerhalb ihrer Wälder und fast nichts von den Absichten der Angreifer. Sie waren aufs Einfachste gekleidet. Die Mädchen und Frauen kannten keinen anderen Schmuck als Blüten und Blumen, und die Männer und Burschen hielten ihre Hosen allein mit vielfach gewundenen Gräsern am Leib.

Ein langer Zug des Elends war es, der sich auf Geheiß der Hameshi in Richtung Norden schleppte, und nicht wenige dieser Menschen litten Hunger. In ihren Blicken wohnten Angst und Misstrauen. Etliche sanken angesichts der bedrohlich wirkenden Fremden auf die Knie und riefen die Hameshi um Beistand an. Einige der vornehmlich jüngeren menschlichen Soldaten fanden das lustig. Sie verspotteten die Waldbauern und ihre Familien. Sie fassten den Mädchen an die Brüste und traten den Burschen zwischen die Beine.

In diesem Moment war ich froh, Teil des Kollektivs zu sein. Die Überzeugung unserer Gemeinschaft, wonach die Nachricht von der Barmherzigkeit und Liebe Gottes auch und vor allem unter den *schuldlos Unwissenden* zu verbreiten sei, ließ uns einschreiten. Es gab einen knappen Befehl, und als der nicht sofort befolgt wurde, gab es vier Verhaftungen, zwei gebrochene Nasenbeine und einen ausgeschlagenen Schneidezahn. Egal, wie bedeutend oder banal eine Aufgabe war, das Kollektiv erledigte sie. Kaum war die Situation bereinigt, schwang Bergner sich auf ein nicht verbautes Ponton und sprach zu den Waldbewohnern: »Ehre sei Gott in der Höhe und Friede auf Erden den Menschen seiner Gnade. Geliebte Brüder und Schwestern, wir sind gekommen, um euch von eurer Knechtschaft zu befreien! Die Hameshi haben euch belogen! Der Mensch ist mehr als der Baum, mehr als der Wolf, mehr als der Hase, denn der Mensch ist Herr über all diese Dinge, die Gott ihm zu dienen geschaffen hat!« Dann ließ Bergner die verwirrten und verängstigten Bauern an den Leichen der Hameshi vorbeiführen. Für viele Waldbewohner war deren Anblick kaum zu ertragen. Zum ersten Mal sahen sie die Gesichter ihrer Herrscher unverhüllt. Manche schrien, andere weinten, wieder andere schlugen sich nur stumm die Hände vors Gesicht. Das Leben dieser Menschen hatte auf dem Glauben an die Allmacht der Hameshi gefußt. Deren grausames Ende schien ihnen nichts anderes zu sein, als der Vorbote des Untergangs der Wälder.

»Das ist ein wichtiger Prozess für diese Heiden!«, erläuterte Bergner seinem Stab. »Ein schmerzhafter, aber notwendiger Moment der Wahrheit und der Reinigung.«

Die Kampfhubschrauber hatten inzwischen die Katapulte der Verteidiger außer Gefecht gesetzt. Immer darauf bedacht, die Substanz des schützenswerten Bauwerks nicht zu beschädigen. Damit besaßen die Hameshi keinerlei Aussichten mehr, in diesem Kampf noch einmal aktiv werden zu können. Statt aber nun die Feste zu erobern, begnügte der General sich damit sie einzuschließen. Ihm angebotene Verstärkung lehnte er ab. Stattdessen sandte er ein Drittel der ihm unterstellten Kräfte in den Gürtel zurück, darunter alle Hubschrauber. Bergner wollte nicht, dass die Hameshi der Mut verließ. Er wollte, dass sie neue Kräfte heranführten, die er einkreisen und auslöschen konnte.

Ich lernte viel im Krieg. Vor allem lernte ich, wie viel Macht einem so etwas scheinbar Simples wie eine Uniform verleiht. In der Uniform war ich *jemand*. Vor dem Zeichen des Kollektivs hatten die Soldaten großen Respekt. Sie wussten um unsere Ausbildung und die »Abenteuer« unserer Kindheit. In der Zeit, in der sie Fußball und Verstecken gespielt hatten, haben wir uns an Hausschweine herangeschlichen. Wer ihnen die Kehle durchtrennte, ohne dass sie zu quicken begannen, war gut. Wer das nicht schaffte, war nicht gut und wer nicht gut war wurde mit Stockhieben bestraft.

Es war den übrigen Soldaten anzumerken, dass sie sich nicht wohl in ihrer Haut fühlten, wenn jemand von uns in der Nähe war. Jeder tat geschäftig, wenn man an ihm vorüberging, oder zuckte zusammen, wenn man ihn ansprach. Die wenigen im Kollektiv dienenden Agrim, die noch Familie in Hammerschlag hatten, befanden sich in keiner beneidenswerten Lage. Sobald im Viertel bekannt wurde, dass jemandes Angehöriger dem Kollektiv diente, wurde er gemieden, angefeindet und als Verräter beschimpft.

Hammerschlag entwickelte sich während des Krieges mehr und mehr zu einem rechtsfreien Raum, in dem die Gesetze des Landes nur noch wenig galten. Es bildete sich eine Art Untergrundpolizei, die von den Agrim mehr respektiert wurde, als die eigentlichen Sicherheitskräfte. Vermögende Agrim, die es durchaus auch gab, die aber nur selten in Hammerschlag lebten, taten gut daran, in einen *Solidaritätsfond* zu spenden, wenn sie nicht von einem mit Brandsätzen bewaffneten *Informationskomitee* besucht werden wollten. Diese Entwicklung ging an den Agrim, die mit mir hier vor Jista lagen, nicht spurlos vorüber. Nicht wenige Hände zitterten, wenn sie einen Brief aus der Heimat erhielten.

Gestern waren vier junge Burschen hier, schrieb eine Mutter ihrem Sohn, *die wollten wissen, wo du bist. Sie haben mich angeschrien und den Garderobenschrank eingetreten. Das hat dein Vater gehört, der hinten in der Werkstatt war. Er hat seinen Stock genommen und die Jungen verjagt. Dein Vater ist noch immer stark, aber er ist kein junger Mann mehr. Noch halten die Christen im Viertel zusammen, doch unsere Gemeinde wird mit jedem Tag kleiner. Vor drei Tagen sind die Gutensohns weggezogen, und morgen gehen die Küblers ...*

Das Verhältnis der Agrim zur heiligen katholischen Kirche war schon immer ein Besonderes. Nachdem das 11. ökumenische Konzil erklärt hatte, dass der Heiland auch für die Sünden der Agrim gestorben sei, wurde die Kirche den Nachfahren der Hameshi geöffnet. Der erfolgreiche Abschluss eines kirchlichen oder militärtheologischen Studiums war lange die einzige Möglichkeit, mit denen ein Agrim dem heimischen Ghetto entfliehen konnte. Nur innerhalb der Kirche konnte ein Agrim einen Schulabschluss oder eine Ausbildung erhalten, ohne dafür bezahlen zu müssen. Von der Kirche wurden die Nachfahren der Roten Kinder nicht diskriminiert. Dort fanden sie attraktive Karrieremöglichkeiten, auch außerhalb der eigenen Gemeinschaft. Kein Wunder, dass aus diesen jungen Leuten meist besonders fromme Christen wurden. Agrim, so sie erst einmal getauft waren, galten als absolut loyal und zuverlässig. Der Verrat des Panzerkommandanten Sven Stiebelen sorgte zwar für Aufsehen, hat seinen Platz in den Geschichtsbüchern aber vor allem dem Umstand zu verdanken, dass seinem Beispiel kein weiterer Kollektivist mehr folgen sollte.

Die Tage vergingen. Das Parlament beharrte auf seiner Forderung, wonach die bauliche Substanz Jistas durch die Belagerung nicht beschädigt werden durfte, wohingegen die Presse immer kritischer hinterfragte, warum der heiligste Ort der Christenheit den Hameshi noch immer nicht entrissen sei. Das Kabinett wollte eine Verhandlungslösung, doch da die Hameshi nicht verhandelten, sprachen sich auch immer mehr Minister für eine baldige Eroberung der Feste aus.
Bergner ärgerte sich über die Ignoranz und das mangelnde taktische

Verständnis der Politiker, doch noch wusste er die Kardinäle, vor allem aber seine Heiligkeit, den Papst, hinter sich. Außerdem gelang ihm am elften Tag der Belagerung ein bedeutender Erfolg. Eine hinter den feindlichen Linien operierende Spezialeinheit brachte ihm die erste Gefangene dieses Krieges.

6

Zischend und rumpelnd öffnete sich die zweite Tür der schweren Schleuse. Die kleine Hameshi wurde in einer Offiziersunterkunft gefangen gehalten. Meine eigene war fast baugleich, wenn man von dem Schott, den mit Stahlplatten verstärkten Wänden und den über dem Bett eingelassenen Ketten einmal absah.

»Havion asas'te, kanelon sajani«, begann ich vorsichtig. »Me beda Ariko.«

Das Mädchen starrte mich an, blieb aber stumm. Damit hatte ich zwar gerechnet, problematisch war es aber dennoch. Bergner verlangte von mir verwertbare Aussagen und Resultate, die möglichst rasch zu liefern seien. Dem Kind drohte die Deportation nach Wilderland. Einer meiner ehemaligen Professoren machte dort im Augenblick seinen Einfluss geltend. Wahrscheinlich glaubte er, mithilfe der kleinen Hameshi seine kirchenpolitische Karriere vorantreiben zu können.

Ich zückte meinen Zeichenblock und die Buntstifte. »So'ma'me'te kistibue?«

Das Mädchen schwieg, zuckte aber mit den Schultern. Dass sie auf meine Worte überhaupt reagierte, wertete ich als ersten Erfolg. Ich nickte ihr zu und begann zu zeichnen. Ihre halblangen, strohblonden Haare, ihr rundes Kinn, die kleine Nase, die Wangen mit den beiden Grübchen ...

»Wues'bah te kalih?«

Die junge Hameshi sah mich wieder an, schüttelte dann aber den Kopf. Ihren Namen wollte sie mir also nicht sagen. Immerhin schien sie mich gut zu verstehen. Davon hatte ich nicht unbedingt ausgehen können. Die Bücher, mit denen Hameshi gelehrt wurde, basierten auf jahrhundertealten Überlieferungen.

Schließlich war meine Zeichnung fertig. »Farle'tu'te lamenin?«, fragte ich sie, und noch ehe sie nicken oder den Kopf schütteln konnte, drehte ich das Bild zu ihr um. Sie sagte nichts, betrachtete es aber eine ganze Weile. Dann hob sie klirrend ihre beiden Arme. Natürlich. Ich hatte sie ohne Ketten gezeichnet.

Ich hätte sie gerne von ihren Handschellen befreit, aber ich war mir nicht sicher, was dann geschehen würde. Mathissen zufolge bildeten die Hameshi ihr Paschawé erst im Alter von etwa zwölf Jahren aus.

Ihre enormen körperlichen Kräfte noch einmal gut zwei Jahre später. Aber Mathissens Schriften waren inzwischen hundertfünfzig Jahre alt. Was, wenn der Forscher in diesem Punkt irrte? Oder wenn ich mich irrte und das Kind älter als die neun oder zehn Jahre alt war, von denen ich im Augenblick ausging?

Ich wollte dem Mädchen beweisen, dass es keine Angst vor mir haben musste. Ich stand auf, zeigte ihm meine leeren Handflächen und ging langsam in Richtung Pritsche. Die Kleine wollte vor mir zurückweichen, wurde aber von ihren Ketten daran gehindert.

»Te kahalech, sajani'me, te kahalech«, versuchte ich die Hameshi zu beruhigen, doch sie ließ sich nicht beruhigen, stattdessen schlug sie nach mir. Glücklicherweise nur mit der Kraft einer normalen Zehnjährigen.

»Hörst du wohl auf damit?«, fuhr ich sie an.

Das Kind erschrak über meinen Ausbruch und flüchtete an das äußerste Ende ihres Bettes. So weit, wie es ihre Fesseln eben zuließen.

Ich wusste nicht, wie ich mich der Kleinen gegenüber verhalten sollte. Ich hatte keinerlei Erfahrung im Umgang mit Kindern und sah mich hier einem Mädchen gegenüber, das vor Kurzem nicht nur seine Verschleppung erleben, sondern auch den Tod seiner Familie hatte mit ansehen müssen. Auf der anderen Seite durfte ich nicht vergessen, dass ich es hier mit einer Tochter der Agrunbar zu tun hatte. Einem Wesen, für das ich mich nur meiner Gefährlichkeit wegen von einem Eichhörnchen oder einem Luchs unterschied.

Ich versuchte das Vertrauen der Kleinen zu gewinnen. Ich setzte durch, dass ihr die Ketten abgenommen wurden, las ihr aus der Heiligen Schrift vor, blätterte mit ihr in der bebilderten Apostelgeschichte, besorgte ihr Figuren aus einem Krippenspiel ... doch das alles bewirkte leider nichts. Das Mädchen ignorierte mich, und da, wo sie mich nicht ignorieren konnte, wies sie mich zurück. Mehr als ein Schulterzucken oder ein Kopfschütteln erntete ich nie von ihr.

Erst, als ich sie fragte, ob sie sich nicht gerne das verkrustete Blut und den Schmutz von ihrer Haut waschen wollte, nickte sie. Und so brachte ich die Kleine eines Nachts in die Krankenstation, wo ich eine Schwester dazu überreden konnte, sie unter die Dusche zu stellen und mit dem Waschlappen zu reinigen.

Die kleine Hameshi bot einen Anblick, der zu Herzen ging. Mit gesenktem Haupt und hängenden Schultern stand sie da.

Gleichgültig, lethargisch, willenlos. Ihre nassen Haare klebten ihr wie Bindfäden auf der Haut, und das dampfende Wasser hüllte ihren mageren Körper in einen jede Farbe verschluckenden Nebel.

Inzwischen war es dem Mädchen schon weitestgehend egal, wenn man es berührte. Die Schwester frottierte das Kind ab, wickelte es in einen Bademantel, und ich trug es anschließend in ihren Container zurück. Auf dem Weg dorthin wurde sie vom Schlaf übermannt, und ihr kleiner Kopf sank mir gegen die Schulter. Ich spürte ihren weichen Atem auf meiner Haut und war einen Moment lang versucht, das Mädchen auf die Wange zu küssen.

Falls ich geglaubt haben sollte, jetzt das Vertrauen des Kindes gewinnen zu können, sah ich mich getäuscht. Am nächsten Morgen war das Mädchen mir gegenüber ebenso abweisend wie an den Tagen zuvor. Was aber das bei Weitem Schlimmere war: Das Kind trank nur sehr wenig und verweigerte das Essen ganz. Die kleine Hameshi hungerte sich vor meinen Augen zu Tode.

Nach vier Tagen und Nächten, die ich fast durchgehend bei ihr verbracht und in denen ich ihr zugeredet und für sie gebetet hatte, war es so weit. Das Kind wurde ohnmächtig, und ich musste es in die Krankenstation bringen. Kaum war sie wieder bei Bewusstsein, versuchte sie, sich die Infusionsschläuche aus den Armen zu reißen. Als sie jedoch erkennen musste, dass sie die sie ans Bett fesselnden Armschlaufen nicht zerreißen konnte, nahm sie auch diese Marter einfach hin. Ich wusste weder ein noch aus, und die Anfragen der Heeresleitung wurden immer drängender. Ich versuchte, dem Mädchen die Folgen seines Handelns vor Augen zu führen – allein es war zwecklos. Alles, was ich ihr sagte, hatte ohnehin einen äußerst schweren Mangel, und ich glaube, dass sie es wusste, und wenn sie es nicht wusste, dann doch spürte. Ich konnte ihr nichts bieten. Ich hatte keine Macht. Gleich, was ich sagte oder tat, früher oder später würde man sie aus den heimatlichen Wäldern schaffen und in die steinerne Welt der Menschen bringen.

Ich grübelte und grübelte und kam auf nichts. Der Blutdruck des Mädchens sank immer stärker ab, ohne dass die Ärzte dafür eine hinreichende Erklärung finden konnten. Sie verabreichten dem Kind

Medikamente, die diesen Prozess umkehren oder doch zumindest aufhalten sollten, aber die Hameshi sprach nicht auf sie an.

»Vielleicht eine Überfunktion der Nieren«, mutmaßten die Militärärzte. »Jedes verabreichte Medikament ist Minuten nach seiner Zuführung im Blut schon nicht mehr nachweisbar.«

Ich bekam ein weiteres Problem. Die Mediziner wandten sich an Bergner mit dem Wunsch, Versuche an dem Mädchen vornehmen zu dürfen. Es gab da viele Fragen, auf die die Ärzte gerne eine Antwort gehabt hätten. Wie würde der Körper der Hameshi auf die Zuführung von Hormonen reagieren? Wie auf eine halluzinogene Droge? Wie auf Gift?

Es war ein kleiner Erfolg von mir, dass Bergner seine Zustimmung zu allen Experimenten verweigerte. »Wir haben im Augenblick nur diese eine Gefangene«, setzte er den Ärzten auseinander. »Die werden wir nicht für Ihren Blödsinn aufs Spiel setzen.«

Am vierten Tag auf der Krankenstation bekam die Hameshi Besuch von Bergner, der mir befahl, die Kleine anzukleiden und zum Panzerdepot zu bringen. Ich bin mir sicher, dass das Mädchen schon da irgendetwas geahnt haben muss. Etwas, das sie Hoffnung schöpfen ließ. Noch einmal nahm sie all ihre Kräfte zusammen.

Trotz der verordneten Geheimhaltung war mittlerweile bekannt geworden, dass das Kollektiv eine Gefangene gemacht hatte. Als wir die Krankenstation verließen, strömten trotz der frühen Stunde von überallher Soldaten zusammen. Das Kollektiv und die Militärpolizei schufen uns eine Gasse, doch hatten die Männer nicht wenig Mühe, die aufgebrachten Soldaten, die in den Nächten noch immer von den Hilfeschreien ihrer Kameraden gequält wurden, von der Hameshi fernzuhalten. Das Mädchen tat, als würde sie das alles nicht wahrnehmen. Nicht die Beschimpfungen, nicht die Flüche und auch nicht den Speichel, der sie traf. Geschwächt, aber stolz und aufrecht schritt sie durch die Menge der hasserfüllt die Fäuste gegen sie reckenden Männer. Wir bestiegen einen Panzer, der uns etwa zehn Kilometer in Richtung Westen brachte. An einem kleinen Bach mitten im bewaldeten Nirgendwo hielten wir an, und der General befahl uns, abzusitzen. Auf der einen Seite standen wir: Bergner, das Mädchen und ich selbst nebst etlichen bis an die Zähne bewaffneten Soldaten des Kollektivs. Auf der anderen Seite des Baches sah ich zwei Hameshi. Einen groß gewachsenen, maskierten Waldkrieger sowie eine Frau, die zwar kein Tuch vor dem Gesicht, dafür aber eine verspiegelte Sonnenbrille trug. Ein Detail, das daraufhin deutete, dass diese Tochter der Agrunbar auch das Leben außerhalb der Wälder kannte. Je länger ich sie betrachtete, desto sicherer war ich mir: Sie war vom Clan der Felsenkatzen.

Unsere Gefangene wurde von zwei Soldaten gehalten. Sie wand sich in den sie umklammernden Händen und rief: »Pasa'que! Me bevo pasa'que!«

In diesem Augenblick hörte ich die Stimme des Mädchens zum ersten Mal. Jetzt, da sie ihre erwachsenen Brüder und Schwestern in der Nähe wusste, erlaubte sie es sich, ein Kind zu sein. Ihr verzweifeltes Betteln, ihre Tränen taten mir weh. Auch wenn die kleine Hameshi mich und mein vergebliches Werben um ihr Vertrauen immer abgelehnt hatte, war sie mir doch ans Herz gewachsen.

»Traust du dir zu, mit der Frau zu verhandeln, Ariko?«

»Was ... was kann ich den Hameshi denn anbieten, Bruder General?«

Bergner deutete auf das Kind. »Das Mädchen. Die Waldleute können sie haben, wenn sie unsere Männer gehen lassen.«

In der Mitte des Baches befand sich ein vom Wasser umspülter Findling. Ich verließ die Gruppe, durchwatete das Nass und stellte mich auf den Stein.

Die Rote Tochter tat es mir nach. In ihrem Gebaren unterschied sie sich sehr deutlich von ihrem Begleiter. Während der Waldkrieger finster und unnahbar wirkte, lächelte die Frau mich an. Völlig überraschend bot die Hameshi mir die Hand. Die der Frau innewohnenden Kräfte machten sich als ein leichtes Kribbeln auf meiner Haut bemerkbar. Ähnlich dem eines schwachen Stromschlags.

Sie sagte »Hallo! Du hast nicht zufällig Zigaretten dabei?«

Ich empfand diese Begegnung als sehr surreal. Ein Ereignis, wie geschaffen für einen kühlen, nebligen Novembermorgen. Doch es war nicht neblig. Die Sonne leuchtete am Himmel und flutete alles mit ihrem warmen, hellen Licht. Ich zog mein zerknautschtes Zigarettenpäckchen aus der Brusttasche, klopfte zwei Stäbchen heraus und gab uns beiden Feuer.

»Verdammt, ist das gut! Kannst du dir vorstellen, wie schwer es ist, hier an Zigaretten zu kommen?«

»Kann ich.«

»Kommst du aus Hammerschlag?«
»Ich bin dort geboren.«
Die Tochter der Agrunbar zwinkerte mir zu. Sie hatte ein hübsches Gesicht. Volle Lippen, ebenmäßige Zähne, eine kleine, schmale Nase.
»Hör mal, ähm ...«
»Ariko. Fähnrich Ariko.« Es machte mir nichts aus, meinen wirklichen Namen zu nennen, hatte ich doch keine Verwandten in Hammerschlag, auf die von den städtischen Anhängern der Roten Mutter hätte Druck ausgeübt werden können. Das Lächeln der Hameshi spielte jetzt ins spöttische. Sie zog an ihrer Zigarette, ließ den Rauch aus dem Mund quellen und sog ihn genussvoll durch die Nase wieder ein.
»Also, Ariko, ich sag dir, wie ich das sehe: Wir beide stehen hier, weil wir ein gemeinsames Problem haben. Die Felsenbewohner wollen das Mädchen zurück, die Armee ihre Soldaten. Hab ich nicht recht?«
Ich nickte. »Du hast recht. Darf ich dich fragen, ob du ein Mädchen mit Namen Lamis'jala kennst? Ich glaube, sie ist vom Clan der Felsenkatzen. Genau wie du.«
Die Hameshi war von dem plötzlichen Themenwechsel sichtlich überrascht. Misstrauisch zog sie die Augenbrauen zusammen. »Nein, ich kenne keine Lamis'jala.«
Das war gut möglich, und doch war ich mir sicher, dass die Felsenkatze log. Einerseits kam ich mir meiner Frage wegen dumm vor, auf der anderen Seite wusste ich nicht, wann ich die nächste Gelegenheit bekommen würde, jemanden nach dem Mädchen zu fragen.
»Würdest du ihr bitte sagen, dass ich nach ihr gefragt habe?«
»Bist du taub? Ich habe dir doch gesagt, dass ich sie nicht kenne? Was soll das überhaupt? Wollt ihr eure Leute nun wiederhaben oder nicht?«
»Doch, natürlich. Sind sie in der Nähe?«
»Ja. Alle fünf.«
»Nur fünf? Was ist mit den anderen?«
»Es gibt keine anderen!«
»Kannst du mir die Gefangenen zeigen?«
»Zweifelst du schmutzige, kleine Kröte vielleicht an meinen Worten?«

75

»Wenn der General die Soldaten nicht sieht, wird er das Kind nicht gehen lassen.«

Ihre Gedanken standen der Roten Tochter so deutlich ins Gesicht geschrieben, dass mich schauderte. Ich versuchte, die Situation mit ihren Augen zu sehen. Für sie bedeutete es eine Zumutung, mit mir verhandeln zu müssen. Für das Leben des Kindes war sie bereit ihren Hochmut zu vergessen, aber das durch ihre Adern fließende Feuer gierte nach Blut. Nach meinem Blut.

Die Rote Tochter hob ihre Hand, ohne mich dabei aus den Augen zu lassen. Einen Moment später traten fünf Hameshi aus dem Schatten der Bäume. Jeder von ihnen mit einem Gefangenen. Männer, die in den letzten Tagen durch die Hölle gegangen sein mussten.

»Ihr seid also mit einem Austausch einverstanden?«

Die Tochter der Agrunbar trat dicht an mich heran. Sie war für eine Frau recht groß, in etwa so groß wie ich, weshalb sich unsere Nasenspitzen beinahe berührten. »Eure Gefangene ist eine Göttin! Sie ist tausend mal tausend eurer Scheißleben wert! Natürlich sind wir einverstanden!«

»Vielen Dank. Willst du noch eine Zigarette?«

»Wie viele hast du denn noch?«

»Fünf.«

»Gib mir alle!«

Ich ging zu Bergner zurück. Noch während ich ihm von der Unterredung mit der Felsenkatze berichtete, zog am gegenüberliegenden Ufer einer der Waldkrieger sein Messer, durchschnitt dem vor ihm stehenden Gefangenen die Fesseln und gab ihm durch einen Stoß in den Rücken zu verstehen, dass er gehen solle. Bergner verfolgte das Geschehen mit finsterem Blick.

»Ich sagte *alle*, Ariko! Das sind nicht alle!«

»Ich weiß, aber ... ich fürchte, das sind alle, die noch am Leben sind.«

»Sie hat dich belogen, Dummkopf!«

Der frei gelassene Soldat konnte sein Glück kaum fassen. Erst langsam, dann immer schneller durchschritt er den träge dahinfließenden Bach, um Sekunden später halb lachend, halb weinend auf unserer Seite anzulangen. Die Soldaten, die sich nach wie vor in der Gewalt der Hameshi befanden, fingen an, laut um Hilfe zu rufen.

Die Hameshi hinderten sie nicht daran. Vermutlich glaubten sie, dass das Wehklagen der Männer Bergner dazu bringen würde, den Tauschhandel zu beschleunigen. Ein Irrtum.

»Gott!«, stammelte der vor dem General zu Boden sinkende Soldat. »Barmherziger Gott, ich danke dir für ...« Die umstehenden Kollektivisten blickten verächtlich auf den Mann herab. Sie fühlten sich von ihm den auf der anderen Uferseite stehenden Hameshi gegenüber blamiert.

»Wo sind Ihre Männer, Leutnant?«

»Meine ... Männer?«

»Antworten Sie! Ich sehe dort drüben nur Offiziere! Wo sind die Mannschaften?«

Der Soldat war in den Militärdienst getreten, um kostenlos studieren und die Mädchen mit seiner Uniform beeindrucken zu können. Er war jung und sah unter dem sein Gesicht bedeckenden Schmutz gut aus. In seinen Adern pulsierte das Leben. Wenn es ihm gelang, den Albtraum der letzten Tage abzuschütteln, würde er die Schönheiten dieser Welt neu für sich entdecken können. Bergner aber sah das anders. Für ihn zählte zuallererst, dass der Leutnant seine Männer im Stich gelassen und damit sowohl als Soldat wie auch als Christ versagt hatte.

»Ich will nach Hause!«, heulte der Mann. »Ich will zu meiner Mutter!« Rotz und Tränen liefen dem Burschen über das Gesicht. Mochte sein Anblick auch mitleiderregend sein, so hatte er doch gegen das Ethos des Wilderländer Offizierskorps verstoßen. Ein schlimmeres Versagen war für einen Soldaten kaum denkbar. Dennoch hätte ich mit dem, was dann geschah, nie gerechnet. General Bergner zog seine Pistole, presste deren Lauf dem Soldaten gegen die Stirn und drückte ab. Der junge Leutnant verlor den halben Kopf. Seine Schädeldecke wurde nicht zerschmettert, sondern abgetrennt. Sie flog etwa fünf Meter weit, verfing sich in der Uferböschung und glitt raschelnd das Laubwerk hinab.

Die Hameshi erkannten, dass es zu keinem Gefangenenaustausch kommen würde. Sie schnitten ihren Gefangenen die Kehlen durch und unternahmen einen selbstmörderischen Angriff über den Fluss hinweg. Die Maschinengewehrlafetten des Panzers nahmen die Angreifer unter Feuer.

Ich bekam einen Schlag und wurde auf den Hintern geworfen. Es muss ausgesehen haben, als würde ich leicht angetrunken rückwärts stolpern. Meine Hände flatterten zum Hals, wo sie die Befiederung eines Pfeils ertasteten. Blut lief mir aus Mund und Nase, aber ich konnte atmen. Ich wusste nicht, ob ich nur leicht verletzt war oder ob ich sterben würde. Für die Hameshi stellte sich diese Frage bereits nicht mehr, denn die waren alle tot. Keinem der Krieger war es gelungen, den Bach zu überqueren.

Nur die Felsenkatze, mit der ich mich vorher unterhalten hatte, lebte noch. Ihr fehlten beide Beine unterhalb der Knie sowie ein ganzer Arm, doch noch immer hatte sie den Kampf nicht aufgegeben. Mit verbissener Wut zog sie sich vorwärts. Sie versuchte zu dem Messer zu gelangen, das ihre abgerissene Hand nach wie vor umklammert hielt.

Ich sah Bergner neben der Frau einhergehen. Ich wartete darauf, dass er sie erschießen würde, aber das tat er nicht. Erst, als die Rote Tochter den Stamm eines zerfetzten Baumes zu überwinden versuchte, ging er in die Knie, packte sie bei den Haaren und drückte ihren Kopf auf einen groben, senkrecht abstehenden Holzsplitter zu. Die Hameshi wehrte sich, hatte aber keine Kraft mehr. Sie schrie, als der Splitter sich in ihr Auge bohrte, und sie verstummte erst, als er ihr Gehirn durchstieß.

Um mich herum wurde es dunkel. Ich sah nach oben, doch die Sonne war noch da. Ich glaubte, ich müsse sterben. Es schien mir die logische Konsequenz einer ganzen Reihe von Irrtümern zu sein.

Ich erwachte auf der Krankenstation, Offiziersbereich, Einzelzimmer. Sofort läutete ich nach der Schwester. Es ginge mir gut, erklärte mir die. Ich hätte lediglich einen Pfeil in den Hals bekommen, der zwar meinen Kehlkopf gestreift, doch weder Blut- noch Nervenbahnen verletzt habe.

Mein Hals fühlte sich an, als wäre er auf das Dreifache seines normalen Umfangs angeschwollen. Zudem war meine Kehle völlig ausgetrocknet. Hastig trank ich aus einem auf meinem Nachttisch stehenden Glas, auch wenn mir jeder Schluck höllische Schmerzen bereitete. Das durch meinen Hals schießende Feuer ließ mich aufstöhnen. Die Schwester verdrehte die Augen. Vermutlich hielt sie mich für wehleidig. Ich wollte von ihr wissen, seit wann ich mich hier befinden würde, woraufhin die mürrische Frau erwiderte, dass ich vor zwei Tagen eingeliefert worden sei.

»Wo sind meine Sachen?«

»Sie werden sich schon gedulden müssen, bis der Arzt ...«

»Ich will meine Sachen. Jetzt gleich!«

Die Schwester wies auf einen Schrank. Ich stürzte hin, riss meine Uniform vom Bügel und zog mich eilig an. Ich kontrollierte meine Pistole. Sie war geladen. Ich klappte den Sicherheitsbügel nach oben und stürmte aus dem Krankenzimmer.

»He, Sie! Sind Sie verrückt? Sie können doch nicht ...«

Ich rannte quer über den Platz, hinüber zu den schwarz gestrichenen Containern des Kollektivs. Ich hatte die Hand schon an der Klinke zur Kommandantur, als ich ihre Schreie hörte. Sie kamen aus Richtung Panzerhalle. Nahezu atemlos kam ich gerade noch rechtzeitig, um zu sehen, wie man sie in einen abfahrbereiten Panzer hob.

»Was tut ihr da?«, krächzte ich den Kommandanten an. »Lass sofort das Kind los!«

»Sag mal, bist du noch gescheit? Wie sprichst du denn mit einem Vorgesetzten?«

»Der General hat mich befugt ...«

»Deine Befugnisse sind aufgehoben worden, Fähnrich. Das Kind geht nach Wilderland!«

Ich sah der Hameshi in ihr blasses, kleines Gesicht. Vielleicht tat sie es, weil sie den Schmerz in meinen Augen sah, vielleicht auch deshalb, weil sie wusste, dass sie die Wälder nie wieder sehen würde. Sie streckte ihre Arme nach mir aus.

»Ich verstehe«, sagte ich an den Soldaten gewandt. »Bitte gib mir einen Moment.«

»Gar nichts gebe ich dir! Mach, dass du verschwindest, bevor ich ...!«

Ich richtete den Lauf meiner Pistole auf die Brust des Oberleutnants. Aus den Augenwinkeln heraus sah ich, wie mich seine Männer ihrerseits ins Visier nahmen. »Du lässt sie los!«, beharrte ich.

»Mensch, Junge, jetzt sei doch kein Idiot! Was ist denn nur in dich ...?«

»Lass los, oder stirb!«, unterbrach ich ihn kalt.

Der Offizier verstand nicht, was in mir vorging, aber er verstand, dass es mir ernst war. Todernst. Er gab mir das Mädchen, und ich stellte es auf den Boden. Um ihr in die Augen sehen zu können, ging ich in die Knie. Unterdessen sprang die Panzerbesatzung vom Fahrzeug und umstellte uns.

»Ich bin gekommen, um dir Lebwohl zu sagen«, sagte ich, und die Hameshi nickte. Ihr Anblick zerriss mir fast das Herz. Wie furchtbar mager sie geworden war. Ihr einst so hübsches Gesicht ähnelte inzwischen einem Totenschädel. Sacht ließ ich meine Fingerspitzen über ihre hohle Wange gleiten. Das Mädchen legte ihre Stirn gegen meine und schlang mir ihre bleistiftdünnen Arme um den Hals. Nie zuvor war ich einem Geschöpf Gottes so nahe gewesen.

»Hörst du die Vögel?«, fragte ich sie wispernd. »Sie singen nur für dich! Ihr Lied ist eine Botschaft. Und sie bedeutet: Du bist frei!«

Mit einem blitzschnellen Ruck riss ich den Kopf der Hameshi herum. Ihr Genick brach und das Lebenslicht erlosch. Den federleichten Körper auf den Armen, so stand ich auf und wandte mein Gesicht dem samtblauen Himmel zu. Wo war Gott in diesem Moment? War ihm dieses Kind denn gleichgültig? War ich ihm gleichgültig? Was musste geschehen, damit er endlich nicht mehr schwieg?

***

Der Panzer brachte die Leiche des Kindes in den Gürtel, wo es eine einsame Nacht in einer Garnisonszelle verbrachte, bevor ein Militärhubschrauber es nach Wilderland flog. Die Hameshi kam nach Wilderklinge, aber nicht, wie mein Professor gehofft hatte, an seine Fakultät, sondern in ein Militärkrankenhaus. Ein Bericht wurde verfasst, eine Akte geschlossen und der tote Körper des Mädchens in einen Sarg gelegt. Alles schien seinen militärisch korrekten Gang zu gehen, doch dann geschah etwas, womit weder die Armee noch die Kirche gerechnet hatten. Die Geschichte des Mädchens blieb nicht geheim. Auf der Netzseite von *Freie Presse* erschien ein Bericht mit dem Titel *Das Kriegskind*. Es erzählte die Geschichte der kleinen Hameshi von ihrer Gefangennahme bis zu ihrem Tod. Man wollte das Mädchen in aller Stille auf dem anonymen Urnenfeld des Zentralfriedhofs beerdigen, doch schon Stunden vor der geplanten Bestattung blockierten Hunderte wütender Agrim die Zufahrtswege. Der Leichentransport musste umkehren. Das tote Kind wurde in eine Kühlkammer des Militärkrankenhauses gebracht, wo es bis zum Kriegsende bleiben sollte.

Die Agrim des ganzen Landes gingen noch am selben Tag auf die

Straße, um gegen den Krieg in den Wäldern zu demonstrieren. Die Spieler von *Vorwärts Hammerschlag* verließen während ihres Meisterschaftsspiels in Kesselheim, 3:1 in Führung liegend, das Spielfeld. Als Sicherheitskräfte den Mannschaftskapitän daran hindern wollten, eine Erklärung zu verlesen, kam es zu einer heftigen Prügelei, an der sich neben den Mannschaften auch die Anhänger beider Seiten beteiligten.

Der Schriftsteller Heribert Binder lehnte den nationalen Buchpreis für sein Lebenswerk ab. Zum Entsetzen der versammelten Honoratioren aus Politik und Kultur spuckte der greise Agrim auf die Landesfahne, bevor er eine Pistole zog und auf den unweit von ihm stehenden Kulturstaatsminister anlegte. Schlimmeres verhinderte Binders Agentin, der es im letzten Moment gelang, den tobenden Alten zu entwaffnen.

***

Ereignisse wie die Geschilderten trugen dazu bei, dass der Krieg in den Wäldern allmählich in den Fokus der Wilderländer Öffentlichkeit rückte. Die Leitartikler machten für die Unruhe unter den Agrim vor allem den Umstand verantwortlich, dass die Hameshi noch immer nicht entscheidend geschlagen worden waren. Der Druck auf das Kabinett wuchs, und schließlich ordnete der Staatspräsident persönlich die sofortige Eroberung Jistas an.

Bis zuletzt glaubten viele der vor Jista zusammengezogenen Soldaten an ein Veto des Heiligen Stuhls, doch es kam keines. Stattdessen erging der Befehl, die Erstürmung des Heiligtums vorzubereiten.

Inzwischen hatte ein kirchenmilitärisches Schnellgericht mich der Befehlsverweigerung und der Bedrohung eines Vorgesetzten schuldig gesprochen. Statt ins Gefängnis wurde ich in eine *Bewährungseinheit* gesteckt, deren einziger Angehöriger ich war.

Der Einsatzplan sah vor, dass meine »Einheit« über Jista abspringen sollte, bevor eine Minute später dreihundert weitere Kollektivisten folgen würden. Man wollte mich loswerden, ohne sich die Hände dabei schmutzig machen. Das sollten die Hameshi besorgen.

Dieser Plan misslang allerdings, denn unmittelbar vor der Feste wurde der Hubschrauber, in dem ich mich befand, von einer plötzlichen Böe erfasst. Wir gerieten ins Trudeln, und sowohl ich als auch sechs weitere Soldaten wurden aus der Maschine geschleudert. Drei Kollektivisten wurden von den Rotorblättern des unter uns fliegenden Hubschraubers zerrissen, den übrigen gelang es, außerhalb der Burg zu landen. Auch mir wäre das beinahe geglückt, doch verfing mein Fallschirm sich in den verkohlten Überresten von einem der zerstörten Katapulte. Ich wurde gegen die Festungsmauer geschleudert und verlor das Bewusstsein.

Von den ursprünglich rund 180 Bewohnern Jistas befanden sich zu dieser Zeit etwa noch 100 in der Feste. Ihre Kinder hatten die Hameshi fortgebracht, einige Erwachsene waren Scharfschützen zum Opfer gefallen.

Trotz des Unglücks mit dem Hubschrauber war der Kampf um Jista bald entschieden. Der Deckung ihrer Wälder beraubt, waren die Hameshi den Waffen der Soldaten nicht gewachsen. Hätte das Landesamt für Denkmalschutz nicht gegen den geplanten Einsatz der Flammenwerfer protestiert, hätte es, von den Verunglückten abgesehen, unter den Kirchensoldaten möglicherweise überhaupt keine Opfer gegeben. So aber wurden am nächsten Tag der großen Märtyrertafel am Petersdom dreiundzwanzig Namen hinzugefügt.

Bereits eine halbe Stunde nach Beginn des Angriffs wehte die Fahne des Kollektivs über Jista. Die Soldaten küssten die heiligen Mauern, hielten einen Dankgottesdienst ab und verließen die Feste wieder. Ein Kollektivist kannte keine Siegesfeiern. Wenn seine Opferbereitschaft und Standhaftigkeit eine Belohnung verdiente, dann würde er diese im Jenseits erhalten.

Neben einer Gehirnerschütterung hatte ich einen Schlüsselbeinbruch davongetragen und kam erneut ins Lazarett. Dort wurde erzählt, dass die nach Abzug des Kollektivs auf die Feste beorderten Grenadiere sich schlimmer Vergehen schuldig gemacht hätten. Mein Verstand weigerte sich, diese entsetzlichen Geschichten zu glauben. Ich wollte nicht glauben, dass es Menschen gab, die imstande waren, Leichname zu schänden oder mit abgetrennten Köpfen Fußball zu spielen. Am allerwenigsten aber wollte ich glauben, dass diese Menschen nur wenige Meter entfernt von mir lebten. Dass sie lachten und tranken und ihren Frauen und Kindern rührselige Briefe schrieben.

Es gab eine Untersuchung, aber die verlief im Sande. Das Verhalten der betroffenen Soldaten, so urteilte ein Militärgericht, sei zu verurteilen. Auf der anderen Seite müsse aber auch berücksichtigt werden, welch starken emotionalen Belastungen die Männer im Verlauf der Kämpfe ausgesetzt gewesen seien.

Meine Einheit wurde zurück in den Gürtel beordert. All denjenigen, die bei der Eroberung von Jista dabei gewesen waren, wurde, mit Ausnahme von mir, zwei Wochen Sonderurlaub gewährt. Danach sollten Zug um Zug weitere Walddörfer von den Hameshi befreit und für die Sache der Christenheit gewonnen werden.

Als ich aus dem Krankenbereich entlassen wurde, war Bergner bereits abgereist. Ein Hauptmann brachte mir die Nachricht, dass ich aus dem Stab des Generals entlassen sei und in die Akademie zurückbeordert würde. Ich packte ein paar Sachen und bestieg den nächsten Hubschrauber, der mich bis an die Grenze brachte. Dort nahm ich den inzwischen wieder verkehrenden Nachtzug nach Wilderklinge, wo ich am nächsten Morgen eintraf.

Der Bahnhofsvorplatz war abgesperrt. Etwa zwei- oder dreihundert mit Transparenten und Fahnen gerüstete Agrim demonstrierten dort. Ein Mann mit Megafon brüllte Parolen gegen Kirche und Vaterland. Als die Demonstranten in mir einen Soldaten des Kollektivs erkannten, ergingen sie sich in Pfiffen und Schmähungen. Um zum Busbahnhof zu gelangen, musste ich an ihnen vorbei. Als ich die Polizeiabsperrung entlang ging, versuchte der Agrim mit dem Lautsprecher, mit mir auf einer Höhe zu bleiben. Unentwegt brüllte er mich durch sein Megafon hindurch an. Er tönte, dass er keine Angst vor mir hätte. Er fürchte weder meine Panzer noch meine Raketen und sei im Übrigen jederzeit bereit, für die Rote Mutter zu sterben.

Ich nahm den Neuner in Richtung Nordstadt. An der Akademie stieg ich aus. Ich nahm am Frühgottesdienst teil und ging danach in meine Stube. Das Stockwerk, indem man meinen Ausbildungsjahrgang untergebracht hatte, war nahezu verwaist. Ich schaltete den Fernseher ein. Neben den beiden Kirchenkanälen war mir – als Mitglied der kämpfenden Truppe – der Empfang des staatlichen Nachrichtenkanals erlaubt worden. Dort wurde berichtet, dass die Regierung entschieden habe, den Vormarsch auf der Nebelinsel anzuhalten. Unter den Asartu war ein Bürgerkrieg ausgebrochen, deren Ausgang man abwarten wollte. Ein historischer Fehler, aber das ahnte damals natürlich noch niemand.

Ich setze mich an meinen Computer, wollte zuerst mein Postfach öffnen, ließ es dann aber sein. Ich starrte auf mein Telefon und war erschrocken darüber, wie wenig es mich danach verlangte, eine bekannte Stimme zu hören.

In der darauf folgenden Nacht hatte ich einen Albtraum. Ich befand mich wieder in den Wäldern Burgenreichs. Hier war der umgekippte Transporter, dort der zerstückelte Soldat.

Ich ging in die Knie und hob einen blutverschmierten Dolch vom Boden. Die Waffe besaß ein stählernes Heft mit Holzeinlage. Ihre Klinge war etwa dreißig Zentimeter lang, von rautenförmigem Querschnitt und mit einer Blutrinne versehen. Es war die Waffe einer Kriegerin der Agrunbar. Ich betrachtete den Dolch genauer und sah, dass etwas ins Heft geritzt worden war. Es war ein Name: Lamis'jala.

※

Am nächsten Tag wurde ich zum Bataillonskommandeur gerufen. Erst beschimpfte er mich, dann verfluchte er mich, und schließlich sagte er mir noch, wie enttäuscht er von mir sei. Zum Abschied erfuhr ich, dass meine Schuld mit der Eroberung Jistas zwar abgegolten sei, ich aber trotzdem nicht zu meiner Einheit zurückkehren würde. Keinem christlichen Soldaten sei es zuzumuten, mir sein Leben anzuvertrauen.

※

Das Geschehen auf der Nebelinsel war noch immer das die Schlagzeilen dominierende Thema, obwohl die eigentlichen Kampfhandlungen inzwischen vorüber waren. Der unter den Asartu tobende Bürgerkrieg war entschieden. Er hatte den Spitzzähnen eine neue Königin beschert. Ihr Name war Shabula. Die neue Herrscherin hatte bei der Wilderländer Regierung inzwischen um einen Waffenstillstand nachgesucht und dabei weitreichendes Entgegenkommen in den wichtigsten politischen Fragen signalisiert.

Mir kam der Name Shabula bekannt vor, doch wollte mir, was selten geschieht, partout nicht einfallen, wo ich ihn schon einmal gehört oder gelesen haben mochte. Shabula war die erste Herrscherin des Knochenthrons, die Wilderland einen Staatsbesuch abstattete und dem staatlichen Fernsehsender ein Interview gab. Die

Königin erwies sich als (für eine Asartu) gut aussehende, eloquente Frau von etwa dreißig Jahren. Sie trug einen modernen Hosenanzug, war dezent geschminkt und sprach von Frieden, Völkerverständigung und ihrem Wunsch, die Nebelinsel in die Moderne zu führen. Das alte Feudalsystem versprach sie ebenso abzuschaffen wie das 3-Klassen-Wahlrecht. Gemeinsam mit Wilderländer Experten entwarf sie Pläne für ein System, mit dem der Bedarf der Asartu an menschlichem Lebendfleisch auf Spendenbasis gedeckt werden konnte.

Shabula flogen die Herzen der Wilderländer in einem Maße zu, wie ich das zuvor nicht für möglich gehalten hätte. Die an die moderne Sachlichkeit unserer klerikalen Demokratie gewöhnten Menschen waren von dem exotischen Glanz ihres Hofstaates ebenso fasziniert, wie vom Charme der Asartu-Herrscherin.

Der Krieg in den Wäldern fand dagegen fast überhaupt keine Beachtung mehr. Die Kräfte der Hameshi galten als versprengt und schienen allenfalls noch zu sporadischem Widerstand in der Lage. Für das kommende Frühjahr wurde eine *Säuberungsoffensive* angekündigt, die die östlichen Wälder von Freischärlern und nicht legitimierten Kombattanten befreien sollte.

Teil II
IN DEN TIEFEN DER WÄLDER

1

Seit der Eroberung Jistas waren zwei Jahre vergangen. Das Schicksal hatte mich in einen träge dahinfließenden Seitenarm des noch immer nicht beendeten Waldkriegs gespült. Meine Kaserne lag im nordöstlichen Teil Burgenreichs und war etwa vier Kilometer von Maischberg entfernt. Maischberg hatte einst den Wäldern gehört, lag seit der ersten großen Rodungswelle aber am äußeren Rand des Gürtels. Der Ort hatte seit Kriegsbeginn gut zwei Drittel seiner Einwohner verloren. Die Menschen waren entweder zurück in die Wälder gegangen oder aber nach und nach in die Städte abgewandert.

Ich mochte das sich vor dem Fenster meines Büros ausbreitende Feld aus violett blühenden Fliederbüschen und leuchtend blauen Kornblumen. Dass es das überhaupt gab, war weniger der Absicht eines Landschaftsgärtners, als vielmehr dem nie erlahmenden Streben der Pflanzen zuzuschreiben, sich das ihnen von den Menschen geraubte Terrain zurückzuerobern. Das ständige Nachroden einmal vom Wald befreiter Gebiete verschlang große Summen, weshalb auf die Urbarmachung neuer Flächen inzwischen verzichtet wurde. Alle Versuche, die Pflanzen durch Feuer oder Chemikalien am erneuten Wachsen zu hindern, waren bislang gescheitert. Der Drang des Grüns nach Sonne und Wachstum ließ sich zwar bremsen, aber nicht aufhalten. Verbrannte Bäume trieben wieder aus, vergiftete Wurzeln erneuerten sich. Champignons durchbrachen den Asphalt, und der Staudenknöterich überwucherte Ortsschilder und neu angelegte Wege. Die per Rechtsverordnung festgelegte Höchstgrenze für den Wiederbewuchs gerodeter Gebiete konnte fast nirgendwo eingehalten werden.

Soldaten schlenderten an mir vorüber. Die Männer grüßten mich nachlässig und trugen keine Kopfbedeckung. Halbherzig wies ich sie zurecht. Es war noch früh am Morgen, doch schienen mir die Leute bereits angetrunken zu sein. Die Moral der am Rande oder gar in den Wäldern stationierten Soldaten hatte in den vergangenen beiden Jahren gelitten. Der Strafenkatalog, der zur Ahndung soldatischen Fehlverhaltens herangezogen werden konnte, schreckte die jungen Männer deutlich weniger als früher. Jemand, der etliche Wochen in den Tiefen der Wälder verbracht hatte, fürchtete weder Bunker noch Degradierung. Der Krieg war ein anderer geworden. Die Armee hatte inzwischen nahezu jedes größere Walddorf besetzt, doch war es ihr seit den Tagen von Jista nicht mehr gelungen, eine größere feindliche Rotte einzukesseln. Die Hameshi mieden, ganz wie Bergner prophezeit hatte, den offenen Kampf und attackierten aus dem Hinterhalt. Die tiefer in den Wäldern stationierten Verbände wähnten sich, vielfach zu Recht, umzingelt und konnten inzwischen nur noch aus der Luft versorgt werden. Das minderte zwar die Verluste, bedeutete aber einen immensen organisatorischen und finanziellen Aufwand. Der Feind lauerte im Verborgenen und tötete, wann immer er die Gelegenheit bekam. Der Kampf mit dem unsichtbaren Gegner machte den Männern schwer zu schaffen. Viele litten an Paranoia. Kein Tag verging, an dem nicht wenigstens ein Soldat von der Kugel eines Kameraden getroffen wurde.

Der Steuerzahlerbund hatte ausgerechnet, dass die Tötung eines einzelnen Hameshi das Land im Schnitt 11,4 Millionen Franken kostete. Die sechzehn Särge der für diesen Zweck geopferten Menschenleben bereits eingerechnet.

Dieser stete Aderlass an Menschen und Ressourcen bedeutete keine existenzielle Bedrohung für Wilderland, war aber zu einer Belastung geworden, deren ursprünglichen Sinn inzwischen kaum noch jemand verstand. Die Menschen, die den Machtbereich der Hameshi verlassen wollten, hatten dies inzwischen getan, während diejenigen, die blieben, den Soldaten aus dem fremden Land ebenso feindselig gegenüberstanden wie der von ihnen importierten Religion. Für die dem Wald abgerungenen Gebiete fanden sich kaum Siedler. Selbst die Wilderländer Bürger, die durch den Feldzug der Horde Heimat und Obdach verloren hatten, verspürten in ihrer Mehrheit kein Verlangen, sich in einem Gebiet anzusiedeln, das noch immer nicht befriedet war.

Unmittelbar nach der zurückliegenden Schneeschmelze waren die Hameshi das erste Mal in die Offensive gegangen. Sie hatten einen kleinen Flugplatz überfallen und vier kleinere Walddörfer vorübergehend zurückerobert.

An dem Tag, an dem die Hameshi ihre Offensive begannen – es war der 3. März 2014 –, wurden in der Wilderklinger Innenstadt drei

Sprengsätze gezündet. Zwei im *Kaufhaus der Freiheit* und einer im Dom. Achtundvierzig Agrim besetzten den staatlichen Rundfunk. Einer von ihnen trat vor die Kamera und sagte: »Die Rote Mutter fordert ihre Wälder zurück!«

Einen Tag lang schien das Land wie gelähmt. Ein Krieg, den die Wilderländer gerne verdrängten, hatte die Hauptstadt erreicht. Menschen, die weder direkt noch indirekt etwas mit dem Kampf in den Wäldern zu schaffen gehabt hatten, waren ermordet worden. Doch dann setzten sich Zorn und Trotz in der Bevölkerung durch. Sollten die Kinder der Agrunbar und die mit ihnen paktierenden Agrim angenommen haben, der moderne Wilderländer wäre ängstlich und dekadent, sahen sie sich getäuscht. Auch wenn er heute in einem beheizten Wasserbett statt auf kargem Lehmboden schlief, war er doch noch immer großer Taten fähig.

Die von den Terroristen festgehaltenen Zivilisten, es waren mehr als zweihundert, gaben sich stoisch. Sie weigerten sich, die Botschaften der Geiselnehmer zu verlesen und befestigten heimlich ein Transparent an der Außenseite des Gebäudes, auf das sie mit großen Lettern *Keine Verhandlungen!* geschrieben hatten. Unterdessen wurde der besetzte Fernsehsender von Spezialeinheiten eingekreist und bald darauf auch gestürmt. Zweiundzwanzig Terroristen starben. Lediglich zwei Angestellte des Senders sowie ein Polizist verloren bei der Geiselbefreiung ihr Leben. Die Menschen verspürten Genugtuung, und das Fernsehen bekam Helden, die es feiern konnte.

Doch schon wenig später, am Sonntag, dem 9. März 2014, ereilte das Land eine Katastrophe, die den Konflikt mit den Hameshi erneut in den Hintergrund rücken ließ. Der Knochenthron der Asartu, der erst wenige Wochen zuvor ein Friedens- und Handelsabkommen mit Wilderland unterzeichnet hatte, erklärte meiner Heimat völlig unverhofft den Krieg. Formal korrekt, durch die Übergabe des entsprechenden Dokuments an den einbestellten Botschafter. Man ließ dem Diplomaten noch Zeit, die Note dem Außenminister zu übermitteln, bevor man ihn an das Heck eines Militärfahrzeugs band und über die Straßen der Nebelländer Hauptstadt schleifte.

Zu dieser Zeit befanden sich kaum noch Soldaten auf der Nebelinsel, dafür aber etwa 2.200 Energietechniker, Agraringenieure, Entwicklungshelfer, Bauzeichner und andere Spezialisten, die den Asartu den Weg ins 21. Jahrhundert hätten weisen sollen.

Shabula verurteilte alle diese unschuldigen Menschen zum Tode. Sie ließ ihre abgeschlagenen Häupter auf lange Spieße stecken und entlang der Küste gen Kontinent hin aufstellen.

Wiederum wandte sie sich über das Fernsehen an das Wilderländer Volk. Diesmal auf dem Knochenthron sitzend, ganz in das Violett ihres Königshauses gehüllt.

Das vormals so ebenmäßige Gesicht der Königin hatte sich verändert. Sie hatte sich die Fingerknochen des Wilderländer Botschafters unter den Stirnlappen und die Wangen implantieren lassen, was ihrer fraglos noch immer vorhandenen Schönheit eine grausige Note verlieh.

Shabula sprach davon, dass sie das Reich von Has'tep und Nonora wieder errichten würde. Kein Mensch, so er sich den Asartu nicht als Sklave unterwerfe, dürfe die Nebelinsel je wieder betreten.

Der Präsident Wilderlands antwortete der Königin unmittelbar. Kühl kündigte er an, dass Shabula sich noch vor Ablauf des Jahres für ihre Taten würde verantworten müssen.

Noch während der dreitägigen Staatstrauer, in der man der Opfer der blutrünstigen Königin gedachte, begannen die Vorbereitungen für eine neuerliche Invasion. Diesmal aber stieß man bei den Kriegsvorbereitungen auf Schwierigkeiten. Von einem Tag auf den anderen war die Insel von einem stetigen elektromagnetischen Impuls umgeben, der alles blockierte, dessen Funktionsfähigkeit auf Elektrizität beruhte. Die Spionagesatelliten konnten keine brauchbaren Bilder mehr liefern, und die Aufklärungsdrohnen schlossen sich kurz, noch ehe sie die Steilküste der Insel erreichten. Während die Wissenschaft versuchte, der Natur des Phänomens auf die Spur zu kommen, bilanzierten die Spitzen von Armee, Parlament und Kirche den bisherigen Kriegsverlauf. Man kam darin überein, dass der Kampf gegen die Hameshi sich zwar langwieriger gestalte, als erhofft, sie aber aufgrund ihrer geringen Zahl, ihrer rückständigen Waffentechnik und ihrer örtlichen Beschränktheit allenfalls ein Ärgernis, keinesfalls aber eine Bedrohung darstellten. Die in Burgenreich stationierten Einheiten sollten sich dem ihnen aufgezwungenen Guerilakampf daher entziehen. Die Wälder des Ostens würden befreit, doch müssten alle militärischen und wirtschaftlichen Anstrengungen vorläufig dem Sieg über die Nebelinsel gelten.

1

Obwohl man aus Gründen der rascheren Offiziersgewinnung bereits dabei war, die Ausbildungsgänge der Militärakademien zu verkürzen, beließ man mich auf einem Posten, den ein beliebiger Zivilist mindestens ebenso gut hätte ausfüllen können. Mein Vorgesetzter starb nach einer eigentlich harmlosen Operation. Ein Thrombus war ihm vom Fußgelenk aus direkt ins Gehirn gewandert. Sein Stellvertreter litt unter Depressionen. Eines Morgens weigerte er sich sein Bett zu verlassen, woraufhin ihn der Garnisonsarzt für vorerst dienstunfähig erklärte. Damit trug ich, der 18-Jährige, die Verantwortung für sämtliche unserem Frontabschnitt zugeteilten Ressourcen. Arbeitstage von bis zu vierzehn Stunden waren keine Seltenheit. Von dem eigentlichen Krieg bekam ich in dieser Zeit nur mit, was ich im Fernsehen sah oder an Meldungen über meinen Schreibtisch flatterte. In dem Maße, wie in dem fernen Wilderland die Planungen für die Invasion der Nebelinsel vorangetrieben wurden, verwandelte sich meine Arbeit mehr und mehr in eine *Mangelverwaltung*.

»Haben wir nicht mehr.« »Gibt es nicht mehr.« »Hätte eigentlich schon vor drei Tagen kommen sollen.« »Tut mir leid, Herr Hauptmann, aber Ihre Einheit genießt leider keine Priorität ...« Solche und ähnliche Sprüche gehörten bald zu meinem Standardrepertoire.

Gleichförmig plätscherten meine Tage dahin. Manchmal ertappte ich mich dabei, wie ich statt zu arbeiten aus dem Bürofenster schaute. Meine Augen wanderten den Saum des Waldes entlang. Sehnsucht griff nach meinem Herzen. Auch wenn ich nun schon seit etlichen Monaten nichts mehr von Lamis'jala gehört oder gesehen hatte, waren meine Gefühle für sie doch nicht schwächer geworden. Meine Abende verbrachte ich meist mit dem Hören von Musik. Ich schob eine CD ins Laufwerk des Computers und rauchte das Gras, das ich aus der Asservatenkammer des Zolls geklaut hatte. Seltsame Gedanken begannen, durch mein Hirn zu kriechen und die in mir wohnenden Gewissheiten von allen Seiten anzunagen. Häufig betete ich nur noch flüchtig und vergaß es manchmal ganz. Immer öfter stellte ich mir die Frage, ob die Bibel möglicherweise weniger Gottes Wort, als vielmehr sterbliches Denken enthielt. Was, wenn alle diese hehren Gestalten und geheimnisvollen Völker, wenn Moses, Hiob,

Paulus, wenn die Israeliten, die Ägypter, die Philister nie gelebt haben? Wenn das Volk der Römer doch einst so mächtig war, warum hat man dann nie Zeugnisse seiner Existenz gefunden?

An manchen Nächten gelang es mir, rauschhafte Zwischenwelten zu besuchen, von denen ich oft nicht wusste, ob ich sie mir noch erdachte oder schon von ihnen träumte. Einmal war mir, als würde ich in weichem Laub liegen. Ich war wach, aber zu müde, um meine Augen zu öffnen. Eine Hand strich mir über die Wange, und die weiche, warme, nur einmal gehörte und doch so vertraute Stimme einer Frau sprach zu mir: »Mein Ariko ...«

Es schien alles so wirklich, so echt! Ich konnte den süßen Atem riechen und das leise Rascheln ihrer Kleider hören. Es war wunderschön! Ich verlor mich in dem zarten Geflüster Lamis'jalas und der sanften Berührung ihrer Hände.

»Was für ein schöner Traum!«, wisperte ich.

»Das ist kein Traum, Ariko«, antwortete mir die Stimme, »das ist ein Versprechen!«

Eines Abends geriet mir in der Kasernenbibliothek ein bis dahin noch unbekanntes Buch in die Hände. Es behandelte das frühe Mittelalter und richtete seinen Fokus dabei auf die Zeit der Staatenfindung und Hameshi-Kriege. Ich nahm es mit in meine Stube und begann zu lesen. Bei einer Liedzeile blieb ich hängen.

40 000 in 2 Nächten, 40 000, Seen von Blut,
40 000 und nicht weniger besänftigen der Mutter Wut,
Bete Stadt der toten Menschen, bete, weine oder schrei,
über Euch der Mutter Töchter, Euch zu töten macht uns frei!

Mein Kopf war bereits benebelt vom Gras, und ich wurde von Schwindel gepackt. Ich legte mich mit weit von mir gestreckten Gliedern auf mein Bett und schloss die Augen. Gleich darauf begannen Farben in meinem Kopf umherzutanzen, die sich rasch zu bunten Bildern verdichteten. Ich sah die alte Händlerfeste Dadoran, hinter deren mächtigen Mauern gerade eine glutrote Sonne versank. Die Kinder der Agrunbar hatten die Stadt umzingelt. Ihr Kriegsgesang überwand die Mauern der Stadt und säte Furcht in die Herzen der dort lebenden Menschen.

Eine Flut schrecklich-schöner Empfindungen überschwemmte mein Herz. Erschrocken versuchte ich, der Vision zu widerstehen, konnte ihrer beklemmenden Kraft aber nichts entgegensetzen. Ich entschuldigte meine Schwäche, indem ich mir einredete, Ähnliches bereits erlebt zu haben, was aber nicht der Wahrheit entsprach. Zumindest nicht ganz.

Ich wurde eins mit der Erinnerung, wurde eins mit einem wogenden Meer ganz in Schwarz und Rot gehüllter Leiber. Die Sepuku vermochten die Frauen und Mädchen nicht mehr länger in Zaum zu halten. Der bevorstehende Kampf erregte deren Sinne bis aufs Äußerste. Die Männer konnten den Sepuku nicht mehr helfen, denn sie hatten ihren Einfluss bereits eingebüßt. Wer immer sich jetzt noch zwischen zwei miteinander in Streit geratende Kriegerinnen drängte, begab sich in Lebensgefahr.

Schon den ganzen Tag über hatte es unter den Frauen und Mädchen Kämpfe gegeben. Bergbären gegen Waldlöwen, Teichblüten gegen Feuersteine, Seelilien gegen Steinblumen und die Felsenkatzen gegen alle, die es wagten, ihnen in die fiebernden Augen zu sehen. Normalerweise ruhten in Zeiten des Krieges alle Clanrivalitäten, aber die in den Herzen der Roten Töchter lodernde Mordlust suchte ein Ventil.

Ich sah zu den Zinnen Dadorans hinauf. Von dort aus sandten uns die Menschen einen Pfeilhagel. Neben mir sank ein getroffener Freund zu Boden. Noch im Sterben griff er nach meiner Hand, seine letzte Empfindung mit mir teilend. Aus dem Kriegsgesang der Roten Töchter wurde eine Feuersbrunst, die auch meine Seele in Brand setzte.

»Kalit'ero kahamanem, kalit'ero wel'me!«
»Keine Gnade, kein Vergessen!«
»Bansha hask te velme, bansha sho te kalité ...«
»Vergebens war dein Leben, vergebens fließt dein Blut ...«

Weit hatten wir uns aus unseren geliebten Wäldern gewagt. Hier, in dem von den Menschen eroberten Teil der Welt, mussten wir auf das Paschawé fast ganz verzichten, nicht aber auf unsere Kampfeslust. Sie war eine nie verlöschende Flamme, die uns auf alle Zeit vorausleuchten würde. Lange hatten wir gehofft, dass die Menschen irgendwann wieder dorthin zurückkehren würden, woher sie einst gekommen waren, nun aber wussten wir es besser. Die Menschen waren eine Krankheit, die an den Wurzeln unserer Erde nagte. Sie drängten Flüsse aus ihrem Bett und trieben Löcher in die Berge. Sie fällten Bäume, aßen Tiere und trockneten die Sümpfe aus.

Normalerweise suchten wir den Kampf mit Bewaffneten, weil nur der Sieg über einen wehrhaften Gegner Ruhm und Ehre versprach. Heute aber waren wir nicht unseretwegen hier, sondern um den Willen der Roten Mutter zu vollstrecken. Menschenmänner, Menschenfrauen, Menschenkinder. Wir würden die Erde von ihnen befreien!

Ich kannte die Wahrheit. Ich wusste, dass ich nicht vor dem frühmittelalterlichen Dadoran stand, sondern in einem Bett der Wilderländer Streitkräfte lag. Doch war es leicht, diese Tatsache zu vergessen. Mir war, als sei ein Damm geborsten, der mich bis zu diesem Moment daran gehindert hatte, ich selbst zu sein. Die Blutgier der Roten Töchter schien mir nun nicht mehr krankhaft, sondern eine höhere Form von Gerechtigkeit zu sein. Mutter Natur schlief nie. Sie hatte die Sterne und die Planeten erschaffen. Alles Leben, sogar die Götter entsprangen ihrem Schoß. Solche, die Planetensysteme ordneten, und solche, die ihr dabei halfen, Fehler zu korrigieren.

Endlich entfesselten die Sepuku die Wut der Hameshi. Uns, die fleischgewordene Rache der Roten Mutter Agrunbar. Ich nahm meinen Dolch zwischen die Zähne, überwand das freie Feld und krallte mich in den nackten Stein der Stadtmauer. Meter für Meter hangelte ich mich gemeinsam mit den anderen den Festungswall hinauf.

Ich kam nicht weit, bis ein Pfeil mich traf. Dies war das Ende meines Lebens, doch erfuhr ich dort keine Verzweiflung, sondern etwas Wunderschönes. Etwas, das dort schon immer auf mich gewartet hatte. Ich sah eine Wolke bunter Blüten, die auf mich zuflog, um mich herumwirbelte, als wären sie ein lebendes, mich beschützendes Wesen. Mein Leib zuckte in Krämpfen, aber meine Seele breitete ihre Flügel aus. Alle Fragen waren beantwortet, alles wurde jetzt ganz leicht. Lachend drehte ich mich im Kreis. Schneller und immer schneller werdend wurde ich eins mit dem mich umhüllenden Blumenmeer.

Die Vision begann berauschend und endete tödlich. Meine Ausbilder hatten mich oft für meine Fähigkeit gelobt, einen Zweikampf präzise zu führen und rasch zu beenden. Ich nahm dieses Lob, obwohl es mir eigentlich nicht gebührte. In Wahrheit hatte ich die ungezählten Stunden, in denen man uns wie die tollwütigen Hunde aufeinanderhetzte, immer gehasst. Es war nicht der Sieg, für den ich meine Gesundheit aufs Spiel setzte, sondern für die ihm folgenden Minuten der Ruhe. All die »gesunden« und »männlichen« Gefühle, die ich – wäre es nach meinen Ausbildern gegangen – vor einem Kampf hätte empfinden sollen, hatten sich bei mir nie eingestellt. Daher verstand ich jetzt nicht, wie dieser blutige Traum in meinen Verstand geraten war. War das Rauschgift dafür verantwortlich?

Ich zog die Konsequenzen, indem ich eine Woche fastete. Ich las ich in der Bibel, und als auch die mir keinen Frieden schenkte, versuchte ich sie nicht nur zu lesen, sondern neu für mich zu entdecken. Dabei verzichtete ich auf alle Interpretationshilfen, die auf das heilige Buch anzuwenden mir beigebracht worden war. Kein Tag verging, in dem ich beim Lesen nicht eine neue, überraschende Entdeckung machte. Es war kein neuer Text, dafür aber ein neuer Geist, der mir aus den schmucklosen Seiten der Heiligen Schrift entgegenleuchtete. Er sagte mir, dass ich, Ariko, nicht irgendwelcher Taten wegen, sondern um meiner selbst willen geliebt würde. Ich las und las und kam dabei auf immer neue, teils berührende, teils erschreckende Gedanken. Gehörte am Ende vielleicht auch den Asartu, den Hameshi, ja selbst den Häretikern Gottes Liebe? Wenn dem aber so war, warum wurde in den Kirchen dann vom Fegefeuer und von Höllenqualen gesprochen? Konnte es denn sein, dass ein 18-Jähriger das Wort Gottes besser verstand als das Kardinalskollegium, ja besser als seine Heiligkeit selbst?

Während dieser Tage, in denen ich viel über mich und die Welt, in der ich lebte, nachdachte, war es Wilderländer Ingenieuren gelungen, eine Energiequelle zu finden, die gegen den die

Nebelinsel umhüllenden elektrischen Impuls unempfindlich war. Es begann eine neue Invasion, und es sah eine Zeit lang so aus, als würde die herausgeforderte Republik ihre Rache bekommen. Das Land spannte alle Kräfte an. Die teuflischen Asartu sollten endgültig besiegt und ihre grausame Königin entmachtet werden.

Eines Morgens bekam die abgeschiedene, vor Maischberg gelegene Garnison überraschend hohen Besuch. General Bergner kam, um sich ein Bild von den Problemen der Versorgungseinheiten zu machen. Bergner wusste noch sehr genau, wer ich war, umgekehrt war das natürlich nicht anders. Nie würde ich vergessen, wie er den Soldaten erschossen oder der verletzten Hameshi den Splitter ins Gehirn getrieben hatte.

Ich schilderte dem General unsere Schwierigkeiten so sachlich, wie ich konnte. Neben der Tatsache, dass das Land seine personellen und finanziellen Ressourcen auf die Niederwerfung der Asartu konzentrierte, wurden auch die von den mit den Hameshi sympathisierenden Agrim durchgeführten Sabotageakte ein immer größeres Problem. Es wurden Schwellen gelockert und Gleise blockiert. Mittlerweile waren sogar schon mit Strychnin versetzte Essensrationen aufgetaucht.

Als der General sich von mir verabschiedete, tat er das mit den Worten: »Du wirst hier bald ein paar bekannte Gesichter sehen.«

»Tatsächlich?«

»Parlament und Kurie haben sich auf eine neue Strategie verständigt. Die Armee wird, bis auf Jista, jede Waldsiedlung räumen. Dein altes Panzerbataillon wird nach Maischberg verlegt.«

Bleierne Wut stahl sich in die Züge des Generals. »Man unterschätzt die Kinder der Agrunbar noch immer. Man glaubt, Jista selbst dann halten zu können, wenn man das Umland nicht mehr kontrolliert.«

»Ist das nicht so?«

»Die Hameshi beobachten uns genau, und sie registrieren jede Schwäche. Einige Hundert Felsenkatzen haben die Wälder des Ostens verlassen, um in ihre alten Clangebiete einzusickern.«

»Du meinst ...«

»Ja, sie sind in Wilderland! Noch halten sie sich verborgen, aber es ist nur eine Frage der Zeit, bis sie Ärger machen werden.«

Ich schüttelte den Kopf. Die Haine Wilderlands waren mit denen des Ostens nicht zu vergleichen. Dort gab es keine Ur-, sondern

Wirtschaftswälder, die außerdem keinen flächendeckenden Baumbestand aufwiesen. Es fiel mir schwer zu glauben, dass es den Felsenkatzen gelingen könnte dort Fuß zu fassen.

»Das Kollektiv kann diesen Krieg noch immer gewinnen, Ariko. Dazu bräuchte es nicht einmal das Militär. Der Heilige Stuhl aber ist schwach. Statt Stärke zu zeigen, will er *Gespräche* führen.

»Gespräche?«

»Ja, man will sich mit Terroristen treffen! Noch versucht man, das Wort *Verhandlungen* zu vermeiden, aber niemand weiß, wie lange noch. Die Politiker – ja selbst die Kirche – beginnen, unser Ziel aus den Augen zu verlieren. Das Ziel, das Böse zu besiegen!« Der Blick des Generals wurde durchdringend. »Aber es gibt auch Chancen, Ariko. Große Chancen! Das Schwarze Kollektiv hat nichts von seiner Stärke eingebüßt! Zudem haben die Hameshi einen Feind, von dessen Existenz sie im Augenblick noch nicht einmal wissen!«

Was redete Bergner da? Und warum erzählte er es ausgerechnet mir?

In den Augen des Generals loderten Flammen. »Wenn erst die Rote Mutter nicht mehr ist, werden neue Agrim aus den Wäldern strömen. Sie werden kommen, und ich werde da sein, um ihnen einen neuen, reinen Glauben zu geben. Dann kommt unsere Zeit, Ariko! Die Zeit des Kollektivs!«

In der darauf folgenden Nacht träumte ich meinen letzten Traum. Allein und ohne Furcht durchwanderte ich die nächtlichen Wälder. Schließlich kam ich an eine blühende Weide. Die Sonne ging gerade auf und tauchte ihre Blätter in ein warmes, rötliches Licht, das die Schwärze der Nacht aber nicht verdrängte, sondern sich mit ihr zu einem düsteren Leuchten verband.

Lass erblühen und lass welken,
schenke Liebe, schenke Tod,
in deine Arme immer schließ mich,
große Mutter Schwarz und Rot!

Jetzt erst bemerkte ich den kleinen, am Fuß der Weide sitzenden Schatten. Die in ein langes, rotes Kleid gehüllte Gestalt erhob sich und breitete die Arme aus. Jetzt traf auch sie ein erster Sonnenstrahl und ließ ihr Haar aufleuchten, als stünde es in Flammen. Es war Lamis'jala.

»Ariko, Liebster! Kaskatu'ell te mamiche? Wo warst du so lange?«

Der Traum endete, und ich stand auf. Ich konnte es fühlen. Etwas sehr Bedeutsames war geschehen. Ich trat vor den Spiegel, zog mir das Hemd über den Kopf und betrachtete das mit schwarzer Tinte über mein Herz tätowierte Symbol. Es war das Zeichen des Schwarzen Kollektivs.

Ich zog meinen Dolch aus dem Beinhalfter und durchkreuzte das Symbol. Blut floss mir über die Brust. Ich ließ zwei Minuten verstreichen, bevor ich ans Waschbecken trat und mich wusch. Da war nichts. Weder war da eine Wunde, noch hatten meine Schnitte das Zeichen des Kollektivs versehrt. Ich wusste, was das bedeutete. Es bedeutete, dass der Soldat des Schwarzen Kollektivs, der elternlose Agrim Ariko, in der letzten Nacht gestorben war.

Wäre es möglich gewesen, hätte ich die nächsten Stunden mit Nachdenken verbracht. Doch der Ruf der Roten Mutter ist kein Befehl, er ist ein Naturgesetz. Ich konnte es mir nicht aussuchen, ob ich ihm lieber früher oder später oder vielleicht auch überhaupt nicht gehorchen wollte.

Seit mehr als zwei Jahren hatte die Rote Mutter keinen Agrim mehr in die Wälder gerufen und noch nie einen Soldaten des Kollektivs. Aber auch wenn ich die Absicht der Agrunbar nicht verstand, änderte das nichts daran, dass ich ihr folgen musste. Es gab nur zwei Wege, die mir jetzt noch offen standen. Der eine führte in die Wälder, der andere in den Tod.

Erst wollte ich versuchen, bei Maischberg die Grenze zu überwinden, tat es dann aber doch nicht. Der Kommandeur des hiesigen Sicherungsabschnitts kannte mich. Möglich, dass er sich fragte, was ich in diesem Teil des Waldes, in dem es weder einen Militärposten noch eine Siedlung gab, zu suchen hatte.

Also nahm ich einen kleinen Transporter, fuhr damit so dicht an die Sicherungsanlage wie möglich und rannte dann den mit Starkstrom gesicherten Schutzzaun entlang in Richtung Westen. Das auch hier überall wuchernde Dickicht würde mich, wie ich hoffte, vor den

Linsen der Überwachungskameras verbergen. Schon von Weitem hörte ich den Postzug kommen. Er wurde von einer alten Dampflokomotive der Burgenreicher Bahn gezogen und fuhr eben in den Maischberger Bahnhof ein. Während ich auf Höhe der Station abbog und geduckt in Richtung Gleise rannte, fühlte ich die Kraft der Roten Mutter durch meine Adern lodern. Sie durchströmte mich wie flüssiges Feuer. Nur ihretwegen gelang es mir im letzten nur möglichen Augenblick, auf die hintere Plattform des bereits wieder anrollenden Zuges zu springen. Ich setzte mich in eine leere Sitzgruppe und versuchte, den Blicken der übrigen Fahrgäste auszuweichen. Allmählich wurde ich ruhiger. Wahrscheinlich war meine Paranoia völlig unbegründet. Selbst wenn man mich in der Kaserne bereits vermissen sollte, würde man mich doch vor Ablauf von 24 Stunden ganz bestimmt nicht zur Fahndung ausschreiben. Ich hatte also genug Zeit, um an den Ort zu gelangen, von dem aus mir der Weg in die Wälder am risikolosesten schien. Nach Aspergen.

In der letzten Station vor Aspergen wurde mein Abteil von einer Antiterroreinheit der Polizei gestürmt. Der Zugriff verlief so rasch und präzise, dass mir kaum Zeit blieb, meine Naivität zu bereuen. Man wand mir eine stahlverstärkte Zwangsjacke um den Leib. Meinen Kopf ummantelte man mit einem bleiernen Käfig, der wahrscheinlich die Wirkung des Paschawé dämpfen sollte. Einer Kraft, von der ich weder wusste wo ich sie hernehmen sollte, noch wie sie einzusetzen war. Ich wurde zur Aspergener Standortkommandantur gebracht, wo man mich an die Wand einer Kerkerzelle kettete. Der Schreck über meine Gefangennahme wich ohnmächtiger Verzweiflung. Dass der Geheimdienst die im Gürtel verkehrenden Personenzüge inzwischen von Lauschern (Agrim, die Hameshi wittern konnten) überwachen ließ, hatte ich nicht gewusst.

Was würde geschehen? Würde man mich erschießen? Würde ich gefoltert werden? Würde mein alter Professor jetzt doch noch jemanden bekommen, dessen Gehirn er sezieren konnte? Zuerst würde man jedenfalls das Kollektiv informieren, so viel war sicher.

Eine ganze Stunde gab ich mich der allerdüstersten Gedanken hin, als plötzlich drei Soldaten in meine Zelle kamen und mich von meinen Ketten befreiten. Ein Major, der sich mir als Standortkommandant vorstellte, entschuldigte sich für das mir widerfahrene »Missverständnis«. Es habe eine Verwechslung gegeben. Das Büro von Bergner habe sich für mich verbürgt. Er könne den Vorgang nur bedauern.

Ich konnte mein Glück kaum fassen. Offenbar hantierte da beim Kollektiv gerade jemand mit veralteten Akten. Ein Fehler, der mir das Leben retten konnte. Rasch versuchte ich, in die mir zugefallene Rolle zu schlüpfen.

»Ich hätte da noch ein Anliegen, Herr Major.«

»Besprechen wir das doch in meinem Büro. Folgen Sie mir bitte.«

Um gefahrlos durch die Kontrollen zu kommen, wollte ich mir einen Passierschein ausstellen lassen, doch den mochte mir der Kommandant nicht geben.

»Hören Sie, mein junger Freund«, appellierte der alte Soldat an meine Einsichtsfähigkeit. »Sie können nicht nach Aspergen! Aspergen wird geräumt! Die ganzen Menschen, die Sie hier durchs Tor gehen sehen, kommen von dort!«

»Ich habe aber meine Befehle. Ich muss dorthin!«

Der Soldat seufzte. »Ich weiß nicht, wie ich Ihnen das begreiflich machen soll ... Die Armee zieht sich aus Aspergen zurück! Die Kompanie, von der Sie sagen, Sie müssten sich ihr anschließen, wurde dem II. Armeekorps zugeteilt, und das wird auf die Nebelinsel verlegt. Wenn Sie aber unbedingt an die Front möchten: Bleiben Sie! Die beginnt nämlich ab morgen hier. Hier, vor meinem Zaun!«

Der Mann meinte es gut, aber das machte die Sache für mich nicht einfacher: Ich musste in die Wälder. Die Rote Mutter rief nach mir!

»General Bergner wird es nicht gefallen zu erfahren, wie wenig Unterstützung das Kollektiv von ihnen erfährt!«

Der Offizier ließ sich schwer in seinen Sessel sinken, »Hören Sie, ich habe hier genug Probleme. Deserteure, Befehlsverweigerungen, Geschlechtskrankheiten, schimmelnde Lebensmittelrationen ... mit jedem Scheiß kommt man zu mir! Ich bin mir sicher, dass Ihre Befehle überholt sind. Wenn Sie aber unbedingt den Märtyrertod sterben wollen ... bitte sehr! Dann bekommen Sie eben ihren Passierschein!«

»Danke, Herr Oberstleutnant.« Ich atmete auf. »Wann fährt der nächste Panzer nach Aspergen?«

»Panzer?«, echote der Standortkommandant entgeistert, während er das Formular unterschrieb. »Sind Sie eigentlich noch ganz bei Trost? Wir haben hier noch genau fünf einsatzfähige Maschinen, und davon kann ich für Ihr Himmelfahrtskommando ganz bestimmt keine entbehren!«

Hätte ich diese Antwort nicht erwartet, hätte ich meine Frage erst gar nicht gestellt. Die Gefahr in einem Panzer auf einen weiteren Lauscher zu treffen, war nämlich groß.

»Fünf?«, fragte ich in gespielter Überraschung. In Wahrheit kannte ich die Verhältnisse entlang der beiden Sicherungszäune recht gut. »Dies hier ist doch eine Panzerbrigade, oder nicht? Sie müssten mindestens zehn Mal so viele Maschinen haben!«

»Ja, auf dem Papier!«, donnerte der Offizier, der allmählich wütend wurde. »Auf dem Papier! Ein Teil ist zerstört und ein anderer nicht einsatzfähig, weil wir schon seit Monaten keine Ersatzteile und Mechaniker mehr bekommen! Die da oben schaffen doch jetzt alles in die Nebellande! Für ihre beschissene *große Offensive*, die aber vermutlich auch nur auf dem Papier existiert! Genau fünf Panzer habe ich noch, aber nicht einmal für die hab ich vernünftig geschultes Personal! Und wissen Sie, was als Nächstes kommt? Sie wollen hier ein Drittel aller Geschützlafetten von den Zäunen schrauben, weil wir die ja angeblich überhaupt nicht brauchen!«

»Dann geben Sie mir eine Wachmannschaft, die mich ...«

»Sie kriegen auch keine beschissene Wachmannschaft, Sie Schwachkopf! Gehen Sie doch gefälligst alleine drauf! Im Gegensatz zu mir scheinen Sie ja sehr gut zu verstehen, warum es so furchtbar wichtig ist, in diesen gottverdammten Wäldern zu verrecken! Los, verschwinden Sie! Meinetwegen melden Sie mich noch vorher bei diesem Arschloch von Bergner! Sollen sie mich doch abholen! Ist mir, offen gestanden, scheißegal! Mir ist hier überhaupt so langsam alles scheißegal!«

Der Mann wurde mir mit jeder Minute sympathischer, aber das durfte ich ihm natürlich nicht zeigen. Daher trat ich mit ernster Miene an seinen Tisch, nahm meinen Passierschein, legte die Rechte an mein Barett und wandte mich zur Tür. In diesem Moment läutete das Telefon.

»Warten Sie bitte einen Moment.«

Ich wusste nicht, wer am anderen Ende der Leitung war, aber ich durfte kein Risiko eingehen. Ich sprang über den Schreibtisch, legte dem Kommandanten meine Hände um den Hals und drückte zu. Der Mund des Majors öffnete sich zu einem stummen Schrei. Nun kannte er die Wahrheit, aber nun war es zu spät.

»Havion Mamiche!«, sagte ich ihm, bevor er starb. »Havion Mamiche Agrunbar!«

Dank des Passierscheins überwand ich die Kontrollen ohne weitere Schwierigkeiten. Als die Sicherungsanlage endlich hinter mir lag und sowohl links als auch rechts des Weges die Bäume in die Höhe schossen, atmete ich auf. Eigentlich hatte ich vorgehabt, mich sobald als möglich ins Dickicht zu flüchten, blieb aber jetzt doch auf der Straße. Das sich aus Aspergen zurückziehende Militär wurde von Flüchtlingen begleitet. Menschen, die noch vor wenigen Jahren fast nichts über das Leben außerhalb der Wälder gewusst hatten und die nun die Rückkehr der Hameshi fürchten mussten.

Die Frauen waren in ihrer Mehrzahl auffallend geschmacklos gekleidet, stark geschminkt und mit billigem Schmuck behangen. Ihre Männer gingen in zu großen oder zu kleinen Anzügen einher, die das letzte Mal vor zehn Jahren modern gewesen sein mochten. Sie waren Entwurzelte. Menschen, die nicht hierhin und nicht dorthin gehörten, und deren sonderbare Schattenkultur gerade im Begriff stand, unterzugehen. Manche weinten, einige lachten, die meisten aber hielten ihre leeren Blicke still zu Boden gesenkt. Vermutlich ahnten sie bereits, dass man ihnen weder in Wilderland noch im Gürtel einen warmen Empfang bereiten würde. Sie gehörten zu den Verlierern dieses Krieges und würden das durch die Horde erzeugte Heer der Bedürftigen und Perspektivlosen weiter anschwellen lassen. Noch bemerkenswerter als den Strom aus Soldaten und Flüchtlingen fand ich das schmale Rinnsal an Menschen, das mit mir in Richtung Waldstadt zog. Leute, die in der Welt der Mikrowellenherde und Schnellstraßen nicht hatten

Fuß fassen können und hier ihre vielleicht letzte Chance nutzten, in die Waldstadt zurückzukehren. *Strom* und *Rinnsal* waren sichtlich bemüht, einander nicht zu beachten. Vielleicht glaubten beide, sich ihrer Wahl schämen zu müssen. Diejenigen, die sich der Mildtätigkeit der Städter anvertrauten ebenso wie diejenigen, die auf die Gnade der Hameshi hofften.

Der Strom der aus Aspergen kommenden Flüchtlinge wurde jetzt zusehends schmaler und versiegte endlich ganz. Als ich mich einen Augenblick lang unbeobachtet fühlte, schlug ich mich ins Dickicht. Es wäre unklug gewesen, die Waldstadt in der Uniform des Schwarzen Kollektivs zu betreten. Also legte ich meine Kleider ab, faltete sie ordentlich zusammen und verbarg sie im Unterholz. Zu guter Letzt warf ich den Blaumann über, den ich aus der Aspergener Standortwerkstatt gestohlen hatte. Für die Suche nach einer weniger auffälligen Bekleidung hatte mir die Zeit gefehlt.

Lange schon, bevor ich nach Aspergen kam, sah ich die Rauchwolke über der Stadt. Ich verlangsamte mein Tempo. Ob dort gekämpft wurde?

Als ich die Waldstadt schließlich erreichte, fand ich die dort verbliebenen Menschen allesamt in hektischer Betriebsamkeit. Jeder der hier Gebliebenen versuchte in letzter Minute, Dinge loszuwerden, die ihn eventuell als Kollaborateur entlarven konnten. Überall brannten kleine Scheiterhaufen aus Kleidern, Gardinen, Bettwäsche, Bildern, Teppichen und anderen Zeugnissen westlicher Zivilisation.

Frauen wuschen sich gegenseitig die Schminke aus dem Gesicht. Männer zerrissen Bilder seiner Heiligkeit, zerschlugen große und kleine Kreuze und taten auch sonst allerlei Dinge, von denen sie hofften, dass sie die Hameshi milde stimmen würden.

Es gab Dörfer im ewigen Grün, mit denen das Militär und die Kirche nie froh geworden waren. Die Menschen dort hatten keine Gottesdienste besucht, nie moderne Kleidung getragen und lieber die Rinde von den Bäumen gekratzt, als die ihnen angebotenen Fleisch- und Wurstkonserven anzurühren. Eine solche Ortschaft war Aspergen allerdings nie gewesen. Im Gegenteil. Die Waldstadt hatte als Mustersiedlung gegolten. Man hatte eine Kirche gebaut und ein Sozialzentrum errichtet.

Diese Kirche, für deren Bau ein Wilderländer Industrieller 500.000 Franken gespendet hatte, brannte jetzt. Sämtliche Scheiben waren eingeschlagen worden; und unter meinen Füßen knirschte buntes Glas. Der Pfarrer saß mit einem schweren gusseisernen Kreuz im Schoß auf der Gebäudetreppe.

Ich ging zu ihm. »Gehen Sie, Hochwürden!«, sprach ich ihn an. »Sie können hier nichts mehr tun!«

Aber der Geistliche, ein Mann von vielleicht fünfzig Jahren, reagierte nicht. Er war ein Idealist. Einer, der sich berufen fühlte und bereit war, für seinen Glauben in den Tod zu gehen. Ich rüttelte ihn leicht an der Schulter. »He! Hören Sie mich?«

Der Priester sah mich kurz an, schüttelte dann aber entschlossen den Kopf. Er hatte seine Wahl getroffen.

Das Rathaus war, wie ich erwartet hatte, verwaist. Einen Moment lang spielte ich mit dem Gedanken, hierzubleiben, verwarf die Idee aber wieder. Stattdessen ging ich zum Marktplatz. Dort würde ich die Rückkehr meines Volkes erwarten.

Es ging schon langsam gegen Abend, als die Menschen von den Straßen verschwanden. Und zwar nicht nach und nach, sondern schlagartig. Jetzt also musste es geschehen! Ich hatte das Haus, vor dem ich saß, ein wenig in Augenschein genommen und festgestellt, dass es zu denen gehörte, die von ihren Bewohnern verlassen worden waren. Ich ging hinein. Auch wenn ich jetzt einer der ihren war, wollte ich die Hameshi doch erst beobachten, bevor ich ihnen gegenübertrat.

Ich ging in den zweiten Stock und dort ins Schlafzimmer, weil ich mir von dessen Fenster aus den besten Überblick versprach. Auf dem Weg kam ich in der Küche vorbei. Ich schmierte mir zwei Butterbrote zu und nahm eine Dose Cola aus dem Kühlschrank. Dafür legte ich meine letzten 100 Franken auf den Küchentisch. Falls die Besitzer des Hauses doch noch zurückkehrten, sollten sie mich nicht für einen Dieb halten.

Es verging eine halbe Stunde, in der nichts passierte. Der Wecker auf einem der beiden Nachtische zeigte schon fast 18 Uhr, als sie endlich kam. Ja, *sie*. Eine einzelne Hameshi, die von der südlichen

Ausfallstraße kommend auf den Marktplatz trat. Sie war eine groß gewachsene, aufrechte Kriegerin des Ostens, die ihr Gesicht hinter einem Tuch verborgen und die langen, braunen Haare zu einem Pferdeschwanz zusammengebunden hatte. Es war totenstill. Die Angst lastete wie ein schweres, dunkles Tuch auf der Waldstadt. Wie würden sich die Kinder der Agrunbar den verbliebenen Einwohnern Aspergens gegenüber verhalten? Einer Siedlung, die sich wie kaum eine andere im Verlauf des Krieges mit den Besatzern arrangiert, deren Lebensweise akzeptiert, ja übernommen hatte? Ich spürte, wie meine Handflächen feucht wurden. Die Hameshi blieb in der Mitte des Platzes stehen und sah sich um. Sollte ich zu ihr gehen? Versuchen, mit ihr zu sprechen? Ich zögerte noch immer.

Jetzt betrat, oder besser gesagt kroch ein Mensch auf den Platz. Ein kleiner, feister Mann mit nacktem Oberkörper und einem großen Stock in seiner Rechten. Es war der Bürgermeister der Stadt, von dem ich wusste, dass er Kühn hieß. Ich hatte vor knapp einem Jahr einmal eine Reportage über Aspergen gelesen, in der Herr Kühn seine erneuerte Stadt hatte vorstellen dürfen. Ich konnte nicht begreifen, dass ausgerechnet er zu denen gehörte, die hiergeblieben waren. Glaubte er wirklich, dass die Hameshi nicht wussten, welche Rolle er während der Zeit der Besatzung gespielt hatte?

Der Mann kroch zu der Hameshi. In fast schon Übelkeit erregender Servilität bot der Bürgermeister ihr den Stock an. Finster sah die Frau auf Kühn herab. Dann ging alles sehr schnell. Sie ignorierte den ihr angebotenen Stab, zog stattdessen eine ihrer Klingen und stieß sie dem Bürgermeister wuchtig in den Nacken. Der Mann kippte zur Seite. Er war tot.

»Mist!«, fluchte ich, während die Hameshi ihr Messer aus dem Genick des Mannes rupfte, es an seiner Hose abwischte und in das Futteral zurückschob. Ein weiterer Mensch kroch zu der Hameshi hinüber. Eine ältere Frau diesmal. Auch sie mit bloßem Oberkörper. Wer sie war, wusste ich nicht.

Mit zitternden Fingern wand sie dem Toten seinen Stock aus den Händen und hielt ihn jetzt ihrerseits der Hameshi hin. Jammernd und klagend sprach sie auf die Kriegerin ein. Zu leise, als dass ich ihre Worte hätte verstehen können. Endlich riss die Hameshi der Frau mit einer herrischen Geste den Stock aus der Hand. Dann begann sie, auf die Alte einzuschlagen.

Ich riss das Fenster auf. »Hey!«, brüllte ich. Und noch einmal: »Hey! Was tust du da?«

Die Hameshi kümmerten all meine *Heys* nicht. Stattdessen drosch sie immer weiter auf die Alte ein. Ich wandte mich um, hastete aus dem Zimmer, rannte die Treppe hinunter und zur Haustür hinaus. Als ich auf die Straße trat, hörte die Hameshi endlich auf, die wimmernde Frau zu schlagen. Stattdessen sah sie mich an.

Ich hatte die Straße noch nicht zur Hälfte überquert, als der Mob aus der Deckung hechtete. Vermutlich hatten die Leute meinen Wilderländer Dialekt erkannt und sahen jetzt die Gelegenheit gekommen, sich bei den Hameshi zu rehabilitieren.

Doch noch, bevor die Menschen mich erreichten, hob die Tochter der Agrunbar die Hand. Streng ließ sie ihren Blick über die Meute schweifen. Die Aspergener hielten inne und sanken nach und nach auf die Knie. Als schließlich der Letzte in den Staub der Straße gesunken war, ließ die Waldkriegerin ihre Hand wieder sinken. Sie nickte mir zu und sagte: »Willkommen zuhause!«

»Wie Name?«

»Mein Name ist Ariko.«

Wir hatten uns vielleicht zwei Gehminuten von Aspergen entfernt. Dort, auf einer kleinen Lichtung stehend, trafen wir auf eine Gruppe weiterer Hameshi.

»Nascha!«, sprach meine Begleiterin eine junge Frau an. »Nascha, besija, kaliment'isija balbeque volon beb'achija bel Taske.« Was so viel hieß wie: »Nascha, Kleine, bring diese seltsame Felsenkatze zu Taske.«

Offenbar ging die Frau nicht davon aus, dass ich ihre Worte verstand. Das musste sie auch nicht, gab es doch kaum Agrim, die, von den gebräuchlichsten Floskeln einmal abgesehen, des Hameshi mächtig waren.

»Darf ich erfahren, welcher Familie ihr angehört?«, fragte ich sie in der Sprache der Wälder.

Die Kinder der Agrunbar tauschten schwer zu deutende Blicke, doch die Frau, die mich eine seltsame Felsenkatze genannt hatte, blieb gelassen.

»Du befindest dich im Clangebiet der Wildblumen, Ariko. Mein Name ist Wasinija, und du sollst wissen, dass wir dich im Auge behalten.«

Die Körpersprache von Nascha, die ich auf etwa 17 Jahre schätzte, unterschied sich auffallend von der Wasinijas. Eine kleine Weile bemühte sich die mich führende Wildblume noch um einen aufrechten, Respekt gebietenden Gang, begann aber bald schon zu schlendern. Sie strich mit der Hand über ein paar am Wegesrand stehende Blumen, sprach mit einem aus einem Gebüsch herauslugenden Rehkitz und summte selbstvergessen eine mir unbekannte Melodie vor sich hin. Nascha entsprach in vielerlei Hinsicht nicht dem Bild, das ich bislang von den Kindern der Agrunbar gewonnen hatte. Eher fühlte ich mich durch sie an Matthissens Beschreibung der Kadrash erinnert. Deren Wesen war still und gütig. Weniger Herrscher als vielmehr Hüter der Wälder und all derer, die unter ihrem Schutz lebten.

Die Mitglieder der Kriegsrotte, an die ich geraten war, gehörten also zum Clan der Wildblumen. Eine Weile stand ich im Mittelpunkt des Interesses, weil die Rote Mutter schon lange keinen Agrim mehr in den Stand eines kleinen Gottes erhoben hatte. Das aber ließ rasch nach. Bald ließen mich die Wildblumen stattdessen spüren, dass sie mich nicht als einen der ihren ansahen. Warum das so war, verstand ich erst später. Während die übrigen Hameshi seit vielen Generationen in den Wäldern siedelten, hatten die Felsenkatzen den Großteil ihres Lebens in der Welt der Menschen verbracht. Die übrigen Clans hatten daher erwartet, dass die Felsenkatzen sich ihnen gegenüber in Höflichkeit und Zurückhaltung üben würden. Eine Erwartung, der die überwiegend aus Hammerschlag stammenden Neu-Hameshi nur selten gerecht geworden waren. Felsenkatzen hatten inzwischen den Ruf, impulsiv, vorlaut und streitsüchtig zu sein.

Ich merkte bald, dass die Hameshi, unter denen ich mich befand, nicht mit denen verglichen werden konnten, die ich von meinen Vorlesungen her kannte. Der Krieg, der sich nun schon in seinem dritten Jahr befand, hatte die Kinder der Agrunbar verändert. Den kleinen Unterschieden in Bekleidung und Bewaffnung nach zu urteilen, kämpften die meisten der 53 Wildblumen ein gutes Stück von den Siedlungsgebieten ihrer Familien entfernt. Das stand im Widerspruch zu der starken Heimatverbundenheit der Hameshi. In aller Regel verließ ein Kind der Agrunbar seine unmittelbare Heimat nur selten, und wenn, dann nie für lange. Die Erfordernisse des Krieges aber verlangten von den Hameshi eine Mobilität, die ihrem Wesen widersprach. Der stete Mahlstrom des Todes hatte die gewohnte Ordnung zersetzt und die Belange des Kampfes in den Mittelpunkt des Daseins gerückt.

In meinen ersten Tagen unter den Hameshi sprach ich wenig und beobachtete viel. Bald fiel mir einiges auf. Zum Beispiel, wie exzessiv bei den Wildblumen manchmal getrunken wurde. Weit mehr, als es die guten Sitten den Waldkindern eigentlich erlaubten. *Hexenwasser* nennen die Hameshi das Getränk. Es ist die einzige bekannte Droge, die ein Kind der Agrunbar in einen Rauschzustand versetzen kann. Weiter fiel mir auf, dass die unter den Wildblumen geübte Sittsamkeit nicht mit dem mithalten konnte, was ich bei Matthissen darüber gelesen hatte. Einmal sah ich zwei Wildblumen sich küssen, von denen ich wusste, dass sie weder vor Gott noch vor der Roten Mutter verheiratet waren. Ein andermal wurde ich Zeuge, wie ein männlicher Krieger sein Wasser abschlug, obwohl zwei weibliche Wildblumen ganz in der Nähe standen. Ich konnte kaum glauben, was ich da sah, und war kurz davor, den Betreffenden zurechtzuweisen. Letztlich ließ ich es aber sein. Ich wollte nicht schon jetzt damit beginnen, mir Feinde zu machen.

Ausgerechnet mit dem Anführer der Rotte, mit Taske, verstand ich mich von Beginn an sehr gut. Von ihm erfuhr ich, dass wir in etwa vierzehn Tagen mit einer Rotte Felsenkatzen zusammentreffen würden. Dieser würde ich mich dann anschließen.

»Ist es denn sicher, dass ich eine Felsenkatze bin, Taske? Könnte ich nicht ebenso gut eine Wildblume sein?«

»Alle, die in den letzten Jahren von der Roten Mutter gerufen worden sind, sind Felsenkatzen. Alle. Ohne Ausnahme.«

Ich machte ein nachdenkliches Gesicht, war in Wahrheit aber glücklich. Wenn Lamis'jala bei den Felsenkatzen lebte, konnte es nur gut sein, wenn ich auch eine war.

Taske sorgte schon an meinem ersten Tag in den Wäldern dafür, dass ich richtige Kleider bekam. Nächtliches Frieren oder mittägliches Schwitzen gehörte damit der Vergangenheit an. Über die Kleidung der Hameshi sollte man wissen, dass sie sowohl von ihrer Bequemlichkeit als auch von ihrer Funktionalität her alles in den Schatten stellt, was man industriell produzieren kann. Ist es warm, ruht der Stoff federleicht auf der Haut. Er lässt frische Luft nach innen und die Hitze nach draußen. Ist es dagegen kühl, wärmt er besser als ein Federbett. Regnet es, halten die Kleider fast das ganze Wasser fern. Das Wenige an Feuchtigkeit, das bis an die Haut kommt, trocknet, noch während die letzten Tropfen vom Himmel fallen.

Vor meiner Flucht war ich fast drei Jahre lang Angehöriger der Wilderländer Streitkräfte gewesen. So gesehen war der Einblick, den ich jetzt in die Taktik der Hameshi bekam, einigermaßen interessant. Was ich mir nicht hatte träumen lassen, war, wie intensiv und kenntnisreich über die Geschehnisse in meiner Heimat berichtet und diskutiert wurde. Die Kriegsrotte wusste über die »Öffentliche Meinung« Wilderlands ebenso Bescheid, wie über die Verfassung der uns gegenüberliegenden Einheit. Sie kannte deren Namen, Sollstärke, Klassifizierung und bisherige Einsatzorte. Vor allem aber wusste sie, dass die Soldaten dort regelmäßig Patrouillenfahrten ans Hauptquartier meldeten, die in Wahrheit niemals stattfanden.

Über die Bolivare verbreiteten sich den Hameshi zugespielte Neuigkeiten in Windeseile. Einige Dokumente besaß Taske sogar schriftlich. Ich las zum Beispiel dieses hier:

STRENG GEHEIM
Aus dem Bericht der Wissenschaftlichen Kommission zur Situation in den östlichen Wäldern.
[...]
Daher muss ich dem ehrenwerten Haus den von mir heute vorgelegten Bericht wie folgt zusammenfassen:
Während die übergroße Mehrheit der im Gürtel lebenden Menschen den baldigen Anschluss ihrer Heimat an Wilderland wünscht, haben die Verluste unserer Truppen in den Wäldern ein inzwischen kaum noch vertretbares Ausmaß erreicht. Vielerorts haben unsere Männer keinerlei konkreten Kampfauftrag. Sie sind die Zielscheiben eines unsichtbaren Gegners und leben inmitten einer Bevölkerung, die ihrer Anwesenheit in weiten Teilen ablehnend bis feindselig gegenübersteht.
Unsere Armee verfügt über zu wenige auf den Kampf in den Wäldern

spezialisierte Einheiten, und auch die sind nur selten in der Lage, die Hameshi in offene Kämpfe zu verwickeln.

Truppen, die ihre in den Wäldern stehenden Kameraden ablösen sollen, weigern sich, auszurücken. Vor allem die jungen Wehrpflichtigen, die über praktisch keinerlei Kampferfahrung verfügen, halten den physischen, vor allem aber den seelischen Belastungen dieser Auseinandersetzung kaum mehr stand. Die Versäumnisse in der psychologischen Betreuung dieser jungen Menschen müssen als evident bezeichnet werden.

Meine sehr verehrten Damen und Herren, ich sage es in aller Offenheit: Nach Meinung der von Ihnen eingesetzten Expertenkommission ist der Krieg in den Wäldern zur jetzigen Zeit und unter den gegebenen Voraussetzungen militärisch nicht zu gewinnen.

Mein Rat als Militärwissenschaftler entspricht daher meiner Bitte als Bürger dieses Landes: Meine sehr verehrten Damen und Herren: Bitte beenden Sie dieses sinnlose Sterben. Bitte holen Sie unsere tapferen Söhne in ihre Heimat zurück.

⟂

Wasinija, die Frau, die den Bürgermeister von Aspergen erdolcht hatte, gab es praktisch nur in doppelter Ausführung. Selten, dass man die Tochter des Ostens ohne ihre jüngere Schwester Nascha sah. Der Grund, warum ich Nascha von Beginn an mochte, war die Unbefangenheit, mit der sie mit mir umging. Sie sah mir beim Zeichnen über die Schulter (Block und Stifte hatte sie mir aus einem der leer stehenden Häuser Aspergens besorgt), lehrte mich die ersten Geheimnisse beim Umgang mit Tieren und reagierte als Erste auf einen meiner Scherze mit einem herzlichen Lachen.

2

Dass die Wilderländer Streitkräfte sich aus dem Innern der Wälder zurückzogen, war ein großer Erfolg für die Hameshi, doch war der Krieg damit noch nicht entschieden. Rational betrachtet hatte sich das militärische Kräfteverhältnis seit Beginn der Invasion kaum verändert. Wilderland war nicht geschwächt. Jedenfalls nicht so stark, als dass an eine weitere Fortführung des Kampfes nicht zu denken gewesen wäre. Der Gürtel war (auch wenn inzwischen darüber nachgedacht wurde, einige Gebiete zu renaturieren) seit Kriegsbeginn durch zahlreiche Rodungen auf nahezu das Doppelte seines früheren Umfangs angewachsen. Er war stark befestigt und befand sich fest in Händen der westlichen Streitkräfte. Die Armee hatte für die in ihren Diensten stehenden Agrim ein sehr erfolgreiches Ausbildungsprogramm entwickelt. Deren natürliche Fähigkeit, die Gegenwart der Hameshi zu spüren, hatte sich dadurch enorm verbessert. Fast jeder der in den Wäldern operierenden Panzer hatte mittlerweile einen dieser *Lauscher* an Bord. Wer kannte die Gefahr, die von diesen Leuten ausging besser als ich, wäre ich doch beinahe einem von ihnen zum Opfer gefallen.

Der mit Flutlichtmasten und Selbstschussanlagen gespickte und mit Starkstrom gesicherte Wachzaun machte den Gürtel für die Hameshi praktisch unpassierbar. Zudem waren viele der Tunnel, die einst die Nord- und Südhälfte des Waldes miteinander verbunden hatten, inzwischen aufgespürt und zugeschüttet worden, was bedeutete, dass die Waldkinder große und häufig abenteuerliche Umwege in Kauf nehmen mussten, wenn sie in die gegenüberliegende Seite des Waldes gelangen wollten. Die Niederlage des Westens ereignete sich weniger im Dickicht der Wälder, sondern vielmehr in den Köpfen und Herzen der Menschen. Die Stimmung, die in der Bevölkerung und fast mehr noch in den Wilderländer Streitkräften herrschte, war schlecht. Im Grunde gab es nur zwei Möglichkeiten, wie die Kinder der Agrunbar hätten besiegt werden können. Entweder mit hohem militärischen Aufwand oder aber durch den Tod der Roten Mutter. Die erste Möglichkeit schied im Moment schon deshalb aus, weil ein Gros der Streitkräfte für die Niederwerfung der Asartu benötigt wurde, und wo sich der Hain der Heiligen Weide verbarg, wussten selbst die Hameshi nicht.

Ganz gleich daher, was von den Regierungsbänken oder Kanzeln herab auch gesagt werden mochte: Die beiden Kriege lasteten immer schwerer auf den Schultern der Wilderländer. Fast im Wochenrhythmus wurden neue Steuern beschlossen oder bereits bestehende Abgaben erhöht. Als schließlich das sogenannte *Entsendegesetz* (welches bestimmte, dass die Söhne von Eltern, die bereits ein Kind durch einen Kriegseinsatz verloren hatten, nicht zum Militärdienst herangezogen werden durften) durch einen Parlamentsbeschluss ausgesetzt werden sollte, kam es zu ersten Protesten.

Wie ein vergifteter, dunkler Strom hatte sich die unsägliche Horde in unser einst so schönes Land ergossen. Noch immer ließen sich die durch ihre Wanderschaft entstandenen Schäden kaum beziffern, und noch immer mussten viele der Vertriebenen in spartanisch eingerichteten Behelfsunterkünften hausen. Das beschriebene Vorhaben der Regierung, diese Menschen in den gerodeten Gebieten Burgenreichs anzusiedeln zu wollen, war gescheitert. Auch zu Beginn des dritten Kriegsjahres stand noch immer das große: *Vorsicht! Sie betreten Feindesland!*-Schild am großen Fluss.

Weder der Krieg auf der Nebelinsel noch der in den Wäldern schien in absehbarer Zeit entschieden werden zu können. Stattdessen verschlangen die Kämpfe Tag für Tag ungeheure Summen. Gelang nicht bald ein entscheidender Erfolg, so ein geheimes Gutachten, sah Wilderland sich für den kommenden Winter mit der unangenehmen Aussicht konfrontiert, Lebensmittelmarken ausgeben zu müssen.

⚔

Die Soldaten, die in den Forts und Befestigungsanlagen entlang des Gürtels ihren Dienst taten, waren in ihrer Mehrzahl keine Freiwilligen mehr. Sie waren Wehrpflichtige, deren Eltern über zu wenig Geld oder Einfluss verfügten, um ihren Söhnen bequeme Posten in der Verwaltung verschaffen zu können. Niemand hatte zu Beginn der Invasion von Burgenreich damit gerechnet, dass es dem Feind gelingen könnte, den Krieg in die Städte Wilderlands zu tragen. Und doch war es geschehen. Während die Hameshi an ihrer traditionellen Art der Kriegsführung festhielten und daher auch keinen Gebrauch von Beutewaffen machten, kannten die mit ihnen sympathisierenden Agrim keine Berührungsängste. Fast täglich erschütterte ein neuer

Mordanschlag die Hauptstadt. Jeder konnte mittlerweile zum Opfer werden, ganz gleich, ob er etwas mit dem Krieg in den Wäldern zu tun hatte oder nicht. Im Supermarkt, in der U-Bahn, im Restaurant ... Überall konnte es in diesen Tagen geschehen, dass jemand plötzlich eine Pistole aus seiner Jacke zog und damit wahllos auf die ihn umgebenden Menschen schoss. Auf Männer, Frauen, Kinder.

Der Krieg entmenschlichte alle. Die einen mehr, die anderen weniger, doch jeder, der von ihm berührt wurde, musste ihm einen Teil seiner Seele überlassen. Die Menschen gingen Ansammlungen aus dem Weg, wo immer sie konnten. Die Händler mieden die Märkte, die Eltern schickten ihre Kinder nicht mehr in die Schulen, und die Gläubigen blieben den Gottesdiensten fern. Die Hameshi betrachteten das brutale Vorgehen dieser Leute als willkommene Ergänzung der eigenen Kriegsführung. Ich dagegen argumentierte, wann immer ich später die Gelegenheit bekam, dass es für die Kinder der Agrunbar auf lange Sicht besser wäre, wenn die Menschen mit Verständnis statt mit Furcht auf die Waldkinder schauen würden. Mit Sympathie statt mit Abscheu.

Jemand wie Wasinija glaubte das nicht. Selbst Taske schien das für keine bedenkenswerte Option zu halten. Alle waren sie der Meinung, dass nur die Furcht die Menschen von den Wäldern fernhalten könne. Mochten die Menschen die Kinder der Agrunbar ruhig hassen, sofern sie es nur fernab der heimatlichen Wälder taten.

※

Immer wieder gingen kleine Gruppen der Wildblumen nach Aspergen. Soweit ich weiß, wurde aber keiner der dort verbliebenen Menschen mehr mit einer Strafe belegt. Stattdessen ging es jetzt an *Gerichtstagen* darum, den Besitz der Geflohenen möglichst gerecht auf die Verbliebenen aufzuteilen und die diesbezüglich bereits entstandenen Streitfälle zu schlichten. Ansonsten gab es für die Kriegsrotte nicht viel zu tun. Die strategischen Ziele waren mit dem Rückzug der Wilderländer Streitkräfte auf die Befestigungsanlagen fürs Erste erreicht. Als weitere Angriffsobjekte kamen eigentlich nur die in unregelmäßigen Abständen ausrückenden gepanzerten Patrouillen infrage. Ein Angriff auf einen Panzer aber war ein sehr riskantes Unterfangen, dem sich die Waldkinder in der Regel nur noch dann stellten, wenn sie einen Saboteur an Bord der stählernen Ungetüme wussten.

Die neuartigen, ursprünglich für den Krieg auf der Nebelinsel entwickelten Panzer hatten, sofern ihr Magnet funktionierte, keine Schwachstelle. Die einzige Chance, den schweren Stahl zu knacken, bestand darin, das gewaltige Fahrzeug über sich hinwegrollen zu lassen und den vom Magneten nicht geschützten Boden des Panzers anzugreifen. Zumindest in der Theorie. In der Praxis war der Fahrzeugboden mit einer schweren Stahlplatte gesichert und damit selbst für einen kräftigen Hameshi kaum zu durchbrechen. Das wussten die Hameshi, und das wussten die Panzerbesatzungen. Es war so ziemlich das Erste, was ein junger Panzerfahrer lernte: »Wenn ihr einen dieser Teufel gegen die Bodenplatte hämmern hört, bleibt ihr sofort stehen! Ihr atmet durch, ihr konzentriert euch, und dann dreht ihr euren Panzer auf der Stelle. Euer Fahrzeug braucht nur Sekunden, um sich tief in den Waldboden zu graben. Niemand kann einem auf der Stelle rotierenden Panzer entkommen. Niemand!«

Lange hatten die Hameshi schon nicht mehr versucht, auf die beschriebene Weise einen Panzer zu zerstören. Die Methode hatte sich nicht bewährt. Dazu kam natürlich auch die psychologische Komponente. Sterben ist das eine, zwischen den stählernen Ketten eines Tanks zerrieben und zerquetscht zu werden ist dagegen auch für den Tapfersten ein nur schwer zu ertragender Gedanke.

Ich selbst war schon einmal Passagier auf einem von Hameshi angegriffenen Panzer gewesen und keineswegs begierig darauf, Zeuge eines weiteren Gemetzels zu werden. Mein Bedarf an Blut war gedeckt, mein Bedarf an Tod war gedeckt und mein Bedarf an Heldentaten auch.

An meinem fünften Tag bei den Wildblumen erhielt die Rotte den Befehl, eines dieser Ungetüme aufzuspüren und zu zerstören. Offenbar, so Taske, sollten die in Aspergen und Umgebung lebenden Menschen eine Demonstration wiedergewonnener Macht erhalten.

Ein flaues Gefühl breitete sich in meinem Magen aus, und auch die Stimmung unter den Wildblumen war gedrückt. Taske zerbrach sich den Kopf darüber, wie die bisher im Kampf gegen die Tanks angewandten Taktiken verbessert werden könnten, aber auch ihm wollte nichts Besseres einfallen, als dass sich jemand von dem Panzer überrollen lassen musste. Das Los fiel auf ihn selbst sowie einen Krieger mit Namen Vickes.

Taskes und Vickes' einzige Chance bestand darin, schnell eine Schweißnaht zu finden. Diese mussten sie mit rasch aufeinanderfolgenden harten Schlägen knacken, bevor sie von dem 60 Tonnen schweren Fahrzeug in Stücke gerissen werden konnten.

Die übrigen Mitglieder der Kriegsrotte, unter anderem ich, sollten den im Panzer sitzenden Lauscher irritieren, bzw. das Fahrzeug über die Grube locken, in der sich Taske und Vickes verbargen. Soweit der Plan. Doch noch hatte ich Hoffnung. Noch hielt ich es für möglich, dass die für diesen Frontabschnitt zuständige Garnison ihre mehr oder weniger sinnlos gewordenen Patrouillenfahrten inzwischen eingestellt hatte.

Späher wurden ausgesandt, wir übrigen warteten. In dieser Zeit zeichnete ich, wann immer sich mir die Möglichkeit dazu bot. Die Tage vergingen, und die Wildblumen wurden mir gegenüber allmählich zugänglicher. Die in der Regel unter freiem Himmel nächtigende und häufig ihren Standort wechselnde Rotte behielt ihren Lagerplatz jetzt bei, und schon bald begannen uns, alle möglichen Waldtiere zu besuchen. Füchse, Wölfe, Dachse, Rehe ... Alle kamen sie, und alle achteten sie den Frieden, der in der Gegenwart der Hameshi galt. Es war ein Frieden, der alles umfasste, was atmete. Auch mich. Nie hatte ich geglaubt, dass ich es einmal wagen würde, einen ausgewachsenen Bären zu kraulen, doch hier war es möglich. Ich hob einen kleinen Meister Petz auf den Arm, ohne dass seine Mutter wütend wurde oder auch nur besorgt reagiert hätte. Auch sie wusste offenbar, dass sie sich hier an einem Ort befand, der einen besonderen Geist atmete und an dem ihrem Jungen keine Gefahr drohte.

Es ging schon gegen Abend, und ich musste mich beeilen, wenn ich vor Einbruch der Dunkelheit noch ein reizvolles Motiv finden wollte. Ich sah hierhin, schaute dorthin und lenkte meine Schritte dabei allmählich aus dem Lager hinaus. Zum ersten Mal, seit ich unter den Waldkindern lebte, fühlte ich mich aufrichtig wohl in meiner Haut. Nichts ängstigte mich oder machte mir Sorgen, und der Krieg schien nur noch ein unwirklicher Teil einer weit entfernten

Welt zu sein. Heimlich hatte ich schon zwei- oder dreimal versucht, mithilfe eines Bolivars nach Lamis'jala zu forschen, hatte mir dabei aber lediglich Kopfschmerzen eingehandelt. Der Umgang mit den magischen Steinen erforderte Übung.

Ich kam zu einer kleinen Lichtung, von der aus man ganz wunderbar die hinter die Wipfel der Bäume sinkende Sonne beobachten konnte, was eine Saite in mir zum Klingen brachte, von der ich lange Jahre nicht einmal gewusst hatte, dass ich sie überhaupt besaß. Dort fand ich schließlich mein Motiv. Zwei Kriegerinnen, die nebeneinander auf einer kleinen Kuppe saßen und, so wie ich gerade eben, der untergehenden Sonne hinterherschauten.

Ich ging einen kleinen Bogen und näherte mich den beiden von der Seite. Ein Tribut an die Höflichkeit. Schließlich wollte ich sie nicht erschrecken. Die Frauen bemerkten mich dennoch erst, als ich sie ansprach. Lächelnd zückte ich Block und Stifte.

»Darf ich euch zeichnen?«

»Gerne!«, sagte Nascha.

Während Wasinija mich griesgrämig musterte, schloss die naseweise Nascha ihre Schwester lachend in die Arme. Diese Geste hatte etwas sehr Vertrauliches, ja fast Intimes. Mir wurde in dem Moment klar, wie viel die beiden einander bedeuteten.

Einige wenige braune Sommersprossen zierten Naschas Nase. Ihr Gesicht war von derselben Ebenmäßigkeit und Schönheit, wie sie vielen Hameshi eigen ist und wie ich sie auch schon bei anderen Frauen ihres Volkes gesehen hatte. Nur dass die meisten tot gewesen waren. Naschas Gesicht aber war nicht nur schön, es war lebendig und es lachte mich an. Im Gegensatz zu ihren ebenmäßigen Zügen war die Schönheit Wasinijas eher herber Natur. Die Lippen ein wenig zu schmal, die Nase einen Hauch zu groß, das Kinn etwas zu spitz ... Ein Edelstein mit kleinen Fehlern. Und doch war auch sie ein faszinierender Charakter. Wasinija, die aussah wie Mitte zwanzig, tatsächlich aber bereits zehn Jahre älter war, fehlte die fröhliche Unbekümmertheit Naschas fast völlig. Ganz ruhig saß sie da. Die Arme auf die dicht an den Körper herangezogenen Knie gestützt, die Hände meditativ ineinander gelegt. Fast schien es, als ob sie frieren würde. Im Vergleich dazu verkörperte Nascha die Lebenslust selbst. Sie hatte ihre Arme fest um Wasinija geschlungen und ihren Kopf lächelnd auf deren Schulter gelegt.

Das Zeichnen machte mir Freude, und ich kam gut voran. Meine Hände eilten wie von selbst über das Papier und gönnten sich nicht mehr Ruhe, als ich benötigte, um entweder den Stift zu wechseln oder mein Motiv neu ins Auge zu fassen. Schließlich war ich fertig. Mit einem Satz war Nascha bei mir und verlangte das fertige Bild zu sehen.

»Sieh nur Wasinija!«, rief sie ihrer Schwester zu. »Das sind wir!«

Die Angesprochene erhob sich ebenfalls. »Ja, es ist schön«, sagte sie zögernd, schien aber wirklich ein wenig beeindruckt.

»Bitte. Behaltet das Bild. Es gehört euch«, sagte ich.

Die Dämmerung brach herein, und es wurde allmählich Zeit für uns zu gehen. Wasinija nahm das Bild an sich. Erst begann sie es zu rollen, wie sie es vermutlich bei mir schon einmal gesehen hatte, besann sich dann aber anders. Sie breitete das Bild auf den Boden, faltete es dann sorgfältig dreimal zusammen und schob es schließlich in eine ihrer Seitentaschen. »Danke«, sagte sie nur, und ich bildete mir ein, dass jetzt auch sie ein wenig lächelte.

3

Ich träumte. Ich träumte überhaupt viel in dieser Zeit, in der ich unter den Wildblumen lebte. Ich träumte von Dingen, die ich kannte, mehr aber noch von Dingen, die mir fremd und unheimlich waren. Selten spielte ich selbst eine Rolle in meinen Träumen, und wenn, dann nur die eines Beobachters.

Einmal träumte ich von zwei Angehörigen des unheimlichen, die Nebelinsel beherrschenden Volkes der Asartu. Die beiden, ein Mann und eine Frau, befanden sich in einem Raum, der mich an ein Hotelzimmer erinnerte. Die Frau hielt eine Pistole in der Hand. Sie zwang den männlichen Asartu, einen wahren Hünen, vor ihr auf die Knie zu gehen und den Lauf der Waffe in den Mund zu nehmen. Dann drückte sie ab. Blut und Knochensplitter regneten auf die Tapete der hinter dem Ermordeten gelegenen Wand.

Ich fuhr hoch und wollte schreien, doch ich wurde im letzten Moment daran gehindert. Taske saß neben mir. Er hatte mir die Hand auf den Mund gelegt.

»Komm mit, Ariko. Es ist so weit.«

Ganz allein saß ich in meinem blätterverhangenen Versteck und wartete auf das stählerne Ungetüm, dessen charakteristisches, blechernes Lärmen näher und näher kam. Von den übrigen Kindern der Agrunbar war von meiner Position aus niemand zu sehen.

Ein Hameshi, der nicht entdeckt werden wollte, war unter den Bäumen auch nicht zu entdecken, und doch gab es Leute, die ihn aufspüren konnten. Die *Lauscher*. Agrim, wie ich vor Kurzem selbst noch einer gewesen war. Sie waren die Ratten des Krieges, ganz gleich, auf wessen Seite sie kämpften. Niemand, vom Kollektiv abgesehen, erkannte ihr Opfer wirklich an. Sie kämpften, sie litten und sie starben, und doch wurden ihnen kaum Ehren zuteil.

Auch in diesem Panzer saß ein Agrim. Er machte das für uns Gefährliche der fahrenden Waffe aus. Das Pfeifen des Magneten und das Rasseln der Ketten kam näher, und ich sah, wie sich vor ihm hier und da ein paar Blätter im Unterholz bewegten. Kleine Lebenszeichen der Kriegerinnen und Krieger, deren Spur der Panzer folgte.

Ich kannte die stählernen Ungetüme gut, war ich doch schon öfter einer ihrer Passagiere gewesen. Noch nie aber war mir ein Panzer so monströs erschienen wie an diesem Sommermorgen. Seine Oberfläche schimmerte bläulich. Es war die Kraft des Magneten, die sein Inneres so sicher schützte, wie es sein Äußeres unheimlich machte. Krachend brach er aus dem Unterholz, die Geschütztürme drohend in alle Richtungen schwenkend. Mit aufjaulendem Motor überwand er eine kleine Kuppe. Seine Ketten zerfetzten das empfindliche Geflecht der dort wachsenden Büsche und jungen Bäume. Der Koloss schien mir finster, drohend, unverwundbar. Er erinnerte mich in diesen Augenblicken eher an ein Element der mörderischen Horde als an ein von Menschenhand geschaffenes Fahrzeug.

Die *Lockvögel* huschten über das Versteck von Taske und Vickes hinweg, und die Maschinengewehre des Panzers begannen zu feuern. Zischend und fauchend jagte der tödliche Stahl ins Unterholz.

Ich fragte mich, ob Nascha und Wasinija unter denen waren, die vor dem Panzer fliehen mussten. Ich wusste es nicht. Als ich in der Morgendämmerung mit Taskes Gruppe aufgebrochen war, waren die Schwestern schon fort gewesen. Hatte ich da nicht gerade eben einen Schrei gehört? Was für eine Art Schrei war das gewesen? Ein Schmerzensschrei? Ein Todesschrei? Wer hatte geschrien? Ein Mann oder eine Frau? Hatte überhaupt jemand geschrien, oder war ich einer durch das apokalyptische Heulen und Pfeifen des Magneten erzeugten Sinnestäuschung erlegen?

Der Panzer hielt auf das Versteck der Krieger zu, und ich fragte mich, was die beiden in Erwartung etlicher Tonnen gehärteten Stahls und eines mahlenden Kettenwerks empfinden mochten. Sieben, vielleicht acht Meter vom Versteck der beiden Wildblumen entfernt hielt der Panzer unvermittelt an. Sein Motor zischte und gurgelte im Leerlauf. Suchend schwenkten seine Geschütztürme in alle Richtungen und verliehen der Maschine dadurch etwas beängstigend Lebendiges.

Die Hameshi, die den Panzer in die Falle hätten locken sollen, blieben stehen und kamen schließlich sogar langsam zurück. Doch der Panzer fuhr immer noch nicht weiter. Er wartete. Schnüffelte. Misstraute. Dann endlich begannen die schweren Ketten, sich wieder durch das Erdreich zu wühlen, doch der Panzer verfolgte die Schar der Lockvögel nicht länger. Nein, er hatte seinen Kurs um fast 90 Grad geändert und hielt nun geradewegs auf mich zu! Aufheulend arbeitete sich der Koloss die Anhöhe hinauf. Es dauerte einige Sekunden, bis mir klar wurde, dass mein Versteck entdeckt worden war! Weitere wertvolle Sekunden vergingen, bis ich merkte, dass die Geschütztürme ihre Arbeit ebenfalls wieder aufgenommen hatten und ihr tödlicher Stahlregen nun mir galt! Zischend zerhackten die Kugeln den Boden rings um mich herum, und ich wurde von Erdfontänen überschüttet. Mehrmals glaubte ich, getroffen worden zu sein, doch es waren nur kleine Steine und Holzsplitter, die mir das Gesicht zerkratzten und mir die Arme und Beine blutig schlugen. Ich fühlte mich, als wäre ich in das Innere eines stählernen Sturms geraten. Ein kleines, zerbrechliches Spielzeug, das hilflos darauf wartete, von der nächsten Windböe in Stücke gerissen zu werden. Es war dieser Augenblick der absoluten Todesnähe, in dem mein Geist sich klärte. Der Schrecken, der eben noch so anonym und undurchschaubar gewesen war, bekam nun Farbe, Form und Vielfalt.

Auf einmal war da Wasinija, und der Pulsschlag des Lebens beschleunigte sich wieder. Die Kriegerin war unter dem Geschosshagel des Panzers hindurch in mein Versteck gesprungen, doch hatte sie dabei leider nicht mein Glück gehabt. Eine Kugel traf sie in die Leiste, eine andere durchschlug ihr rechtes Handgelenk und ließ dort nichts als einen blutigen Armstumpf zurück.

Ich wusste, mit welcher Art von Munition auf uns geschossen wurde. Wie hätte ich es auch nicht wissen sollen, schließlich hatte ich früher ihre Verteilung organisiert. Die Patronen waren darauf ausgelegt, starre Materialien zu durchschlagen, in lebendem Fleisch aber entweder stecken zu bleiben oder furchtbare Wunden zu reißen. Die Munition war völkerrechtlich geächtet, doch war das entsprechende Dokument von den Hameshi natürlich nie ratifiziert worden.

Der Schreck lähmte mich nicht für einen Augenblick. »Wasinija! Kahalech! Bedes Kahalech!« Ich riss der Kriegerin das Tuch vom Gesicht und band es ihr fest um den Unterarm. Dabei rechnete ich jedem Moment damit, ebenfalls getroffen zu werden.

»Bleib hier, Wasinija! Du musst wach bleiben, hörst du! Du musst wach bleiben!«

Noch immer trat Blut aus ihrem Armstumpf, zum Glück aber weniger als vorher. Eher unbewusst registrierte ich, dass wir nicht mehr beschossen wurden. Um das *Warum* machte ich mir in diesem Moment aber keine Gedanken. All meine Aufmerksamkeit gehörte der schwer verletzten Wasinija! Vorsichtig hob ich das Becken der Wildblume an und schob ihr Hemd nach oben. Die Hameshi schrie auf.

»Es ist nicht schlimm, nur schmerzhaft!«, log ich, während mir beim Anblick ihrer Wunde kurz schwarz vor Augen wurde. Wie viele Tage war es her, dass Wasinija selbst getötet hatte? Wenn ich wollte, dass sie nicht dasselbe Schicksal erlitt wie der von ihr erstochene Bürgermeister, durfte ich mir keinen Fehler leisten. Ich arbeitete fieberhaft und natürlich ohne Instrumente. Alles, was ich besaß, war das Messer, das ich von Taske erhalten hatte. Mir blieb keine Wahl. Ich musste Wasinijas Bauchdecke noch ein bisschen weiter öffnen, wenn ich die Kugel entfernen wollte.

Aus den Augenwinkeln heraus erkannte ich Nascha. Völlig aufrecht stand sie da. Die Augen starr auf ihre Schwester gerichtet, der Atem flach und schnell. Sie stand unter Schock. Bei dieser Gelegenheit bekam ich mit, warum der Panzer, dieses noch immer drohende Ungeheuer, nicht mehr auf uns schoss. Aus dem gewöhnlichsten Grund überhaupt. Sein Magazin war leer. Die ganz neuen Modelle luden automatisch nach, bei den etwas älteren war dies aber noch immer die Aufgabe des Ladeschützen. *Klack, klack, klack* drang es an meine Ohren, während meine Finger versuchten, Wasinijas Wunde zu spreizen. Der Bordschütze versuchte bereits wieder zu schießen, aber der Ladeschütze hatte das Magazin nicht richtig eingesetzt.

Nascha reagierte nicht. Der Lauf der Bordkanone zielte ihr direkt auf die Brust, doch die junge Kriegerin hatte nur Augen für die verwundete Schwester. Sobald die Panzerbesatzung die Hemmung behoben hatte, musste das Geschütz das Mädchen unweigerlich in Stücke reißen.

»Nascha! Faraqui, Nascha! Duck dich!«

Die Hameshi sah mich an, blieb aber stehen.

»Verdammt!«, entfuhr es mir. Ich sprang auf, packte Nascha bei den Haaren und riss das Mädchen grob zu Boden. Endlich klärte sich ihr Blick.

»Hörst du mich, Nascha?«

»Ich ... Ja! Ich höre dich! Was ist mit ...«

»Du musst mir helfen, Nascha! Nimm dein Messer und steck den

Griff fest zwischen Wasinijas Zähne! Hast du verstanden, was ich dir gesagt habe? Kannst du das?«
»Ich habe verstanden, und ich tue es!«
»Gut so! Du machst das gut! Halt jetzt ihre Arme fest. Fest, hab ich gesagt!«
Nascha war bleich wie der Tod, doch ich konnte auf ihre Empfindungen keine Rücksicht nehmen. Das Geschoss lag direkt neben der großen Arterie. Wenn die aus der Kugel ragenden Widerhaken die Bauchaorta verletzten, war Wasinijas Leben verloren.

Inzwischen befand sich der Stahlkoloss seit mehr als einer halben Minute in einer für ihn gefährlichen Schräglage. Wegen des feuchten Untergrunds und seines enormen Eigengewichtes begann er, den gerade erklommenen Hang wieder herunterzurutschen. Der Panzer schoss jetzt wieder, doch jagte er seine tödliche Fracht weit über unsere Köpfe hinweg in den Himmel.

Der Fahrer reagierte auf das Abrutschen sofort, aber völlig falsch. Wäre er dosiert ans Gas gegangen, hätte der Panzer den Hang wahrscheinlich genommen und Wasinija, Nascha und mich überrollt. Stattdessen aber gab der Fahrzeugführer Vollgas. Die Ketten des Panzers drehten durch und verwandelten den gerade noch begrünten Hang in eine lehmige Rutschbahn.

Mir blieb nicht viel Zeit, um erleichtert zu sein. Sofort wandte ich mich wieder der verletzten Kriegerin und der Frage zu, wie ich die Kugel aus ihrem Bauch bekommen konnte. Das medizinische Wissen, das ich besaß, entstammte einem Erste-Hilfe-Seminar, das ich zwei Jahre zuvor absolviert hatte. Damals hatten wir an Puppen geübt, Wasinija aber war keine Puppe. Sie würde sterben, wenn ich einen Fehler beging.

Aber die Hameshi starb nicht. Bereits eine Minute nach Beginn meiner verzweifelten Operation hielt ich ein blutiges Stück Stahl zwischen den Fingern. »Siehst du, Wasinija? Wir haben es geschafft! Wir ...«

Doch Wasinija sah nichts mehr. Die Kriegerin hatte die Schmerzen gegen Ende hin nicht mehr ausgehalten und das Bewusstsein verloren. Jetzt musste ich die Bauchwunde klammern, nur womit? Womit konnte ich ...

Auf den Gedanken, dass die Rotte im Verlauf des Krieges mit der Behandlung von Verletzungen schon mehr als genug Erfahrung gesammelt haben musste, kam ich in dem Moment nicht. Aus irgendeinem Grund glaubte ich, der Einzige zu sein, der imstande war, der verwundeten Kriegerin zu helfen.

»Es ist gut«, sagte Taske. Er schob mich freundlich, aber entschieden zur Seite. »Du hast alles getan.«

Ein Sohn des Waldes nahm meinen Platz ein und drückte ein paar Blätter gegen Wasinijas Bauch. Eine weiterer kam hinzu und nahm den Kopf der Kriegerin zwischen seine Hände.

Taske machte kehrt. Er ging zu dem Panzer hinab, den sein Fahrer inzwischen hoffnungslos festgefahren hatte. Selbst einem Könner wäre es nun schwergefallen, das Gefährt aus seiner schwierigen Lage zu befreien. Aber diese Frage stellte sich hier nicht. Der Mann, der am Steuer des Panzers saß, war *kein* Könner. Es hatte nicht viel gefehlt, und der Stahlkoloss wäre im Verlauf seiner Rutschpartie gekippt.

Im Augenblick befand sich die Panzerbesatzung in Sicherheit. Zwar konnte die Rotte den Unterboden des Fahrzeugs jetzt angreifen, aber das wussten auch die in dem Gefährt gefangenen Soldaten. Die konnten sich auf die einzige verbliebene Option konzentrieren: die Verteidigung.

Taske, so nahm ich an, würde sich mit dem glücklichen Prestigeerfolg begnügen und das Leben seiner Kriegerinnen und Krieger nicht weiter aufs Spiel setzen. Spätestens heute Abend würde ein weiterer Panzer vor Ort sein, etwas später dann das entsprechende Bergungsgerät. Der Vorgesetzte des Panzerkommandanten würde ihm gehörig den Kopf waschen und dann ...

Das charakteristische Blau des Magnetfeldes begann plötzlich, ins Violette zu spielen. Das Pfeifen des Generators wanderte zwei, drei Oktaven nach oben, bevor es erstarb. Das Energiefeld erlosch.

Was war geschehen? Warum hatte die Panzerbesatzung den Magneten abgestellt? Auch ich ging jetzt den Hang hinunter. Langsam, ein Auge immer auf die Geschützlafetten gerichtet. Doch statt der Waffenverschlüsse sprang die Turmluke auf. Eine Hand war zu sehen. Zwei Hände. Ein Helm, ein sehr bleiches, sehr junges Gesicht. Ein uniformierter Oberkörper. Ich begann schneller zu gehen, dann zu laufen, schließlich hastete ich den Hang hinunter, wobei ich sehr darauf achten musste, nicht die von den Panzerketten geschaffene Matschrinne hinabzurutschen.

Unterdessen kamen die Wildblumen aus ihren Verstecken. Niemand beeilte sich. Es dauert zwanzig Minuten, bis ein abgestellter Magnet erneut hochgefahren werden kann. Endlich stand ich am Fahrzeug. Mein Blick ging zu dem Soldaten, der sich gerade anschickte, aus der Panzerluke zu klettern.

»Soldat!«, brüllte ich ihn an. »Soldat! Name, Dienstgrad und Einheit!«

»Jonas Becker«, antwortete der Angesprochene erschrocken. »Oberfähnrich Jonas Becker. Heeresgruppe östliche Wälder, 12. Armeekorps, 3. Panzerdivision ...«

»Antreten lassen, Oberfähnrich Becker! Lassen Sie Ihre Leute rauskommen und vor dem Panzer antreten!«

Der Oberfähnrich gehorchte. Er duckte sich kurz in den Panzer hinein, kam aber gleich wieder hoch und verließ die machtlos gewordene Kriegsmaschine. Dann sah man den zweiten Kopf aus dem Innern des Panzers ragen. Genauso jung, genau so blass.

»Reihe aufmachen! Warum dauert das denn so lange?«

Mehr und mehr Soldaten verließen den Panzer. Keiner von ihnen schien älter als 18, 19 oder höchstens 20 Jahre alt zu sein. Nie zuvor hatte ich eine derart junge Panzerbesatzung gesehen. Nie zuvor hatte ich gehört, dass man einen Oberfähnrich eine derart teure Maschine kommandieren ließ.

Die Hameshi schwiegen. Es war ein unheilvolles Schweigen.

»Das sind Kinder. Ihr habt einen Kindergarten gejagt!«, raunte ich, der ich ja selbst auch nicht älter war als die feindlichen Soldaten, dem Anführer der Rotte zu.

»Nein«, antwortete Taske ruhig. »Der Kindergarten hat *uns* gejagt.«

Die Soldaten hatten inzwischen Aufstellung genommen. Zitternd, die Pupillen vom Medik geweitet.

»Koppel abnehmen!«, befahl ich der Gruppe. »Die Koppel ab und die Hände hinter den Kopf! Schnell!« Ich weiß nicht, warum ich all das sagte. Den Kindern der Agrunbar war es jedenfalls egal, was die Soldaten mit ihren Händen taten. Keiner von ihnen stellte außerhalb eines magnetgeschützten Panzers eine Gefahr für die Hameshi dar.

Wildblumen und Soldaten standen sich Auge in Auge gegenüber. Ich konnte fühlen, wie die Todesangst einen Nebel um die Gedanken der Soldaten legte. Tränen liefen ihrem Kommandanten die Wangen herab, aber ich glaube nicht, dass er sich dessen bewusst war. Leise begann er zu schluchzen, ohne seine militärisch korrekte Haltung aufzugeben.

»Aber das sind doch nur Dummköpfe!«, wandte ich mich noch mal an Taske. »Sieh doch, sie haben den Magneten abgeschaltet!«

»Das war ein Fehler, den sie nicht noch einmal machen würden.«

»Sie könnten die Botschaft von der Güte des Waldes in ihre Heimat tragen!«

»Die Rote Mutter ist nicht gütig. Als eine Felsenkatze solltest du das eigentlich wissen!«

Eine Sekunde verging, dann eine weitere, dann kam das Ende. Die an den Unterarmen der Hameshi befestigten Katapulte sind in der Lage, zwanzig Pfeile zu verschießen, bevor sie neu gespannt werden müssen. Der mir zunächst stehende Soldat war mit dem Oberkörper gegen den Panzer gesunken. Ein Pfeil ragte ihm aus dem Schädel, einer aus dem geöffneten Mund, drei weitere aus Bauch und Brust. Auf der Stirne des Burschen glänzte Schweiß. Über seiner linken Augenbraue befand sich eine knapp fünf Zentimeter lange Narbe, die sonst woher stammen konnte. Vielleicht hatte er sich geprügelt, vielleicht war er als Kind vom Fahrrad gefallen. Meine Lippen wollten beten, aber eine innere Stimme hinderte mich daran. Oder nein, keine Stimme, sondern eher ein Gefühl, das unter den Hameshi entstand und das auf mich überspringen wollte. Dieses Gefühl war so fremd und so bitter, dass mich grauste. Es war Genugtuung.

»Nascha«, sagte Taske und wies mit einem Nicken in Richtung Turmluke. Ein Mitglied der Panzerbesatzung fehlte noch. Der Lauscher.

»Ich gehe!«, erbot sich Vickes.

»Ich habe *Nascha* gesagt.«

»Aber ...«

Nascha stieß einen Kampfschrei aus. Ihr erster Satz brachte sie auf den Panzer, der nächste in sein Inneres. Die junge Wildblume verfügte über die Sicherheit, Eleganz und die Schönheit einer Raubkatze. Nun sollte sie beweisen, dass sie ebenso tödlich war.

Die Sekunden vergingen. Viele Sekunden vergingen, und obwohl sich noch immer niemand von der Stelle rührte, spürte ich, wie die

Hameshi unruhig wurden. Taske machte Anstalten, das Gefährt ebenfalls zu erklimmen, doch bevor er sein Vorhaben in die Tat umsetzen konnte, war Nascha zurück. Bleich wie der Tod und ohne den Agrim. Wortlos sprang sie vom Panzer, wortlos schritt sie durch die Reihen der Kriegerinnen und Krieger hindurch.

Mittlerweile war Wasinija aus ihrer Bewusstlosigkeit erwacht. »Wo ist Nascha? Geht es ihr gut?«
»Deine Schwester ist in Ordnung. Du solltest liegen bleiben!«
»Nicht nötig.« Wasinija hielt ihren verletzten Arm zwischen unsere beiden Gesichter. Alles, was ihr an Wundversorgung zuteilgeworden war, waren ein paar Blätter, die in ein Tuch gelegt und der Kriegerin über die Wunde gebunden worden waren. Dieses Tuch nahm sie jetzt ab. Ich konnte es kaum glauben. Wasinijas Armstumpf hatte bereits angefangen, sich wieder mit Haut zu überziehen. Viel schneller, als ich das erwartet hatte.

Die Kriegerin konzentrierte sich. Man konnte dabei zusehen, wie sich ihre Wunde schloss. Matthissen zufolge hätte das etliche Minuten dauern müssen. Es war die Kraft der Roten Mutter, die dieses Wunder vollbrachte. Alles, was Wasinija tun musste, war, es mit Schmerz zu erkaufen. Sie hatte die Zahnreihen hart aufeinander gepresst. Ihr Körper zitterte unter Qualen, und eine Träne lief ihre Wange hinab. Dann war es vorbei. Wasinija besaß eine neue Hand! Atemschöpfend zog die Kriegerin einen blutigen Fetzen Papier aus ihrer Brusttasche und faltete es auseinander. Es war die Zeichnung, die ich von Nascha und ihr gefertigt hatte.

»Übrigens: Dein Bild gefällt mir wirklich.«, sagte sie, »und anscheinend bringt es sogar Glück!«

4

Der Tag vor Aspergen veränderte meine Stellung innerhalb der Rotte. Ich fühlte mich jetzt nicht mehr nur geduldet, sondern auch respektiert. Es war ein gutes Gefühl und für jemanden wie mich nicht selbstverständlich. Auch wenn die Kinder der Agrunbar sich nach außen hin als Einheit darstellen, geben sie in Wahrheit doch viel auf ihre jeweiligen Clans. Sie pflegen untereinander Abneigungen, die zum Teil über Jahrtausende gewachsen sind. Der Krieg und die Bedrohung der Wälder zwangen die Hameshi zwar dazu, das Gemeinsame zu betonen, was aber nicht bedeutete, dass die alten Rivalitäten deshalb vergessen gewesen wären.

Die Welt der Roten Kinder ist vielschichtig. Sie besteht aus einem komplexen System von Ordnung und Unterordnung, dem alles angehört, was unter den Wipfeln der Bäume lebt. Wer dort aufwächst und wer stirbt, wer gedeiht und wer verkümmert, wer frisst und wer gefressen wird, das bestimmen die Hameshi. Mir wurden die für diese Aufgabe notwendigen Fähigkeiten und Kenntnisse nicht zugetraut. Völlig zu Recht. Noch vor wenigen Tagen war ich ein Agrim gewesen. Niemand hatte mich das Wissen und die Weisheit der Wälder gelehrt. Mein Wert bestand in meiner Kampfkraft. Ich verstand viel von Tod und Vernichtung, aber nichts von dem, was das Leben schön und kostbar macht.

Ja, ich hatte mir vor Aspergen die Achtung der Wildblumen erworben, aber das bedeutete nicht, dass sie mich deshalb als einen der ihren ansahen. Doch es gab Ausnahmen. Taske zum Beispiel, dem ich viele interessante Gespräche verdanke. Mit ihm, aber auch mit Nascha und Wasinija verband mich bald viel mehr als nur ein gemeinsames Ziel, nämlich Freundschaft.

Es war am Tag nach unserem Kampf. Die Sonne ging unter und tauchte die Welt in goldenes Licht. Ein Distelfink setzte sich auf meine Schuhspitze. Er putzte sich das Gefieder und flog weiter, als er damit fertig war. Aus der Ferne drang das dumpfe *Whudd-Whudd* der Unterdruckbomben zu mir herüber. Ein Hubschrauber warf die Granaten in etwa über der Stelle ab, an der sich das Panzerwrack befand. Die Besatzung des Helikopters wusste, dass dort längst kein Feind mehr war, und doch erfüllte sie ihren Auftrag. Kriegsroutine.

Nascha saß alleine im Gras, die Arme um die Knie geschlungen, und betrachtete den allmählich niedersinkenden Stern. Schweigend setzte ich mich neben sie, holte meine Zeichenutensilien hervor und begann, nach einem geeigneten Motiv Ausschau zu halten. Wie wäre es mit diesen sich spielerisch balgenden Dachskindern dort? Oder mit dieser ehrwürdig dreinblickenden Eule vielleicht, deren Ehrwürdigkeit noch dadurch unterstrichen wurde, dass sie auf dem Ast einer uralten Eiche saß?

»Die anderen haben recht«, begann Nascha.

»Recht? Womit?« Ich hatte nicht damit gerechnet, dass das Mädchen reden wollte, deshalb benötigte ich einen Augenblick, um meine Gedanken zu ordnen.

»Damit, dass ich dumm bin.«

»Dumm? Quatsch, Nascha. Du bist nicht dumm!«

»Doch!«, beharrte das Mädchen. »Ich bin dumm! Meine Dummheit hätte uns beinahe umgebracht!«

Ich legte Zeichenbrett und Stifte zur Seite. Einen Moment lang erwog ich, der Hameshi den Arm um die Schulter zu legen, tat es dann aber doch nicht. Weniger, weil ich den Schatten der Unmoral fürchtete, sondern weil ich noch nie jemandem den Arm um die Schulter gelegt hatte. Beim Kollektiv waren solche Gesten verpönt gewesen.

»Du hattest einen Schock, Nascha. Der Lärm, die Gefahr, Wasinijas Blut ...«

»Das ist es nicht, Ariko! Die Wahrheit ist ... es ist ...« Nascha rang nach Worten, die das Ausmaß ihrer Enttäuschung angemessen wiedergeben konnten. »Die Wahrheit ist, ich wusste genau, was ich hätte tun sollen, aber als es dann so weit war ...!« Sie weinte, und damit ich ihre Tränen nicht sah, verbarg sie ihr Gesicht. »Sie verspotten mich!«

»Wer verspottet dich? Ich ganz bestimmt nicht!«

Nascha wandte sich mir zu, nahm meinen Kopf zwischen die Hände und legte ihre Stirn gegen meine. Ein Schauer durchlief mich. Genau dasselbe hatte die kleine Hameshi vor Jista ebenfalls getan!

»Darf ich dir etwas zeigen, Ariko?«

Ich gab keine Antwort. Zu sehr nahm mich das Wunder der Telepathie gefangen. Der Lebenshauch der Wildblume und mein eigener glichen sich ganz langsam an. Es mochte eine Minute vergangen sein, als unsere Herzen plötzlich wie eins schlugen, und gleich darauf ... kamen die Bilder!

Wir standen wieder in den Wäldern vor Aspergen. Ich sah den Panzer, und ich sah mich selbst. Doch diesmal war es nicht meine Geschichte, die ich erlebte, sondern die von Nascha. Durch ihre Augen sah ich die Welt.

»Nascha«, sagte Taske und wies mit einem Nicken in Richtung Turmluke.

»Ich gehe!«, erbot sich Vickes.

»Ich habe *Nascha* gesagt.«

Taske ist ein guter Anführer. Er will mir die Gelegenheit geben, mein Gesicht zu wahren. Dem kleinen Mädchen, von dem alle glauben, dass sie nicht viel mehr ist als eine Klette am Kleid ihrer großen Schwester.

»Aber ...«

Ich warte nicht länger, sondern nehme mein Messer zwischen die Zähne, springe auf den Panzer und dann in ihn hinein. Dort drinnen ist es fast völlig dunkel, und doch finde ich mich zurecht. Ich habe keine Angst. Wasinija und Taske haben mich alles gelehrt, was ich über diese schrecklichen Maschinen wissen muss. Ich weiß, was ich anfassen kann und wovon ich die Finger lassen muss.

Der Magnet ist abgeschaltet, doch versorgt er die vielen Lichter immer noch mit Energie. Überall liegen Dinge auf dem Boden. Kisten, Taschen, Munitionslafetten ... aber das interessiert mich alles nicht, denn ich suche ihn. Das verdorbene Blut! Den Lauscher! Ich nehme meinen Dolch fest in die Hand, spähe in die Düsternis und dann ... dann sehe ich ... sie.

Es ist ein Mädchen. So alt wie ich selbst vielleicht, vielleicht ein Jahr älter. Ihre Augen sind weit aufgerissen, in der Hand hält sie eine Pistole. Damit hat sie sich in den Leib geschossen. Die Waffe fällt jetzt rumpelnd zu Boden, und die Soldatin presst sich die Hände in den Bauch, weil sie verhindern möchte, dass ihr die zerschossenen Eingeweide aus dem Körper rutschen. Sie weiß, wie die Hameshi Verräter bestrafen, doch jetzt, da ich vor ihr stehe, erkennt sie mich nicht.

»Mama?«, fragt sie mich. Ausgerechnet mich, die ich gekommen bin, um sie zu töten. »Mama?« Sie lächelt und will nach mir fassen.

Ich spüre, wie meine Hände zittern. Wasinijas Hände würden bestimmt nicht zittern, aber was hilft mir das? Sogar meine Beine zittern. Noch nie war ich einem Feind so nah. Ich versuche, an meine Pflicht zu denken, aber das gelingt mir nicht. Gar nichts gelingt mir.

Jetzt, da sie sich nur noch eine Hand vor den Bauch hält, gleiten dem Mädchen die Eingeweide aus den Fingern. Als sie auf den schmutzigen Stahl treffen, gibt es ein klatschendes Geräusch. Die Augen der Agrim schließen sich. Ich will fliehen, will fort von hier, doch gerade, als ich gehen will, öffnen sich die Lider der Toten wieder. Fast scheint es, als habe das Mädchen nur geruht und sei jetzt aus ihrem Schlummer gerissen worden. Und jetzt ... jetzt sind ihre toten Augen nicht mehr zu Boden gerichtet, sondern starren mich an! Vorwurfsvoll. Anklagend! Ich stolpere rückwärts, stürze zu Boden, stehe wieder auf und haste in Richtung Luke. Dabei habe ich das entsetzliche Gefühl, mich nicht von der Stelle zu bewegen. Mein Herz rast zum Zerspringen, und ich bekomme kaum noch Luft. Ich glaube, eine tote Stimme zu hören. »Komm' mit mir!«, raunt sie mir zu: »Komm mit! Komm mit! Komm mit!«

Naschas Angst schlägt über den Rand meiner Seele hinweg und beginnt, meinen Verstand zu unterspülen. Ich will unseren Kontakt unterbrechen, merke aber zu meinem Erschrecken, dass ich mich weder bewegen noch aus der von Naschas Geist geflochtenen Schlinge lösen kann. Auf der Oberfläche meines Bewusstseins bildet sich ein Strudel. Stark und mächtig ist er! Er zerrt Erinnerungen aus den Tiefen der Zeit. Erinnerungen, die das dort herrschende, pechschwarze Dunkel nie hätten verlassen sollen! Es ist schrecklich, die Vergangenheit noch einmal zu durchleben, wirklich schlimm aber ist, dass Nascha mich begleiten muss.

Der Schatten vor ihm wächst rasch in die Höhe, doch ehe die Furcht in das Herz des Knaben kriechen kann, wird er gepackt, geschultert, fortgeschleppt. Fort von allem, was er kannte, fort von dem, was sein Zuhause war. Fremde Stimmen formen unbekannte Worte. Sie mehren sich, versammeln sich, werden zur Sprache. Kühl und klar an ihrer Oberfläche, voll dunkler Ströme knapp darunter. Dann geschieht etwas Unerwartetes. Die irdische Schwere verweht, und der nächtliche Himmel öffnet sich. Uralt ist dieser Himmel. Schon zerfasert an den Rändern. Dort oben explodieren Sonnen, ziehen sterbende Kometen vorbei. Stumm sind die Gestirne. Einsam und gleichgültig. Doch da vergeht die Nacht in einem grellen Blitz. Der Traum ist geborsten und überschüttet den Knaben mit flüssigem Eis. Sein Leib gefriert, der Herzschlag setzt aus. Ewigkeit umfängt ihn. Sie wird ihn empor zu den Sternen tragen. Dorthin, wo der Tod keine Grenze mehr ist.

Doch da wird der sterbende Knabe von etwas getroffen. Es ist weich und warm, und es schlägt einen Riss in den ihn ummantelnden Frost. Seine Sinne erwachen, und sie spüren Leben. Junges, zappelndes Leben. Es ist über ihm und unter ihm und neben ihm, doch es wird rasch schwächer. Schon erlischt es, sinkt herab, treibt vorbei, um eins zu werden mit der Dunkelheit. Ein Funke glüht auf im Innern des Knaben und setzt seine Seele in Brand. Eine ungekannte Gier erwacht. Die Gier nach Leben! Sie ist stärker als die Angst, stärker als der Schmerz, und sie zwingt ihn, zu kämpfen! Er kämpft gegen seine Schwäche, und er kämpft gegen den Frost, vor allem aber kämpft er gegen hundert andere kleine Leiber, die sich verzweifelt an ihr Dasein klammern. Er zerrt an Armen und er reißt an Beinen. Er schlägt in gefrorene Mägen und tritt in erlöschende Gesichter. Immer weiter strebt er empor. Vor ihm liegt die Zukunft, hinter ihm der Tod. Da finden seine Hände plötzlich Halt. Er packt zu, zieht sich heran, stemmt sich empor und windet sich in die Nacht hinaus. Gefrorener Kies knirscht unter seinem gefühllos gewordenen Leib. Er versucht, aufzustehen, aber er schafft es nicht. Das Adrenalin ist verraucht, er ist am Ende seiner Kräfte. Etwas Raues, Schweres wird über ihn geworfen. Es erhält sein Leben, doch es wärmt ihn nicht. Er kann nicht aufhören zu zittern. Dann ist der Schatten wieder da. Nein, nicht nur einer, sondern viele. Sie starren auf den Jungen herab. Die Augen glühende Kohlen, die Münder Grubenschächte.

»Willkommen beim Schwarzen Kollektiv!«, sagen sie.

Ich versank in einem abgrundtiefen Tümpel pechschwarzen Treibsands. Die Erinnerung traf mich unvorbereitet. Mit langen Knochenfingern zog sie mich hinab in die Tiefe.

Nascha war fort. War sie geflohen? Es spielte keine Rolle. Sie hätte mir nicht helfen können.

Ich nahm mein Messer und schnitt mir die linke Pulsader auf. Dann nahm ich die Klinge in die Linke und tat auf der anderen Seite das Gleiche. Schwarzes Blut, zäh wie Öl, rann mir aus den Adern. Egal was es kostete, das alte Gift musste mich noch in dieser Stunde verlassen.

Ich warf die Klinge ins Gras und lehnte mich gegen einen Stein. Ich würde nirgendwo hingehen. Wozu auch? Lamis'jala war ein

Trugbild. Sie war eine Fantasie, die ich erschaffen hatte, um meinem Leben einen Wert zu geben, den es in Wahrheit gar nicht besaß. Aber hatte dieser Wunsch sich nicht erfüllt? Hatte ich durch sie nicht wenigstens ein Bild gewonnen, das ich in meinen letzten Minuten hervorholen und mit in die große Leere nehmen konnte? War nicht allein das ein Grund, um dankbar zu sein?

Das Blut rann mir die Handgelenke hinab, bevor es in zwei kleinen Rinnsalen zu Boden strömte. Angst und Verzweiflung verwandelten sich in ein Gefühl dunkler Schwere, erhellt von einem kleinen Kern echten Glücks. Meine Gedanken verwirrten sich, und mein Körper kippte zur Seite. Die Haare fielen mir ins Gesicht. Mein Herz schlug immer schwächer. Dann langsamer. Dann noch ein bisschen schwächer. Ich konnte meine Augen nicht mehr schließen, weil die Lieder zu sehr flatterten. Mein Brustkorb hob sich, senkte sich, hob sich, senkte sich, hob sich ... Dann lag ich ruhig und es wurde ganz still. Eine kleine Biene landete auf meiner Hand, krabbelte auf meiner Haut herum und ließ ihre Fühler kreisen. Aber das spürte ich schon nicht mehr, denn ich war tot. Mein Herz hatte zu schlagen aufgehört. Letzte Gedanken waren erloschen, jede Empfindung versickert. Alleine vor dem Tor, dahinter: warmes Wasser, Dunkelheit.

Als schon nichts mehr hätte geschehen dürfen, geschah schließlich doch noch etwas. Jemand griff dem Tod ins Räderwerk.

Ich sah nichts und hörte nichts, aber ich empfand etwas. Wärme und ein Gefühl nie gekannter Freude. Es fühlte sich an, als ob die Rote Mutter selbst mich auf ihren liebenden Händen tragen würde.

Zurück bei der Rotte, wurde ich bereits erwartet.

»Du kommst genau zum richtigen Zeitpunkt«, begrüßte mich Taske. »Wir bekommen Besuch.«

»Besuch?«

»Felsenkatzen. Dein Clan. Die Rotte ist schon ganz in der Nähe.«

Ich sah in die Richtung, in die der Krieger zeigte. Tatsächlich. Wenn ich mich konzentrierte, konnte auch ich das Nahen der fremden Hameshi spüren. Und dann waren sie auch schon hier. Vierzig Kriegerinnen und Krieger vom Clan der Felsenkatzen. Für jemanden, der sich im Wesentlichen auf das verlassen musste, was ihm seine Augen und Ohren verrieten, mochte es aussehen, als wären sie von einer Sekunde auf die andere aus dem Boden geschossen. Die Felsenkatzen kamen nicht näher. Die Rotte der Wildblumen misstrauisch beäugend, hielten sie Abstand. Schließlich lösten sich doch zwei Leute, ein Mann und eine Frau, aus der Gruppe und kamen auf uns zu.

»Taske?«

»Ja.«

»Ich bin Asmod von den Felsenkatzen. Krieger der Roten Mutter Agrunbar. Das hier ist die Sepuku Wraith.«

Hatte der fremde Krieger etwa gerade »Sepuku« gesagt? Wie Matthissen berichtete, war ein Teil der Sepuku während der Hameshi-Kriege vom weißen Wurm getötet, ein anderer in die Weiten des Alls geschleudert worden. Wenn das aber stimmte, woher kam dann diese hier? Die Frau hatte so ebenmäßige Züge wie fast alle Töchter der Agrunbar, doch dieser auffallend kleinen und hageren Frau haftete etwas sichtbar Dämonisches an. Der Legende nach waren die Sepuku aus einer Verbindung der Roten Mutter Agrunbar mit dem Leibhaftigen hervorgegangen. Das mochte ein Märchen sein, aber wer der Sepuku in ihre wie tot in den Höhlen liegenden Augen schaute, war versucht, es zu glauben.

Während der Mann, der sich als Asmod vorgestellt hatte, mit Taske unterhielt, wanderte mein Blick zu den Felsenkatzen hinüber. An einer von ihnen, einem jungen Mädchen, blieb mein Blick schließlich haften. So, als habe sie ihn gespürt, sah die Rote Tochter bald ebenfalls zu mir herüber. Dabei fielen ihr die Haare ins Gesicht, doch funkelten mich ihre grünen Augen durch braune Locken hindurch an. Es war Lamis'jala!

5

Ich hatte mir den Augenblick an dem ich Lamis'jala begegnen würde schon oft ausgemalt. Genau genommen hatte ich ihn mir nicht nur ausgemalt sondern regelrecht geplant. Angefangen bei den klugen und doch gefühlvollen Worten die ich ihr sagen würde, bis hin zu der Form der über uns schwebenden Wolken.
Keines meiner Phantasiegebilde war mir jetzt von Nutzen. Erst jetzt, als ich sie mit eigenen Augen sah, wurde ich mir der Tatsache bewusst, dass wir uns bisher nur ein einziges Mal begegnet waren. Die Felsenkatze war in den hinter mir liegenden Monat zu einer Idee geworden, zu einem Traum, der längst ein Eigenleben besaß. Ich hatte ihr Gedanken, Worte und Eigenheiten angedichtet, die dem in der Realität lebenden Mädchen völlig fremd sein mussten.
Lamis'jala hatte mich zwar einen Moment lang angesehen, offensichtlich aber nicht erkannt. Was hatte ich anderes erwartet? Dass sie sich an meiner fixen Idee von der unsterblichen Liebe angesteckt haben könnte?
Der Krieger und die Sepuku gingen zurück zu den Felsenkatzen, die daraufhin einen Ring bildeten und die Köpfe zusammensteckten. Ich war unschlüssig, was ich tun sollte. Sollte ich ihnen folgen? Weder Asmod noch Wraith hatten mir Beachtung geschenkt. Ob ich ihnen sagen musste, dass ich zu ihrem Clan gehörte?
Ich wollte es gerade auf einen Versuch ankommen lassen, als Asmod mich am Arm fasste. »Bleib ruhig, Ariko. Die Sepuku weiß, wer du bist. Du solltest besser warten, bis sie dich anspricht.«

Bevor der weiße Wurm in die Wälder eindrang, so erfuhr ich von Taske, hätten jedem der elf Hameshi-Clans zwei Sepuku angehört. Die Zahl war mir neu. Ehrlich gesagt war ich überrascht, dass Taske sie kannte. Matthissen zufolge war das kollektive Gedächtnis der Hameshi in Bezug auf die Sepuku nämlich lückenhaft.
Die Sepuku Wraith war die seit Jahrhunderten erste ihrer Art in den Wäldern. Sie war unheimlich, sie war rätselhaft, und sie führte die – in Ermangelung eines eigenen Clangebietes – durch die Wälder vagabundierenden Felsenkatzen.

Während die übrigen Clans in Kriegszeiten ein gemeinsames Gremium, einen *Rat*, besaßen, entschied bei den Felsenkatzen allein die Sepuku. Sie bestimmte die Anführer der Kriegsrotten und fällte die strategischen Entscheidungen. Sie war die oberste Autorität bei den Felsenkatzen, doch reichte ihr Einfluss weit über die Clangrenzen hinaus. Als der einzigen Sepuku unter den Hameshi kam ihr eine Sonderstellung zu. Nicht einmal der Rat der übrigen Clans konnte es sich leisten, ihre Meinung zu ignorieren oder ihre Vorschläge abzutun.

Die Neuankömmlinge beendeten ihre Unterredung, und die Sepuku kam zu Taske und mir zurück. Die übrigen Wildblumen hielten sich dagegen die ganze Zeit über im Hintergrund. Ich wandte mich zu ihnen um. Die missgelaunten Blicke, mit denen sie die Felsenkatzen im Allgemeinen und die Sepuku im Besonderen bedachten, sprachen Bände.

»Ich komme mit einem Geschenk, Taske.« sprach die Frau mit Namen Wraith »Die Wildblumen bekommen Gelegenheit, ihren Mut zu beweisen und ihren Ruhm zu mehren.«

Bevor die Sepuku alleine weiter zog, erklärte sie den Anführern der beiden Kriegsrotten, Asmod und Taske, die Ziele der vom Rat beschlossenen Unternehmung. Sie war der Grund, warum die Rotten der Wildblumen und der Felsenkatzen hier vor Aspergen zusammengeführt worden waren. In Boist, einer am Rande des Gürtels gelegenen Stadt, sollte eine Garnison der Wilderländer Streitkräfte angegriffen werden. Boist war deshalb zum Angriffsziel geworden, weil sie die letzte Stadt war, in die ein noch nicht entdeckter Tunnel führte. Außerdem war sie die einzige größere Siedlung Burgenreichs in der die katholischen Christen in der Minderheit waren. Laienpredigern, den *Letzten Heiligen*, war es in der Vergangenheit gelungen, dort falsche Lehren zu verbreiten. Ihre Anhänger lehnten das nicäische Glaubensbekenntnis ab. Ihre Sakramentenlehre war verworren, ihr Verständnis der Ekklesiologie irrig, ihre Trinitätsauffassung falsch. Zumindest hatte ich früher so gedacht. Heute war ich mir dessen nicht mehr so sicher.

Ziel unserer Operation war es, Zwietracht zu säen. Die Zahl der Menschen, die einen Anschluss an Wilderland ablehnten, sollte vergrößert werden.

Bevor sie ging, ernannte die Sepuku Asmod zum Befehlshaber der beiden Rotten. Damit waren die Wildblumen zwar nicht einverstanden, doch bestätigte der Rat die Entscheidung der Sepuku. Also war es der Anführer der Felsenkatzen, der die vereinigten Rotten nach Boist führte. Viele Wildblumen waren besorgt. Normalerweise verlässt ein Hameshi die Wälder nur sehr selten und in Friedenszeiten gar nicht. Es sind die Bäume, die ihnen Schutz gewähren und Macht verleihen. Meine Gedanken aber kreisten nicht um die vor uns liegende Gefahr, sondern um Lamis'jala. Ich betrachtete sie, so oft ich mich unbeobachtet glaubte. Nichts von dem, was ich an ihr wahrnahm, nicht ihr Lächeln und nicht der Klang ihrer Stimme, war wie in meinen Träumen. Nein, die Wirklichkeit war viel besser! Noch immer glaubte ich den Weg zu spüren, den ihr flüchtiger Blick genommen hatte. Durch meine Augen hindurch, in mein Herz hinein, wo er bis ans Ende aller Tage in mir glühen würde.

Boist war die mit Abstand älteste Siedlung des Gürtels, und die schönste. Die Stadt lag in einem kleinen Talkessel und wurde im Norden und Süden von grünen Hügeln umrahmt, an die sich in sanft ansteigenden Stufen eine Vielzahl villenartiger Häuser schmiegten.

Wir kamen die bekannte Ruweländer Buschallee herunter, die für ihre von Frühjahr bis Herbst üppig blühenden, hängenden Gärten berühmt war. Hier hatten noch bis vor Kurzem die Neureichen des Gürtels gelebt. Höhere Beamte, erfolgreiche Unternehmer, aber auch etliche über die Grenzen des Reiches hinaus bekannte Schauspieler und Kulturschaffende, Maler, Musiker, Literaten, Aktionskünstler. Wer hier wohnte, hatte Bedienstete, ein Schwimmbecken hinter dem Haus und trug Mode aus Wilderland oder gar von der Nebelinsel. Für die uns umgebende Schönheit hatte ich in diesen Augenblicken allerdings keinen rechten Sinn. Wo gestern noch der liberale Geldadel Burgenreichs regiert hatte, herrschte heute süßlicher Verwesungsgeruch. Nur wenige der toten Menschen, die wir sahen hatten an Kämpfen teilgenommen. Die meisten der Ermordeten waren Zivilisten. Ihre Leichen lagen zerschmettert auf dem Kopfsteinpflaster oder hingen mit auf den Rücken gebundenen Händen an den die Dachgärten, Balkons und großen Fenster umrahmenden Gittern.

Wasinija gab uns ein Zeichen. Aufmerksam und vorsichtig ging sie den Ruweländer Hügel hinauf. Das Grauen rings umher schien sie nicht zu schrecken. Ich versuchte, die toten Menschen nicht zu beachten. Nicht die, die auf den Straßen lagen, und nicht die, die über unseren Köpfen baumelten.

Wir hielten. Eine leises, aber stetiges *Plick-Plick-Plick* drang an mein Ohr. Urin tropfte neben mir aufs Straßenpflaster. Es stammte von einem unmittelbar über mir baumelnden Erhängten. Er trug ein Schild auf der Brust: *Ich bin ein Ketzer.*

Whumpp-Tacktacktack-Whumpp drang es von der Südstadt herauf. Dort wurde offenbar gekämpft. Wer auf wen schoss, war unklar.

Ein Mann kam uns entgegen. Sein Gesicht war zu entstellt, um sagen zu können, wie alt er war. Er trug keinen Faden mehr am Leib, und seine Haut war fürchterlich verbrannt. Er schob den Geruch seines verkohlten Leibes vor sich her. Keiner von uns wusste, wie er auf diesen Menschen reagieren sollte, der da durch unsere Reihen ging. Er war schon fast vorbei, als er neben Nascha stehen blieb. Einen Moment verharrte er, dann drehte er sich in ihre Richtung. »Hilfe«, sagte er zu Nascha, »bitte helfen Sie mir!«

Ich stand auf, ging hin und fasste den Schwerverletzten vorsichtig an einer der weniger verbrannten Stellen seines Armes. »Bitte gehen Sie«, sagte ich in sein entstelltes Gesicht. »Wir können leider nichts für Sie tun.«

Wir gingen weiter, doch einige Minuten später gab Wasinija uns erneut das Zeichen zum Halten. Ich ging in die Knie und versuchte wegen des allgegenwärtigen Gestanks durch den Mund zu atmen. Direkt neben mir, vielleicht zwei Meter entfernt, lag die Leiche einer dicken Frau. So sehr ich auch versuchte, an etwas anderes zu denken, musste ich doch immer wieder zu ihr hinübersehen. Den Rock hatte man ihr über den Kopf gezogen, den Leib vom Bauchnabel bis zum Kehlkopf aufgeschlitzt. Eine kleine Wolke schwarzer Fliegen hatte sich auf dem Leichnam niedergelassen.

Von irgendwoher kam ein Eichhörnchen angerannt. Eilig hangelte es sich an mir empor und setzte sich auf meine Schulter. Der kleine Nager sandte mir Bilder. Er zeigte mir einen blühenden Haselstrauch auf einer mit Blumen übersäten Lichtung. Das Eichhörnchen hatte genug von der Welt der Menschen. Es wollte nach Hause, doch es würde ebenso warten müssen wie wir alle.

Wir fanden unser Angriffsziel, die örtliche Kommandantur der Wilderländer Streitkräfte, verwaist, aber nicht gebrandschatzt oder geplündert. Der Abzug der Truppen war anscheinend in aller Ordnung erfolgt. Etwas aber hatten die Abziehenden vergessen. Ich fand es auf dem Boden des Verladeplatzes. Es war eine Bibel. Asmod gab den Befehl zur Umkehr. Für die Hameshi gab es hier nichts zu tun.

6

Das Eichhörnchen begleitete uns eine Weile. Zumeist saß es auf meiner Schulter, beehrte aber auch Arischa und Padija. Insoweit verhielt es sich nicht ungewöhnlich, denn die Tiere des Waldes vertrauen den Hameshi. Jedes Kind der Agrunbar könnte zu jeder Zeit mitten durch eine schlafende Wildschweinrotte spazieren, ohne dass dies für die Tiere ein Anlass wäre, aufzuschrecken oder auch nur neugierig die Köpfe zu heben. Auch gibt es Tiere, die für einige Zeit ihren Lebensraum mit uns teilen. Wölfe natürlich, aber auch Luchse, Wildkatzen, manchmal auch Bären. In Bezug auf mein Eichhörnchen aber gab es eine bemerkenswerte Ausnahme, und die hieß Taske.

Ich verstand nicht, warum mein Gast sich immer ausgerechnet dann fiepend in einer meiner Taschen versteckte, wenn Taske in der Nähe war. Dass ein Tier sich einem Hameshi gegenüber gleichgültig verhielt, war nicht ungewöhnlich, aber dass sich ein Geschöpf des Waldes vor einem von uns zu fürchten schien, erlebte ich zum ersten Mal.

Der Rat befahl uns nach Vogelsang, der zwar nicht länger bewohnten, seit der Räumung durch die Menschen aber wieder gelegentlich als Versammlungsort genutzten Zwillingsfeste Jistas. Ich fand diesen Befehl riskant. Entlang des großen Flusses gab es zahlreiche Garnisonen. Von wenigstens Dreien konnte Vogelsang direkt beschossen werden.

Wer Vogelsang oder das im Prinzip baugleiche Jista nur aus dem Fernsehen kennt, macht sich vielleicht ein falsches Bild von diesen gewaltigen Symbolen des Waldreichs. Vogelsang einerseits und Jista andererseits hüteten die einzigen natürlichen Übergänge über den Solimbor, diesen mächtigen Seitenarm des großen Flusses. Wer in Friedenszeiten vom Gürtel kommend nach Norden möchte, hat, so er nicht schwimmen will, keine andere Wahl, als einen Weg zu wählen, der ihn an einer der beiden Festungen vorbei führt.

Dahinter darf zu Recht eine gewisse Absicht vermutet werden. Theoretisch war es einem Angreifer zwar möglich, sich selbst Übergänge über den Solimbor zu schaffen, doch wartete auf der anderen

Seite des Flusses kein bedeutenderer Weg oder Steg auf ihn. Alles, was ihn dort erwartete, war ein langer, finsterer Marsch durch ein sehr dünn besiedeltes, für einen Menschen nahezu undurchdringliches Gebiet voller wilder Tiere und unsichtbarer Fallen.

Nur über die Zwillingsfesten führten also Pfade in den Norden, die nach menschlichen Maßstäben halbwegs den Namen *Straße* verdienten. Sie waren weitestgehend frei von Bewuchs und gerade breit genug, dass zwei Karren aneinander vorbeifahren konnten. Hameshi benutzten diese Pfade nicht. Auch dann nicht, wenn sie schnell vorankommen wollten. Er war allein den im Wald lebenden Menschen vorbehalten.

Wir näherten uns Vogelsang von Norden her, hatten den Solimbor also unterquert. In den Wäldern nördlich der Burg herrschte ein für Hameshi-Verhältnisse fast schon beängstigendes Gedränge. Auf knapp 800 schätzte ich die Zahl derjenigen, die man hierher gerufen hatte. Das war zwar sehr spannend hatte aber kaum etwas Gutes zu bedeuten. Vermutlich stand eine größere Operation bevor.

Ich hatte mich noch immer nicht getraut, Lamis'jala anzusprechen. Die Angst, dabei irgendetwas falsch zu machen, schnürte mir die Kehle zu. Von der Liebe wusste ich nur so viel: Sie war absolut und für die Ewigkeit gemacht. Aus diesem Wissen heraus wollte ich handeln, wusste aber nicht, wie ich das anfangen sollte. Immer wieder wanderte mein Blick zu der lockigen Schönheit hinüber. Es war zum verrückt werden!

Das Mädchen spürte meine Blicke. Mädchen spüren Blicke immer, ganz gleich, ob sie im Schatten der Bäume leben oder sonst irgendwo, aber das wusste ich damals nicht. Irgendwann begann Lamis'jala damit, immer dann, wenn ich gerade hinsah, etwas zu tun, was mich noch mehr verwirrte und noch hilfloser machte. Entweder strich sie sich mit einer unnachahmlich anmutigen Geste durch ihr wunderbares Haar oder sie legte den Kopf schief und lächelte oder ... Nur eines tat sie nie: Sie sah nie zu mir herüber. Doch dafür wurde jemand anderes auf mich aufmerksam. Asmod, der Anführer der Felsenkatzen. Ich nickte ihm zu, doch er erwiderte meinen Gruß nicht. Er nickte nicht und er lächelte nicht.

Es gab da noch jemanden, dem mein Interesse an Lamis'jala nicht entgangen war.

»Nettes Mädchen, hm?« Taske strich sich über die dunklen Wangen und erzeugte dabei ein kratzendes Geräusch. Der Krieger war der einzige mir bekannte Sohn der Wälder, der sich die Haare aus dem Gesicht schaben musste. Bartwuchs war unter den Kindern der Agrunbar noch seltener als unter den Agrim.

»Stimmt.« Taske war, von Nascha und Wasinija abgesehen, der Hameshi, für den ich die meisten Sympathien empfand.

»Wirklich sehr hübsch!«, fuhr Taske fort. »Und nett dazu!«

»Du hast mir ihr gesprochen?«

»Natürlich!«, erwiderte der Hameshi lächelnd. »Du nicht?«

Ich sah zu Boden, und Taske lachte. »Sie heißt Lamis'jala. Ein Name wie geschaffen für ein Mädchen aus der Roten Mutter eigenem Clan.«

»Ich weiß, wie sie heißt ...« erwiderte ich gedehnt. Ich zögerte einen Augenblick, bevor ich fortfuhr. »Kannst du mir vielleicht helfen?«

»Helfen? Womit?«

»Mit dem Mädchen.«

Taske wurde ernst. Sein Blick sagte mehr als viele Worte. »Das wird nicht einfach, Ariko. Es gibt nämlich schon einen Interessenten, der mit seinen Bemühungen schon deutlich weiter ist als du.«

»Wirklich? Wer?«

»Es ist Asmod.«

Die Worte des Freundes trafen mich wie Hammerschläge. Wie konnte etwas, das sich so klar und rein anfühlte, eine Lüge sein?

Taske legte mir begütigend die Hand auf die Schulter. Sein Blick allerdings wurde noch eine Spur ernster. »Was machst du denn für ein jammervolles Gesicht, Ariko? Willst du so ein Mädchen für dich gewinnen? Nimm die Herausforderung an!«

Taske hatte recht. Ich musste handeln, und zwar schnell. Für ein Kind der Agrunbar ist eine Bindung heiliger als für einen Christenmenschen, und für eine Felsenkatze ist er verpflichtender als für die

Angehörigen der übrigen Clans. Schon ein Vorversprechen gilt viel und kann kaum zurückgenommen werden.

Anders als Taske riet mir Wasinija, die ich ebenfalls ins Vertrauen zog, ab. »Du kennst dieses Mädchen gar nicht! Wie kannst du da von Liebe reden? Außerdem weiß jeder, dass sie zu Asmod gehört. Wenn du seine Rechte nicht respektierst, muss er dich herausfordern. Das halten die Felsenkatzen so!«

»Ich werde ihn besiegen!«

Wasinija schlug mir mit der flachen Hand gegen die Stirn. »Was ist denn nur in dich gefahren, Ariko? Du bist Asmod doch gar nicht gewachsen! Er ist viel erfahrener und fast doppelt so alt wie du!«

Ich schwieg. Hatte Wasinija vielleicht recht? Konnte es sein, dass meine Leidenschaft mich in einen Ariko verwandelte, der bereit war, über Leichen zu gehen? Mein Entschluss geriet einen kurzen Moment ins Wanken, und doch ging mein Blick, ich konnte einfach nichts dagegen tun, erneut zu der nur einen Steinwurf von uns entfernt sitzenden Lamis'jala hinüber. Sie saß im Kreis mit einigen anderen Mädchen. Jemand musste gerade einen Scherz gemacht haben, denn Lamis'jala lachte. Und dann geschah es. Sie wandte den Kopf in meine Richtung und sah mir in die Augen. Ihr Lachen wurde zu einem Lächeln, und dieses Lächeln entfachte mein Verlangen! So hell und heiß, dass daneben keine andere Empfindung bestehen konnte! Damit war es entschieden. Ganz gleich, was ich dafür tun musste: Lamis'jala musste mir gehören. Mir!

Ich erzählte Wasinija nichts von meinem Entschluss. Stattdessen sprachen wir danach von etwas anderem, doch meine Gedanken kreisten ständig nur um Lamis'jala. Irgendwann verließ sie gemeinsam mit den anderen Mädchen die Lichtung. Wasinija meinte, dass sie gingen um sich vorzubereiten. Heute Nacht würde nämlich gesungen. Das wäre etwas, wofür man den Felsenkatzen danken müsse. Sie hätten die Lieder zurück in die Wälder gebracht.

Ich lag allein im Gras und betrachtete das Leuchten der Sterne.

Zwar bewundern auch die Hameshi gerne die Schönheit des wolkenlosen Nachthimmels, doch haben sie nie versucht, sein Wesen zu entschlüsseln. Die Frage, ob es neben der unseren vielleicht noch weitere bewohnte Welten geben könnte, interessierte sie nicht. Im Gegensatz zu mir. Ich habe schon immer gerne über die großen Zusammenhänge nachgedacht.

»Schön, nicht wahr?« Ich bemerkte Lamis'jala erst, als sie schon neben mir im Gras saß. Ihre Stimme verzauberte mich. Sie forderte keine Aufmerksamkeit, sondern verband sich federleicht mit der magischen Anmut dieser Nacht.

»Ja, das ist es.«

»Hast du dir schon einmal überlegt, ob es dort oben vielleicht noch andere Welten gibt? Welten mit Wäldern wie den unseren?«

Der wundervolle Eigengeruch des Mädchens benebelte meine Sinne, und die Nähe ihres Körpers erzeugte ein Kribbeln auf meiner Haut. Ohne die Felsenkatze berühren zu müssen, fühlte ich jeden einzelnen Schlag ihres Herzens. Schwieg sie, hörte ich das leise Rauschen ihres Blutes in den Adern.

Ich konnte Lamis'jalas Frage nur deshalb rasch beantworten, weil ich von der Antwort aus tiefstem Herzen überzeugt war. »Ja, viele davon!«

Auf der hinter uns gelegenen Lichtung begannen die Mädchen, zu singen. Es war ein Gesang ohne Worte, ein reines Auf- und Abklingen von Tönen, das *Gesijan* genannt wird. Es umrahmte die vollkommene Schönheit dieses Augenblicks.

Ich saß hier im Gras, zusammen mit Lamis'jala, und gemeinsam bewunderten wir die ewige Schönheit der Sterne. Der wortlose Gesang der Felsenkatzen wurde intensiver. Bilder stiegen aus meinem Inneren empor. Sanft und unaufdringlich setzten sie sich zu einem friedvollen Winterwald zusammen. Ich sah schneebedeckte Wipfel und nach Futter stöbernde Tiere. Jede Variation des Gesangs ließ eine neue Komponente zu dem Bild hinzutreten. Einen unsicher durch eine Schneewechte stapfenden Fuchs etwa oder einen unter der Last des Schnees zerbrechenden Ast.

Ich weiß nicht genau, wie lange der Zauber anhielt, doch er verging, weil er irgendwann vergehen musste. In meinem Herzen aber dauert dieser Augenblick fort. Bis heute. Er ist zu einer Kostbarkeit geworden, die ich, wann immer ich möchte, hervorholen, betrachten und für ihre zeitlose Schönheit bewundern kann. Als das Gesijan endete und ich aus meinem Traum erwachte, war Lamis'jala fort. Ich stand auf, ging zurück zur Lichtung und schlenderte durch die Reihen der Hameshi, ohne nach jemand Bestimmtem Ausschau zu halten. Ich nahm mir einen hölzernen Becher und füllte ihn mit Hexenwasser. Ich nahm einen tiefen Zug, dann einen zweiten. Ich musste vorsichtig sein. Die Wirkung des Hexenwassers, so hatte ich gehört, entfalte sich zwar langsamer als die des Alkohols, nähme dafür aber bis zu zwei Stunden nach dem letzten Schluck noch zu.

Ein flacher, von zwei Buchen umrahmter Stein bildete die Bühne. Das Arrangement wirkte, als wäre es von der Roten Mutter nur für diesen Zweck geschaffen worden. Erst später sollte ich merken, dass es mehrere solcher besonderen Orte in den Wäldern gab. Das legt den Schluss nahe, dass die Hameshi (oder Kadrash?) früherer Tage der Natur nachgeholfen haben.

Zwar war die Bühne noch leer, doch konnte ich in der dahinter liegenden Düsternis die den Gesijan bildenden Mädchen und Frauen leise summen hören. Es war ein sanfter, magischer Laut, der sacht durch die Lüfte schwebte.

Habe ich schon von den Hektoren erzählt? Die Aufgabe eines Hektors ist es, während einer Feier streng über die Einhaltung der guten Sitten zu wachen. Dazu gehörte vor allem der Schutz der Integrität der singenden Mädchen. Während die Sängerinnen bei ihren Auftritten eine (fast) schrankenlose künstlerische Freiheit genießen, ist es einem Zuschauer streng verboten, eine Künstlerin zu berühren. Jeder, der diese eherne Regel vergisst, bekommt schnell und schmerzhaft die mit absolut nüchterner Wucht und Präzision geführten Stöcke der Hektoren zu spüren.

Mir schien dieser Aufwand damals übertrieben, doch sollten mich die späteren Ereignisse eines Besseren belehren.

Mein Becher war leer, und ich verließ die Gegend vor der Bühne, um mich um Nachschub zu kümmern. Ich ging wie auf einer leichten Wolke. Ich war verliebt und mir bewusst, das jetzt der richtige Moment war diese Empfindung zu genießen.

Ich traf Wasinija, Nascha und Taske. Die Freunde saßen auf einem der improvisierten Bühne gegenüberliegenden, flach ansteigenden Hügel, auf dem es sich noch etliche weitere Hameshi bequem gemacht hatten.

Das Gesijan wurde allmählich lauter, fordernder, und die Gespräche ringsum versickerten. Eine Felsenkatze, deren Namen ich nicht kannte, kam auf die von Fackeln beleuchtete Bühne. Sie sang *Leblos,* und ich kenne das Lied heute natürlich ebenso gut, wie jeder andere auch. Keine Zusammenkunft, keine Feier, kein was-auch-immer, bei dem *Leblos* nicht gesungen würde.

Die Stimme der Roten Tochter griff nach unseren Herzen. *Leblos* stammt aus der Zeit, in der die Hameshi noch keine Clans gebildet hatten. Das Lied erzählt die tragische Geschichte eines Mädchens und eines Jungen, die miteinander verfeindeter Familien angehören und ihre Liebe mit dem Leben bezahlen.

Leblos

Der Regen trifft meine Haut, doch kann ich ihn nicht spüren.
Der Wind bewegt die Blätter, doch kann ich ihn nicht hören.
In mir wächst unser Leben, doch ich werde es nie sehen ...

Während sich erste Wolken vor den Sternenhimmel schoben, begann das nächste Lied, und die unmittelbar vor der Bühne stehenden Hameshi wurden allmählich lebhaft. Mehr und mehr ließen sich treiben, hineingleiten in einen Rausch aus Hexenwasser und Gesang. Wer die Augen schloss und sich ganz sich selbst und der Melodie überließ, der verstand das Lied auch ohne Worte. Der sah die unendliche Weite der Wälder, Wiesen und Flüsse, die es beschrieb.

Und so ging es immer weiter. Alle drei oder vier Lieder betrat eine neue Sängerin die Bühne, und jede konnte singen, als ob sie ihr Leben lang nichts anderes getan hätte.

Als schließlich Lamis'jala die Bühne betrat, zuckten in der Ferne bereits grelle Blitze über den Himmel. Meine Nackenhaare richteten sich auf. Noch einmal bekamen wir *Leblos* zu hören. Eine

Wiederholung also. Aber *was* für eine Wiederholung! Wenn ich gerade gesagt habe, dass die Sängerinnen auf mich allesamt so wirkten, als ob sie ihr Leben lang nichts anderes getan hätten, so mochte man bei Lamis'jala glauben, sie sei überhaupt nur für diesen Zweck erschaffen worden. Sie sang nicht nur, sie durchlebte, ja, sie durchlitt die Geschichte, als würde sie ihr selbst widerfahren. Als sei sie diejenige, die gerade dabei war, ihrer einzigen Liebe das zuckende Herz aus dem Leib zu schneiden.

Lamis'jalas Stimme durchwanderte sämtliche klanglichen Facetten, die es zwischen getragen-melancholisch über sinnlich-aufreizend bis hin zu bösartig-diabolisch geben mochte. Mühelos und, wenn sie es wollte, noch innerhalb desselben Atemzuges. Doch nicht nur ihre Stimme, ihr ganzer Körper transportierte dieses Lied. Ihre Hände zeichneten die Symbole des Waldes in den Himmel, und ihr Gesicht trug die Zeichen unsäglichen Schmerzes ebenso wahrhaftig wie die der höchsten Ekstase.

Immer wieder einmal, nur für Sekundenbruchteile, warf sie ihre Rolle ab, um ihr Publikum durch ein kleines Lächeln, eine aufmunternde Geste zum Mitsingen zu bewegen. Es gab niemanden, Wasinija vielleicht ausgenommen, die sich ihrer unglaublichen Präsenz entziehen konnte. Ich konnte mich kaum an ihr sattsehen. Wie sie da stand, wie sie sang und wie sie ihre langen braunen Locken durch die Luft warf ... Es ging mir durch und durch.

Dann war das Lied zu Ende, doch Lamis'jala setzte ohne Unterbrechung mit *Kalit'ero* fort. Einem Titel, den man frei vielleicht mit *Blutgier* übersetzen kann.

Kalit'ero kam es bald aus Hunderten Kehlen. Und immer mehr und immer lauter *Kalit'ero*! Das Gewitter umfing uns. Es donnerte und es blitzte, und heftiger Regen prasselte auf uns herab. Doch niemand schenkte dem Beachtung. Lamis'jala sang, und es gab nichts, was dem gegenüber Aufmerksamkeit verdient hätte.

Mitten in das Gewitter hinein begann Lamis'jala *Weltenlauf*, und der krachende Donner fügte sich so zum Klang ihrer Stimme, als käme er damit ihrer Bitte um Unterstützung nach.

Weltenlauf unterscheidet sich von den meisten anderen Liedern der Hameshi dadurch, dass es weder dem Wald noch der Roten Mutter, sondern allein dem großen Kreislauf gewidmet ist. Dem ewigen Werden und Vergehen, dem sich selbst die mächtige Agrunbar unterwerfen muss. Blitze zuckten vom Himmel. Sie fuhren in die Kronen der Bäume und töteten sie sowie die in ihrer Obhut lebenden Tiere. Für Sekunden schien die Welt nur aus grellem, weißem Licht zu bestehen.

Obwohl ich schon geraume Zeit keinen Schluck mehr getrunken hatte, traf mich die Wirkung des Hexenwassers jetzt mit voller Wucht. Erschrocken erkannte ich, dass ich mittlerweile sehr viel betrunkener war, als ich angenommen hatte. Nach *Weltenlauf* beginnt meine Erinnerung an diesen Abend hinter einem bleiernen Nebel zu verschwinden. Bevor mich aber eine gnädige Ohnmacht umfing, lernte ich noch die Kehrseite eines Hexenwasser-Rausches kennen. Von einem Augenblick auf den anderen verlor jeder Klang und jede Stimme, verlor überhaupt jedes Geräusch seine natürliche Färbung. Der Gesijan und die gerade noch so wundervolle Stimme Lamis'jalas wurden zu einem abgründigen Dröhnen, das zutiefst beunruhigend, ja bedrohlich klang. Ich wandte mich um und sah, dass sich die Bewegungen der Umstehenden den immer schleppender werdenden Klängen der Musik angepasst hatten. Nur für Taske und mich selbst schien das nicht zu gelten. Nur wir beide schienen dem rätselhaften Geschehen rings um uns herum nicht unterworfen zu sein.

Der Freund lenkte meine Aufmerksamkeit auf die Bühne. Dort stand noch immer die geliebte Cousine, doch war sie dort nicht mehr allein. Asmod stand bei ihr. Mit dem einen Arm hielt er sie umfangen, während er ihr mit der Hand der anderen über die Wange strich. Noch heute fällt es mir schwer, den unbändigen mörderischen Hass zu beschreiben, den ich in diesem Moment empfand. Noch Tage davor hätte ich mich eines solchen Gefühls überhaupt nicht für fähig gehalten! In meiner vom Hexenwasser verseuchten Vision fasste Taske mich an der Schulter. Schwarzes Feuer loderte in seinen Augen, und als er sprach, quoll roter Rauch aus seinem Mund. »Tu es, Ariko! Töte den verdammten Bastard!«

Taske, Nascha und Wasinija kamen, um mich zu wecken. Aus dem Sturm der vergangenen Nacht war ein trüber Morgen geworden.

»Hoch mit dir, Junge!« Taske bot mir die Hand. Ich griff zu, richtete mich auf und versuchte, mir die letzten Reste der Betäubung aus den Schläfen zu reiben. Erstaunlicherweise fühlte ich mich gut, obwohl ich nicht umhin kam, zu bemerken, dass ich mich im Laufe der vergangenen Nacht übergeben hatte. So heftig mein Rausch auch gewesen sein mochte, so rasch und vollständig schien mein Körper ihn verarbeitet zu haben. Bis auf den Umstand, dass mich fröstelte, fühlte ich mich ausgezeichnet.

Ich sah nach Vogelsang hinüber. Die Spitzen der Festungstürme ragten aus dem Nebel heraus. Das Licht des beginnenden Tages ließ sie so hell aufleuchten, dass wir ihr Funkeln sehen konnten.

»Wo ist Lamis'jala?«

Wasinija antwortete mit einer Gegenfrage: »Warum möchtest du das wissen?«

»Weil ich sie heiraten werde.«

»Jetzt geht das schon wieder los!« Wasinija sah mich an, als ob ich den Verstand verloren hätte. Aber sie tat es auf eine liebevolle, fast mütterliche Weise. »Das Mädchen ist eine Felsenkatze, Ariko.«

»Das bin ich auch.«

Die Freundin öffnete die eben noch gefalteten Hände. Eine Geste, die ich bei ihr noch nicht kannte. »Die Rote Mutter liebt den Kampf, Ariko. Diese Liebe wurzelt tief in den Herzen ihrer Kinder. Eine Felsenkatze liebt aber nicht nur den Kampf, sie liebt den Krieg! Verstehst du den Unterschied? Der Krieg ist der Felsenkatze Wesen! Ständig kocht ihr Blut, und es gibt Tage, da macht sie das fast verrückt!«

»Mein Blut kocht nicht.«

»Das stimmt.« Wasinija lächelte. Sie lächeln zu sehen gab mir ein gutes Gefühl. Mochte sie sich in Bezug auf Lamis'jala auch irren, dann irrte sie sich, weil ihr etwas an mir lag. Dafür verdiente sie nicht nur meine Zuneigung, sondern auch eine Wortwahl, in der diese Zuneigung zum Ausdruck kam.

»Die Felsenkatzen haben die Lieder zurück in die Wälder gebracht.«

»Und die Blutriten! Und die Zwietracht! Und die Folter! Und diese grauenhafte Frau, vor der sich nicht nur die Menschen fürchten!« Wasinija fuhr mir sanft durchs Haar. Dann erhob sie sich. »Ariko, ich möchte, dass du über etwas nachdenkst: Fast jeder, mit dem ich gesprochen habe, würde sich wünschen, dass du, wenn dieser Krieg endlich vorbei ist, nicht mit den Felsenkatzen ziehst. Wir glauben, dass du zu uns gehörst, Ariko. Zu den Wildblumen.«

Dann verschwand sie gemeinsam mit Nascha im morgendlichen Nebel. Und wieder wurde ich nachdenklich. Hatte Wasinija recht? Trübte die Liebe vielleicht meinen Verstand?

Es war Taske, der mir half, mein inneres Gleichgewicht wieder zu finden. »Du tust gut daran, Wasinijas Meinung hoch zu schätzen, Ariko. Die Wahrheit aber findest du in deinem Herzen! Und weil das so ist, verrate ich dir auch, was Wasinija zu erwähnen gerade *vergessen* hat. Asmod hat, während du hier geschlafen hast, ganz offiziell um deine Felsenkatze geworben.«

»Was?«

»Er hat zwar bis jetzt noch keine Antwort erhalten, aber eines muss dir klar sein: Deine Zeit läuft ab, Ariko. Asmod wird von den Felsenkatzen fast ebenso verehrt wie die Sepuku. Sie sehen zu ihm auf. Allein deshalb kann Lamis'jala es nicht zulassen, dass er sein Gesicht verliert.«

»Ist das so?«

»Du musst Lamis'jalas Situation verstehen, Dummkopf! Selbst wenn du ihr Herz besitzt, würden ihr die guten Sitten doch verbieten, es dir zu schenken!«

»Warum?«

»Weil sie glauben muss, dass du aus Angst vor dem Tod nicht um ihre Liebe kämpfen magst! Du beschämst sie, Ariko!«

Scham und Wut erfüllten mein Herz! Taske hatte recht! Lamis'jala musste mich für einen Feigling halten!

»Ich ... ich ... gehe jetzt zu ihr und ...« Es fiel mir schwer, mich zu beherrschen. Auf einmal war es mir furchtbar wichtig, wenigstens Taske davon zu überzeugen, dass ein tapferer Kerl in mir steckte!

Mein Gegenüber aber legte sich den Zeigefinger auf die Lippen. Dann sagte er mit gesenkter Stimme:

»Ich muss ehrlich zu dir sein, Ariko. Asmod ist der Krieger, der du vielleicht in zehn Jahren, vielleicht auch niemals werden wirst. Wenn du aber trotzdem mit ihm kämpfen willst, werde ich dir zeigen, wie du ihn besiegen kannst!«

Die Zeit war knapp, aber auf Taske war Verlass. Er überbrachte Lamis'jala meine Werbung und nahm damit, wie der Brauch es verlangte, die Rolle des Bürgen und Fürsprechers ein.

Ich stand auf dem Felsen, der gestern noch Lamis'jalas Bühne gewesen war, und ging nervös auf und ab. Endlich kam Taske zurück.

»Was hat sie gesagt?«

»Nichts. Ich habe auch nicht mit ihr gesprochen, sondern mit ihrer Schwester. Ältere Verwandte besitzt sie nicht.«

»Und jetzt?«

»Jetzt warten wir ab.«

Es mochte eine Stunde vergangen sein, als eine Felsenkatze, die ich zwar schon im Lamis'jalas Begleitung gesehen hatte, deren Namen aber ich nicht kannte, über die Lichtung geschlendert kam. Sowohl Taske als auch ich standen auf. Das Mädchen, sie mochte in meinem Alter sein, sagte zu mir: »Havion Mamiche Agrunbar. Mein Name ist Sabia und ich bin Lamis'jalas Schwester. Bist du Ariko?«

»Ja.«

Sabia begutachtete mich mit vor der Brust verschränkten Armen. Sie war ein wenig kleiner und stämmiger als Lamis'jala, aber nicht viel weniger hübsch. Einmal darauf aufmerksam geworden, war die geschwisterliche Ähnlichkeit der beiden nicht zu übersehen.

»Ich muss dir leider sagen, dass meine Schwester nicht genug Verstand besitzt, um deine Werbung zurückzuweisen, Ariko. Sie hat sowohl deine als auch Asmods Werbung angenommen. Ihr Glück liegt nun in der Roten Mutter Hände.«

Das von Sabias Worten erzeugte Adrenalin durchflutete mich mit der Wucht eines Stromschlags. »Danke.«

»Behalte deinen Dank, Ariko. Falls du glaubst, die Felsenkatzen wüssten nicht, wer du bist und welchem Herrn du gedient hast, dann irrst du dich. Du warst beim Schwarzen Kollektiv. Du hast zu denen gehört, die unsere Wälder überfallen haben!«

Von der Euphorie, die mich gerade noch erfüllt hatte, blieb nicht viel übrig. Hatte ich wirklich geglaubt, dass ich zusammen mit der Uniform auch meine Vergangenheit würde ablegen können? Während ich schwieg, zeigte Taske sich von Sabias Worten unbeeindruckt. »Das musst du mir erklären, Felsenkatze. Seit wann büßt ein Hameshi für die Taten eines Agrim?«

»Gar nicht! Wenn dein Freund sich etwas hat zuschulden kommen lassen, dann hat der Ruf der Roten Mutter ihn von dieser Schuld befreit«, stimmte Sabia zu. »Ich möchte Ariko nur klarmachen, dass er seinem Clan Schaden zufügt! Asmod ist angesehen! Meine Schwester ist angesehen!«

»Und ich bin nicht angesehen?«

»Nein, das bist du nicht!« Sabia schüttelte den Kopf. »Für uns bist du ein schlechtes Omen, Ariko! Ein Bursche mit einer ungewissen Zukunft und einer finsteren Vergangenheit!«

In den nächsten Stunden gab es kaum jemanden, der nicht versucht hätte, mich von meinem Vorhaben abzubringen. Sogar der Rat der Clans meldete sich. Der bevorstehende Kampf würde missbilligt, hieß es. Die Hameshi befänden sich im Krieg und könnten auf keine Klinge verzichten.

Plötzlich aber war die Sepuku da. Sie mochte von dem Streit über einen Bolivar erfahren haben, doch wie sie so schnell vor Vogelsang sein konnte, war mir dennoch ein Rätsel. Die Sepuku Wraith schloss sich den Argumenten des Rates an, verbat sich aber gleichzeitig dessen Einmischung in eine Angelegenheit, die ausschließlich Felsenkatzen beträfe. Wenn keine Seite nachgeben wolle (wozu niemand gezwungen werden könne), müsse die Rote Mutter ein Urteil fällen. Dies entspräche der Tradition und den guten Sitten, welche immer Geltung besäßen. Im Frieden wie im Krieg.

Die Sepuku bestimmte Ort und Zeit des Kampfes. Der Letzte, der mich zu einem Verzicht überreden wollte, war mein Gegner. Er meinte, dass ich zu jung für die Ehe wäre. Dass er mit dieser Meinung nicht alleine war, hat mit dem gefährlichen Leben der weiblichen Felsenkatzen zu tun. Viele von ihnen sterben noch vor dem 30. Lebensjahr. Daher wählen sie häufig Partner, von denen sie glauben, dass sie die gemeinsamen Kinder auch alleine aufziehen könnten.

Ich mochte Asmod, auch wenn ich damals nicht reif genug war, ihm das über die Kluft unseres Zwistes hinweg zu zeigen. Er war höflich und sprach mit mir, wie mit einem Gleichgestellten. Mit keinem Wort und keiner Geste ging er auf unseren Rangunterschied oder meine Vergangenheit ein. Stattdessen behandelte er mich auch dann noch mit Respekt, als er erkannte, dass ich nicht umzustimmen war. Es gab jetzt kein zurück mehr.

Ich schrieb Lamis'jala, die dem Kampf nicht beiwohnen durfte, einen Brief, von dem ich hoffte, dass man ihn bei mir finden würde, wenn die Sache schlecht ausging. Dann betete ich. Ich dankte der Roten Mutter für ihre Liebe und dem Schöpfer aller Dinge dafür, dass er mich durch Irrtümer und Schrecken hindurch doch noch zu meiner Bestimmung geführt hatte.

Aus dünnen Schleierwolken war ein nachtschwarzes Gebirge geworden. Wind kam auf. Er riss an meinen Haaren, riss an meinen Kleidern und wirbelte das Laub umher. Die Schwüle hatte den ganzen Tag über zugenommen. Es würde wieder ein Gewitter geben.

Asmod und ich standen uns gegenüber. Aus den uns umringenden Hameshi war ein ineinanderfließendes Band aus schwarzen und roten Tupfern geworden. Die mir zugefallenen Kräfte hatten mich stärker, schneller und widerstandsfähiger werden lassen, als ich mir das noch vor Wochen hätte vorstellen können. Außerdem besaß ich die goldene Nahkampfspange des Kollektivs. Und doch räumte mir Wasinija gegen Asmod keine Chance ein. Seine Kräfte wären voll ausgebildet. Ich sei stark, aber er sei stärker. Ich sei schnell, aber er sei schneller. Ich könne Schmerzen ertragen, doch Asmod sei in der Lage, sein Empfinden einfach abzuschalten.

Während die Sepuku sich im Hintergrund hielt, kam es Taske als ranghöchstem Krieger vor Ort zu, meinen Gegner und mich zu verabschieden. Er schlug seine Klinge gegen meine.

»Siege in Demut und sterbe mit Stolz!«

Ich wusste nicht, was ich darauf sagen sollte, also nickte ich nur. Taske wandte sich um und ging auf Asmod zu, der ihm seine Klinge bereits entgegenhielt. Genau in dem Moment, in dem die beiden sich gegenüberstanden, fuhr ein Blitz in einen der umstehenden Bäume. Der Krach war gewaltig, und das grelle Licht des Blitzes blendete alle. Alle bis auf mich, der ich mich so sehr auf meinen

Gegner konzentrierte, dass ich kaum noch etwas anderes wahrnahm. Deshalb war ich wahrscheinlich der Einzige, der sah, was Taske tat. Anders als alle anderen schien er den Einschlag nicht einmal wahrzunehmen. Völlig ruhig trat er Asmod gegenüber und stieß ihm seine Klinge direkt in den Bauch. Dann packte er meinen Gegner, der mit diesem hinterhältigen Angriff nicht gerechnet hatte, am Genick und schleuderte ihn vorwärts.

Asmod wankte. Seine Augen glänzten wie im Fieber, und sein Messer glitt ihm aus der Hand. Ich dagegen stand da wie vom Donner gerührt. Ich wartete darauf, dass jemand eingreifen und den Kampf beenden würde, aber das geschah nicht. Niemand hatte den Betrug bemerkt.

Was sollte ich tun? Angreifen? Ich zögerte. Meine Sehnsucht kollidierte mit meinem Gewissen.

Der Moment, in dem ich den Kampf hätte entscheiden können, verging, und Asmods Blick wurde wieder klar. Die Kräfte der Roten Mutter hatten ihn in die Wirklichkeit zurückgeholt. Eine Sekunde später hielt er auch schon wieder sein Messer in Händen. Asmods Miene verdüsterte sich. Wahrscheinlich glaubte er an ein von mir geplantes Komplott. Obwohl er sich noch nicht ganz von Taskes Angriff erholt haben konnte, griff Asmod mich an. Es kam, wie Wasinija prophezeit hatte. Noch ehe ich Situation richtig erfasste, lag ich auch schon auf dem Rücken. Meine Waffe war fort, meine Messerhand gebrochen. Asmod kniete über mir. Mit nur einer Hand hielt er mich am Boden. Verzweifelt versuchte ich ihn abzuschütteln, doch es hatte keinen Zweck. Asmod war zu stark. Viel zu stark.

Als ob im Himmel ein Damm geborsten wäre, prasselte jetzt der Regen auf uns herab. Sein Rauschen klang wie der Flügelschlag des Todes. Gleich würden seine grauen Schwingen auf mich niedersinken. Leicht zu verstehen war das nicht. Eigentlich war ich doch nur verliebt. Mein Magen krampfte sich zusammen, und meine Arme durchwühlten hilflos das Laub. Aber ... da war etwas! Unwillkürlich schloss sich meine Faust um den Gegenstand.

Asmod hob seine Klinge. Alle Wut war aus seiner Miene gewichen.

»Vergib mir, Bruder«, sagte er, »und wisse in deiner letzten Stunde, dass auch ich dir ver...«

Mit all der Kraft, die meine Verzweiflung mir verlieh, riss ich den Arm nach oben. Zweiundzwanzig Zentimeter rostfreier Stahl rasten

Asmod, Sohn der Roten Mutter Agrunbar, unter dem Rippenbogen hindurch ins Herz.

Bevor er in die Wälder gerufen worden war, hatte Asmod an einer Sprachheilschule unterrichtet. Sport und Literatur, soweit ich weiß. Mit Drogen oder der Polizei hatte der Anführer der Felsenkatzen nie zu tun gehabt. Seine Eltern waren immer stolz auf ihn gewesen.

Eine rote Fontäne schoss aus seinem Leib. Sein Blut geriet mir in die Augen. Es warf einen roten Schleier über die Welt. Ich spürte Asmods Leib von mir herunter kippen. Mein Gegner war tot.

Anfangs sprach niemand ein Wort. Das einzige Geräusch stammte vom Regen, der mit unverminderter Heftigkeit auf uns herunter prasselte. Ich richtete mich langsam auf und betrachtete die Waffe in meiner Hand. Ich konnte die Wendung, die der Kampf genommen hatte, kaum begreifen. Eine unter dem Laub der Birken verborgene Klinge hatte Asmod den Tod gebracht. *Deus lo vult* stand auf ihrem Griff. Darunter war das Symbol des Schwarzen Kollektivs zu sehen.

Die Felsenkatzen witterten Betrug hinter dem Tod ihres Anführers. Mit finsteren Mienen drangen sie auf mich ein. Sie schlugen mich, und einige zogen bereits ihre Dolche. Die Wildblumen aber, allen voran Nascha und Wasinija, drängten die Angreifer zurück und nahmen mich in ihre Mitte.

»Verschwindet!« wurden sie angefahren »Das hier geht euch nichts an!«

»Wage es nicht, mich anzufassen, *Wurmkind*?«

»Wenn nennst du *Wurmkind*, schäbige *Kadrashi*?«

Die Beleidigungen *Wurmkind* und *Kadrashi* wurden nur selten benutzt, beschreiben aber gut, wie die alteingesessenen Clans und die Felsenkatzen übereinander dachten. Hier die rüpelhaften und sich mit Accessoires aus der Menschenwelt schmückenden *Wurmkinder*, dort die für den Geschmack der neuen Hameshi oft zu zögerlich agierenden übrigen Familien, die sich von der Roten Mutter eigenem Clan dafür als *Kadrashi* beschimpfen lassen mussten.

»Zurück! Ihr alle!« Plötzlich war die Sepuku unter den Streitenden. Sie schwang ihren Stab hoch über dem Kopf. Auch wenn sie niemanden damit schlug, wichen doch alle vor ihr zurück. Halbwüchsige ebenso wie kampfgestählte Krieger, die gut doppelt so viel wiegen mochten wie die zierliche Frau. Ihre Autorität bekam die Sepuku von der Roten Mutter, doch die Furcht, die man in ihrer Gegenwart empfand, speiste sich aus einer anderen, sehr viel dunkleren Quelle. Die Sepuku beugte sich zu Asmods Leichnam herab. Während der Regen auf uns herunter prasselte untersuchte sie in aller Sorgfalt seinen toten Körper und danach die Stätte unseres Kampfes. Die Umstehenden schwiegen, tauschten aber zornige Blicke.

Wasinija umarmte mich. Dann Nascha. Taske dagegen wirkte unbeteiligt. Er schüttelte nur leicht den Kopf, so als verstünde er die ganze Aufregung nicht. Mir war klar, dass ich seine Schuld entweder jetzt offenbaren oder für immer schweigen musste. Ich entschied mich, zu schweigen. Der Freund hatte mir helfen wollen. Ich konnte mich nicht gegen ihn wenden.

Die Sepuku erhob sich. »Der Krieger Ariko hat die Ehre Lamis'jalas gemäß Anstand und Sitte verteidigt!« Damit war der Kampf endgültig entschieden. Zumindest der Form nach. Der Makel der Heimtücke nämlich blieb an mir haften.

7

Mein aufgewühltes Inneres hatte mich die ganze Nacht über wachgehalten. Deshalb war ich auch sofort auf den Beinen, als ich die sich nähernden Schritte durchs Laub rascheln hörte. Nervös blinzelte ich in den Morgennebel hinaus. Drei Silhouetten waren es, die nebeneinander gehend das feuchte Grau des anbrechenden Tages durchschritten. Eine erkannte ich sofort. Es war Lamis'jala. Sie trug das Kleid, in dem sie gesungen hatte. Traumhaft schön und rot und schwarz. Eine kleine, warme Flamme in der nebligen Kühle des Morgens. Lamis'jalas Haupt war mit einem hauchdünnen Schleier geschmückt, in den Händen trug sie eine hölzerne Schale. Jetzt erkannte ich auch die anderen beiden. Es waren Sabia und Wraith, die sie begleiteten.

»Wir«, sprach die Sepuku, als die kleine Gruppe bei uns ankam, »sind Töchter der Roten Mutter Agrunbar, der ewigen Göttin der Wälder! Dies Mädchen heißt Lamis'jala und ist vom Clan der Felsenkatzen. Sie verlangt nach dem Krieger Ariko!«

Die Vorgestellte trug eine hölzerne Schale. Sie war bis etwa zur Hälfte mit Blut gefüllt und zitterte leicht in ihren Händen.

Die Sepuku nahm ihren Dolch und zerschnitt mir die Wange. Der sofort einsetzende Schmerz half mir, einen klaren Kopf zu bekommen. Ansonsten wäre ich vor Aufregung wahrscheinlich umgekippt.

Lamis'jala hielt mir das Gefäß unters Kinn und fing damit mein Blut, bevor sie es sich an die Lippen führte und trank. Dann gab sie mir die Schale und ich tat es ihr nach. Nachdem die Sepuku das Behältnis an sich genommen hatte, hob ich Lamis'jalas Schleier, fasste sie unter dem Kinn und gab ihr einen Kuss. Wie wunderbar kühl und aufregend weich ihre Lippen waren!

Wie Spukgestalten waren die Felsenkatzen gekommen, und wie die Moorgeister verschwanden sie wieder im grauen Dunst. Hatte ich das alles vielleicht nur geträumt? Wasinija war die Erste, die mir gratulierte. »Viel Glück, Ariko. Du wirst es brauchen.«

Meine Aufregung hatte sich noch nicht wieder gelegt, als erneut ein Schatten aus dem Nebel trat. »Komm mit, Ariko!«, befahl die Sepuku. Gemeinsam durchschritten wir das fast hüfthohe feuchte Gras der Lichtung. Ich mochte die Sepuku nicht, versuchte aber, mir das nicht anmerken zu lassen.

»Ich will offen zu dir sein, Ariko«, begann Wraith. »Die Verbindung zwischen Lamis'jala und dir ist falsch! Leider ist es mir trotzdem nicht gelungen, dem Mädchen seine fixe Idee auszureden!«

Ich gab keine Antwort. Wenn es Wraith nicht gelungen war, Lamis'jala einzuschüchtern, würde ihr das bei mir auch nicht gelingen.

Die Sepuku glotzte mich mit ihren nachtschwarzen Totenaugen an. »Lamis'jala trägt hervorragende Anlagen in sich, und ich habe mir die letzten beiden Jahre sehr viel Mühe mit ihr gegeben. Du wirst sie nicht verderben!«

Ich verstand zwar nicht, was die Sepuku mit *verderben* meinte, entschied aber, dass ich mich nicht von ihr beleidigen lassen wollte. Also blieb ich stehen und fragte: »Gut. Ist das alles?«

Eine Sepuku zeigt ihre Gefühle nicht, was ihr vor allem deshalb leicht fällt, weil sie keine Gefühle hat. Dennoch schien meine forsche Reaktion Wraith zu überraschen. Sie schnaubte. »Nein, das ist nicht alles! Ich bin hier, um dir zu sagen, dass ich dich in den nächsten zwölf Monaten sehr genau beobachten werde! Solltest du dich in dieser Zeit deiner Verlobten auf respektlose Weise nähern, wirst du das bereuen, Ariko. Du wirst es sehr bereuen! Hast du das verstanden?«

Ich nickte, ließ mir aber Zeit damit. Die Frau war mir unheimlich, ich respektierte ihren Rang. Und doch fürchtete ich sie nicht. Der Trieb der übrigen Felsenkatzen, den Befehlen der Sepuku unbedingt und immer gehorchen zu wollen, fehlte mir. Ich glaube, dass Wraith das irgendwann begriff und ich ihr deswegen vielleicht auch ein bisschen unheimlich wurde.

Im Moment aber sah die Sepuku mich nur durchdringend an. Ständig beobachtete, beurteilte und richtete sie. »Asmod war ein respektierter Krieger und beliebter Anführer. Dein glücklicher Sieg erbittert viele! Es gibt im Moment niemanden unter den

Felsenkatzen, der an deiner Seite kämpfen will. Daher wirst du vorerst bei den Wildblumen bleiben. Verdiene dir ihren Respekt. Kämpfe tapfer, und wage es nicht, deinem Clan Schande zu machen!«

Die darauf folgenden Stunden gehörten der Trauer um Asmod. Freunde und Weggefährten verabschiedeten sich von ihm. Sie küssten seine Hände, sprachen mit ihm, weinten um ihn, bevor seine Leiche auf einen Katafalk gebettet und verbrannt wurde. Ich hätte mich ebenfalls gerne von ihm verabschiedet, wurde von den Felsenkatzen jedoch davongejagt.

Ich schlief schlecht in der folgenden Nacht. Man hatte mir auch früher schon den Tod gewünscht, doch zum ersten Mal bezog sich dieser Wunsch nicht auf mich als Angehöriger einer Gruppe, sondern auf mich als Ariko. Die Stimmung der Felsenkatzen mir gegenüber war so feindselig, dass die Sepuku sich schließlich gezwungen sah, einige von Asmods engsten Freunden anderen Kriegsrotten zuzuteilen.

Am Tag nach unserer Verlobung hatte Lamis'jala Unterricht. Während die Angehörigen der übrigen Clans sich in der Regel mit dem begnügten, was sie bei ihren Eltern lernten, wurden die Frauen und Mädchen der Felsenkatzen ständig dazu angehalten, ihr Wissen zu erweitern. Da es mich interessierte, wie der Unterricht der Felsenkatzen aussah, machte ich mich auf den Weg, um Lamis'jalas Gruppe zu suchen. Die Überraschung, die ich beim Anblick der Roten Töchter empfand, hätte größer kaum sein können. Die Sepuku hielt ein Buch in Händen, während die um sie herumsitzenden Mädchen jeweils einen Block auf dem Schoß hatten und einen Stift zwischen den Fingern hielten. Die Sepuku las langsam und sprach überdeutlich. Die Felsenkatzen schrieben ein Diktat!

Mir klappte die Kinnlade herunter. Offensichtlich war es den Felsenkatzen wichtig, dass die in der Menschenwelt erworbenen Kenntnisse nicht verloren gingen. Ich setzte mich ein wenig abseits, während Wraith vorlas: »... wurde mit der Entdeckung der Südpassage ...«

Die meisten der anwesenden Mädchen waren ungefähr in Lamis'jalas Alter. Im Gegensatz zu ihren männlichen Artgenossen begegneten sie mir weniger feindselig als eher neugierig. Sie sahen verstohlen in meine Richtung, steckten ihre Köpfe zusammen und kicherten.

Die Sepuku sah auf und warf mir einen finsteren Blick zu. Dann gab sie Lamis'jala unwirsch ein Zeichen, worauf meine Verlobte Block und Stift beiseite legte. Verfolgt von den neugierigen Blicken der anderen kam sie zu mir gelaufen.

»Ariko«, sagte sie und griff nach meinen Händen. »Wir sind fast fertig! Wartest du auf mich? Dort drüben vielleicht?« Sie wies auf einen kleinen, hügelaufwärts gelegenen Findling. Noch ehe ich antworten konnte, lief sie auch schon wieder zu ihrem Platz zurück. Ich tat, wie mir gesagt worden war, ging zu dem Stein, setzte mich darauf und blinzelte in die Sonne. Es versprach, ein warmer Tag zu werden.

Nach etwas mehr als einer halben Stunde kam meine Verlobte und setzte sich neben mich. Sie nahm ihren Rucksack von der Schulter und machte sich daran, Block und Stift zu verstauen.

»Darf ich mal sehen?«, sagte ich lächelnd und deutete auf ihre Unterlagen.

Lamis'jala zögerte. »Hm. Na gut. Hier, bitte.« Sie reichte mir den Block, und ich begann zu lesen. Über ihrem mit Bleistift geschriebenen Text fanden sich zahlreiche Vermerke und Korrekturen. Meine Verlobte hatte eine schöne Handschrift, die aber leider nicht verbergen konnte, dass ihre Rechtschreibung miserabel war.

»Viele Fehler, ich weiß«, räumte sie mit einem leicht verschämten Lächeln ein. »Aber nicht ganz so viele wie sonst!«

Ich gab ihr die Papiere zurück. Damals glaubte ich, dass Lamis'jala gerade erst das Schreiben lernen würde, doch das stimmte nicht. Im Grunde bekam sie, von kleinen Unterbrechungen abgesehen, seit ihrem sechsten Lebensjahr Unterricht im Lesen und Schreiben. Leider aber leidet meine Mischenka unter einer ausgeprägten Rechtschreibschwäche, gegen die sie einfach kein Mittel findet. Und das, obwohl sie ausgesprochen gerne liest und auch schreibt. Wir haben später immer wieder einmal versucht, dem Muster ihrer Fehler auf die Schliche zu kommen. Genützt hat es nichts. Ihr

Rechtschreibproblem entzieht sich jedem Schema. Lamis'jala kann, wenn man ihr genug Zeit lässt, ihre Fehler zwar erkennen und bei einer Wiederholung auch vermeiden, doch dafür unterläuft ihr dann meist ein Missgeschick, das sie davor noch vermieden hat.

Lamis'jala verstaute nun also endgültig ihren Block und legte dann ihre Hände in den Schoß. Wir schwiegen, und so langsam kehrte die Nervosität des vorangegangenen Tages in meinen Magen zurück. Ich wusste, dass ich sie liebte, aber ich wusste leider nicht, wie ich mich ihr gegenüber verhalten sollte. Wegen unseres Blicks in die Sterne hatte ich Asmod getötet, aber selbst mit der Sepuku hatte ich bis dahin schon mehr Worte gewechselt. Im Grunde waren wir Fremde, deren einzige Gemeinsamkeit in einer gemeinsam begangenen Verrücktheit bestand.

Ich räusperte mich. »Lamis'jala, weder unter den Strahlen der Sonne noch unter dem Glanz der Sterne gibt es etwas, das mir auch nur halb so viel bedeutet wie du! Dir gehört jeder Schlag meines Herzens und das Licht meiner Augen.« Ich war von mir selbst überrascht. So viel Poesie hatte ich mir gar nicht zugetraut. »Ich möchte dir ein guter Verlobter sein, doch bis jetzt ... bis jetzt hat mir noch niemand gesagt, wie ein Verlobter sich verhalten muss.«

Das Lachen kehrte in Lamis'jalas Gesicht zurück. Das Gefühl, mir gegenüber einen Wissensvorsprung zu besitzen, schien ihr zu gefallen. Sie sprang auf und zog mich ebenfalls nach oben. »Okay«, sagte sie, »dann werde ich dir das erklären! Also, wir sind ja jetzt verlobt. Wenn wir uns treffen, nimmst du zuerst meine linke Hand und küsst ihre Innenseite, dann nimmst du meine rechte Hand und tust noch mal das Gleiche! Dann nehme ich ...«

Erst gab mir Lamis'jala einen Kuss in die eine Handfläche und dann in die andere. Ihre Küsse fühlten sich an wie zwei elektrische Schläge, die ich bis in die Zehenspitzen hinein zu spüren glaubte.

»Hast du denn schon mal geküsst?«, fragte ich sie.

»Klar! Meine Mama, meine Schwester und natürlich dich. Das hast du doch hoffentlich noch nicht vergessen, oder?« Lamis'jala lachte, und ihre schneeweißen Zähne blitzten.

Ich schüttelte den Kopf. »Nie!«

»Und wie ist das bei dir?«, wollte sie jetzt ihrerseits wissen.

Ja, ich hatte auch schon geküsst. Die Bibel, das Kreuz des Erlösers, das bronzene, in den Boden vor der

Mariä-Gewandniederlegungskathedrale eingelassene Symbol des Schwarzen Kollektivs ... »Ja, aber nur einmal aus Liebe. Seitdem kann ich an nichts anderes mehr denken.«

In der Zwischenzeit erfuhren wir, warum man uns nach Vogelsang gerufen hatte. Die Befestigungsanlage, die den bewaldeten vom unbewaldeten Teil Burgenreichs trennte, sollte angegriffen werden. Es hieß, dass sich unter den dortigen Soldaten Agrim befänden, die nicht nur den Zaun von der Stromversorgung trennen, sondern auch die Selbstschussanlagen sabotieren würden.

Die Sepuku entschied, dass Taske dem toten Asmod als Anführer der Kampfrotte nachfolgen würde. Die Felsenkatzen murrten, fügten sich aber. Obwohl es immer häufiger zu Streitereien zwischen Felsenkatzen und den Angehörigen anderer Familien kam, hielt der Rat der Familien an den gemeinsamen Kampfrotten fest. Verwerfungen innerhalb der Hameshi sollten vermieden oder doch wenigstens nicht nach außen hin sichtbar werden.

Für den Angriff auf die Befestigungsanlagen aber wollte die Sepuku die Felsenkatzen selbst führen, während sie Taske das Kommando über die Wildblumen gab. Für mich und Lamis'jala bedeutete dies, das wir uns trennen mussten. Ich bat Wraith, mich mitzunehmen, aber die Sepuku wies mich ab. So musste ich schon früh lernen, dass sich in der Liebe nicht nur das Glück, sondern auch Angst und Sorge vervielfachen.

Hilflose Wut kochte in mir hoch, wenn ich daran dachte, dass es Leute gab, die sich zeit ihres Lebens weder einem Kampf stellen noch eine Waffe in die Hand nehmen mussten. Wer hatte mich mit welchem Recht dazu verurteilt, ein Krieger zu sein? Gott? Die Rote Mutter? Ich war ein Agrim, der in die Wälder gerufen und kraft göttlicher Fügung zum Hameshi geworden war. Auch ich wollte die Wälder von den Soldaten und ihren Maschinen befreien, doch ich fühlte auch dieses andere, noch sehr viel heißere Verlangen in mir. Das Verlangen, mit Lamis'jala fortzugehen. Weit weg an einen Ort, an dem weder getötet noch gestorben wurde.

Zuerst verließen die Felsenkatzen die Lichtung. Die Wildblumen und ich folgten ihnen eine halbe Stunde später. Die Felsenkatzen hatten für ihren Kampfabschnitt den Auftrag erhalten, den Grenzzaun entweder zu überwinden oder aber wenigstens so viele feindliche Kräfte zu binden, damit wir erfolgreich sein konnten.

Wir hatten unsere Ausgangsstellung noch nicht ganz erreicht, als der hinter uns liegende Wald mit Benzinbomben beschossen wurde. Bald hing der Geruch brennender Tierkadaver in der Luft. Dichter, beißender, Qualm ließ unsere Augen tränen. Das Atmen fiel uns immer schwerer.

Rehe, Hasen, Dachse eine Wildschweinrotte ... Sie alle suchten unseren Schutz. Es war ihr Instinkt, der sie in die Obhut der Hameshi trieb. Die Tiere begriffen nicht, dass wir sie vor den Brandbomben der Menschen nicht schützen konnten.

Der Angriff weckte in uns den Verdacht, dass die Wilderländer Armee gewarnt worden sein könnte, auch wenn niemand hätte sagen können, von wem. Ein Kind der Agrunbar war des Verrats nicht fähig, und die um den Planeten kreisenden Satelliten vermochten das grüne Dach der Wälder nicht so zu durchdringen, dass man daraus militärisch verwertbare Schlüsse hätte ziehen können.

Die Einschläge kamen näher, das Feuer auch. Wir versuchten, die im Dienste der Wilderländer Armee stehenden Agrim, von denen wir annahmen, dass sie den Beschuss leiteten, durch häufige Standortwechsel zu irritieren, doch wurde unser Spielraum immer geringer. Immer dichter trieb uns der Waldbrand in Richtung Befestigungsanlage. Über das Fauchen des Feuers und die Explosionen der Benzinbomben hinweg hörten wir jetzt das charakteristische Dröhnen eines Panzers. Sekunden später brach das stählerne Ungetüm auch schon aus dem Unterholz. Im lodernden Schein der Flammen nahm die schreckliche Maschine sich dämonisch, ja wie ein Stahl gewordener Traum des Leibhaftigen aus.

Die Angst schnürte mir die Kehle zu. Am liebsten hätte ich mich zu Boden geworfen und geheult. Weder die harte Ausbildung des Kollektivs noch der Ruf der Felsenkatzen hätten mich davon abgehalten. Nur die Sorge um Lamis'jala hielt mich aufrecht. Ob sie sich in ähnlicher Gefahr befand? Auch die Wildblumen drohten im Angesicht des herannahenden Todes, in Starre zu verfallen. Das aber ließ Taske nicht zu. Sobald der Panzer auf uns schießen würde, so sein in unsere Gehirne gesandter Befehl, würden wir versuchen, in Richtung Befestigungsanlage durchzubrechen. Mangels einer erkennbaren Alternative hätte ich diesen Befehl befolgt, war aber andererseits davon überzeugt, dass uns, wenn schon nicht die Geschützlafetten des Panzers, dann spätestens die Selbstschussanlage des Wachzaunes in Stücke schießen würde. Niemand rechnete jetzt noch damit, dass die Anlage erfolgreich sabotiert worden war.

Als bereits alles verloren schien, kam uns ein Wunder zur Hilfe. Der Tank wurde von einer Benzinbombe getroffen. Der Kanister durchschlug die vom Magneten erzeugte Schutzhülle und übergoss den Mantel des Gefährts mit einem gelartigen Gemisch, von dem ich wusste, dass es aus Benzin, Benzol und Polysterol bestand. Der mörderische, über 1000 Grad heiße Stoff ließ die Temperatur im Innern des Panzers in eine für die Besatzung unerträgliche Höhe schnellen. Die Luke sprang auf und Akije schoss. Ihr Pfeil tötete den Soldaten aber nicht, sondern fuhr ihm nur in die Schulter. Schreiend fiel er in den Panzer zurück, doch die Luke blieb offen. Santer, der dem Tank zunächst stand, sprang in die Öffnung, Taske folgte ihm. In diesem Moment begann die rechte Panzerlafette zu schießen. Eine Geschossgarbe traf Akije in Höhe der rechten Schulter, riss ihr den Arm ab und warf sie zu Boden. Ich rannte zu ihr. Die Wildblume streckte schon ihre verbliebene Hand nach mir aus, doch der verfluchte Panzer war schneller. Sein Fahrer war zu diesem Zeitpunkt wahrscheinlich schon tot, doch schien der Tank sein grausames Werk ohne ihn beenden zu wollen. Seine Ketten walzten über Akije hinweg und zerrieben ihr die Beine unterhalb der Knie. Die Geschützlafette feuerte noch immer Tod und Verderben in den Wald und hörte auch nicht eher damit auf, bis die Munition verbraucht war. Die Hitze hatte die Abzugsvorrichtung zusammenschmelzen lassen.

Ich nahm Akije in den Arm und hastete mit ihr in Deckung. Kurz, bevor wir den kleinen Erdwall erreichten, traf mich eine Kugel in den Oberschenkel, doch das spürte ich kaum.

Ich legte Akije auf den Boden und begann, auf sie einzureden. Ich riss mein Hemd in Streifen und versuchte, ihre Blutungen zu stoppen. Erst verband ich das, was von ihrem rechten Bein noch übrig war, dann drosselte ich die Arterie an ihrem linken Bein und dann ... wurde ich von ihr herunter gestoßen.

»Akije ist tot, Ariko! Siehst du das denn nicht!« Soloni sah mich an. Sie weinte, ihre Stimme überschlug sich. »Sie ist tot! Sie ist tot! Sie ist tot!«, schrie sie immerzu.

Ich stand auf, machte kehrt und humpelte zu dem Panzer zurück. Der schoss inzwischen nicht mehr. Von seiner Besatzung war niemand mehr am Leben. Ziellos lief ich übers Schlachtfeld. Sechs tote Menschen, ein zerstörter Panzer. Vier tote Kinder der Agrunbar ... eine schreckliche Bilanz!

Der Benzinbombenhagel war inzwischen weitergewandert und ging nun etwa zwei Kilometer östlich von uns nieder. Ich war mir sicher, dass der Angriff der Soldaten jetzt den Felsenkatzen galt.

Erst wurde mir schwindlig, dann begann ich, zu zittern. Ich konnte einfach nichts dagegen tun. Die Welt schien völlig aus den Fugen geraten. Ich lehnte mich an den nächsten Baumstamm und übergab mich. Ich weiß nicht, wie lange ich mir die Linke in den schmerzenden Magen presste, als Taske zu mir kam. Ich erkannte ihn kaum, so sehr war sein Gesicht von Brandblasen und herabhängenden Fleischfetzen entstellt. Am schlimmsten hatte es sein linkes Auge erwischt. Das war aus der Höhlung gekocht.

»Zieh die Hose runter«, sagte er mit kaum verständlicher Stimme.

»Was?«

»Du hast eine Kugel im Bein. Die muss raus, bevor wieder Fleisch darüber wächst.«

Vorsichtig tastete ich meinen Oberschenkel entlang. Als meine Finger schließlich die Wunde erreichten, durchzuckte mich heftiger Schmerz. »In Ordnung.« Ich zog meine Hose runter und stützte mich mit beiden Händen gegen den Baum, während Taske mich mit seinem verbliebenen Auge untersuchte.

»Pech!«, sagte er schließlich. »Das Ding steckt im Knochen. Tut mir leid, mein Freund, aber du wirst jetzt auf die Zähne beißen müssen.«

Einige versuchten, Taske zum Rückzug zu drängen, aber der Anführer blieb hart. Stattdessen befahl er, an Ort und Stelle zu bleiben und sich so tief wie möglich ins Erdreich zu graben. Eine kluge Entscheidung, denn ich glaube nicht, dass wir die heranrasende Feuerwalze auf andere Weise hätten überleben können. Das Verweilen am Ort der Schlacht war allerdings kaum weniger qualvoll, als es der Flammentod gewesen wäre. Unsere Haare und Kleider gerieten in Brand oder verschmorten auf unseren mit

Brandblasen übersäten Leibern. Jeden Augenblick rechneten wir damit, dass der Beschuss wieder einsetzen würde. Erst nach einer guten Stunde ebenso nervenzehrenden wie peinigenden Wartens hatte sich die in unserem Rücken tobende Feuersbrunst so weit beruhigt, dass Taske glaubte, den Rückzug wagen zu können. An Seen aus kochendem Benzin vorbei und durch Stürme glühender Asche hindurch erreichten wir endlich sicheres Gebiet. Taske ließ rasten, und ein jeder sank dort zu Boden, wo er gerade stand. Der durch die Verbrennungen und den steten Heilungsprozess bedingte Schmerz hatte uns zu Tode erschöpft. Allein Taske und ich blieb stehen. Mein Freund sah, von den verbrannten Kleidern einmal abgesehen, bereits wieder aus wie immer.

»Ruh, dich aus, Ariko. Deiner Verlobten geht es gut.«
»Woher willst du das wissen?«
»Ich weiß es eben. Mein Wort darauf!«

Taskes Worte waren für mich wertvoller als die heilenden Kräfte der Roten Mutter. Nicht, weil sie etwa gut gemeint gewesen wären, sondern weil sie mich wirklich überzeugten. Meine Liebe lag in den Händen des Schicksals, aber Taske, so glaubte ich, war ihr Prophet.

Es stellte sich heraus, dass wir tatsächlich in eine Falle geraten waren, wenngleich diese nicht, oder zumindest nicht in erster Linie, uns gegolten hatte. Spezialisten des Kollektivs hatten versucht, die Sepuku gefangen zu nehmen. Der uns zugespielte Geheimdienstbericht war allerdings so wirr, dass die Wildblumen an eine Fälschung glaubten. Von einem Ungeheuer war dort die Rede, das Säure verspritzen, Panzer zerfetzen und sich mit den Schwingen einer Fledermaus in die Lüfte erheben konnte. Auch ich zweifelte. Ich kannte Bergner und war mir sicher, dass es keinen Kollektivisten gab, der es wagen würde, dem General einen derart hanebüchenen Bericht zu schicken.

Wenn unser Angriff auch als Misserfolg angesehen wurde, so waren doch die von den Agrim koordinierten Begleitattacken auf das Schienennetz und die Armeedepots erfolgreich gewesen.

Geschlagene zwei Wochen stand die Wilderländer Kriegsmaschine still. Zwei Wochen, in denen die Wälder kaum bombardiert oder mit Geschossgarben eingedeckt wurden. Bedingt durch die immer knapper werdenden Ressourcen mussten sich die Menschen auf die Reparatur und die Sicherung des Schienennetzes, die Suche nach Saboteuren und auf die immer heftiger werdenden innenpolitischen Auseinandersetzungen konzentrieren.

Für mich persönlich waren diese vierzehn Tage vor allem ein Geschenk. Eine Zeit, in der ich mein liebes, bildschönes Mädchen kennenlernen konnte. Ich fühlte mich frei, ihr Worte zu sagen, die ich noch nie jemandem gesagt hatte, und Dinge zu tun, die man nur tut, wenn man jung und verliebt ist. Ich suchte Himbeeren, Heidelbeeren, Brombeeren, schwarzen Holunder ... überhaupt alle Beeren, von denen ich wusste, dass sie ihr schmeckten. Auch Pilze, Äpfel und Haselnüsse brachte ich ihr wann immer möglich, noch bevor sie morgens wach wurde. Einige Male fand ich sogar Trüffel, deren scharfen Geruch zu erkennen mir Wasinija ebenso beibrachte wie so vieles andere auch. An Blumen verging ich mich übrigens nicht. Die Hameshi bewundern die Schönheit des Lebens ausschließlich dort, wo sie zuhause ist. Stattdessen besuchte ich mit meiner Verlobten all die Orte in der Umgebung von Vogelsang, von denen ich hoffte, dass sie einer 16-Jährigen gefallen würden. Sonnendurchflutete Heine, geheimnisvolle Höhlen, über Steine springende Bäche ... Dort nahm ich sie bei der Hand, unterhielt mich mit ihr und sagte ihr dabei immer wieder, wie sehr ich sie bewunderte und liebte.

Nach und nach fand ich heraus, wie ich mich während unserer Verlobungszeit zu verhalten hatte. Ich hatte Lamis'jala mit Achtung und Respekt zu begegnen. Als respektlos galt beispielsweise das Küssen mit geöffnetem Mund oder das gegenseitige Berühren von Körperteilen, die üblicherweise durch Kleidung verdeckt wurden. Je weiter die Zeit voranschritt, desto mehr verfielen Sitte und Moral der Hameshi. Mit Ausnahme der Felsenkatzen. Ihre Entwicklung schien in die entgegengesetzte Richtung zu laufen. Je länger der Krieg andauerte, desto strenger achteten die Felsenkatzen auf die Wahrung ihrer Traditionen. Eine dieser Traditionen besagte, dass die Leidenschaft ein Gefühl war, dass zu erleben die Rote Mutter ihren miteinander verheirateten Kindern vorbehielt. Jemand, der mit der Denkweise der Felsenkatzen nicht vertraut ist, könnte sich fragen, wie diese Sittenstrenge sich mit dem von den Felsenkatzen gepflegten Liedgut verträgt. Schließlich werden Fragen der Sexualität dort nicht nur häufig, sondern auch sehr anschaulich thematisiert.

»Ich kann nicht verstehen«, sagte Wasinija einmal, »dass du deine Verlobte noch nicht einmal an der Wade berühren darfst, während sie bei ihren Auftritten vor Hunderten von Leuten einen Höhepunkt simuliert.«

So ganz verstand ich die dahinter stehende Philosophie damals auch nicht. Daher konnte ich nur wiedergeben, was mir Lamis'jala dazu gesagt hatte. »Aber Ariko«, hatte sie mir erklärt, »das ist doch sonnenklar! Die Kunst gehört zum Reich der Träume. Dort gibt es keine Regeln. Nur die wirkliche Welt unterliegt den Geboten von Anstand und Sitte!«

Wie dem auch sei: Trotz meines festen Entschlusses, alle Regeln zu beachten, kam es bisweilen vor, dass ich die von mir zu respektierende unsichtbare Grenze übertrat. Ein Menschenwesen hätte darüber vielleicht hinweggesehen, aber eine Felsenkatze verhielt sich anders. Geriet mir einmal die Hand unter das Hemd meines Mädchens, wurde Lamis'jala sofort ganz still. Sie sagte nicht: »Ariko, bitte tu das nicht!« oder »Ariko, das gehört sich nicht!«, sondern sie verfiel stattdessen in eine Art *Starre*. Einem menschlichen Wanderer nicht unähnlich, der sich unverhofft einem wütenden Bären gegenübersieht. Ich denke nicht, dass Lamis'jala ihr Verhalten wirklich bewusst war. Es war eher eine Art Instinkt, den sie, wie ich später lernte, mit den anderen Felsenkatzen teilte. Zusammenfassend kann man sagen, dass diese *Starre* ein einfacher, aber wirksamer Reflex war, der dafür sorgte, dass sich das überhitzte Gemüt eines Verlobten rasch wieder abkühlen konnte.

Auch wenn die Wildblumen sich gerne über die Sittenstrenge der Felsenkatzen lustig machten: Ich genoss diese Zeit. Meine erste gemeinsame Nacht mit Lamis'jala wird mir immer unvergesslich bleiben. Wir unterhielten uns lange, und als sie irgendwann müde wurde, schmiegte sie sich an mich und legte mir ihren lockigen Kopf gegen die Schulter. Als wir so zusammenlagen und ich ihren weichen, ruhigen Atem in meinem Genick spürte, wusste ich, es ist wahr. Es ist wirklich wahr!

Lamis'jala und ich unternahmen lange Streifzüge durch die Wälder, nördlich, aber auch südlich des Solimbor, den wir einige Male gemeinsam durchschwammen. In dieser Zeit begannen wir bereits damit, uns Geschichten auszudenken. Wir beide liebten Geschichten, und am allermeisten liebten wir es, sie uns gegenseitig zu erzählen. Lamis'jala begann und hörte irgendwann, zumeist an einer spannenden Stelle, mit ihrer Erzählung auf. Das war dann das Zeichen für mich, den Faden des Abenteuers weiter zu spinnen.

Schon in einer der ersten von uns erdachten Geschichten erblickten Lula und Gijerik das Licht der Welt. Zwei Helden, die uns fortan begleiten sollten. Ihre ersten Abenteuer liefen alle nach einem ähnlichen Schema ab. Der mutige und starke, leider aber nicht von einem Übermaß an Verstand belastete Gijerik brachte sich in Schwierigkeiten, aus denen ihn seine ebenso schöne wie tapfere und kluge Frau Lula immer wieder retten musste. Regelmäßig endeten unsere Geschichten damit, dass die beiden zurück in die heimatlichen Wälder kehrten, um der ohnehin schon reichhaltigen Schar ihrer Kinder noch ein oder zwei weitere Exemplare hinzuzufügen.

Diese Zeit machte mich stark für das, was kommen sollte. Sie gab mir Gelegenheit, Facetten in der Persönlichkeit meiner Braut zu entdecken, von denen nur die wenigsten wussten, dass es sie gab. Ich besaß nach wie vor viele Freunde unter den Wildblumen, ärgerte mich inzwischen aber manchmal darüber, dass einige unter ihnen die Felsenkatzen auf den blutigen Teil ihres Brauchtums und ihren strengen moralischen Kodex reduzierten.

8

Die ersten leisen Friedenshoffnungen zerschlugen sich, auch wenn den Winter über kaum gekämpft wurde. Von den gerodeten Gebieten abgesehen, hielt die Wilderländer Armee nur noch das Gebiet um Jista besetzt. Dennoch geschah es immer wieder, dass wir von Kampfhubschraubern und einmal sogar von einem Jagdflieger beschossen wurden. Nach wie vor durfte keine Familie in ihre heimatliche Siedlung zurückkehren. Rotten wurden häufig geteilt, verlegt und manchmal sogar neu zusammengesetzt. Die Wilderländer Armee sollte sich kein genaues Bild von Stärke und Struktur unserer Verteidigung machen können. Für mich und Lamis'jala bedeutete das, dass wir uns immer wieder trennen mussten. Das waren jedes Mal einschneidende Erlebnisse für mich. Nascha war die Einzige, die verstand, wie mir an solchen Tagen zumute war. Nur mit ihr konnte ich über meine Gefühle sprechen, nur ihr konnte ich mein Herz ausschütten.

Die Monate vergingen. Erst fielen die Blätter, bald darauf der Schnee. Meine Erinnerungen an die Jahre im Kriegsorden verblassten. Wer hatte in *Militärgeschichte* neben mir gesessen? Ich wusste es nicht mehr. Wann wurde die *Kirche des Märtyrers Nikolaus* erbaut? Das hatte ich vergessen. Daran, wie es war, in einem richtigen Bett zu schlafen, konnte ich mich zwar erinnern, doch verstand ich kaum noch, warum ich das je getan hatte. Eisigen Regen oder glühende Hitze nahm ich wahr, aber sie machten mir nichts aus. Wind und Wetter waren keine Zustände mehr, sondern lebendige göttliche Kräfte, hinter denen sich ein Sinn verbarg. Ich verstand jetzt, was viele Menschen nie begreifen würden. Sie hielten die Hameshi für Waldbewohner, in Wahrheit aber waren sie ein Teil von ihm.

Es gibt da ein, zwei Dinge, die man über die Felsenkatzen wissen muss. Vor allem über die in der Roten Mutter eigenem Clan herrschenden Opferriten ist in der Vergangenheit immer wieder Unwahres verbreitet worden. Dinge wie, dass das Objekt eines

Rituals gezwungen würde, eigene Körperteile zu essen und dergleichen Geschmacklosigkeiten mehr. Ich will nicht behaupten, dass es keine rituellen Tötungen gäbe, allerdings sollte man diesen Wesenszug der weiblichen Felsenkatze im richtigen kulturellen Kontext sehen. Selbstverständlich erkennen nämlich auch die Felsenkatzen den Menschen als eine Kreatur an, der nicht ohne guten Grund Schaden zugefügt werden darf. Im Fieber des Kampfes gelten dann andere Regeln. Da schlitzt die scheue Busija'mitchije einem Soldaten die Haut vom Hinterkopf bis unter die Kinnspitze auf, damit die studierte Philologin Franija ihre Finger in den entstandenen Spalt graben und dem Soldaten die Haut vom Schädel reißen kann. *Stolz der finsteren Nächte* nennt sich diese Form der rituellen Tötung.

Damals begriff ich weder den Sinn dieser Riten noch hatte ich eine Vorstellung davon, mit welcher Gewalt der ihr zugrunde liegende Trieb durch den Kopf einer Felsenkatze rasen kann. Was wusste ich von der Erfahrung, die eine junge Kriegerin brauchte, um ihr Verlangen beherrschen zu können?

Lamis'jala und ich verloren lange kein Wort über diese Themen. Ich aus Dummheit, meine Verlobte, weil sie insgeheim fürchtete, dass ich das Wesen ihrer Triebe ebenso wenig würde verstehen können wie die Wildblumen, unter denen ich immer noch lebte. So nahm das Verhängnis seinen Lauf.

Eines schönen Frühlingsmorgens schlenderten wir gemeinsam durch die sonnendurchfluteten Wälder. Ich spürte, dass irgendetwas in ihr vorging. Irgendetwas, das ich nicht recht greifen konnte. Aber immer, wenn ich Lamis'jala darauf ansprach, schüttelte sie nur den Kopf. Doch meine Verlobte blieb nervös, und es bereitete ihr sichtlich Mühe, unserem Gespräch zu folgen. Ich hielt ihre Hand und konnte spüren, wie sie zitterte.

Irgendwann sagte sie: »Wart mal bitte«, und verschwand gleich darauf im Gebüsch. Ich dachte mir erst nichts dabei, doch Lamis'jala kam und kam nicht wieder. Auf einmal hörte ich seltsame Geräusche. Eine böse Ahnung ergriff mich, und ich eilte, um zu sehen, was los war. Und dann sah ich sie. Mein Mädchen, von oben bis unten voller Blut. Sie schien mich nicht gleich zu erkennen und sah mich an, als ob sie gerade aus einer Ohnmacht erwachen würde. »Ariko ...«, sagte sie leise, fast überrascht. Ihr zu Füßen lag ein Mensch. Kein

Soldat, sondern eine junge Frau von zwanzig, höchstens fünfundzwanzig Jahren. Ihre Augen waren vor Entsetzen geweitet, doch ihre Schreie waren im zerquetschten Kehlkopf erstickt.

Erschüttert sah ich Lamis'jala an. Das Blut des Mädchens troff ihr die Finger herab.

»Ariko«, begann sie noch einmal, »ich ...«

Ich gab' ihr eine Ohrfeige. Lamis'jalas Kopf flog zur Seite, ihre braunen Locken verdeckten ihr Gesicht. Sie reagierte mit keinem Wort, sondern senkte nur ihr Haupt und ging langsam davon.

Erschüttert sah ich der Toten in ihre weit aufgerissenen Augen. Ich dachte: *Jemand wird auf sie warten, aber sie wird nicht heimkehren. Sie wird nie wieder heimkehren, weil du einen Fehler begangen hast!*

Ich eilte Lamis'jala hinterher. Lang brauchte ich sie nicht zu suchen, denn sie war noch ganz in der Nähe. Sie saß auf einem Stein und weinte. »Du ... hast mich ... gehauen!«, schluchzte sie.

»Ich weiß«, erwiderte ich. »Und das tut mir schrecklich leid. Bitte verzeih mir.«

Mein Mädchen schniefte noch ein Weilchen, aber schließlich nickte sie. Sicher, eine Ohrfeige ist gemessen an einem Mord kein dramatisches Ereignis, doch ist das eine Frage des Prinzips. Jemanden, den man liebt, den schlägt man nicht. Da darf es keine Ausnahme geben.

Schließlich war sie so weit, dass sie erzählen konnte. Von dem Druck, der sich in den vergangenen Tagen in ihr aufgebaut hatte, und von ihren vergeblichen Versuchen, ihre Fantasien zu kontrollieren. Sie erzählte mir von dem Moment, als die Frau sich beim Beerenpflücken an einem Dorn gestochen hatte, und sie erzählte von dem schweren, süßen Duft ihres Blutes.

Irgendwann gingen wir zu der Frau zurück. Ich ließ meine Verlobte einige Minuten lang mit der Toten allein, damit sie sich bei ihr entschuldigen konnte. Dann bettete ich den Leichnam auf meine Arme, und gemeinsam brachten wir sie in das Dorf, von dem wir vermuteten, dass sie von dort aus hierher aufgebrochen war. Das war kein leichter Weg für zwei junge Hameshi, doch wir gingen ihn ebenso gemeinsam, wie alle anderen Wege auch.

Als einer der wenigen männlichen Hameshi, die sich bereits in jungen Jahren verlobt hatten, besaß ich gewisse Pflichten, was die Wahrung von Sitte und Anstand betraf. Eine dieser Pflichten sah so aus, dass ich die Frauen und Mädchen manchmal zum Schwimmen begleiten musste, wenn sie das wünschten. Solange sie sich ihrem Vergnügen hingaben, hatte ich die Umgebung zu überwachen. Also ließ ich mich – mir selbst war es natürlich ebenfalls nicht erlaubt, den Kriegerinnen beim Baden zuzuschauen – in gebührendem Abstand nieder und gab darauf acht, dass niemand die Roten Töchter überraschen konnte.

Nie passierte etwas, und so geschah es, dass ich nach einer gewissen Zeit des ereignislosen Wartens meist damit begann, Tagträumen nachzuhängen. Also kam, was kommen musste.

Ich weiß nicht, wie lange die beiden Burschen den Mädchen schon beim Baden zugesehen hatten, auf jeden Fall hatten sie das Glück, dass ich trotz meiner Schlafmützigkeit der Erste war, der sie bemerkte. Ich sah die beiden mit weit aufgerissenen Augen und offen stehenden Mündern nach unten starren und folgte unwillkürlich ihrem Blick. Sabia versuchte gerade, meine kreischende Verlobte unter Wasser zu tunken, und ich kam gerade recht, um ihren nackten Hintern aus dem Wasser steigen zu sehen.

Jetzt erst bemerkten die Jungen meine Anwesenheit. Sofort wandten sie sich zur Flucht. Knurrend kam ich auf die Beine und zog noch im Aufstehen mein Messer. Die Burschen waren flink, und die Wälder waren ihr Zuhause, doch einen Sohn der Agrunbar konnten sie natürlich nicht abschütteln. Als sie die Aussichtslosigkeit ihrer Flucht erkannten, fielen sie vor mir auf die Knie.

»Bitte, lieber Sohn der Wälder, tu uns nichts! Wir haben doch nichts Böses getan!«

Mir wurde klar, wie sehr ich die beiden Kinder erschreckt haben musste. Beschämt schob ich meinen Dolch in sein Futteral zurück. Hatte ich wirklich vorgehabt, ihn zu benutzen? Mit ernster Miene beugte ich mich zu den beiden jungen Knaben herab. »Wisst ihr zwei Unglücksraben überhaupt, wem ihr da gerade beim Baden zugesehen habt?«

Einer der Jungen nickte eifrig. »Das waren der Mutter Agrunbar schöne Töchter! Sie sind geschwommen und haben mit Wasser gespritzt!«

»Und sie waren nackt!«, ergänzte sein Freund in einem Tonfall, als würde er mir damit ein Geheimnis anvertrauen.

»Da hast du gut aufgepasst«, stellte ich fest. »Aber das ist noch nicht alles. Die Roten Göttinnen gehören zum Clan der Felsenkatzen. Wisst ihr, was die mit euch anstellen, wenn sie herausfinden, dass ihr sie heimlich beobachtet habt?« Um die Fantasie der beiden in die gewünschte Richtung zu lenken, deutete ich einen Schnitt in der Leistengegend an. Den beiden fuhr der Schreck in alle Glieder.

»Oh, bitte Herr, nein! Ihr seid ein Sohn der Wälder! Ihr müsst uns beschützen! Ihr dürft nicht erlauben, dass sie das mit uns tun!«

»Kommt ganz drauf an«, ließ ich sie zappeln.

»Worauf denn, Herr?«

»Darauf, wie gut und schnell ihr vergessen könnt!«

»Schnell, schnell, oh – ganz schnell!«, beeilte sich der eine der Knaben gleich zu sagen, und sein Freund stimmte zu. »Wir haben nichts gesehen! Keine nackten Göttinnen, keine abgelegten Kleider, kein Wasser, nichts!«

»Versprecht mir, dass ihr nie jemandem etwas von dem erzählen werdet, was ihr hier gesehen habt! Nicht einmal in der Stunde eures Todes!«, verlangte ich von den Kindern.

Fast zeitgleich rissen die beiden die rechte Hand nach oben. »Wir geloben, gütiger Herr!«

»In Ordnung. Dann geht jetzt.«

Die beiden gaben Fersengeld.

»Was spielt ihr eigentlich?«, rief ich ihnen hinterher.

»Na, Krieg, Herr!«, rief einer zurück.

»Und wer gewinnt?«

»Natürlich die Hameshi, Herr!«

»Gut so!«

Vermutlich haben die Burschen ihr kleines Abenteuer schließlich doch jemandem erzählt. Jungs in diesem Alter können nichts für sich behalten, nicht einmal dann, wenn sie um ihr Leben fürchten. Ob ihnen diese Geschichte aber auch jemand geglaubt hat, steht auf einem anderen Blatt.

Ich unternahm immer wieder Versuche, mit meinen zukünftigen Brüdern klarzukommen. Doch selbst neun Monate nach Asmods Tod hatte ich kaum Erfolge vorzuweisen. Ich fragte mich lange, woran es liegen konnte, dass mich die männlichen Felsenkatzen so ausdauernd hassten, während die Frauen und Mädchen Asmods Tod zwar ebenfalls betrauerten, daraus aber nie eine Schuld für mich abgeleitet hatten. Am besten verstand ich mich noch mit Fijamosch.

Fijamosch machte im Großen und Ganzen einen ganz angenehmen Eindruck, doch es waren nicht unbedingt seine Wesenszüge, die den Jungen interessant für mich machten. Interessant war der Sohn der Agrunbar vor allem deshalb, weil er sich eine Zeit lang sehr intensiv um Sabia bemühte und meine Verlobte mir verraten hatte, dass ihre Schwester den gut aussehenden Kerl ebenfalls recht gerne sah.

Ich musste mich also schon zwangsläufig ein bisschen für Fijamosch interessieren, und offenbar sah der Sohn der Agrunbar das umgekehrt nicht anders. Vermutlich war er aus diesem Grund auch die erste männliche Felsenkatze, die das eisige Schweigen mir gegenüber brach.

Die Sepuku, die nie lange an ein und demselben Ort blieb, besuchte uns in der Regel unangekündigt. Manchmal kam sie, um nach dem Rechten zu sehen, manchmal, um zu unterrichten, manchmal aber auch, weil es einen bestimmten Anlass dafür gab. Eines Tages, während Fijamosch und ich nebeneinander im Gras saßen und versuchten, unser Gespräch in Gang zu halten, erschien Wraith auf der Bildfläche. Ich will nicht behaupten, dass sie uns wie Luft behandelte, aber als männliche Krieger ohne große Meriten befand man sich in der Regel unter ihrer Aufmerksamkeitsschwelle. Von dem Interesse, das die Frau selbst den allerjüngsten der ihr anvertrauten Töchter entgegenbrachte, konnte eine männliche Felsenkatze nur träumen. Mit mir jedenfalls hatte sie seit dem Tag meiner Verlobung kein Wort mehr gewechselt. Nicht, dass ich das wirklich bedauert hätte.

Die Sepuku stellte sich knappe dreißig Meter vor uns auf, verschränkte ihre Arme vor der Brust, lehnte sich mit dem Rücken gegen einen Baum und beobachtete den vor ihr liegenden Pfad. Ihre Haltung gefiel mir nicht, und unwillkürlich begann ich, nervös zu werden. Schon konnte ich das Nahen von Sabia und Lamis'jala spüren, und sowohl Fijamosch als auch ich standen auf. Da kamen meine Kleine und ihre Schwester, und schon an der Art, wie Lamis'jala und Sabia besorgt die Köpfe zusammensteckten, erkannte ich, dass irgendetwas im Busch sein musste. Meine Verlobte blieb kurz stehen, nickte mir zu und schlich dann ihrer Schwester hinterher, die inzwischen Wraith gegenüberstand.

Ich bekam nicht mit, was gesprochen wurde, dafür bekam ich aber umso besser mit, wie die alte Hexe plötzlich Sabia an den Haaren packte und ihr mehrmals mit der flachen Hand ins Gesicht schlug. Ich überwand meinen Schreck erst, als Wraiths dürre Finger sich in die Haare von Lamis'jala krallten. Ich stürzte los, doch Fijamosch hielt mich fest.

»Nein!«, sagte er ebenso ruhig wie bestimmt, und vermutlich handelte er in guter Absicht, doch da erwischte der Junge mich leider auf dem völlig falschen Fuß. Man kann mich vielleicht Arschloch oder Wurmkind nennen, aber man stellt sich besser nicht zwischen mich und Lamis'jala!

Ohne auch nur einen Augenblick zu zögern, drosch ich Fijamosch meine Faust auf die Nase. Der Krieger fiel um, womit unsere eben erst im Entstehen begriffene Freundschaft auch schon wieder beendet war.

Im Gesicht der Sepuku zuckte kein Muskel, als ich mit grimmigem Gesichtsausdruck näher kam. Mit der einen Hand hielt sie meine vor ihr kniende Verlobte fest an den Haaren gepackt, während sie mit der anderen ihren Stock umklammerte. Sabia hielt sich die Hände vor das Gesicht, sie schluchzte, war aber schon wieder dabei, auf die Beine zu kommen.

Die Augen der Kriegsmutter musterten mich mit der tödlichen Gleichgültigkeit eines Hais, der mit toten Augen die Dunkelheit belauert. Lamis'jala sagte kein Wort. Sie sah mich nur von unten herauf an. Ihr Atem ging flach und hektisch.

»Du wirst sie sofort loslassen, sonst ...!«

Wraith schlug meiner Verlobten mit dem Stab wuchtig gegen die Stirn. Lamis'jala lief das Blut über das Gesicht. Sie versuchte, nicht zu weinen, aber alles an ihr zitterte. Sie musste heftig blinzeln, um noch etwas sehen zu können.

»Verdammt!« Ich zog mein Messer. Doch bevor ich es auf die Sepuku werfen konnte, war Fijamosch da. Er riss mich zu Boden, und Sabia half ihm dabei. Mit vereinten Kräften hielten sie mich unten. Sabias Gesicht war nur wenige Zentimeter von meinem entfernt.

»Geh' runter!«, fuhr ich sie wütend an, doch das Mädchen schüttelte nur stumm den Kopf. Ihre Nase war verbogen, und die oberen Schneidezähne fehlten. Die Sepuku hatte sie ihr ausgeschlagen.

Im Hintergrund waren klatschende Geräusche zu hören. Sabias Tränen fielen auf mein Gesicht. »Sei mir nicht böse, Ariko!«

Dann waren diese furchtbaren Sekunden vorbei, und die beiden Felsenkatzen ließen mich los. Die Sepuku war inzwischen von meiner Verlobten zurückgetreten, jedoch nur einen Schritt. Ich schwor mir, dass die grässliche Frau für diese Demütigung bezahlen würde, doch hatte ich meine Sinne inzwischen wieder beisammen. Ich wusste, dass ich es in einem offenen Kampf nicht mit der Sepuku aufnehmen konnte. Ich würde Geduld brauchen. Meine Rache musste warten. Also ignorierte ich die Sepuku und sah stattdessen nach Lamis'jala. Sie blutete am Kopf, an der Wange und am Hals, aber es schien weder etwas gebrochen zu sein noch hatte Wraith ihr Zähne ausgeschlagen. Objektiv gesehen hatte es Sabia schlimmer erwischt, aber die Verletzungen waren nicht das Problem. Das Problem war die Schmach!

Ich half meinem Mädchen auf. »Alles in Ordnung?«

Sie versuchte zu lächeln, was ihr allerdings nicht gut gelang. Gemeinsam gingen wir zu Sabia und sahen uns deren Nase an, die inzwischen fast wieder ihre alte Form angenommen hatte.

»In zwei Stunden macht ihr euch auf den Weg nach Kornguth, Mädchen!«, vernahm ich die Stimme der Sepuku aus dem Hintergrund.

»Aber Mutter«, wagte meine Verlobte einen leisen Widerspruch, »Taske hat gesagt ...«

»Taske hat dir nur dann etwas zu sagen, solange ich nichts anderes sage! Hast du das verstanden, Lamis'jala?«

Meine Verlobte nickte eilig. »Natürlich, Sepuku.«

Als wir an Fijamosch vorübergingen, hätte ich ihm am liebsten gleich noch eine geknallt, auch wenn es ihm gegenüber sehr ungerecht gewesen wäre. Möglich, dass sein Eingreifen mir das Leben gerettet hatte. Dennoch fiel es mir schwer, ihm seinen Angriff zu verzeihen. Vor allem Sabia zuliebe, mit der ich mich

zwischenzeitlich recht gut verstand, zügelte ich aber meine Wut.
»Worum ging es eigentlich?«, fragte ich meine Verlobte nach einer Weile.
»Was meinst du?« Lamis'jala zog die Stirne kraus.
Ich sah sie ungläubig an. Was sollte diese Frage? Sie konnte den Vorfall von gerade eben doch unmöglich schon wieder vergessen haben? »Ich möchte wissen, warum die Sepuku euch geschlagen hat!« Lamis'jala lachte. »Ach, es war nichts, Ariko. Nur so ne Mädchengeschichte!«

Die letzte halbe Stunde vor ihrem Aufbruch verbrachten Lamis'jala und ich allein. Meine Verlobte sah nach oben durch das hier sehr lichte Blätterdach hindurch. Die Sonne zauberte ihr helle Tupfen ins Gesicht. Von den Schlägen der Wraith war inzwischen nichts mehr zu sehen. Lamis'jala schloss ihre Augen und atmete ruhig die allmählich kühler werdende Luft des Waldes ein. »Noch nicht mal mehr drei Monate, und wir werden heiraten, Ariko!«
»In 88 Tagen genau«, bestätigte ich lächelnd.
»Es ist sehr schön hier, nicht wahr?«
»Ja.«
»Unsere liebe Mutter schützt uns, Ariko. Sie wird nicht zulassen, dass dir oder mir etwas geschieht!«
»Uns wird nichts geschehen, Liebste.«
»Du hast recht!« Lamis'jala griff mein Lächeln auf, nahm meine Hände und küsste sie.
»Bahe Mamiche Agrunbar! Nu lameni'ashket, nu gualech!«, sagte sie.
»Das tut sie. Das tut sie ganz bestimmt.«
Sabia kam, um ihre Schwester abzuholen. Sie feixte, und ich fragte mich, was dieses freche Grinsen wohl bedeuten mochte. Noch bevor meine Überlegungen zu einem brauchbaren Abschluss hätten gelangen können, stellte Lamis'jala sich auf die Zehenspitzen, legte mir ihre Hand in den Nacken und schloss die Augen. Dann gab sie mir einen Kuss. Aber was für einen Kuss! Einen Kuss, wie ich ihn mein ganzes Leben noch nicht bekommen hatte! Sie öffnete leicht ihren Mund und strich mir mit der Zunge zärtlich über die Lippen. Sofort hatte ich alles vergessen. Den Krieg, meine Rachepläne der Sepuku gegenüber, die Tatsache, dass Sabia neben uns stand

... Einfach alles! Hätte das Ganze auch nur eine Sekunde länger gedauert ... Wer weiß, was dann geschehen wäre! Noch bevor diese schicksalsschwere Sekunde aber anbrechen konnte, riss Lamis'jala sich los und rannte gemeinsam mit ihrer Schwester davon.
»Du entsetzliches Ding!«, rief Sabia lachend. »Du hast es getan! Du hast es wirklich getan!«
Lamis'jala und Sabia waren flink wie die Wiesel, und im Handumdrehen hatte das Dickicht sie verschluckt.
Am nächsten Abend unterhielt ich mich über einen Bolivar mit meiner Verlobten. Neben der Fortsetzung des aktuellen Abenteuers von Lula und Gijerik erzählte sie mir auch, dass Sabia Fijamosch erklärt habe, dass sie ihm ihr Herz nicht schenken könne.

9

Eine Frage, die sich, wie ich glaube, in jedem Krieg stellt, ist die Frage des Mitgefühls. Des Mitleids mit der denkenden und fühlenden Kreatur. Das galt für mich noch mehr als für die übrigen Hameshi, da ich dem Kollektiv zwar abgeschworen hatte, mich ansonsten aber immer noch als Christ verstand. Die Menschen, die Horde, die Asartu, die Kinder der Agrunbar ... sie alle verdankten ihr Dasein dem Willen des Höchsten und waren verpflichtet, das Werk zu tun, zu dem sie kraft göttlichen Ratschlusses bestimmt waren. Ob ich Mitleid für diese jungen Männer empfand, die sich vor mir auf den Boden warfen, schluchzten und um ihr Leben bettelten? Die Antwort auf diese Frage ist nicht einfach. Am Anfang ganz bestimmt, doch nahm dieses Gefühl, je länger der Krieg andauerte, immer weiter ab.

Diese Soldaten taten mir in ihrer übergroßen Mehrheit immer seltener leid. Auch wenn die jungen Männer es in diesen Augenblicken, in denen sie mir gegenüberstanden, bestimmt aufrichtig bereuten, in unsere Wälder gekommen zu sein. Aber eben auch nur *in diesen Augenblicken*. In den Momenten, in denen sie erkannten, dass sie hier sterben würden, ohne dass dieser Umstand im täglichen Heeresbericht auch nur erwähnt werden würde.

Sie waren prinzipiell bestimmt gute Jungs. Bankkaufleute, Schreiner, Elektriker, Installateure, Bauzeichner, Versicherungsvertreter und dergleichen mehr. Junge Leute, die gerne lachten, Fußball spielten oder sich am Freitagabend betranken. Die sonntags in die Kirche gingen und die weinten, wenn ihr alter Hund zu seiner letzten Wacht gerufen wurde.

Nun saß so ein Junge hier vor mir im roten Laub einer Welt, in der er nichts zu suchen hatte und die ihm die allermeiste Zeit seines Lebens auch vollkommen gleichgültig gewesen war.

Ich wusste, dass dieser junge Mensch nicht aus eigenem Antrieb in meine Heimat gekommen war. Dass er den Phrasen der Priester, Politiker und Militärs ebenso aufgesessen war wie den Schlagzeilen der patriotischen Wilderländer Presse. Nur hatte die Anwesenheit des Soldaten neben all diesen externen Faktoren auch eine gewichtige persönliche Komponente. Der vor mir kniende Soldat war ursprünglich auch deshalb hierhergekommen, weil er einen leichten Kampf erwartet hatte. Weil er geglaubt hatte, er könnte hier ungestraft und risikolos all die Dinge tun, für die er zu Hause sofort und für lange Zeit hinter Gitter gekommen wäre. Er hatte nichts Verwerfliches dabei gefunden, andere Menschen anzugreifen, zu schlagen, ihren Stolz zu brechen, sie zu vergewaltigen und zu töten. Menschen, die ihm nicht das Mindeste getan hatten und deren einziges Verbrechen es war, dass sie in seinen Augen *Hinterwäldler* waren. Menschen, für deren Schicksal sich die Militärgerichtsbarkeit in der Regel nicht interessierte.

Bewaffnet und in der Überzahl hörten diese jungen Männer schlagartig auf, *nett* zu sein. Verborgen und behütet von ihren Gefährten aus Stahl, ihre todbringenden Waffen in Händen und Medik im Gehirn, fühlten sie sich sicher, stark und unangreifbar. Die Bedeutung des Wortes *Mitleid* fiel ihnen erst ein, sobald sie es selber nötig hatten. Bis es aber so weit war, töteten sie alles, was das Pech hatte, ihren Weg zu kreuzen. Menschen, Tiere, Hameshi. Sie hassten die tief in den Wäldern lebenden Menschen nicht, und sie fürchteten sie lange Zeit auch nicht. Oftmals machte es überhaupt keinen militärischen Sinn, wenn sie die Bewohner eines Walddorfes töteten. Kein Vorgesetzter verlangte das von ihnen. Kein Befehl und erst recht kein Gott. Der einzige Grund, warum sie töteten, war der, dass sie die Macht dazu besaßen.

Ich durfte keinen dieser Fußballer, Tennisspieler, Faschingsprinzen und Briefmarkensammler schonen, oder es würden immer mehr von ihnen in die Wälder kommen. Wir durften nicht damit beginnen, komplizierte Unterscheidungen zu treffen und nach unterschiedlichen *Graden* der Schuld zu suchen, auch wenn es die ganz sicher gab. Wir durften nur diese eine Regel gelten lassen: *Jeder Soldat, der die Wälder betritt, ist des Todes!* Niemand, auch nicht der Jüngste unserer Feinde, konnte guten Gewissens behaupten, dass er diese unsere Regel nicht kannte. Er hatte eben nur geglaubt, dass es ihn schon nicht erwischen würde. Sowohl sie als auch wir kämpften nicht nur gegeneinander, sondern auch um die öffentliche Meinung. Je härter wir den Feind bekämpften, je mehr Särge wir zurück in den Westen schickten, desto mehr Menschen würden letztlich gegen diesen Krieg auf die Straßen gehen.

»Möchten Sie rauchen?«, fragte ich den Mann.
Er nickte, zitterte aber so sehr, dass es ihm erst nicht gelingen wollte, die Zigarette zu entzünden.
»Möchten Sie noch etwas sagen?«
Der Soldat stotterte ein Gebet herunter, eines der längeren. Aber da nirgendwo mehr gekämpft wurde, konnte ich es mir leisten, geduldig zu sein. »Möchten Sie von jemandem Abschied nehmen?«
Der Soldat nestelte ein paar Bilder aus seiner Brusttasche. Er küsste sie, und noch während er sie küsste, schoss ich ihm mit meinem Armkatapult zweimal ins Herz.
Ich durchsuchte den toten Soldaten. Manchmal trug jemand Befehle oder sonst etwas von Interesse bei sich. Der hier nicht. Nichts, außer dem üblichen Krimskrams und einen Brief. Ich hatte schon öfter Briefe gefunden, aber noch nie hatte ich einen geöffnet. Dieser aber steckte in keinem Umschlag, er war nur zusammengefaltet worden. Also nahm ich ihn zur Hand.

Liebe Mutter,

ich hoffe, dass es zu Hause bei Euch allen wirklich gut geht. Manchmal mag einem ja das Herz vergehen vor Sorge um Euch, vor allem, weil man ja immer so wenig Wahres hört und weil auch so viel geredet wird bei den Soldaten. Wenn Du mich fragst, wie es mir hier ergeht, so muss ich Dir leider sagen, dass wir es hier wirklich nicht ganz gut getroffen haben.

Was aber war das doch für ein Empfang in den ersten Dörfern, in die uns der Hauptmann vor Jahren gebracht hat. Weißt Du noch, was ich geschrieben habe? Überall, wohin wir kamen, freuten sich die Menschen und begrüßten uns als Befreier und ihre Brüder. In den Dörfern am Waldrand gaben uns die Leute Brot, Wein und Blumen und weinten vor Freude darüber, weil wir gekommen waren und sie befreit haben aus der Gewalt der grausamen Waldkrieger.

Doch diese Tage sind lange vorbei. Heute ist es für uns sogar in den Dörfern gefährlich, die auf dem Gebiet stehen, auf dem heute gar keine Bäume mehr sind.

Man wird hier im Dorf ganz verrückt dabei, sodass man überlegt, ob man das Wasser noch trinken oder diese Frucht noch essen kann. Gestern war einer tot, den ich nicht kannte, der hatte, verzeih mir liebe Mutter, die Hosen herunter und eine Nadel im Herzen. Das muss eine aus dem Dorf

getan haben, doch weiß man nicht, wer, weil er nicht gesagt hat, zu welchem Mädchen er geht, weil's ja auch streng verboten ist vom Hauptmann. So ist das hier, dass man niemandem trauen kann, auch nicht den schönsten Worten, obwohl die meisten sich ja kaum noch trauen, überhaupt etwas zu sagen.
Doch jetzt habe ich Dich wirklich genug geängstigt, Mutter, wo Du doch sicher auch so genug Sorgen hast. Wisse daher, dass wir noch immer stark sind und den Mut nicht sinken lassen und weiter auf Gott vertrauen, der seine Absicht mit uns hat. Es heißt, dass der Krieg auf der Nebelinsel schon fast gewonnen ist. Bald werden also bestimmt noch viel mehr Kameraden kommen und wir werden die Hameshi jagen und nicht mehr länger wie die Gefangenen auf einer kleinen Insel leben. Dann sollen sie wirklich wissen, wie es ist, wenn man gejagt wird und nicht schlafen kann, weil man immer aufschreckt und denkt, was war das? Das sollen sie wirklich wissen!
Möge Dich der Herr schützen, liebe Mutter! Dich, die Familie, unsere Heimat und natürlich meine liebe Erika, der wo ich gestern schon einen Brief geschrieben habe. Ich hoffe, es geht Euch gut! Bitte sag allen recht liebe Grüße, vor allem der kleinen Theresa den Segen ihres Vaters.
In Liebe
Dein Sohn Markus
Ich schob die beiden eng beschriebenen Papiere in die Jacke des toten Soldaten zurück.
»Was steht denn da?«, wollte San'ro wissen. San'ro war vom Clan der Wildblumen und konnte nicht lesen.
»Liebe Mama, erst war ich ein Idiot, und jetzt bin ich tot. Viele Grüße, Dein Sohn.«
San'ro lachte und trollte sich wieder. Kaum war er weg, schämte ich mich meiner mitleidlosen Worte. Der Krieg hatte begonnen, auch mich zu verändern.

Im Herbst erreichten die Aktionen des bewaffneten Untergrunds einen neuen Höhepunkt. Parallel dazu griffen die in die Wälder des Westens eingesickerten Felsenkatzen erstmals ins Kriegsgeschehen ein. Sie attackierten Polizeistationen und Rathäuser. Sie töteten jeden Uniformierten, auf den sie trafen, und forderten die übrigen Bewohner der südlichsten Wilderländer Provinz auf, das von ihnen beanspruchte Gebiet binnen 48 Stunden zu verlassen. Das löste in Wilderklinge zum ersten Mal so etwas wie Panik aus. Der Krieg, den man bislang immer nur in andere Teile der Welt getragen hatte, fand nun plötzlich im Land selbst statt. Noch einmal aber mobilisierten die Menschen alle Kräfte.

Die innenpolitischen Streitigkeiten wurden fürs Erste beigelegt. Eine ganze Division verließ den Osten, um den in den Wilderländer Wäldern operierenden Felsenkatzen den Garaus zu machen. In ihrer Mehrheit unerfahrene Hameshi standen damit Menschen gegenüber, die um die Tücken und Möglichkeiten des Waldkrieges wussten. Schon in den ersten Tagen des Kampfes gelang es einer Einheit des Kollektivs, eine ganze Rotte einzukesseln und aufzureiben. 80 Felsenkatzen fanden den Tod. Es war eine unserer schlimmsten Niederlagen während des ganzen Krieges.

Die Kämpfer in den westlichen Wäldern gerieten massiv unter Druck. Das brachte es mit sich, dass die Hameshi in Burgenreich die so erfolgreiche Guerilla-Taktik ein Stück weit aufgeben und wieder mehr riskieren mussten.

Die Wilderländer Luftstreitkräfte waren inzwischen dazu übergegangen, die ihnen bekannten Bolivare zu zerstören, was unsere Möglichkeiten der Informationsgewinnung stark einschränkte. Auch über die stattdessen genutzte *Vogelpost* erfuhr man nur wenig, da wir angehalten waren, nichts in unsere Briefe zu schreiben, was der Gegner, der von Zeit zu Zeit einen unserer Vögel abfing, militärisch nutzen konnte. Überspitzt formuliert kann man sagen, dass gegen Ende des Krieges hin selbst der letzte Wilderländer Bergbauer besser über den Verlauf der Kämpfe informiert war, als wir, die wir aktiv an diesem Krieg teilnahmen.

Teil III
DAS SCHWARZE KOLLEKTIV

1

Wie ich bereits wusste, legte die Sepuku großen Wert darauf, den weiblichen Felsenkatzen ein möglichst breit gefächertes Wissen zu vermitteln, während es den Jungs und Männern weitgehend selbst überlassen blieb, wie sie die Zeit zwischen ihren Einsätzen gestalteten. Manchmal nahm der Unterricht, den die Mädchen erhielten, einen ganzen Tag in Anspruch. Aus einer Laune heraus bat ich die Sepuku, die von ihr geleitete Gruppe an einem dieser Tage begleiten zu dürfen.

»Meinetwegen, aber wir werden keine Rücksicht auf dich nehmen ...«

Ich kannte die beiläufige Art, mit der die Sepuku mich ihre Geringschätzung spüren ließ, und dachte mir schon nichts mehr dabei. Dass ich Probleme haben könnte, einer Gruppe zu folgen, der auch Zwölf- und Dreizehnjährige angehörten, konnte ich mir jedenfalls nicht vorstellen.

Die erste Etappe unserer Wanderung, die uns, wie ich freilich erst später herausfand, bis an die Ufer des großen Flusses führen sollte, verlief in beschaulichen Bahnen. Während unsere Gruppe den Waldrand entlang schlenderte, deutete Wraith immer wieder auf einzelne Pflanzen und Tiere.

»Lowanije?«

»Das ist Spitzwegerich! Er blüht im Sommer!«

»Und das hier, Shat'ina?«

»Das ist Goldregen! Er blüht im Frühjahr und im frühen Sommer. Wir können die Samen und die Sprossen essen, für Menschen sind sie giftig.«

Die Felsenkatzen waren sich ihrer Defizite den alten Familien gegenüber bewusst. Trotzdem die Kräfte der Roten Mutter sie erfüllten, waren die Jahrhunderte der Verstädterung nicht spurlos an ihnen vorübergegangen.

Ich hörte interessiert zu. Das Gefühl für das in den Wäldern gedeihende Leben ist den Hameshi angeboren, aber auch faktisches Wissen hat seinen Wert.

Die vorausgehende Sepuku steigerte das Tempo. Die Gruppe begann, erst zu traben und schließlich zu laufen. Schnell zu laufen. Erschwerend kam hinzu, dass unser Weg uns keine ausgetretenen Pfade entlang, sondern quer durch den Wald führte. Wir durchschwammen Teiche, wateten durch Moore, überwanden dornige Hecken und erklommen Felswände. Das ging drei Stunden so, und das ging vier Stunden so. Es war völlig verrückt! Weder unter Taske noch unter Bag'ro noch beim Kriegsorden hatte ich einen auch nur annähernd so schnellen Marsch bestreiten müssen!

Was dachte die Sepuku sich nur dabei? Musste das von ihr angeschlagene Tempo die uns begleitenden Kinder (denn was war, bei Licht betrachtet, eine Zwölfjährige denn anderes?) nicht überfordern? Bald würde ihre Konzentration nachlassen, was zu möglicherweise gefährlichen Stürzen führen konnte.

Um die Situation im Blick zu haben und nötigenfalls helfen zu können, ließ ich mich ans Ende des Feldes zurückfallen. Und, was soll ich sagen, ich behielt recht! Bald schon musste jemand dem mörderischen Tempo Tribut zollen. Und dieser jemand war ich.

»Ah, Mist!« Mein Fuß verfing sich in einer Wurzel, und ich schlug der Länge nach hin. Ich rappelte mich so schnell auf, wie ich konnte, doch als ich den Kopf wieder hob, war das eben noch vor mir laufende Mädchen bereits im Dickicht verschwunden.

Die Sepuku und meine Ungeschicklichkeit gleichermaßen verfluchend hastete ich den Mädchen hinterher. Meine Lunge brannte, das Herz schlug mir heftig gegen die Rippen, doch so sehr ich mich auch bemühte, es gelang mir nicht, die Frauen und Mädchen einzuholen.

Der Gedanke, mich in den nächstbesten Laubhaufen sinken zu lassen, schien mir mit jeder Sekunde, die verstrich, verlockender. Noch hatte ich die Wahl, aber der Moment schien nahe, an dem mein Körper mir die Entscheidung abnehmen und ich vor Erschöpfung einfach umkippen würde. Der Spott der Sepuku, den eine Aufgabe unweigerlich nach sich ziehen würde, kümmerte mich nicht, der mitleidige Blick, den sie meiner Verlobten zuwerfen würde, dagegen schon. Nur dieser Gedanke brachte mich dazu, über die Grenzen meiner Leistungsfähigkeit hinaus weiterzulaufen.

Es gelang! Mein Kampfgeist wurde belohnt, und ich schloss zur Gruppe auf. Allerdings nur, weil die inzwischen angehalten hatte.

»Warum hast du das getan?«, wurde Lamis'jala gerade von einer hochgeschossenen Neunzehnjährigen mit Namen Rav'jocha gefragt.

»Was habe ich denn getan?«, wollte meine Verlobte wissen.

»Du hast mir ein Bein gestellt! Entschuldige dich gefälligst!«

Die Sepuku schritt nicht ein. Sie verfolgte die Auseinandersetzung aber ebenso aufmerksam wie alle anderen.

Lamis'jala verschränkte die Arme vor der Brust. »Und wenn nicht?«

Rav'jochas Blut begann zu kochen. Sie war nicht weniger Felsenkatze als meine Verlobte.

»Dann werde ich dich dazu zwingen!«, erwiderte sie wütend.

Ich hätte gerne dazu beigetragen, die Gemüter zu beruhigen, doch war ich dazu nicht in der Lage. Der Schweiß lief mir über das Gesicht. Den Rücken gebeugt, die Hände auf die Knie gestützt, versuchte ich zu Atem zu kommen.

Statt meiner wandte sich die Sepuku an die Streitenden: »Du bist aufgefordert worden, dich zu entschuldigen, Lamis'jala. Bist du dazu bereit?«

»Nein!«

»Rav'jocha, als der Beleidigten, obliegt die Wahl der Waffen. Ich beurteile euren Streit als minderschwer. Als Waffen sind daher nur Fäuste oder Stäbe erlaubt. Wofür entscheidest du dich, Rav'jocha?«

»Stäbe!«

»Gut. Fangt an.«

Lamis'jala war so flink, dass ich ihren Bewegungen kaum folgen konnte. Sie täuschte einen Schlag zum Kopf an, doch als ihre Kontrahentin blocken wollte, schmetterte sie ihr den Stab gegen das Knie. Rav'jocha stieß einen Schmerzenslaut aus, woraufhin meine Braut mit über dem Kopf kreisender Waffe zurücktrat. Aber Rav'jocha dachte nicht daran, aufzugeben. Sie schnellte vorwärts, wirbelte dabei um die eigene Achse und versuchte ihrerseits, einen Treffer zu landen. Lamis'jala jedoch parierte und schlug ihrer Gegnerin den Stab aus der Hand. Der Kampf war damit entschieden, die Streitlust aber brodelte noch immer in den beiden. Meine Verlobte ließ ihren Stab fallen und ging zum Angriff über. Rav'jocha trat nach ihr, doch es gelang ihr auch diesmal nicht, sie zu treffen. In Windeseile drehte sich Lamis'jala in ihre Gegnerin hinein, holte sie mit einem Fußfeger von den Beinen und warf sich über sie. Rav'jocha versuchte noch einen Ausbruch, aber als meine Verlobte drohend die Fäuste hob, gab sie auf.

»Lamis'jala hat den Kampf für sich entschieden«, stellte die Sepuku fest.

»Na los, mach schon!«, forderte Rav'jocha meine Verlobte auf. »Glaubst du vielleicht, ich habe Angst? Schlag zu!«

Ich wusste, wie die Felsenkatzen Streitigkeiten beilegten, erlebte Lamis'jala aber zum ersten Mal als Beteiligte eines solchen Kampfes. Unwillkürlich richtete ich meinen Blick zu Boden. Es gab ein knirschendes Geräusch, dem ein unterdrücktes Wimmern folgte.

Die Sepuku gab das Zeichen zum Aufbruch. Erneut begab ich mich an das Ende der Reihe, hatte inzwischen aber wieder genug Atem geschöpft, um das Tempo der Gruppe mitgehen zu können.

Gegen Mittag waren wir endlich am Ziel. Noch war der große Grenzfluss, der Burgenreich und Wilderland teilte, nicht zu sehen, doch konnte ich seine Wasser bereits riechen. Sie verströmten einen unangenehmen Geruch, der von kranken Fischen, industrieller Verunreinigung und dem Pesthauch der Horde kündete. Nicht zuletzt dem Zug der Weltengeißel war es zu verdanken, dass die Welt der Menschen und Hameshi so nachhaltig aus dem Gleichgewicht geraten war.

Ich wandte meine Sinne der vor mir liegenden Kleewiese zu. Geschäftiges Bienenvolk flog von Blüte zu Blüte. Schmetterlinge bildeten bunt durcheinanderwirbelnde Wolken, die sich taumelnd den Launen des Windes überließen. Die Schwärme erinnerten mich vage an einen Traum, den ich einmal gehabt hatte. Wann und wo war das gewesen?

Am Rand der Wiese stand eine seitwärts geneigte Eiche. Dort wartete die Sepuku auf ihre Schülerinnen, die bereits damit begonnen hatten, sich um sie zu scharen. Ich folgte dem Beispiel der Mädchen, blieb aber ein wenig abseits. Meine Rolle war die eines Gastes. Das wollte weder ich noch sollte es die Sepuku vergessen.

»Gut, Mädchen. Wir warten einen Moment. Rav'jocha?«

»Ja?«

»Sie sind bereits in der Nähe. Geh zum Fluss und sieh, ob du behilflich sein kannst. Nimm eine der Kleinen mit.«

»Mach' ich, Mutter. Lasjnin, komm mit!«

Ein blondes Mädchen, sie mochte vielleicht zwölf Jahre alt sein, sprang auf. Einige Sekunden später waren sowohl sie als auch

Rav'jocha im Unterholz verschwunden. Ich setzte mich ins Gras direkt neben einen kleinen Maulwurfshügel. Das Tier witterte meine Gegenwart und lugte neugierig aus seinem Bau.

»Na du?« Ich kraulte dem Tierchen das dunkle Fell. Der Maulwurf verweilte einen Augenblick. Er hielt seine Nasenspitze in die gleißende Sonne, hatte davon aber bald genug und verschwand wieder in den Tiefen seiner Höhle. Ich ließ meinen Blick schweifen. Ein Apfelbaum erregte meine Aufmerksamkeit. Er war alt und schien mir auch ein wenig morsch, doch trug er einige große Früchte. Mit einem dezenten Grummeln erinnerte mein Magen mich daran, dass er heute noch nichts zu essen bekommen hatte. Also beschloss ich, einen der appetitlich aussehenden Äpfel zu pflücken, einen der tiefer hängenden. Zur Not kann ich zwar auch einen Baumwipfel erklimmen, doch tue ich das nicht gerne. Ich habe kein rechtes Vertrauen in meine Kletterkünste. Offen gestanden mag ich noch nicht einmal hinsehen, wenn die Kinder durchs Geäst turnen.

Jemand näherte sich. Rav'jocha und Lasjnin kamen zurück, doch sie waren nicht allein. Mit ihnen kamen eine Frau und Mann, in denen ich Agrim erkannte. Der Mann wirkte auf den ersten Blick, als würde er bei einer Versicherung oder einer Bank arbeiten. Er trug einen dunklen Geschäftsanzug, eine Krawatte und hatte eine rahmenlose Brille auf der Nase.

Die Frau dagegen war vielleicht in Wasinijas Alter, eher noch ein bisschen älter. Mitte bis Ende dreißig also. Sie trug einen langen, engen Rock, eine weit geschnittene, hellbraune Bluse und hatte ebenso schicke wie unpraktische Sandaletten an ihren Füßen. An den Fingern trug sie Ringe, und ihre Ohren zierten modische Clips. Die Fuß- und Fingernägel waren lackiert, ihre Lippen schimmerten dunkelrot.

Die Neuankömmlinge wirkten wie Besucher von einem fremden Planeten. Sie begrüßten die Roten Töchter ehrerbietig, umgekehrt wurden sie aber auch von den Felsenkatzen sehr höflich begrüßt. Anders, als die alteingesessenen Familien, die auf die Agrim mit einer Mischung aus Arroganz und milder Abscheu herabblickten, hatte der zuletzt in die Wälder zurückgekehrte Clan seine Vergangenheit nicht vergessen.

Auf der Suche nach einem Platz, an dem sie sich niederlassen konnte, entdeckte die Agrim mich. Lächelnd kam sie zu mir herüber geschlendert. Sie streifte ihren Rock glatt und setzte sich neben mich, während sie ihre Tasche zwischen uns stellte. »Puh!«, stöhnte sie. »Wie ich diese Bootsfahrten hasse! Mir ist jetzt noch schlecht!«

Das konnte ich nachempfinden. Immer, wenn ich bislang gezwungen gewesen war, ein Boot zu besteigen, hatte ich ebenfalls mit Übelkeit zu kämpfen gehabt.

»Bitte verzeih, ich habe mich dir ja noch gar nicht vorgestellt. Mein Name ist Jevonna.«

»Ariko«, erwiderte ich lächelnd. Schon lange hatte ich keine Gelegenheit mehr gehabt mich mit jemandem zu unterhalten, der nicht in den Wäldern zuhause war. Wir hatten aber noch nicht lange gesprochen, als mir ihre Gegenwart bereits zuwider wurde. Der von ihr ausgehende Geruch bitteren Schweißes brachte mich bald dazu, nur noch durch den Mund zu atmen. Das darüber lagernde Parfüm verschlimmerte die Sache nur. Zudem zog die Agrim wahre Schwärme von Stechmücken an, die zwar nur sie selbst befielen, deren aggressives Sirren mir aber so auf die Nerven ging, dass ich sie schließlich mit einem kleinen Stoß Paschawé vertrieb. Jevonnas Schuld war das nicht. Sie war ganz bestimmt nicht weniger reinlich als andere Menschen oder Agrim, ganz im Gegenteil. Optisch machte sie einen sehr gepflegten Eindruck. An dem Gestank des Verfalls, der ihr aus Mund und Poren drang, konnte sie ebenso wenig etwas ändern wie an der Arbeit der Bakterien, die in ihrem Magen siedelten und ihren Atem nach Verwesung riechen ließen. Ich versuchte, all das zu ignorieren, war aber dennoch froh, als Jevonna zur Gruppe der Frauen und Mädchen gerufen wurde. Ihre Handtasche ließ sie zurück. Interessiert sah ich, dass ein kleiner Papierfetzen zwischen ihren Verschlüssen herauslugte. War das etwa eine Tageszeitung? Ich neige normalerweise nicht dazu, in die Privatsphäre fremder Leute einzudringen, aber die Aussicht, wieder einmal eine richtige Zeitung in Händen zu halten, stellte eine Versuchung für mich dar, der ich nicht widerstehen konnte. Also öffnete ich die Tasche einen kleinen Spalt und ... tatsächlich! Die *Wilderländer Stimme!* Ich nahm das Blatt an mich. Die Überschrift fesselte meine Aufmerksamkeit.

Bergner lässt Papst nach Jista verschleppen!

Ich mochte kaum glauben, was ich da las. Einige Sekunden lang fiel es mir schwer, meine Gedanken zu ordnen. Seine Heiligkeit entführt? Das Kollektiv möglicherweise in einen Staatsstreich verstrickt? Der Zug der Horde sowie die beiden Kriege mussten das Fundament, auf dem das vormals so fest gefügte Wilderländer Staatswesen ruhte, stärker angegriffen haben, als ich mir das je hätte vorstellen können.

In den vergangenen beiden Wochen hatten mich nur wenige Neuigkeiten von außerhalb der Wälder erreicht, was, wie bereits beschrieben, vor allem daran lag, dass die Angriffe der Armee auf das Kommunikationssystem der Hameshi nicht ohne Wirkung geblieben waren. Ein Drittel aller Bolivare war zerstört, ein weiteres Drittel so stark beschädigt, dass sie zum Austausch von Nachrichten nicht mehr oder nur noch sehr eingeschränkt benutzt werden konnten.

Als ich aufblickte, sah ich erneut in Jevonnas freundliche Augen »Möchtest du wissen, was da steht, Ariko? Soll ich es dir vielleicht vorlesen?«

Der Verdacht Jevonnas, ich könne nicht lesen, war nicht unbegründet. Da die männlichen Felsenkatzen keinen Unterricht bekamen, hätte das mir in Hammerschlag vermittelte Wissen inzwischen verkümmert sein können. Dass ich erst seit knapp einem Jahr in den Wäldern lebte, konnte die Agrim ja nicht wissen.

»Danke, ich kann lesen«, erwiderte ich daher freundlich, hielt aber unwillkürlich den Atem an. »Würdest du mir bitte deine Zeitung borgen?«

»Aber gern! Nimm sie nur!«, antwortete Jevonna, während sie einen Stoß Karteikarten aus ihrer Tasche holte. Dann war sie wieder weg. Ich sah auf das Datum des Blattes. Die Zeitung war von heute.

Papst nach Jista verschleppt

Eine Kommandoeinheit des Kollektivs habe um vier Uhr früh den Petersdom gestürmt und sei dort in die Privatgemächer seiner Heiligkeit eingedrungen, stand dort zu lesen. Die Leibwache des Papstes habe Widerstand geleistet, sei von seiner Heiligkeit aber daran erinnert worden, dass Christen nicht auf Christen schössen. Daraufhin habe man den Papst in einen Kampfhubschrauber gesetzt. Er sei erst in den Burgenreicher Gürtel und schließlich in die Einsamkeit der Wälder nach Jista gebracht worden. Dort würde er nun als Geisel gehalten.

Ich ließ das Papier sinken. Jevonna hatte sich inzwischen zu ihrem Mann gesellt. Offenbar waren sie es, die den Mädchen heute Unterricht erteilen sollten. Die jungen Felsenkatzen aber hatten im Moment noch andere Dinge im Sinn. Ausgelassen turnten sie durch das Geäst der uns umgebenden Bäume, tuschelten oder rangen miteinander. Statt die Mädchen zur Ordnung zu rufen, lehnte die Sepuku mit verschränkten Armen am Stamm einer Eiche. Überrascht stellte ich fest, dass die Augen der alten Hexe nicht auf ihren Unsinn treibenden Zöglingen oder den Neuankömmlingen, sondern auf mir ruhten. Noch überraschender aber fand ich, dass Wraith ihren Blick abwandte, als ich ihn erwiderte. Ein Schauer durchlief mich. Das Verhältnis Lamis'jalas zur Sepuku mochte vielschichtig sein, ich für meinen Teil war froh, wenn die grässliche Frau ihre Aufmerksamkeit anderen Dingen schenkte.

Rasch wandte ich mich wieder der Zeitung zu. Noch einmal überflog ich die Schlagzeilen, doch nur für einen Moment. Plötzlich stutzte ich. Ich stutzte, ohne sagen zu können, was genau mich plötzlich innehalten ließ. Ich blickte auf und schaute zu den beiden Agrim hinüber, die lächelnd darauf warteten, dass die jungen Hameshi sich sammelten und sie mit ihrem Unterricht anfangen konnten. Ein ungutes Gefühl befiel mich. Was zur Hölle stimmte hier nicht?

Die Sepuku begann damit, die Mädchen zusammenzurufen. Niemand kümmerte sich um mich, daher öffnete ich kurzerhand die neben mir stehende Handtasche und kippte deren Inhalt ins Gras. Da war ein Ausweis, Lippenstift, Kaugummi ... Nichts, was meine plötzliche Unruhe rechtfertigen würde. Noch einmal nahm ich die Zeitung zur Hand. Und dann sah ich es! Hastig kam ich auf die Beine, während die Mädchen bereits dabei waren, einen Ring um die Neuankömmlinge zu bilden.

Ohne zu zögern, lud ich meine Armkatapulte durch, und bereits im nächsten Moment sanken die toten Leiber von Jevonna und ihrem Begleiter übereinander ins Gras.

Während die Frauen und Mädchen sich erschrocken zu mir umwandten, seufzte die Sepuku, als wäre ich ein kleiner Hund, der trotz aller Ermahnungen sein Geschäft auf dem Wohnzimmerteppich verrichtet hat.

»Möchtest du versuchen, mir das irgendwie zu erklären, Ariko?«

»Die Zeitung.«

»Wie bitte?«

Ich trat an die Leiche von Jevonnas Begleiter. Einer meiner Pfeile hatte seinen Kehlkopf zerfetzt, zwei weitere sein Herz durchbohrt. Mit einem kräftigen Ruck riss ich ihm Jacke und Hemd herunter. Der Agrim trug einen schlanken, aber hocheffektiven Sprengstoffgürtel. Darüber, unmittelbar über dem Herzen, war ein Symbol eintätowiert. Es war das Zeichen des Schwarzen Kollektivs.

»Auf der Zeitung stand kein Preis.« erklärte ich Wraith »Nur der Klerus und das Militär bekommen die Presse umsonst!«

Dem Kollektiv war es also gelungen, Attentäter in den Widerstand einzuschleusen und um ein Haar wäre es den beiden verräterischen Agrim gelungen sich inmitten der Roten Töchter in die Luft zu sprengen.

»Nicht schlecht«, kommentierte die Sepuku eine Tat, die ihren knochigen Hintern davor bewahrt hatte in Stücke gesprengt zu werden »allem Anschein nach, bist du ja manchmal doch zu etwas nütze.«

Bevor wir uns auf den Rückweg machten, ließ Wraith die Leichen der beiden Agrim in den Fluss werfen und ihre Schülerinnen danach noch mit den Kampfstäben trainieren. Auch wenn der Tag bislang anders verlaufen war als geplant, wollte die Sepuku ihn doch nicht ganz ohne Unterricht verstreichen lassen.

Da ansonsten immer eines der Mädchen ohne Partnerin geblieben wäre, verdonnerte Wraith mich dazu, an den Übungen teilzunehmen. Ich bekam die fast anderthalb Köpfe kleinere Shat'ina als Gegnerin zugeteilt, die im Umgang mit dem Stab allerdings sehr viel geübter war als ich. Das Kind machte sich einen Spaß daraus, mir ständig so schmerzhaft auf die Finger zu klopfen, dass mir der Stab aus den Händen fiel. Dass sie mir ihr Leben zu verdanken hatte, war für sie kein Grund, Zurückhaltung zu üben. Irgendwann hatte ich genug. Wütend warf ich meinen Stab zu Boden, fest entschlossen, mir das freche Kind zu schnappen und ihm die Ohren lang zu ziehen! Statt sich aber tapfer ihrem Schicksal zu stellen, ließ Shat'ina ihren Stab gleichfalls fallen und ergriff unter spitzen Hilfeschreien die Flucht.

Unterwegs begegneten wir einer Gruppe männlicher Felsenkatzen. Scheinheilig fragten sie mich, ob ich mich ihnen nicht anschließen wolle. Eigentlich verspürte ich nicht die mindeste Lust dazu, um aber meinen guten Willen zu zeigen, tat ich es schließlich doch. Während die ein Dutzend Köpfe zählende Gruppe lachend und dumme Witze reißend in Richtung Lagerplatz zog, stapfte ich missmutig hinterdrein. Nach einer gewissen Zeit kam die Idee auf, man könne doch die Kräfte bei einem Kampfspiel messen. Ich verdrehte die Augen und wäre am liebsten weitergegangen, wollte aber nicht als Feigling dastehen.

Nicht ganz zufällig, wie ich annahm, bekam ich Samur als Gegner zugelost. Der Junge war ein Arschloch. Gerade mal siebzehn Jahre alt, aber mit der Kraft und Aggressivität eines Panzers gesegnet. Ich wollte mich nicht schlagen. Weder mit diesem Schwachkopf noch mit sonst irgendjemandem. Entsprechend lustlos ging ich die Sache an, beging prompt einen Fehler und geriet unter den Koloss. Dort sollte ich die folgenden knapp zwei Minuten gefangen bleiben. Alles, was mir blieb, war der Versuch, mein Gesicht zu decken. Mit wechselndem Erfolg. Im Gegensatz zu mir hatte mein Gegner immer eine Hand frei, mit der er zuschlagen konnte.

Seine Freunde, also alle anderen, jubelten. Endlich bekam Ariko auf die Fresse! Ich hätte am liebsten aufgegeben. Ihr Spott hätte mich nicht gekümmert. Was mich aber kümmerte, war der Ausdruck in Lamis'jalas Gesicht, wenn sie von meiner Aufgabe erfahren würde. Sie würde meine Hände fassen, tapfer lächeln und sagen: »Aber das macht doch nichts, Bärchen!« Das musste ich verhindern!

Also ertrug ich Samurs Schläge, so gut es eben ging, während ich fieberhaft nach einem Ausweg suchte. Samur wechselte die Schlaghand. Eine Chance! Ich täuschte eine Lücke vor, und als der Bursche dort hineinschlagen wollte, packte ich zu. Samur war stark, Samur war schnell, aber der Hellste war Samur nicht, und die Nahkampfausbildung des Kollektivs hatte er ebenfalls nicht genossen. Ich bog sein Handgelenk durch, bis es brach. Der unerwartet durch seinen Körper jagende Schmerz kostete den Schläger die Reste seiner Konzentration. Ich ließ seine Hand los und knallte ihm meine Rechte wuchtig gegen das Kinn. Nicht aus dem besten Winkel heraus, aber mit aller Wut, die in mir steckte. Der schwere Bursche fiel von mir. Eine halbe Sekunde später war ich über ihm. Samur kam mit dem plötzlichen Wechsel der Kräfteverhältnisse nicht zurecht, und ich ließ meine Fäuste dreimal durch seine Deckung krachen. Dann war es vorbei. Noch immer auf der Brust meines Gegners sitzend, streckte ich meine blutigen Fäuste zur Seite. »Ariko ...«, grollte ich.

Seine Freunde reagierten mit Flüchen. Mein Sieg hatte mich bei meinen Clanbrüdern anscheinend nicht beliebter gemacht.

Ich erhob mich und bot dem bereits wieder erwachenden Samur die Hand. Der Junge erholte sich unglaublich schnell. Er übersah meine Rechte. Lieber mühte er sich allein auf die Beine. Was war er doch für ein harter Bursche! Das Blut strömte ihm aus Mund und Nase, und auf dem Boden lagen vier seiner Zähne. Samur stemmte die Hände in die Hüften und grinste mich an. Mit jedem Wort, das er sprach, sabberte ein bisschen Blut über den Rand seiner Unterlippe. Er war ein Widerling.

»Das war doch nur Glück, Ariko!«, kam es knirschend aus seinem Mund. »Wir sehen uns bald wieder!«

Ich verzichtete auf einen Kommentar. Stattdessen wandte ich mich ab und setzte den vorhin unterbrochenen Heimweg fort. Die anderen ließen einige Minuten verstreichen, ehe sie mir folgten.

2

Lamis'jala und ich waren nun schon seit fast einem Jahr miteinander verlobt. Gemeinsam verließen wir den Schatten Vogelsangs, stillten Hunger und Durst und gingen dann zu unserem Schlafplatz. Es war ein schöner Ort voll Licht und sich langsam bewegenden Schatten, den außer uns noch niemand für sich entdeckt hatte. Sehr gerne hätte ich einmal in einem Bärenbaum übernachtet, doch hatte der Rat noch immer keine Heimstatt der Hameshi zur Wiederbesiedlung freigegeben.

Obwohl ich spürte, dass sie müde war, mochte Lamis'jala doch nicht schlafen. Ich hatte das Gefühl, dass meine Verlobte etwas bedrückte, bedrängte sie aber nicht. Sobald sie dazu bereit war, würde sie sich mir ganz von alleine öffnen.

»Ariko?«

»Ja?«

»Morgen Nacht ist es so weit.«

Ich hatte keine Ahnung, wovon meine Verlobte sprach. »Morgen Nacht? Was ist denn morgen Nacht?«

Lamis'jala gab nicht sofort Antwort, doch als ich meine Frage gerade wiederholen wollte, sagte sie: »Ach, du bist unmöglich, Ariko. Du weißt das doch genau! Warum beschämst du mich so?«

Plötzlich wusste ich tatsächlich, wovon sie sprach. Mit einem Mal schien es mir ganz unmöglich, es nicht zu wissen.

»Aber ... wir heiraten doch erst in acht Tagen!«

»Genau! Also ist morgen die Nacht der Reinheit!«

Theoretisch hätte ich diese Tradition der Felsenkatzen kennen können. Nur woher? Von der Sepuku? Von Matthissen? Tatsache war, dass es bislang noch niemand für notwendig gehalten hat, mich deswegen auf die Seite zu nehmen. Noch nicht einmal den Begriff *Nacht der Reinheit* hatte ich bis dahin gehört. Jetzt wusste ich diese Empfindung auch einzuordnen, von der ich glaubte, dass ich sie bei ihr spürte. Es war Unbehagen.

Ich versuchte, meine Ahnungslosigkeit zu überspielen. »Ja, aber ... das ist doch eigentlich sehr schön, nicht wahr?«

Lamis'jala lächelte gequält. »Ja. Sehr schön. Es ist die Erfüllung unseres Traumes, nicht wahr, Ariko?«

Ich gab meinem Mädchen einen Kuss auf die Wange, schlang meinen Arm um ihre Schulter und flüsterte ihr ins Ohr. »Unsinn, Mischenka. Mein Traum hat sich längst schon erfüllt!«

Wen hätte ich um Rat fragen können? Taske natürlich, aber Taske war gerade nicht hier. Mit Wasinija dagegen mochte ich über dieses Problem ebenso wenig sprechen wie mit Nascha. Ich wäre vor Scham im Erdboden versunken.

Ich war damals neunzehn Jahre alt. Ich wusste, wie ein offener Bruch aussah oder ein zerschmetterter Schädel. Noch immer kannte ich weite Teile der Bibel auswendig, aber wie mein Mädchen, mein eigenes, geliebtes Mädchen unterhalb des Bauchnabels beschaffen war ... davon hatte ich keine Ahnung. Oder nicht mehr, als ich vor Jahren im Museum der klassischen Künste gesehen hatte. Warum hatte Gott unsere Welt nur so eingerichtet? Warum wusste ich, wie man jemanden tötet, nicht aber, wie es ist, mit dem Wesen zusammen zu sein, das man über alles liebt?

Die Stunden vergingen. Es wurde dunkel, und auf Vogelsang wurden die großen Fackeln entzündet. Auch heute Nacht würden die prasselnden Flammen wieder das letzte Ziel Tausender todessehnsüchtiger Falter sein.

Sabia kam, um mich abzuholen. Sie sah besorgt aus. Immer weniger konnte ich mir vorstellen, dass heute die Nacht sein würde, von der ich so lange schon träumte.

Meine Hände waren feucht, und mein Magen schmerzte. Ich fühlte mich schlecht. Hätte ich aber gewusst, was sich in der nächsten Stunde zutragen würde, hätte ich mich noch sehr viel schlechter gefühlt.

Unser Weg führte in den Wald nördlich von Vogelsang. Weit weg von all denen, die an den Bräuchen der Felsenkatzen hätten Anstoß nehmen können.

Fackeln. Funkelnd und knisternd durchdrang ihr Licht die Büsche und Blätter. Obwohl das Feuer schon so vielen von uns den Tod gebracht hatte, betrachtete ich es doch noch immer gerne. Seine halb göttliche, halb teuflische Natur ist und bleibt ein Mysterium.

Etwa dreißig Mädchen waren hierher gekommen. Alle Felsenkatzen, die jüngsten vielleicht acht oder neun, die ältesten um die sechzehn Jahre alt. Ich kannte jede Einzelne von ihnen, doch keine sprach ein Wort. Stattdessen sahen sie mich an, als erwarteten sie, dass ich ihnen gleich eine Seite meines Wesens zeigte, die ich bislang sorgsam verborgen gehalten hatte.

Sabia blieb bei ihnen. »Da drüben!«, sagte sie leise und wies auf das Gebüsch, hinter dem, wie ich bald erfahren sollte, ein großer, flacher Felsen lag. Ich ging weiter, fächerte das Grün auseinander, und dann sah ich sie. Die Sepuku!

»Was tust du hier?«

Wraith gab keine Antwort. Sie trug ein schwarzes Priesterinnenornat, das das Dämonische in ihrem Wesen Furcht einflößend unterstrich.

»Ariko!«, hauchte Lamis'jala. Erst jetzt bemerkte ich sie. Nackt, wie die Rote Mutter sie erschaffen hatte, lag sie auf einem Bett aus Moos und Laub. Ihr Körper war mit Malereien geschmückt, denen der unruhige Tanz der Flammen Leben verlieh. Schlangengleich schienen die kunstvollen Schwünge und Linien über die Haut Lamis'jalas zu wandern. Wie schön sie doch war!

»Komm zu mir, Ariko.«

Ich glaubte, neben mir zu stehen. Alles war so unwirklich. Ich strich durch ihr Haar, ihr wundervolles Haar, ließ meine Fingerspitzen über ihre Wange, ihren Hals, ihre Schulter gleiten. Ich konnte spüren, wie sie zitterte. Lamis'jala hatte Angst. Gemeinsam mit mir sollte sie heute über einen Abgrund springen, von dem sie weder wusste, wie breit noch wie tief er eigentlich war.

Meine Geliebte richtete sich auf. Ich wusste nicht, was ich tun oder wo ich hinsehen sollte. Lamis'jala zog mir das Hemd über den Kopf, strich mir mit der Hand über die Brust, küsste meine Hände.

»Ich liebe dich, Mischenka ...«

»Ich dich auch, kleiner Bär.«

Schließlich trug auch ich keine Kleider mehr. Noch intensiver als den Blick meiner Verlobten nahm ich den der Sepuku war, der sich mir – zwei glühenden Kohlen gleich – in den Rücken bohrte. Das Lächeln in Lamis'jalas Gesicht erstarrte und verschwand schließlich ganz. Beide waren wir uns der Bedeutung des Augenblicks bewusst, und beide trugen wir schwer an dieser Last. Ich spürte, dass Lamis'jala es hinter sich haben wollte. Gerne hätte ich ihr diesen Wunsch erfüllt, doch so sehr ich es auch versuchte, es gelang mir nicht, meinen Körper dem Willen zu unterwerfen. Meine Hilflosigkeit ist kaum in Worte zu fassen. Endlich lag ich neben dem Mädchen meiner Träume, konnte aber weder die alte Hexe noch die nur wenige Meter von uns entfernt stehenden Felsenkatzen vergessen.

»Lass uns träumen, Ariko.«

Ich schloss die Augen und tastete nach Lamis'jalas Gedanken. Erst hörte ich nur das Blut durch meine Ohren rauschen, doch dann wandelte sich dieses Geräusch und wurde zu einem Chor unbekannte Worte formender Stimmen. Wir befanden uns nicht mehr im Wald, sondern in einer Behausung, einer Art Zimmerflucht. Überall standen Blumengebinde zu kunstvollen Buketts arrangierte. Dazu duftete es nach frischen Kräutern und Vanille. Über eine fensterlose Öffnung, die zu hoch lag, als dass man hätte hinausblicken können, drang neben Sonnenlicht gedämpfter Straßenlärm zu uns herein. Lamis'jala nahm mich bei der Hand und führte mich durch das von ihr erdachte Traumgebilde. Es gab einen Aufenthaltsraum, eine helle und luftige Schlafkammer sowie ein Badezimmer mit einer großen, silbernen Wanne. An deren marmornem Rand standen etwa zwei Dutzend Karaffen aus Bleikristall. Ich öffnete ein Glas, das gelbe Salze enthielt, schloss die Augen und schnupperte. Es roch nach Pfirsich. Herrlich!

»Lass uns baden, Ariko.«

Unsere Umgebung war so exotisch wie reizvoll, doch war die Vorstellungskraft meiner Verlobten noch lange nicht erschöpft.

»Himmel!« Ich hielt mir eine Hand vor Augen. Sie war kalkweiß geworden, die Finger lang und feingliedrig. Meine Zunge ertastete Reißzähne, und aus meinem Steiß war ein Schwanz gewachsen, dessen hin und her baumelnde Quaste meine Kniekehlen bestrich. Lamis'jala hatte mich ... nein, sie hatte uns beide in Angehörige des furchterregenden, menschenfressenden Volkes der Asartu verwandelt!

Nie hätte ich geglaubt, dass Lamis'jalas Fantasie zu solch einer Leistung imstande war.

Wir legten uns in die Wanne. Wohlige Wärme umschmeichelte unsere Leiber und Sinne. Himmlische Düfte umwogten uns und erfüllten unseren Traum mit Leben. Meine Göttin schlang ihre Arme um meine Hüfte und zog mich an sich. Ich begann sie auf die fremde, bleiche Haut zu küssen. Auf den Mund, auf das Kinn, auf den Ansatz ihrer Brüste. Unser beider Atem wurde schneller.

»Lamis'jala!«, mahnte die Sepuku. Ihre Stimme zerschnitt den Strom der Gedanken. Unser Traum zerstob. Lamis'jala und ich stürzten auf den moosbedeckten Felsen zurück. Meine Felsenkatze drehte sich zur Seite und griff nach einem Messer. Damit fuhr sie sich quer über die Innenfläche der linken Hand, warf den blutigen Stahl zur Seite und verteilte ihr Blut auf meiner Brust. Lamis'jala schloss die Augen. Sie drängte mir ihren Unterleib entgegen, aber alles andere an ihr wollte am liebsten fliehen. Ich drang in sie ein, aber nicht sehr tief. Lamis'jala bog ihren Rücken durch. Sie presste sich dem Schmerz entgegen, obwohl er ihr bereits die Tränen in die Augen trieb. Am ganzen Leibe zitternd krallte sie sich in meine Unterarme. Dann stieß sie ihr Becken vor. Ihr Schrei zerriss die nächtliche Stille. Die vor dem Gebüsch stehenden Roten Töchter stöhnten entsetzt auf. Jemand schluchzte.

Ich richtete mich auf, nahm Lamis'jala in den Arm und redete irgendeinen Unsinn. Die Sepuku stieß mich weg. Sie drängte sich zwischen mich und meine Braut, schlug ihre krallenartige Rechte zwischen Lamis'jalas Beine und hielt sie mir dann vors Gesicht. »Bezeuge ihre Reinheit!«, verlangte der Dämon. Ich nickte, brachte aber kein Wort über die Lippen. Im nächsten Moment war Wraith verschwunden.

Ruckartig setzte Lamis'jala sich auf, ihre Augen aber hielt sie geschlossen. Sie schlotterte am ganzen Leib, obwohl die Nacht sehr warm war. Sie blutete stark, und bald rann ein dunkelroter Bach den Felsen hinab. Ich nahm sie in den Arm, doch ihr Körper blieb starr. Ich legte ihr mein Hemd über die Schulter, aber auch der Stoff schien sie nicht zu wärmen.

Die Mädchen kamen zu uns auf den Fels. Der Schreck stand ihnen noch deutlich ins Gesicht geschrieben. Eine jede von ihnen warf schweigend eine kleine Blüte in Lamis'jalas Schoß.

Meine Braut hielt ihre Augen geschlossen und reagierte auf niemanden. Nicht einmal auf ihre Schwester, die ein paar leise Worte zu ihr sprach.

Lamis'jala erholte sich nur sehr langsam. Auf meine Fragen antwortete sie einsilbig oder gar nicht. Erst, als wir endlich alleine waren, ließ das Beben ihres Körpers langsam nach. Noch länger dauerte es, bis sie wieder an mich heranrückte. Irgendwann fiel mir schwer ihr Kopf auf die Brust. Lamis'jala war eingeschlafen.

Ich brachte sie fort von dem schrecklichen Felsen. Bald fand ich einen Teppich aus Klee, auf den ich sie betten konnte. Lamis'jala bekam nichts von alldem mit. Sie schlief wie eine Tote. Ich setzte mich neben sie und dachte nach. Irgendwann muss ich eingeschlafen sein, denn als ich das nächste Mal aufsah, begann schon der neue Morgen zu dämmern. Die fernen Fackeln waren erloschen, und Lamis'jala war gerade dabei, sich anzuziehen.

»Wohin gehst du?«, fragte ich sie.

»Baden«, erwiderte Lamis'jala knapp. Sie nahm ihre Dolche und entfernte sich ein paar Schritte. Als ich aber schon glaubte, dass sie mich hier zurücklassen wollte, wandte sie sich zu mir um. Der Anflug eines Lächelns umspielte ihre Lippen. »Was ist, Ariko? Mein kleiner Bär ist doch nicht etwa wasserscheu?«

3

Es war der drittletzte Tag vor unserer Hochzeit. Ich zeichnete wieder häufiger. Wenn Lamis'jala mich allerdings fragte, wofür ich all diese Bilder machte, konnte ich ihr keine rechte Antwort geben. Ich tat es einfach gern. Vogelsang war ein wunderbares Motiv, auch wenn es im Schatten seiner wie aus dem Berg gewachsenen Zwillingsfeste Jista stand. Ich hatte Vogelsang schon aus den verschiedensten Perspektiven gezeichnet und stand eben im Begriff, es wieder zu tun.

»Schau mal, wir haben Besuch!«

Ich sah auf. Vor uns stand eine freundlich lächelnde Tochter der Roten Mutter von vielleicht fünfzehn Jahren. Sie hatte lockige, rote Haare, einen blassen Teint und viele kleine Sommersprossen.

»Können wir dir helfen, Kleine?«, fragte Lamis'jala mit sanfter Ironie. »Suchst du vielleicht deine Mama?«

»Ich, liebe Lamis'jala und lieber Ariko«, begann das Mädchen höflich, »bin Kerisk'ijade. Botin ihrer Göttlichkeit der Roten Mutter Agrunbar.«

»Du kommst aus dem Heiligen Hain?«

»So ist es. Ich werde euch dorthin geleiten.«

Jeder Hameshi, sofern er den Bund fürs Leben einging, wurde zum Heiligen Hain gerufen. Dort steht die große Weide, in deren Ästen, Blättern und Wurzelgeflecht die Rote Mutter wohnt. Jeder Hameshi, ja sogar jeder Agrim kennt den Ort, wenn auch nur aus seinen Träumen. Tatsächlich dorthin gelangte man aber nur, um den Ehesegen der Roten Mutter zu empfangen.

»Vielen Dank, Kerisk'ijade!«, erwiderte ich höflich. »Ist es denn ein weiter Weg?«

»Kommt drauf an«, lachte das Mädchen, »wie schnell es mir gelingt, zurückzufinden!«

Lamis'jala schlug sich mit der flachen Hand gegen die Stirn. »Auch das noch!«, stöhnte sie. »Ausgerechnet uns schickt man den Lehrling!«

Die Nacht brach herein. Erst vor Stunden war es den Hameshi erlaubt worden, Vogelsang wieder zu betreten. Lamis'jala und ich hatten die Gelegenheit genutzt und es uns in einem Wehrgang der Feste bequem gemacht. Wie an dem Tag, an dem ich endgültig mein Herz an sie verloren hatte, betrachteten wir gemeinsam den Nachthimmel.

»Siehst du diese beiden Sterne da, Ariko? Die dort, die so dicht beieinanderstehen?«

»Ich sehe sie.«

»Das sind wir, Ariko. Und siehst du auch die vielen kleinen Sternchen dort ganz in der Nähe? Weißt du auch, wer das ist?«

»Doch nicht unserer Kinder?«

»Aber ja doch, du großer, dummer Bär!« Lamis'jala trommelte mir mit den Fäusten auf die Brust. »Natürlich sind sie das!«

Ich begann zu zählen. »Weißt du eigentlich auch, wie viele das sind? Das sind acht Stück!«

»Neun.«

»Neun?« Ich zählte erneut. Lamis'jala hatte recht. Es waren neun.

Plötzlich rannte jemand über den Hof. Ein weiterer Hameshi gleich hinterher. Andere folgten. Sie alle stürmten zum offenen Tor der Feste hinaus.

»Wo wollen die hin?«, wollte Lamis'jala von mir wissen.

»He!«, rief ich nach unten. »Was ist geschehen?«

»Wir gehen zum Bolivar! Los, kommt mit«

Noch bevor ich etwas sagen konnte, war meine Verlobte bereits auf den Beinen. Schon rennend prüfte sie noch den korrekten Sitz ihrer Armkatapulte und Messer. Die Stufen der den Wehrgang hinab führenden Treppe schien sie kaum zu berühren. Als ich ebenfalls endlich vor den Toren der Feste anlangte, war meine Mischenka bereits verschwunden.

»Mist!« Ich hasste es, von meiner Verlobten abgehängt zu werden! Während ich mich noch ärgerte, erkannte ich, dass die Hameshi nicht nur aus der Feste, sondern auch aus den umliegenden Wäldern herbeigelaufen kamen. Alle rannten sie an Vogelsang vorbei in Richtung des nördlich der Feste gelegenen Bolivars. Es war der einzige im weiten Umkreis, der bislang noch der Zerstörung entgangen war. Ich ließ mich mit der Menge treiben. Die Aufregung der anderen begann, auf mich überzugreifen.

Als ich den Bolivar erreichte, war der Platz davor schon gut gefüllt. Überall stand man zusammen, tuschelte, rätselte, mutmaßte. Wer hatte uns überhaupt hierhergerufen?

»Ariko!«, hörte ich Lamis'jalas Stimme von irgendwoher, doch ich konnte sie in dem Getümmel nicht gleich entdecken. Dafür sah ich Taske. Erst heute Morgen war er von einer Mission zurückgekehrt, die ihn in den nördlichen Teil der Wälder geführt hatte. Er stand direkt neben dem Bolivar und hatte seine Hand auf den magischen Fels gelegt. Er horchte und wartete. Dann sah ich meine Verlobte. Natürlich stand sie bei den anderen Felsenkatzen, unter denen sich auch die Sepuku befand.

Auf dem Weg dorthin sah ich den Kriegerinnen und Krieger, an denen ich vorüberschritt, in die Gesichter. Viele hatten sich bei den Händen gefasst oder hielten einander in den Armen. War dies der Tag? War das ... der Frieden?

Hoffnung lag in der Luft, und es war schwer, sich nicht von ihr anstecken zu lassen. Den Tag über hatte es immer wieder Gerüchte gegeben, der Putschversuch des Kollektivs sei niedergeschlagen worden und die Friedensverhandlungen stünden möglicherweise vor einem Durchbruch. Letzteres hatten wir in den vergangenen beiden Monaten allerdings schon häufiger gehört.

Ich hatte Lamis'jala noch nicht erreicht, als Taske zu sprechen begann. Sofort wurde es still, und ich blieb stehen.

»Hört die Worte des ehrenwerten Hrokwich, Clanältester derer von den Dornenbüschen.« Der Freund schwieg einen Moment und fuhr dann mit leicht veränderter Stimme, fort: »Geliebte Brüder und Schwestern, geliebtes göttliches Volk der Roten Mutter Agrunbar! Ab morgen früh, fünf Uhr Wilderklinger Zeit, tritt folgender Friedensvertrag ...«

Alles lachte, weinte und schrie durcheinander! Was für ein unbeschreibliches, glückseliges Chaos! Frieden! Es war wirklich Frieden! Rasch aber wurde es wieder ruhiger. Der Frieden war das eine. Die Bedingungen, unter denen dieser Frieden geschlossen worden war, das andere, nicht viel weniger Wichtige.

Ich sah zu den Felsenkatzen hinüber. Sie hatten in der Zwischenzeit einen Kreis gebildet und sich die Arme um die Schultern gelegt. Ihre Blicke hielten sie zu Boden gerichtet. Selbst die Sepuku zeigte den Anflug einer Gemütsregung. Sie ging um ihre Mädchen herum. Streichelte bald hier einen Kopf, tätschelte bald da einen Rücken.

Für die Felsenkatzen, zu denen ich ja ebenfalls zählte, war – nüchtern betrachtet – noch nicht viel gewonnen. Im Gegensatz zu den anderen Familien war der Roten Mutter eigener Clan nicht als Verteidiger in diesen Krieg gezogen, sondern als Eroberer. Sie hatten ihr Blut nicht für den Frieden geopfert, sondern für die Rückeroberung der Heimat. Die Menschen waren des Kämpfens müde, Hameshi wie die Wildblumen auch. Die Felsenkatzen aber würden die Waffen nicht eher aus den Händen legen, bis sie entweder tot oder aber die unumschränkten Herrscher der Wilderländer Wälder waren.

Taske fuhr fort: »... tritt folgender Friedensvertrag in Kraft. Die freie Republik Wilderland und das göttliche Volk der Hameshi erkennen für Recht:

Erstens:

Das Gebiet zwischen großem Fluss und westlicher Pommerenke, bekannt als der Gürtel, wird fortan Wilderländer Staatsgebiet. Der Staat Burgenreich ist durch Volksabstimmung erloschen. Seine ehemaligen Angehörigen erhalten das Wilderländer Bürgerrecht.«

Das war eher uninteressant. Zum einen hätten die Kinder der Agrunbar den Anschluss Burgenreichs ohnehin nicht verhindern können, zum anderen war es ihnen vollkommen gleichgültig, welche Pässe die Menschen im Gürtel besaßen oder welche Fahne dort gehisst wurde.

»Zweitens:

Das bewaldete Gebiet auf dem Gebiet des ehemaligen Staates Burgenreich gehört den Kindern der Agrunbar. Die freie Republik Wilderland erklärt, auf dieses Gebiet weder jetzt noch in Zukunft Anspruch zu erheben. Die gerodeten Gebiete südlich des Gürtels gehen zurück an den Wald. Die gerodeten Gebiete nördlich des Gürtels fallen an die freie Republik Wilderland.«

Das war ein Schlag. Damit würden die östlichen Wälder ein gutes Zehntel ihres ursprünglichen Umfangs einbüßen. Ein ganzer Clan, nämlich der von den Bienenhöhlen, wurde damit heimatlos. Noch vor einem Jahr hätte sich so ein Frieden bei den Kindern der Agrunbar kaum durchsetzen lassen, doch gab es jetzt nur leisen Protest.

»Drittens:

Die freie Republik Wilderland anerkennt den Besitzanspruch der Kinder der Agrunbar auf das bewaldete Gebiet zwischen Mittelgebirge und ...«

»JAAAAAAAAAAAAAAA!!!!!!!!!!!«

Jetzt gab es für die Felsenkatzen kein Halten mehr! Noch vor einem Jahr hatte niemand, so er den alten Clans angehörte, ihrem *wahnwitzigen* Angriff eine Chance eingeräumt. Aber die Felsenkatzen hatten an ihrem Traum festgehalten. Auch in der dunkelsten Stunde hatten sie ihr großes Ziel stets vor Augen gehabt und es letztlich mit schier unfassbarer Opferbereitschaft und Härte erreicht. Auch wenn die Felsenkatzen bei den alteingesessenen Clans nicht sehr beliebt waren, freuten sie sich doch jetzt mit ihnen über den für Ruhm und Ehre der Roten Mutter erfochtenen Sieg.

Ich wartete auf Lamis'jala, doch es war nicht meine Braut, die mich als Erste erreichte. Plötzlich hielt ich Nascha in den Armen. Sie gab mir einen wilden Kuss. »Ja, Ariko!«, schrie sie immer wieder. »Ja! Ja! Ja!«

»Verschwinde!«, vernahm ich jetzt auch die Stimme Lamis'jalas. Sie packte Nascha an den Haaren und zog sie grob von mir weg. »Ich glaube, du weißt nicht, wessen Zorn du weckst!«

»Es ist doch gar nichts passiert!«, beschwichtigte ich meine Verlobte. »Nascha ist doch nur glücklich! Wir alle sind glücklich!«

Die Wut wich nur sehr langsam aus Lamis'jalas Zügen. Unterdessen zwinkerte ich Nascha zu. Ich würde später mit ihr reden.

»... dem weißen Meer«, vollendete Taske, als allmählich wieder Ruhe einkehrte. »Alle Kampfhandlungen sind mit Beginn des morgigen Tages einzustellen. Sich zurückziehenden Einheiten ist freier Durchgang zu gewähren.

Viertens:

Die Rückgabe der derzeit noch von illegalen Kombattanten besetzten Feste von Jista an die Hameshi erfolgt zum frühestmöglichen Zeitpunkt. Die Kinder der Agrunbar erkennen die Bedeutung des Ortes für den christlichen Glauben an. Wallfahrern wird daher künftig Zugang zur Feste gewährt.«

Noch einmal wurde gemurrt. Ein Wallfahrtsort für Menschen inmitten der Wälder? Damit mochte sich nicht jeder anfreunden, am allerwenigsten der Clan, der die Feste zu seinem Machtbereich zählte.

Lamis'jala aber schlang mir ihre Arme um den Hals. »Sei mein Leben, mein Licht, Ariko!«

»Dein Licht, Lamis'jala. Bis ans Ende aller Tage.«

»Mein Herz gehört dir, dein Herz gehört mir ...«

»... und nur der Tod darf uns trennen«, vollendete ich die Formel.
»Unsere geliebte Mutter schütze euch und wache über euch. Sie schenke euch stets Mut, Stolz und Tapferkeit und viele glückliche Jahre.«
Ich zuckte zusammen, als ich die Hand der Sepuku auf meiner Schulter spürte. Weder ich noch Lamis'jala hatten das Kommen der unheimlichen Frau bemerkt. In deren Gesicht zuckte auch jetzt kein Muskel. Noch ehe ich mich aber von meiner Überraschung erholen und mich bei Wraith für ihre guten Wünsche bedanken konnte, hatte die Menge sie bereits wieder verschluckt.

Es war der Abend vor dem Tag, an dem mein Traum in Erfüllung gehen sollte.
Lass erblühen und lass welken,
schenke Liebe, schenke Tod,
in Deine Arme immer schließ mich,
große Mutter Schwarz und Rot!
Die Frauen und Mädchen, die sich zum Gesijan zusammengefunden hatten, sangen diese Zeilen ungleichzeitig. Daneben modulierten sie ihre Stimmlagen ständig, womit sie einen wundervollen auf und ab schwebenden Klangteppich erzeugten. Ich setzte mich unter die tief hängenden Zweige einer am Rande der Lichtung beheimateten Trauerweide und zog mir die Schuhe von den Füßen. Ich hatte mit Nascha gesprochen und ihr Glück gewünscht. Sie war den ganzen Tag über sehr nervös gewesen. Heute Abend, da die Hameshi das Ende des Krieges feierten, sollte Nascha eine der Sängerinnen sein.
Es war das erste Mal, dass die Wildblumen, die den Gesang noch nicht lange wieder für sich entdeckt hatten, sich der Konkurrenz der Felsenkatzen stellen würden. Nascha fürchtete das Publikum. Sie glaubte sich nicht souverän genug, nicht geübt genug, nicht hübsch genug ... Ich hatte versucht, ihr diesen Unsinn auszureden, war damit aber nicht sehr erfolgreich gewesen. Eher war es ihr gelungen, mich mit ihrer Nervosität anzustecken.
Weiter unten machten sich schon die Hektoren bereit. Auch heute würden wieder vier große, kräftige Krieger auf die Wahrung von

Sitte und Anstand achten. Es wurde allmählich dunkel, und die ersten Sterne eroberten sich ihre Plätze am Firmament. Weiter unten wurden die Feuer entzündet.

Eine Feier mit Gesang ist bei den Hameshi eine Mischung aus Fest, religiösem Ritus und – manchmal mit harten Bandagen geführter – Wettbewerb. Gute Sängerinnen genießen, vor allem unter den Felsenkatzen, ein überaus hohes Ansehen. Auf das Können der jeweiligen Frauen und Mädchen ist eine Familie fast genauso stolz wie auf den Mut und die Opferbereitschaft ihrer Kriegerinnen und Krieger. Dabei kann es geschehen, dass Meinungsverschiedenheiten in Bezug auf die Fähigkeiten einer Sängerin in handfesten Prügeleien enden. Dass dabei alles im Rahmen bleibt, auch darüber wachen die Hektoren.

Eine Sängerin erscheint für mindestens zwei und höchstens vier Lieder auf der Bühne. Sie tritt aus dem Gesijan heraus, der sie wieder aufnimmt, sobald ihr Auftritt beendet ist. Danach darf die nächste Kriegerin ihr Können demonstrieren. Das Wirken des Gesijan ist eine Kunstform für sich und darf in seiner Wichtigkeit nicht unterschätzt werden. Der Chor muss die Lieder tragen, ohne die Dominanz der jeweiligen Sängerin zu durchbrechen. Er ist für das Gelingen eines Auftritts absolut unverzichtbar. Er ist die Fassung. Brillant gearbeitet und kostbar schimmernd, aber letzten Endes doch nur dazu da, dem Edelstein in seiner Mitte Glanz zu verleihen. Normalerweise besprechen die Frauen und Mädchen sich vor einem Auftritt. Es wird eine Reihenfolge festgelegt, die allerdings nicht immer eingehalten wird. Man darf zwar darauf hoffen, zu der festgelegten Zeit mit den vorgesehenen Liedern an die Reihe zu kommen, aber zu hundert Prozent darauf verlassen kann man sich nicht. Zögert eine Sängerin damit, den Gesijan zu verlassen, kann es geschehen, dass eine Konkurrentin ihr das gewählte Lied einfach wegschnappt. Ist die Künstlerin dagegen bei den Mitgliedern des Gesijan unbeliebt oder möchten diese sie in keinem guten Licht erscheinen lassen, kommt es manchmal vor, dass sie der auf die Bühne Getretenen ein Stück aufdrängen, von dem sie annehmen, dass diese es nicht gut oder doch wenigstens nicht in Vollendung, beherrscht. Doch was auch immer hinter den Kulissen ablaufen mag, eine Regel gilt: Wer auf die Bühne kommt, muss singen!

Tasja betrat die Bühne, und der Gesijan leitete *Herr der Wälder* ein. Ein gutmütiges Spottlied auf die offensichtlichen und versteckten

Eitelkeiten der männlichen Hameshi. Ich kannte Tasja und mochte sie eigentlich ganz gern, auch wenn wir bislang nur wenig miteinander gesprochen hatten. Sie sang wunderbar. Viel besser, als es ihre Sprechstimme hätte vermuten lassen. Mit *Feuerschwinge,* einem Lied, das auch Lamis'jala manchmal sang, zog sie auch die vor der Bühne stehenden Kriegerinnen und Krieger in ihren Bann.

»... volles Herz, glückliches Herz, fliege ich alleine durch die Nacht ...«

Wasinija kam und setzte sich neben mich. Bis zuletzt hatte sie versucht, ihre Schwester Mut zuzusprechen. Ich hoffte, dass ihr dabei mehr Erfolg beschieden war als mir. Die Mädchen kamen und gingen. Einem ungeschriebenen Gesetz zufolge hatten »Küken« wie Nascha zuerst vor das Publikum zu treten. Ein Grund war der Respekt, den die bereits erfahrenen Sängerinnen für sich einforderten, ein anderer der, dass der Schwierigkeitsgrad des *Programms* sich im Verlauf des Abends stetig steigerte. Doch Nascha kam und kam nicht, und als die wunderbare Semjonna zurück in den Gesijan trat und Nascha noch immer keine Anstalten machte, herauszutreten, wurde ich allmählich unruhig. Dann betrat Franija die Bühne. Bereits an ihr wurde das die Wildblumen von den Felsenkatzen unterscheidende Selbstverständnis deutlich. Während die Töchter der alteingesessenen Clans als Körperschmuck nur Henna kannten, waren die weiblichen Felsenkatzen geschminkt. Sie hatten sich ihre Lippen, Augenlider und Wimpern geschwärzt und sich formvollendet geschwungene, blutrote Runen auf die nackten Arme gemalt. Sie trugen keine Alltags-, sondern speziell nach ihren Wünschen gefertigte Festkleider. So gut die vor ihr aufgetretenen Wildblumen ihre Aufgaben auch gemeistert hatten, schien Franija doch in allem, was sie tat, in ihren Bewegungen, ihrem Gesang und der Art, wie sie die Kraft des Gesijan zur Unterstützung ihrer Stimme zu nutzen wusste, noch einen Tick besser zu sein. Dann gab es eine kleine Pause. Wasinija fluchte. Man konnte es drehen und wenden, wie man wollte: Nascha hatte den günstigsten Zeitpunkt für ihren Auftritt verpasst. Noch nicht einmal jetzt betrat sie die Bühne. Stattdessen kam die zweite Felsenkatze nach vorn. Sowohl Wasinija als auch ich fürchteten jetzt, dass Nascha nicht etwa zum falschen Zeitpunkt, sondern überhaupt nicht auf die Bühne kommen würde. Sie würde im Gesijan bleiben. Festgenagelt von der eigenen Angst, gelähmt von den spöttischen Blicken der anderen.

Kalit'ero! sang das Mädchen vorne, und *Kalit'ero* antwortete ihr Publikum. Aufreizend lächelnd schlenderte die Schönheit über die Bühne, und die Hektoren schlugen erstmals zu.
»Kalit'ero kahamanem wel'me su!«
»Dein Blut! Keine Gnade, kein Vergessen!«
»Bansha hask te velme, bansha sho te kalité...«
»Vergebens war dein Leben, vergebens floss dein Blut ...«
Und dann geschah, womit ich schon fast nicht mehr gerechnet hatte: Nascha betrat die Bühne! Wasinija mochte kaum hinsehen.
»Komm schon Nascha!«, flüsterte ich. »Du schaffst das!«
Der Gesijan gab *Pfad der Liebe* vor. Ausgerechnet! Das Stück besaß eine komplexe Melodieführung sowie einen Text voller eindeutiger Zweideutigkeiten. Hatte Nascha sich dieses Lied selbst ausgesucht oder wurde sie vom Gesijan für ihr langes Zögern bestraft?

Pfad der Liebe zeichnet eine beeindruckende melodische Vitalität aus, die von der Sängerin, neben stimmlicher Klasse, vor allem eine große gestalterische Ausdruckskraft verlangt.

Nascha war unsicher, war unerfahren, war nervös, doch auf der Bühne war davon nichts zu sehen. Überhaupt nichts! Auch die anderen Mädchen waren ausdrucksstark, tänzerisch perfekt und sicher in jeder ihrer Bewegungen gewesen, doch bisher hatten nur die Felsenkatzen die wahrhaft magische Grenze überschritten, die Mutter Natur den menschlichen Stimmen gesetzt hat.

Auch Nascha gelang dieses Wunder! Ihr Körper reagierte auf jede klangliche Facette, jede noch so kleine Variation des Gesijan. Ihre Haare wirbelten um sie herum, als besäßen sie ein eigenes Leben, und ihre Hände malten flammende Zeichen in die Luft, die uns, ihr Publikum, in den Bann ihrer Geschichte zogen.

»Unglaublich!«, flüsterte ich, und auch Wasinija gestattete sich ein erstes Lächeln, doch schon mit Beginn des nächsten Liedes, kehrten die Sorgenfalten auf ihre Stirn zurück. Dieses Lied hatte sich Nascha definitiv nicht mehr selbst ausgesucht, dessen war ich mir sicher. *Funkenflug* ist traurig, aber auch anrührend und romantisch. Es ist das Klagelied einer Kriegerin, die den Leichnam ihres gefallenen Geliebten verbrennt. Bei *Funkenflug* erfolgt der Einsatz der Sängerin relativ spät, fast schon in der Mitte des Stücks. Ist es dann endlich soweit, muss die Künstlerin auf Anhieb einen sehr hohen Ton treffen, ihn halten und dann langsam in die vom Gesijan geführte Melodie hineingleiten lassen. Der Rest ist, aus der Warte einer talentierten Sängerin heraus betrachtet, nicht weiter schwer, doch trifft man eben diesen einen ersten Ton nicht, muss das gesamte Stück als ruiniert betrachtet werden.

Nascha streckte die Arme zur Seite, hob sie dann in einem langsamen Halbkreis in die Höhe, sah kurz in den Sternenhimmel und dann wieder nach vorn. Das Mädchen konzentrierte sich, und ich fühlte, dass gleich etwas Entscheidendes geschehen würde. Ich hielt den Atem an. Und dann endlich: Naschas Stimme! Hoch und immer höher, und von einer Kraft, die man in dem hübschen, schüchternen Mädchen nie vermutet hätte. Sie traf den Ton, sie hielt den Ton und sie führte den Ton vollkommen stufenlos in *Funkenflug* über. Auf meinen Armen bildete sich Gänsehaut!

Die Welt ist dunkel und leer ...
... nur Dein Herz glüht noch in tausend kleinen Funken ...
... im Leben oder Sterben ...
... werd' ich Dich nie mehr wieder sehen ...

Funkenflug verklang, und Nascha machte Anstalten, wieder in den Hintergrund zurückzutreten, doch begann der Gesijan bereits mit der nächsten Melodie. Immer mehr Wildblumen, aber beileibe nicht nur die, riefen jetzt Naschas Namen.

Herrin des Sees begann. Auch dieses Lied hatte ich schon häufiger gehört.

Gefangen in Feuer, gefangen in Eis,
ist sie die Letzte aus nordischer Zeit,
bringt sie den Tod und sät Hass und Neid,
die Herrin des Sees, schön und grausam zugleich.

Hörst Du sie kommen? Hörst Du sie rufen?
Spürst Du ihren Atem auf Deiner Haut?
Du kannst Dich nicht retten, Dich nicht verstecken,
vorbei jede Hoffnung, sei zum Sterben bereit!

Nascha sang mitreißend und fehlerlos. Dann war es zu Ende, doch bevor sie ging, lachte und winkte sie über die Köpfe ihres begeisterten Publikums hinweg in die Dunkelheit. Dorthin, wo sie ihre Schwester und mich vermutete.

Dann aber war es so weit. Lamis'jala betrat die Bühne, die an ihr vorbei ins Gesijan zurückkehrende Nascha dabei versehentlich mit der Schulter rempelnd. Ihre Miene war düster. Wer es nicht besser wusste, hätte glauben mögen, sie zöge in die Schlacht. Lamis'jala griff nach dem Saum ihres Kleides, schleuderte es vor und zurück und wirbelte ihre Haare durch die Luft, ohne dass sie auch nur einen Ton von sich gegeben hätte. Bei einer anderen Sängerin hätte dieses Gebaren möglicherweise eigenwillig gewirkt, aber nicht bei Lamis'jala. Es war sofort zu sehen, zu spüren und kurz darauf auch zu hören, dass sie genau wusste, was sie tat, denn als ihr Einsatz kam, passte er exakt zu der von ihr in diesem Moment vollführten Bewegung.

»Sana'be!«, grollte Lamis'jala tief und abgründig. *Blutschuld!* Ein Lied über die Freuden der Folter. Sowohl der selbsterduldeten wie der, die man an anderen verübte.

Bewegen sich ihre Messer auch durch mein Fleisch,
ist der Stolz doch immer mein ...

Bei manchen nur von den Felsenkatzen gesungenen Liedern muss ich schlucken. Vor allem dann, wenn Lamis'jala sie singt und sich dabei mit dem Messer tief in die Unterarme schneidet. Zwar bleiben ihr keine Narben, aber der damit verbundene Schmerz unterscheidet sich in nichts von dem, was ein gewöhnlicher Mensch empfinden würde. Die Hektoren wurden aktiv. Ihre Schläge zahlreicher und brutaler.

»Es ist das Blut. Es ist das Blut, das sie verrückt macht!« Ich kannte Wasinijas Meinung, fand aber, dass ihr eine gewisse Doppelmoral zugrunde lag. Das Rituelle, das die Felsenkatzen mit allen Formen des Folterns und Tötens verbanden, stieß die Kinder der östlichen Wälder zwar vordergründig ab, bildete aber auch den Nährboden für heimliche Begehrlichkeiten.

Lamis'jala ließ sich auf alle viere sinken und kroch, sich verführerisch schlängelnd, auf die erste Reihe ihrer Zuhörer zu.

»... vergeblich sehne ich mich nach der Kraft deines Leibs ...«, hauchte sie in fast körperlich fühlbarer Qual. »Wie lange noch strafst du mein Verlangen?« Sie sah einem der Krieger, einem der jüngsten aus unserer Rotte, mit glühendem Blick direkt in die Augen, fuhr ihm mit ihren noch immer blutigen Händen über die Wangen und durchs Haar.

Rasende Eifersucht durchzuckte mich. Nicht immer fiel es mir leicht, die schauspielernde von der wirklichen Lamis'jala zu trennen.

»... gehöre ich doch niemand anderem als dir!«
Endlich griff der Junge nach Lamis'jalas Händen. Keine zwei Sekunden später sank er, von den unbarmherzigen Hieben der Hektoren getroffen, zu Boden. Lamis'jala lächelte, schloss dann ihre Augen und begann, ihren Unterleib auf eine Art und Weise zu bewegen, die nicht zu missdeuten war. Sie sang und stöhnte gleichermaßen und tat im Übrigen so, als würde ihr imaginärer Liebhaber in diesem Augenblick direkt hinter ihr knien.

»Unglaublich!«, entfuhr es Wasinija. »Man muss sich für sie schämen!«

Unzählige Hände versuchten jetzt, nach Lamis'jala zu greifen, und die Hektoren mussten mitten in die Meute springen, um die Rote Tochter davor zu bewahren, einfach von der Bühne gerissen zu werden. Es war der pure Irrsinn, und ich musste mir fast Gewalt antun, um mich nicht ebenfalls ins Getümmel zu stürzen.

Nachdem Sabia, die letzte der Sängerinnen, ihren Auftritt beendet hatte, schlenderten Wasinija und ich hinter die Bühne. Anstatt sich aber über den erfolgreichen Abend zu freuen, war dort inzwischen ein Streit ausgebrochen. Die Felsenkatzen bezichtigten Nascha, die Bühne zu einem Zeitpunkt betreten zu haben, der ihr nicht gebührte.

»Ich wollte niemanden beleidigen!« Nascha hob entschuldigend die Hände.

»Es zählt nicht das, was du willst, sondern das, was du tust!«, wollte Sabia sich nicht beschwichtigen lassen.

»Pass auf, was du sagst, Felsenkatze!«, vernahm ich die Stimme von Tasja. »Wo bleibt dein Respekt?«

»Respekt?«, mischte Lamis'jala sich ein »Wofür verdient eine wie die Respekt?«

»Was ... was soll das heißen? Was meinst du denn mit *eine wie die da*? Was für *eine* bin ich denn?« Nascha war den Tränen nah.

»Du möchtest wissen, was du bist? Du bist der Zweifel! Du bist die Angst! Du bist die verfaulte Frucht am Baum des Lebens! Das bist du!«

Ein Handgemenge drohte.

»Ruhe, verdammt!« Taskes Stimme brachte alle zum Schweigen. Seine Autorität war nicht nur unter den Wildblumen unumstritten. Kein Hameshi, egal, welcher Familie er angehörte, zweifelte an Taskes Mut, seiner Umsicht oder seiner Führungsstärke.

»Wir alle sind Kinder der Agrunbar! Wir haben zusammen gelebt, zusammen gekämpft und zusammen gesiegt! Findet ihr nicht, dass wir einander Achtung schulden? Geht jetzt! Wir werden diesen Abend nicht mit Blutvergießen enden lassen!«

Taske hielt den Streit damit für beigelegt, aber das war er nicht. Ich zog Lamis'jala fort, doch Wasinija kam uns hinterher.

»Wartet!« Die Stirne zerfurcht, die Augen schwarze Blitze schleudernd, trat sie uns gegenüber. »Hör zu, Lamis'jala! Ariko zuliebe habe ich dich bis jetzt ertragen, aber heute bist du zu weit gegangen! Niemand beleidigt Nascha!«

Meine Verlobte hielt dem Blick der Älteren stand. »Ach, nein? Warum versuchst du nicht, mich daran zu hindern?«

Ich mochte Nascha ebenso sehr, wie ich mich über Lamis'jalas Verhalten ärgerte, aber sie war meine Verlobte. Ich konnte ihr nicht in den Rücken fallen.

Wasinijas Blick verdüsterte sich. »Wenn du den Mund aufmachst und nicht gerade singst, kommt ständig nur dummes Zeug heraus, Lamis'jala! Du bist vorlaut, dumm und eingebildet!«

Beide Frauen zückten ihre Dolche. Im letzten Augenblick ging ich dazwischen.

»Wasinija«, bat ich. »Du und Nascha, ihr seid wie Schwestern für mich! Bitte lass uns die letzte Stunde vergessen.«

Wasinija nickte, doch ihr Blick blieb hart. »Tut mir leid, Ariko«, erwiderte sie kühl, »diesmal ist Lamis'jala zu weit gegangen. Für diese Kränkung wird sie büßen!«

Lamis'jala lacht sehr gerne. Sie ist freundlich und hilfsbereit. Wenn ihr Blut aber erst einmal zu kochen beginnt, dann findet sie leider nicht immer die passenden Worte. Hinterher tut ihr das Ganze meist leid. Wer meine Verlobte kennt, der weiß um ihr gutes, mitfühlendes und leicht verzeihendes Herz.

Am nächsten Morgen wollte ich Taske bitten, eine Aussprache zwischen meiner Braut und Wasinija zu vermitteln, doch ich konnte ihn nirgends finden. Stattdessen lief mir der allweise Bag'ro über den Weg. Da er sowohl Lamis'jala als auch Wasinija sehr gut kannte, schilderte ich ihm mein Problem und bat ihn um Rat.

Bag'ro sah nachdenklich in die sich aus dem Dunkel der Nacht schälenden Wälder. Ich mag diesen, dem Sonnenaufgang unmittelbar vorausgehenden Moment. Man kann sich nie ganz sicher sein, dieselbe Welt zurückzuerhalten, die man in der Nacht davor verlassen hat.

»Endlich ist dieser schreckliche Krieg vorbei, Ariko.«

»Der Roten Mutter sei Dank! Alle waren seiner müde.«

Bag'ro fuhr sich mit dem Ärmel über die Stirn. »Glaubst du?«

»Du nicht?«

»Nein, mein Freund. Ich glaube, da irrst du dich.«

Ich zog die Stirn in Falten. »Wie meinst du das?«

»Ich meine, dass du dich der Wahrheit verschließt, Ariko! Die Rote Mutter hat ihre alten Kräfte zurückerlangt. Ihr Herz dürstet nach Rache! Ein Wunsch, der mit der Rückkehr der Felsenkatzen Gestalt angenommen hat!«

Ich mochte es nicht, wenn man mit mir über die Felsenkatzen sprach, als würde ich nicht zu ihnen gehören.

Bag'ro unterbrach meine Gedanken. »Sag, Ariko, wie gut kennst du Lamis'jala eigentlich?«

»Besser als irgendjemand sonst. Was soll diese Frage?«

Bag'ro sah nicht viel älter aus als ich, war aber bereits Mitte neunzig. Die liebevollen Kräfte der Roten Mutter waren es, die ihm seine lange Jugend schenkten.

»Als Lamis'jala das letzte Mal in meiner Gruppe war ...«

Ich hörte Bag'ro normalerweise gerne zu, doch mochte ich es gar nicht, wenn man mich in Bezug auf meine Verlobte belehrte.

Ich wollte mich abwenden, doch Bag'ro hielt mich zurück. »Bitte warte, Ariko, ich wähle ein anderes Beispiel. Einverstanden?«

»Nein!«, erwiderte ich, doch Bag'ro ließ sich davon nicht beirren.

»Sabia, sage ich also vor ein paar Tagen, bring bitte die alten Leute hier in ihr Dorf zurück. Sie haben sich verirrt. Antwortet mir das

Mädchen: Mach ich. Zwei Stunden später kommt sie zurück, und ich frage sie: Sabia, warum hat das so lange gedauert? Hattest du Schwierigkeiten? Darauf sie: Nein, Bag'ro. Keine Schwierigkeiten. Nur, dass die alten Leute jetzt tot sind. Da frage ich sie: Aber Sabia, wie kann das denn sein? Das waren doch alte, aber völlig gesunde Menschen! Warum sind die denn plötzlich tot? Da fängt das Mädchen an zu weinen und antwortet: Was weiß denn ich? Ich versteh doch nichts von alten Leuten!«

Bag'ros Finger beschäftigten sich geistesabwesend mit den Schnallen seines Armkatapults. »Ariko, ich habe schließlich nachgesehen. Du kennst den Krieg, aber ich glaube nicht, dass du so etwas schon einmal gesehen hast. Möchtest du wissen, was die kleine Bestie mit den armen Menschen gemacht hat, Ariko?«

Ich spürte, wie sich meine Ungeduld allmählich in Wut wandelte. »Nein. Das möchte ich nicht! Sabia ist vielleicht unreif, aber sie ist keine Bestie! Sie ist jemand, der noch lernen muss, sich zu beherrschen und Verantwortung zu tragen. Das ist alles!«

Bag'ro schüttelte den Kopf. Seine langen, pechschwarzen Haare glänzten im Licht der aufgehenden Sonne. »Ariko! Du bist ein guter, aufrechter Junge. Ein Freund des Lebens! Du kannst doch unmöglich gutheißen, was gerade geschieht!«

Bag'ro brachte mich ganz durcheinander. Warum konnte er mich nicht einfach gehen lassen? Warum war es ihm nur so furchtbar wichtig, mir seine Meinung zu sagen?

Er packte mich fest an der Schulter. Seine Stimme aber sank zu einem Flüstern herab. »Die Felsenkatzen, diese neuen Kinder der Agrunbar sind nicht mehr wie die alten Familien, Ariko! Sie sind eine ganz eigene Art! Eine Stärkere! Brutalere! Und sie werden immer mehr! Wusstest du, dass die Waldlöwen, die Wildblumen, die Feuersteine, ja alle alten Clans kaum noch Kinder bekommen, während es Felsenkatzen gibt, die seit ihrer Rückkehr bereits das dritte Mal schwanger gehen?«

Ich hätte besser meinen Mund gehalten, aber der Wahn des Alten begann allmählich, auf mich überzugreifen. »Es ist diese verfluchte Sepuku!«, entfuhr es mir. »Sie ist es, die alle verrückt macht!«

Bag'ro sah mich lange an. Nicht kühl, nicht überlegen, nicht wütend, nur unglaublich müde. Seine Haut war die eines jungen Mannes, sein Blick aber der eines Greises. Die Stimme des Hameshi knisterte wie Sandpapier, als er mir entgegnete: »Nein, Ariko. Es ist nicht die Sepuku, es ist die Rote Mutter selbst! Die Waldgeborenen haben die Liebe der Agrunbar verloren. Wir erinnern sie an die Jahre ihrer Schwäche, und das kann sie uns nicht verzeihen.«

Nie zuvor hatte ich einen Hameshi so sprechen hören. Was ging nur in Bag'ro vor?

»Du versündigst dich, Bag'ro! Die Rote Mutter liebt dich, wie sie uns alle liebt. Sie will dein Glück!«

»Mein Glück?«, lachte Bag'ro trocken. »Sie möchte nicht mein Glück, sie möchte meinen Tod, Ariko, und die Vollstrecker ihres Willens sind schon hier!«

Bag'ro war mir also keine Hilfe, musste ich es eben alleine tun. Einmal mehr fürchtete ich um Lamis'jalas Leben. Wie oft war ich in vergangenen Nächten schon wach gelegen, wie oft alleine durch den dunklen Wald geirrt. Wie oft hatte ich versucht, mich aus quälenden Albträumen zu lösen und diese innere Stimme zum Schweigen zu bringen, die mich glauben machen wollte, dass Lamis'jala in Gefahr war. Dass sie sterben würde. Verzweifelt und allein. Die Gegenwart von Nascha und Wasinija war mir an solchen Tagen immer ein großer Trost gewesen. Und jetzt sollten ausgerechnet sie es sein, die mein Glück bedrohten? Wie hatte es nur so weit kommen können?

Ich fasste mir an die Stirn. Sie schien heiß zu sein. Wäre ich ein Mensch, würde ich glauben, ich hätte Fieber. Ein bisschen schlecht war mir auch.

»Ariiiikooooo!« Lamis'jala schwenkte lachend ihre Arme, als sie mich kommen sah.

Ich liebte ihre sorglose Art, auch wenn ich sie nicht immer verstand. Anders als ich schien sie sich nicht die geringsten Sorgen zu machen.

Wir unterhielten uns eine Weile über belanglose Dinge, danach schwiegen wir ein angenehmes, vertrautes Schweigen. Wir hielten uns bei den Händen und strichen still durch das dichte Grün der Wälder. Unterwegs hielten wir einen Moment in unserer Wanderung inne, um ein Sperlingspärchen zu beobachten. Gemeinsam saßen die beiden am Rand ihres Nests und bemühten sich, den Appetit ihrer lärmenden Kinderschar zu stillen.

Unser Weg führte an einem ausgebrannten Panzerwrack vorbei. Dem Grad und der Art der Zerstörung nach zu urteilen, war einst der Magnet des Stahlkolosses explodiert. Ein typischer Sabotageschaden. Links von dem Panzer lag die mittlerweile skelettierte Besatzung. Einer der Totenschädel war schon fast zur Gänze von Moos bedeckt. Ich wunderte mich, dass ihre Leichen nicht geborgen worden waren.

Es ging bereits auf Mittag zu, als es plötzlich kräftig zu regnen begann. Lachend suchten wir unter den Blättern einer großen Buche Schutz. Lamis'jala reagierte auf meine Berührungen inzwischen anders, als ich es in der Vergangenheit von ihr gewohnt gewesen war. Weder stellte sie sich tot noch wand sie sich mir lachend aus den Händen. Stattdessen setzte sie sich auf meinen Schoß, nahm meinen Kopf zwischen die Hände und ließ ihre Zunge in meinen Mund gleiten.

»Sag' mir, dass du mich liebst«, verlangte sie.

»Ich liebe dich.«

Langsam näherten sich ihre Lippen meinem Ohr. Ihre Stimme wurde zu einem Hauch. »Und jetzt sag' mir, dass du mich begehrst!«

Ich genoss ihre Berührungen und ließ meinerseits meine Finger ganz vorsichtig erst unter ihr Hemd und dann über ihren nackten Rücken gleiten. Was für ein Gefühl! Ich konnte jeden einzelnen Wirbel, jedes weiche Härchen und jeden noch so feinen Muskel spüren. Kurz bevor mein Verlangen mit mir durchgehen konnte, beendete meine Verlobte den Moment, in dem sie sich von meinen Lippen löste und mir mit ihren kleinen Fäusten lachend gegen die Brust trommelte. »Hör zu! Hör mir zu, Ariko, ich muss dir etwas ganz *Unglaubliches* erzählen!«

»Erzähl.«

»Also! Lieg ich in der vergangenen Woche, du warst mit Taskes Gruppe unterwegs, noch wach und spreche mit der Sabia. So dies und das. Fragt sie mich auf einmal, ob ich dich vermisse!«

»Und?«

»Sage ich: Natürlich vermisse ich Ariko, was denkst du denn? Sagt sie: Du, kleine Schwester, ich weiß etwas, das hilft, wenn man jemanden vermisst!«

»Das hat sie gesagt?«

»Ja, das hat sie! Darauf ich: Ja, was soll denn das sein, was da hilft? Für mich gibt es nichts, was mir Ariko ersetzen kann! Und, Liebster ... Du kannst dir nicht vorstellen, was Sabia dann zu mir gesagt hat!«

Das konnte ich wirklich nicht und zog daher fragend die Augenbrauen hoch.

»Sie hat gesagt: Wenn du es für dich behältst, dann zeige ich dir, was man gegen Sehnsucht machen kann!«

»Ja?« Allmählich kam mir ein Verdacht, der von meiner Verlobten mit einer zwar vagen, dennoch aber eindeutigen Geste bestätigt wurde. Meine Nackenhaare richteten sich auf.

»Aber ja! Stell dir nur vor: Das hat sie! Da habe ich natürlich zu ihr gesagt: Pfui, Sabia! Wie bist du doch abscheulich! Und außerdem bist du doch gar nicht verlobt! Also, wer bitte soll das denn sein, nachdem du Sehnsucht hast? Darauf sie: Du bist vielleicht dumm, Lamis'jala! Wie kann etwas gegen die guten Sitten sein, das man überhaupt nicht sieht?« Meine Verlobte schüttelte kichernd ihren lockigen Kopf. »Also wirklich, diese Sabia ...!«

Mein unsicheres Grinsen verwandelte sich in ein echtes Lächeln. Was immer Lamis'jala oder ihre Schwester auch taten, es hatte seinen Ursprung in ihnen selbst. Anders als ein Mensch konnten sie zwar gegen Regeln verstoßen, nicht aber wider ihre Natur handeln. Ihre Stärken und Schwächen wurzelten in der Roten Mutter, waren gleichsam Ausdruck ihres Wesens.

Der Regen hatte inzwischen aufgehört, doch wir blieben, wo wir waren. Lamis'jala legte ihren Kopf auf meine Brust, während ich mir eine ihrer braunen Locken um den Finger wickelte.

»Mischenka?«

»Hm?«

»Liebes?«

»Ja?«

»Und?«

Meine Verlobte hob ihren Kopf. »Was meinst du mit *und*?«

»Hast du ihren Rat denn nun befolgt, oder nicht?«

Lamis'jala sah mich fragend an, verzog ihre Miene aber gleich darauf zu einem Ausdruck gespielten Entsetzens. »Oh, du gemeiner Schuft! Wie kannst du nur so von mir denken! Wenn du auch nur noch ein Wort sagst, sterbe ich auf der Stelle!« Sie legte sich mit bühnenreifer Geste den Handrücken an die Stirn, schloss die Augen und ließ sich aufstöhnend ins Moos fallen.

Meine Lamis'jala. Wie glücklich sie mich machte!

Ich weiß, wie ich es anstellen muss, wenn ich Lamis'jala zum Nachdenken bringen möchte. Erst lasse ich mir ihr Erlebnis erzählen. Dann lenke ich das Gespräch auf ein anderes Thema, bevor ich die von ihr gehörte Geschichte wiederhole. Um ein paar Emotionen bereinigt, ansonsten aber genau so, wie ich sie von ihr gehört habe. Meistens geht es dabei um Kleinigkeiten, doch die Art und Weise, mit der sie Nascha beleidigt hatte, war mir nahe gegangen. Einem Fremden hätte ich das nicht verziehen.

»Mischenka«, sagte ich, »weißt du eigentlich, was du da zu Nascha gesagt hast?«

Wer mein Mädchen kennt, wer sie wirklich kennt, der weiß, wie sie ist, wenn man ihr die Gelegenheit gibt, ein Problem in Ruhe zu durchdenken. Dann gibt es kaum jemanden, der warmherziger und mitfühlender ist als sie. Wenn sie aber diese Ruhe nicht hat, dann fällt es ihr manchmal schwer, die Dinge klar zu sehen oder richtig einzuordnen. Aber wer ist schon frei von Schwächen? Meine Verlobte ist eine Felsenkatze. Mit all ihrem Mut, ihrer Wildheit, ihrem Stolz, angereichert mit einer kleinen Prise Jähzorn. Doch sieht sie die Dinge erst einmal klar, dann ist sie so gut wie jede andere ... Nein. Dann ist sie besser. Viel besser! Dann schlägt sie die Hände vors Gesicht, weint und fragt mich: »Ach Ariko, bin ich denn wirklich so schrecklich?!«

Sie möchte dann am liebsten all ihre kleinen Sünden ungeschehen machen. Sofort und auf der Stelle.

»Nein«, sage ich, während ich sie in die Arme schließe, »du bist nicht schrecklich. Du hast eben nur einen Moment lang nicht nachgedacht, das ist alles.«

Als wir zurückkamen, wurden wir bereits von Sabia erwartet. Nascha hatte sich an sie gewandt, um ihrerseits eine Aussprache anzubieten. Eine Last fiel mir von den Schultern. Jetzt musste nur noch Wasinijas Zorn besänftigt werden.

Je näher die Stunde unserer Zusammenkunft rückte, desto schweigsamer wurde Lamis'jala. Ich schob es auf ihre Nervosität. Jemanden um Entschuldigung bitten zu müssen, ist keine leichte Sache. Umso mehr Respekt gebührte ihr dafür, dass sie entschlossen schien, es dennoch zu tun. Ich hatte, wie ich fand, einen für unsere Zwecke idealen Platz ausgewählt. Ein kleines, idyllisch gelegenes Kastanienwäldchen. Ein frischer und lichter Ort, wie geschaffen, um alte Schatten zu vertreiben.

Der Abend dämmerte. Nascha und ihre Schwester erwarteten uns schon. Aufrecht und stolz standen sie im verblassenden Schein der untergehenden Sonne. Zwei klassische Schönheiten der östlichen Wälder.

Meine Mischenka sah im orangefarbenen Licht des vergehenden Tages dagegen noch jünger aus, als sie tatsächlich war. Ganz das blutjunge Mädchen, in das ich mich einst verliebt hatte. Sie hielt meine Hand. Drückte sie fest. Knappe zehn Meter vor den beiden Wildblumen blieben meine Verlobte und ich schließlich stehen.

Ich trat einen Schritt zurück. Auf der gegenüberliegenden Seite tat Wasinija dasselbe. Ihre offenen Handflächen wiesen nach unten. Das war das Zeichen für Lamis'jala, dass sie sich den beiden Frauen nähern konnte.

Sie ging auf Nascha zu, deutete eine Verbeugung an und sprach leise ein paar Worte. Anschließend ging sie in Richtung einiger dicht beisammenstehender Bäume davon. Nascha sah zu mir herüber. Ich nickte ihr aufmunternd zu. Wenn andere schlecht von meiner zukünftigen Frau dachten, konnte ich das ertragen, aber die Meinung der beiden Schwestern war mir wichtig. Ich musste einen Weg finden, ihnen zu zeigen, was Lamis'jala nicht nur wertvoll, sondern einzigartig machte.

Nascha hielt den Blick lange, ohne aber mein Lächeln zu erwidern. In ihren Augen spiegelte sich eine Traurigkeit, die ich nicht verstand. Plötzlich wurde mir ganz eigenartig zumute. Plötzlich erschien mir mein Leben, mein ganzes Dasein als etwas Künstliches. Wie eine Fotografie, die so sorgsam arrangiert und liebevoll ausgestaltet worden war, dass mir der darin enthaltene Fehler nicht auffiel. Ein ebenso rätselhaftes wie rasendes Verlangen durchzuckte mich. Es wollte mich dazu verleiten, zu Nascha zu gehen, um ... ja, um was genau zu tun?

Der Moment verging, ohne dass ich seine Natur verstanden oder seinem Drängen nachgegeben hätte. Die Liebe der Wälder besaß eine Stimme. Sie tröstete mich, sie barg mich, und sie sagte mir, dass es nichts gab, worüber ich mir Sorgen machen musste. Hatte die Rote Mutter mich bislang denn nicht immer den richtigen Weg geführt?

Nascha senkte ihr Haupt. Es war eine Geste, die eigenartig kraftlos wirkte. Langsam wandte sie sich um und ging meiner Verlobten hinterdrein. Es vergingen drei Minuten, in denen Wasinija und ich uns stumm gegenüberstanden. Ich hätte nicht geglaubt, dass sie das Schweigen brechen würde, doch sie tat es.

»Sie will sie ihr zeigen!«

Meine Nackenhaare richteten sich auf. Da war es wieder, dieses Gefühl, für das ich keinen Namen hatte und das sich auch nicht greifen ließ.

»Wovon sprichst du, Wasinija?«

»Von der Quelle der Kadrash, Ariko! Nascha weiß, wo sie liegt!«

In dem Moment kam Lamis'jala zurück. Das Gesicht zu einer zornigen Maske entstellt, den blutigen Dolch in der Rechten. Aus Wasinijas Kehle löste sich ein derart gramerfüllter Laut, dass mir das Blut in den Adern gefror. »Warum hast du das getan?«, heulte sie auf. »Warum hast du das getan?«

Von der Nervosität, die ich eben noch bei Lamis'jala bemerkt zu haben glaubte, war jetzt nichts mehr zu sehen. »Weil das die Strafe für Verräter ist«, gab sie kalt zurück. »So war es, so ist es und so wird es immer bleiben.«

Der Schmerz Wasinijas verwandelte sich in rasenden Zorn. Die Wildblume riss ihre Armkatapulte in die Höhe, doch ehe sie auf Lamis'jala schießen konnte, fuhr ihr ein Dolch in den Rücken. Es war meiner.

Ich hielt die Sterbende in meinen Armen. »Nein! Oh, Gott, nein!«, stammelte ich schluchzend. Wasinijas Körper wurde von Krämpfen geschüttelt. Ein blutiger Bach strömte aus ihrer Nase, und doch lächelte sie. »Lass mich gehen, kleiner Bruder, Nascha wartet doch auf mich! Jetzt gibt es nur noch dich, nur noch ...« Ihre Stimme wurde zu einem Flüstern, ihr Flüstern zu einem Hauch. Dann lag sie still. Wasinija, edle Tochter der Wälder, ruhmreiche Kriegerin der Roten Mutter Agrunbar, war tot.

Der Tod von Nascha und Wasinija entzweite die Clans der Felsenkatzen und Wildblumen endgültig. Die Wildblumen bezichtigten Lamis'jala, die Unwahrheit zu sagen. Keiner wollte ihr glauben, dass sie von Nascha angegriffen worden war. Die Felsenkatzen wiederum empfanden es als schlimme Beleidigung, dass man einer der ihren, und damit dem gesamten Clan, vorwarf, der dunklen Kunst der Lüge mächtig zu sein.

Und ich? Was dachte ich, der ich meinte, der Schmerz müsse mir das Herz in Stücke reißen?

Natürlich sprach Lamis'jala die Wahrheit! Sie hätte gar nicht anders gekonnt! Die Fähigkeit des Lügens war nämlich ein Talent, das die Rote Mutter den Felsenkatzen ebenso vorenthielt wie allen anderen Clans. Dem Tod von Nascha und Wasinija lag ein schreckliches Missverständnis zugrunde. Er war ein grausamer Unfall! Eine andere Möglichkeit gab es nicht.

4

Gemeinsam mit Sabia, meiner Kleinen und den meisten anderen Felsenkatzen saß ich im Schatten der Feste. Die Wildblumen dagegen lagerten in den umliegenden Wäldern. Sie mieden uns. Während meine Gedanken bei Nascha und Wasinija weilten, erzählten die Felsenkatzen sich die Geschichten dieses Krieges. Jede Einzelne von ihnen, ja selbst ich, hörte inzwischen die sehnsuchtsvolle Stimme, die sie heim in die Wälder des Westens rief.

Der Morgen graute bereits, als Kerisk'ijade meine Braut und mich aufforderte, mit ihr zu kommen. Die Botin des Heiligen Hains teilte uns mit, dass wir die erste Gruppe der nach Wilderland zurückkehrenden Felsenkatzen begleiten würden. Ich war überrascht. Lag der Heilige Hain, die Heimat der ewigen Weide, etwa in Wilderland? Jeder Quadratmeter des Landes war vermessen, erforscht und kartographiert. Er hätte von den Menschen schon vor langer Zeit entdeckt werden müssen.

»Da gibt es noch eine Entscheidung, die ihr gemeinsam treffen müsst«, erklärte Kerisk'ijade. »Wer soll eure Liebe bezeugen?«

Darüber hatten wir uns noch keine Gedanken gemacht, aber uns beiden fiel die Entscheidung nicht schwer. Lamis'jala entschied sich natürlich für ihre Schwester, während meine Wahl auf den letzten Freund fiel, der mir jetzt noch geblieben war. Auf Taske.

Ich war mir fast sicher, dass Taske es ablehnen würde, uns zu begleiten. Auch er war mit Nascha und Wasinija befreundet gewesen. Davon abgesehen stand für ihn sein Ansehen auf dem Spiel. Die Abneigung, die Wildblumen und Felsenkatzen füreinander hegten, hatte sich mittlerweile in Hass verwandelt. Doch Taske willigte ein. Neben dem Wert unserer Freundschaft, so sagte er, sei es ihm wichtig, die letzten Bande zwischen den Clans nicht zerreißen zu lassen.

Wir schieden ohne Abschied. Die Wildblumen waren froh, dass wir gingen, und das tat mir weh. Nur die wenigen Angehörigen der

übrigen Clans, die sich mit uns vor Vogelsang befanden, kamen, um uns zu verabschieden. Nur sie gedachten der Waffenbrüderschaft der Clans und der gemeinsam durchgestandenen Kämpfe. Sie umarmten uns, wünschten uns Glück und verabschiedeten unseren Zug sogar mit einem Lied des Westens.
Wein' nicht Geliebter,
freu Dich über das, was war,
deine Braut starb mit einem Lachen,
für unsere Mutter Agrunbar!
»Ha'vion Mamiche!«, riefen sie uns nach. »Friede mit euch!«
»Tod den Menschen!«, antworteten die Felsenkatzen. »Tod! Tod! Tod!«

Und so verließ ich schließlich die herrlichen Wälder des Ostens. Ich hatte hier Dinge erlebt, die ich mir nie hätte träumen lassen. Momente voller Schönheit und Momente voll abgründigem Schmerz. Hier erst hatte ich ins Leben gefunden, hatte erfahren, wer ich wirklich war. Es war einer dieser Tage, an denen es schwerfällt, die eigenen Gefühle zu beschreiben. War ich traurig? War ich glücklich?

Der Bahnhof war weiträumig abgesperrt worden. Erst hier hörten wir, dass der aus Wilderland kommende Zug einen Passagier an Bord gehabt hatte. Einen toten Passagier.

Ihre Rückkehr in die heimatlichen Wälder war Teil des ausgehandelten Friedensschlusses. Die Verhandlungsführer der Menschen hatten Mühe gehabt, sich des Vorfalls zu erinnern, aber die Kinder der Agrunbar vergaßen keinen ihrer Kriegerinnen und Krieger.

Die Sepuku befahl, den kleinen Sarg zu öffnen. Sie war es wirklich. Das kleine, namenlose Mädchen, das Bergner mir hatte einst entreißen und in die Labors der Menschenwelt schaffen wollen. Sie sah aus, als wäre sie gerade eingenickt, jedoch sofort bereit, wieder aufzuspringen, wenn ein Freund sie zum Spielen in die Wälder rufen würde. Es ist der Respekt und die Ehrfurcht vor dem göttlichen Körper, der verhindert, dass ein toter Hameshi in den Zustand der Verwesung übergeht. Kein Bakterium, kein Pilz und kein Nekrophag ernährt sich von uns. Unser Leben gehört der Roten Mutter, unser Tod dem Feuer.

Die Sepuku hieß das Mädchen willkommen. Sie fasste sie an den Händen und bat sie um Vergebung dafür, dass es den Kindern der Agrunbar damals nicht gelungen war, sie zu befreien.
»Jetzt bist du zu Hause«, schloss sie. »Jista jubelt über die Heimkehr ihrer letzten Verteidigerin. Bald wird das Feuer deine Seele befreien, bald wird deine Asche frei über die Mauern deiner Heimat fliegen!«
Ich sank auf die Knie, beugte mich zu dem toten Mädchen hinab und küsste ihre Stirn. Lamis'jala kannte die Geschichte, die mich mit dem Kind verband. Die Zuneigung und Liebe, die sie mir in diesen Minuten bewies, milderten die Bitterkeit ein wenig, die ich über den Tod Naschas und Wasinijas empfand.

Das Zugbegleitpersonal bestand ausschließlich aus Agrim, die das *Widerstandskomitee* ausgewählt hatte. Noch sehr viel penibler als zuvor war es inzwischen bemüht, mögliche Verräter zu entdecken und aus ihren Reihen auszuschließen. Vor der Sepuku sanken die Agrim in die Knie.
»Wie heißt du?«
»Markus, Eure Göttlichkeit.«
»Die Rote Mutter Agrunbar dankt dir für deinen Mut und deine Treue, Markus!«
»Wie heißt du?«
»Sigrid, Eure Göttlichkeit.«
»Die Rote Mutter Agrunbar dankt dir für deinen Mut und deine Treue, Sigrid!
»Wie heißt ...?«

Insgesamt waren wir, die wir den Weg in den Westen antraten, 182 Felsenkatzen. Die Übrigen derjenigen unseres Clans, die in den Wäldern des Ostens gekämpft hatten, würden uns, aufgeteilt in verschiedene Züge, in den nächsten Tagen folgen. Eine Vorsichtsmaßnahme.
Obwohl in den Abteilen jede Menge Platz war, musste die Sepuku den Felsenkatzen erst befehlen, sich über den ganzen Zug zu verteilen. Hätte sie das nicht getan, hätten wir uns vermutlich in ein

oder zwei Abteile gequetscht. Damit wären wir einem tückischen Instinkt gefolgt, der sich trotz der bitteren Erfahrungen des Krieges nicht einfach abschalten ließ.

Am Ende hatten Taske, Sabia, meine Kleine und ich ein ganzes Abteil für uns allein. Es war sehr warm, weshalb wir einige Fenster öffneten. Im Wagen hinter uns hörten wir junge Mädchen jauchzen. Einige von ihnen waren schon lange nicht mehr – oder noch nie – mit einem Zug gefahren und fanden nun großen Gefallen daran. Bald schon begannen sie, allerlei Unfug zu treiben. Sie kletterten während der Fahrt aus dem Fenster, rannten auf den Wagendächern umher oder machten sich einen Spaß daraus, mit einer Hand an den Zug geklammert, im letzten Moment den heranrasenden Strommasten auszuweichen. Irgendwann kam, was kommen musste, und wir hörten die wütende Stimme der Sepuku. Dann herrschte Ruhe. Ein Weilchen zumindest. Eben so lange, bis den Kindern der nächste Unsinn einfiel.

Am Abend trafen wir am Bahnhof von Bockenwiesen ein. Der kleine Ort würde laut Friedensvertrag künftig zum Herrschaftsbereich der Felsenkatzen gehören. Diejenigen Menschen, die sich zum Bleiben entschlossen hatten, würden sich den Gesetzen des Waldes unterordnen müssen. Viele waren das nicht. Die Straßen des Städtchens lagen wie ausgestorben. Obwohl das Militär unseren Weg weiträumig abgesperrt hatte, trafen wir unterwegs auf eine Gruppe Arbeiter, die damit beschäftigt waren, das Glockenspiel aus dem Kirchturm zu montieren. Ein kleines, wohlklingendes Kunstwerk, für das Bockenwiesen bekannt gewesen war.

Als die etwa zwanzig Männer auf uns aufmerksam wurden, unterbrachen sie ihre Arbeit. Sie schüttelten die Fäuste, beschossen uns aus unsichtbaren Gewehren und brüllten: »Mörder! Mörder! Mörder!«

Die Sepuku befahl unserer Gruppe, nicht darauf zu reagieren, doch nicht alle hielten sich daran. Messer wurden gezogen und »Wir töten euch alle!« skandiert.

Am Waldesrand gingen wir auseinander. Noch war nicht ganz klar, wie sich die einzelnen Gemeinschaften zusammensetzen und wo genau sie in Zukunft siedeln würden, doch ich hoffte, dass ich die Chance auf einen Neuanfang bekommen würde. Nach Asmods Tod war mein Verhältnis zu den übrigen Männern unter den Felsenkatzen nie wirklich ins Lot gekommen. Dennoch gab mir nun, da wir uns trennten, jeder von ihnen die Hand. Selbst Samur, auch wenn sein Blick drohend blieb. Die Einzige, die mich auch heute wieder übersah, war die Sepuku. Sie schied von mir, als habe sie nie auch nur ein Wort mit mir gewechselt und würde auch in Zukunft nicht beabsichtigen, das zu tun.

Dann waren wir allein. Kerisk'ijade, Sabia, Taske, Lamis'jala und ich. Schweigend waren wir etwa eine halbe Stunde nebeneinander hergegangen, als Kerisk'ijade unvermittelt stehen blieb. Seltsames geschah. Hatte eben noch die Sonne die vor uns liegende Lichtung erhellt, wurde der schmale Leib der Botin plötzlich von Mondlicht umfangen.

»Hier ... ist ... es ...« Kerisk'ijades Körper zuckte wie unter Spasmen. Ein hohles Dröhnen erfüllte die Luft. Das Mädchen begann sich um die eigene Achse zu drehen, gleichzeitig verwandelte ihr Mund sich in einen gewaltigen Schlund, der groß und immer größer wurde, bis er uns endlich alle verschlang.

5

Ich erwachte an dem Ort, den ich in meinen Träumen schon so oft besucht hatte. Die Sonne schien jetzt wieder hell vom Himmel. Ihre Strahlen fielen in ein lichtes Tal, in dessen Mitte sich ein steinerner Wall befand. Hinter diesem Wall stand die ewige Weide, deren dichtes Laubwerk den Fels überragte. Links von mir lag Taske. Seine schwarzen Haare waren ihm in die Stirn gefallen. Sein Brustkorb hob und senkte sich so rasch, als läge er im Fieber. Rechts von mir war Sabia. Sie hatte sich im Schlaf so fest an meinen Arm geklammert, dass die Finger meiner linken Hand ganz taub geworden waren. Vorsichtig löste ich ihren Griff. Meine Sorge, sie könnte erwachen, erwies sich als unbegründet. Sie schlief so tief und fest, dass ich mir nicht sicher war, ob ich sie überhaupt wach bekäme, wenn es aus irgendeinem Grunde sein müsste.

Kerisk'ijade war verschwunden, mein geliebtes Mädchen aber saß am Fuße des Schreins, von dem ich wusste, dass dort die Trauungszeremonie stattfinden würde. Sie lächelte und schien mir schöner denn je. »Hallo Ariko! Ich würde dir gerne etwas zeigen. Begleitest du mich ein Stück?«

»Natürlich.«

Außer uns schien niemand hier zu sein. Keine Boten, keine Diener, keine Priester. Der Hain lag da wie ausgestorben.

»Wo sind wir hier, Lamis'jala?«

»Weißt du das denn nicht?«

Wir gingen auf den Steinwall zu, der sich, kurz bevor wir ihn erreichten, einen Spaltbreit öffnete. Meine Braut ging hindurch, ich folgte ihr. War mir das Tal gerade noch licht und freundlich erschienen, verlor sich dieser Eindruck jetzt. Hinter dem Wall herrschten Nebel und Halbdunkel. Sogar die heilige Weide selbst sah nun nicht mehr Leben spendend, sondern düster und bedrohlich aus.

»Komm mit, Ariko. Hab keine Furcht.« Lamis'jala nahm mich bei der Hand und ging mit mir auf eine Höhlung direkt unterhalb der Weide zu, die meiner Aufmerksamkeit bislang entgangen war. Gemeinsam durchwanderten wir den heiligsten Ort der Hameshi. Links und rechts und oben und unten, überall befand sich das Wurzelwerk, in dem die Seele der Roten Mutter wohnte. Das Magische dieses Ortes war so stark, dass mir das Herz im Leibe flatterte.

Immer tiefer führte Lamis'jala mich in den Untergrund, bis wir schließlich an eine Statue gelangten. Ungläubig betrachtete ich die Skulptur. Sie zeigte eine nackte Frau, oder besser ...
»Eine Asartu?«
»Nicht ganz«, antwortete meine Braut. »Sie ist eine der Sepuku, die einst der weiße Wurm verschlungen hat.«
Selbst als steinernes Abbild war die Sepuku noch in der Lage, dem Betrachter Angst einzuflößen. Die Fangzähne gebleckt, jeden Muskel gespannt, schlich sie sich katzengleich an ein imaginäres Opfer heran. Die Skulptur war von verstörender Vieldeutigkeit. Mehr als die deutlich sichtbare erotische Komponente irritierte mich die mit Gier gemischte Heimtücke, die ich in den Zügen der Frau zu erkennen glaubte. Unter der Statue lag ein samtenes Kissen, auf dem sich ein Gegenstand befand. Dieser Gegenstand war ein Dolch! Seine Klinge bestand aus Silber, der Griff aus schwarzem Stein. Der Knauf war aus Gold gefertigt worden und stellte einen skelettierten Asartu-Schädel dar. Ich wusste, was das für eine Waffe war. Dies war die Klinge, mit der Aniguel den weißen Wurm getötet hatte!

Lamis'jala nahm das Artefakt wie selbstverständlich zur Hand und betrachtete es versonnen. »Schön, nicht wahr?«

Kalte Schauer liefen mein Rückgrat hinab, als ich sie so da stehen sah. »Wer bist du, Lamis'jala?«

Meine Braut lachte. Es war ein warmes, herzliches Lachen. Das Lachen eines jungen Mädchens, das vom Bösen in der Welt noch nicht viel gesehen hat. »Aber das weißt du doch mein großer, dummer Bär! Ich bin deine Geliebte, Ariko, deine zukünftige Frau! Diejenige, die Glück und Leid mit dir teilt. Heute und in Ewigkeit! Auf dieser Seite der Wälder bin ich Lamis'jala, auf der Anderen aber die Rote Mutter Agrunbar!«

Mir schwindelte. »Warum tust du das?«, wollte ich wissen.
»Warum tue ich was?«, fragte mich die Rote Mutter.
»Ich meine, warum bist du hier? Muss eine Gottheit nicht ... nicht ... irgendwelche Fäden in der Hand halten? Pläne schmieden?«

Lamis'jala grinste auf eine Art, die ich schon hundert Mal ... ach, tausend Mal bei ihr gesehen hatte. »Nun, auf eine gewisse Art und Weise tue ich das ja auch, doch muss ich darüber nicht nachdenken.

Es geschieht einfach, Ariko. Es ist der Teil von mir, der niemals schläft. Der keine Einsamkeit fühlt, keine Trauer und keinen Schmerz. Der die Wälder schützt und unsere Ehe segnen wird. Es ist der Teil von mir, der in der großen Weide wohnt.

»Und wer bist dann du?«, wollte ich wissen. »Du, die du hier neben mir stehst?«

»Na, Lamis'jala natürlich! Kennst du deine Verlobte nicht mehr? Ich gehöre zu meinen Kriegerinnen. Immer will ich auch eine der ihren sein! Im Krieg und im Frieden, in Freude und in Trauer, im Sieg und in der Niederlage. Immer! Und wenn dieser Körper einst stirbt, werde ich als eine andere wiederkehren. Als ein kleines, glückliches Baby in den liebenden Händen einer stolzen Tochter der Wälder!«

Noch ehe ich mich sammeln konnte, fuhr die Rote Mutter fort. »Du musst Hunger haben, Ariko! Magst du einen Apfel? Oder ein paar Nüsse?« Lamis'jala stupste mich mit dem Finger in die Magengrube.

Ich schüttelte verwirrt den Kopf. »Entschuldige bitte, aber ich versteh das alles nicht. Du bist also die Rote Mutter Agrunbar?«

»Sagte ich das nicht bereits?«

»Eine Göttin?«

»Ja.«

»Meine Göttin?«

»Nein.«

»Nicht?«

»Nein, Ariko. Nicht deine Göttin, nur deine Geliebte. Reicht dir das denn nicht?«

Meine Verwirrung wurde mit jeder Sekunde, die verstrich, größer. Was hatte das nun wieder zu bedeuten?

»Du bist kein Hameshi, Ariko, sondern ein Kadrash. Der letzte der Kadrash, und ich bin froh, dass meine Kräfte endlich wieder stark genug waren, dich zu mir zu rufen!«

Ich war wie vor den Kopf geschlagen. Ganze Schwärme von Fragen schossen durch meinen Kopf, und ich wusste nicht, welche ich zuerst stellen sollte. »Warum ich? Warum hast du die Kadrash ausgelöscht, mich aber am Leben gelassen?«

»Kannst du dir das nicht denken, Ariko? Du bist der Junge aus *Leblos*. Du bist der Feind, der das Herz einer Göttin berührte!«

»Hast ... hast du schon einmal mit Gott gesprochen?«

»Ob ich ...« Das Gesicht Lamis'jalas verriet ehrliche Verblüffung, doch dann lachte sie schallend. »Nein, ganz bestimmt nicht! Was sollte mir der schon Interessantes zu sagen haben? Wie er die Sonne auf- und untergehen lässt, vielleicht? Sonne rauf, Sonne runter, Sonne rauf ... Wie langweilig! Da spreche ich doch viel lieber mit dir!«

»Du ... du hättest ihn nach dem Sinn fragen können«, warf ich ein.

»Nach dem ... *Sinn*?« Der Blick der Roten Mutter wurde unversehens ernst. »Es gibt keinen Sinn in der von Gott geschaffenen Welt, Ariko. Wusstest du das denn nicht?«

Ich nickte, ohne ihr deswegen zuzustimmen. Das bleierne, in mir bohrende Gefühl, betrogen worden zu sein, wich einer befreienden Erkenntnis. Nein, Lamis'jala hatte mir nichts vorgemacht. Sie, die sie mit mir hier unten stand, war nicht alt, sie alterte nur nicht. Der Roten Mutter Gedanken, ihr Sehnen und Träumen, waren jung und würden es immer sein! Aus ihrer Jugend schöpfte sie ihren Zorn und ihre Leidenschaft, doch diese Jugend hatte einen Preis. Ganz gleich, wie lange sie auch immer in den Wäldern herrschen mochte, eine Eigenschaft würde sie doch nie erlangen: Weisheit.

Der Dolch war faszinierend, die von ihm ausgehende Macht fühlbar. Lamis'jala gab ihn mir in die Hand. »Diese Klinge hat Luzifer selbst gehört. Es ist nicht nur eine Waffe, sondern auch ein Schlüssel.«

»Ein Schlüssel?«

Agrunbar nickte. Die Rote Mutter entsprach in Stimme und Gebaren Lamis'jala völlig. Nur manchmal, und dann auch nur für einen kurzen Moment, schien alles Mädchenhafte von der Göttin abzufallen. Nur dann wurde ich mir der unfassbaren Macht Agrunbars bewusst, die groß genug war, die Lebenden wie die Toten in eine um sie herumführende Kreisbahn zu zwingen.

Sie fuhr fort: »Ja, ein Schlüssel. Als der Sohn der Venus seinen großen Krieg vorbereitete, hat er viele Welten mit zwei Mechanismen versehen. Einen, mit denen er bei Gefahr fliehen, einen anderen, mit dem er die betreffende Welt notfalls vernichten konnte. Auch unsere Welt beherbergt diese Mechanismen.«

»Und wo sind die?«

»In den Gewölben Jistas, Ariko, wo sonst?« Die Rote Mutter zwinkerte mir zu. »Verstehst du nun, warum es so wichtig für uns war, Jista zurückzuerlangen, warum wir es überhaupt erst verteidigt haben? Dieser Dolch und der Besitz Jistas verbessern zwar nicht unsere Chancen, die Menschen eines Tages zu besiegen, aber sie verleihen uns die Macht, sie zu vernichten!«

Luzifers Dolch war nicht das letzte Wunder, das Agrunbar mir zeigte. Tiefer und immer tiefer ging es unter die Erde, die weniger nach Erde als vielmehr nach all den herrlichen Dingen roch, die dem Wald seinen Zauber gaben. Es roch nach frischen Gräsern und Blüten. Es duftete nach Ahornblättern, tropfendem Morgentau und dem Regen einer heißen Sommernacht.

Wir betraten den Thronsaal, den Agrunbar zwar nicht Thronsaal nannte, an deren hinterer Wand sich aber zwei Reihen mit je elf ganz aus Wurzelwerk bestehenden Stühlen befanden. Sie wurden überragt von einem Einzelplatz, der, wie ich annahm, der Roten Mutter selbst gehörte. An den Wänden brannten Fackeln, die zwar Helligkeit, aber keine Wärme erzeugten. Beim Näherkommen erkannte ich, dass sich unter den Stühlen aus Ästen und Blättern etwas befand, das ich bei dem flackernden Licht aber nicht recht zu erkennen vermochte.

»Was ist das?«

»Gebeine, Ariko. Sie sind das Fundament meiner Macht! Hier ist der Ort, an dem ich am stärksten bin! Hier werden Ariko und Lamis'jala heiraten!«

Von den beiden Stuhlreihen war die obere Reihe fast komplett von mumienähnlichen Gebilden besetzt. Nur ein Platz dort war leer, während die Reihe darunter vollständig unbesetzt war. Doch gerade einer dieser verwaisten Plätze zog meine Aufmerksamkeit auf sich. Eine Unmenge spitzer und giftig glitzernder Dornen ragte aus seiner Sitz- und Rückenfläche.

»Was für ein Platz ist das?«, fragte ich Lamis'jala.

»Dies ist der Platz, an dem Shabula einst sitzen wird.«

»Und diese ... Mumien?«

»Das sind die Sepuku.«

Mich schauderte. »Was tun sie hier?«
»Sie warten.«
»Worauf?«
»Auf den Zauberspruch.«
»Welchen Zauberspruch?«
Lamis'jala nahm meine Hände, führte sie sich an die Lippen und küsste sie. »Ich bin die Herrin der Wälder, Ariko! Alles ist nur durch mich! Ich kröne mich selbst und ich segne mich selbst! Den Hameshi schenke ich ihr Leben, dir aber schenke ich mein Herz. Sag mir, ob du es haben möchtest, Ariko!«
Der Schauer, der mich durchlief, hatte nichts mit dem zu tun, was ich in den letzten Stunden erlebt hatte. Wer immer Lamis'jala auch war, sie war mein Schicksal. Im Guten wie im Bösen, und es lag nicht nur außerhalb meines Willens, sondern auch außerhalb meiner Macht, daran etwas zu ändern.
»Das will ich Lamis'jala! Das will ich mehr als irgendetwas sonst!«
Funken – grüne, rote und goldene – begannen, Lamis'jala und mich einzuhüllen. Sie wirbelten eine kleine Weile um uns herum, bevor sie schließlich in alle Himmelsrichtungen davonstoben. Dann war es vorbei. Lamis'jala lächelte. Sie nahm mein Gesicht in ihre Hände und gab mir einen liebevollen Kuss. »Es ist geschehen, Ariko! Wir sind jetzt Mann und Frau!«
Doch noch etwas geschah! Die Binden und Tücher, von denen die Rote Mutter behauptet hatte, dass sich darunter die Sepuku verbergen würden, fielen allesamt in sich zusammen. Die Dämonen waren fort!
Urplötzlich wurde ich wütend. Fragen, die mich eben noch völlig in Ruhe gelassen hatten, bedrängten mich jetzt heftiger als je zuvor! »Warum benutzt du mich? Warum belügst du mich? Und warum, zur Hölle, hast du Nascha ermordet und mich dazu gebracht, Wasinija zu töten?«
Der Ausdruck des Erschreckens in Lamis'jalas Gesicht war echt. Sie hielt sich die Hände vors Gesicht. »Schlag mich nicht, Liebling! Du hast geschworen, es nie wieder zu tun!«
»Ich ... ich schlag dich doch nicht, ich, ich ... alles, was ich will, ist die Wahrheit!«
»Unsere Liebe, Ariko!«, sagte die Rote Mutter mit tränenschwerer Stimme. »Unsere Liebe ist die Wahrheit! Wie kannst du nur glauben, dass es noch eine andere geben könnte?«
»Was ist die Quelle der Kadrash, Lamis'jala?«

»Die was?«

»Du hast mich schon verstanden! Was ist die ...«

Doch noch bevor die Rote Mutter antworten konnte, erschütterte ein grässliches Dröhnen die Luft. Ich hätte nicht zu sagen gewusst, woher es kam, doch ich erriet, welchem Zweck es diente. Es war ein Alarm!

»Komm, Ariko! Schnell!« Ohne ein weiteres Wort zu verlieren, eilte Lamis'jala den Gang zurück, den wir eben gekommen waren. Ich rannte ihr hinterher, ohne zu wissen, warum ich es tat oder was geschehen war. Ich versuchte sie einzuholen, hatte aber keine Chance. Ich kam an der Skulptur vorbei, die ich vorher für eine Asartu gehalten hatte. Sie war es, der das schreckliche Geräusch aus dem steinernen Körper drang! Den Mund weit offen, die Reißzähne gebleckt, wies sie mit ihrer linken Hand den Gang hinauf, den die Rote Mutter bereits vorausgeeilt war. Erst jetzt fiel mir auf, dass sich Luzifers Dolch nicht mehr auf dem Kissen befand. Hatte Lamis'jala ihn mitgenommen? So musste es sein, denn wer würde es schon wagen, die Rote Mutter zu berauben?

Ich war noch nicht oben angelangt, als ein Beben mich von den Beinen warf. Die Heilige Weide selbst schien zu erzittern. Was war geschehen?

»Oh, Gott ...«

Das Erste, was ich jenseits der Felswand sah, waren Wesen von nicht ganz einem Meter Größe, die wie bizarre Karikaturen Kerisk'ijades wirkten. Sie besaßen messerscharfe Klauen und eine Unzahl nadeldünner Zähne. Die Haut der kleinen Ungeheuer war von tiefster, mit roten Flecken besprenkelter Schwärze. Allesamt waren die Wesen tot. Verbrannt, zerhackt oder mitten entzwei gerissen. Ihre Leichen säumten eine Spur verbrannten Grases, das etwa achtzig Meter geradeaus führte, bevor es plötzlich endete.

Lamis'jala stand am Ende dieser Spur und starrte in den Himmel. Sie zitterte vor Wut!

»Was ist geschehen?«, wollte ich von ihr wissen.

»Wir sind betrogen worden! Das ist geschehen!«

»Wo sind Sabia und Taske!«

»Sabia schläft, und Taske ... später Ariko! Wir müssen los! Wir müssen einen Dieb fangen!«

Rasch überprüfte ich den Sitz meiner Messer, dann spannte ich die Armkatapulte. »Und jetzt?«, fragte ich Lamis'jala.
»Jetzt warten wir.«
»Worauf?«
»Auf die Sepuku!«
»Warum?«
»Na, weil sie uns von hier fortbringen muss! Der Dieb hat sich auf in die Lüfte gemacht!«
»Und warum folgen wir ihm dann nicht? Kannst du denn nicht fliegen?«
Lamis'jala verdrehte die Augen. »Natürlich nicht! Sehe ich vielleicht aus wie ein Schmetterling?«

Erst wurden wir in die Höhe gehoben, dann begann die Welt, sich rasend um sich selbst zu drehen. Die Ewige Weide blieb unter uns zurück, und als wir schließlich die magische Schranke überwanden, die den Heiligen Hain von der Welt der Menschen trennte, schwand meine Erinnerung an alles, was ich dort erlebt hatte. Nur zwei Gewissheiten durfte ich behalten: Erstens: Ich verfolgte einen Dieb und zweitens ... Lamis'jala war jetzt meine Frau!

6

Als wir Jista erreichten, war es bereits Nacht. Die Gegend hatte sich, seit ich sie das letze Mal gesehen hatte, stark verändert. Das Gelände war von jedem Bewuchs befreit, sowie weiträumig umzäunt worden. Dort, wo einst die Katapulte der Hameshi gestanden hatten, ragten jetzt Flakgeschütze in die Höhe. Riesige Flutlichtmasten hüllten den schwarz und träge dahinfließenden Solimbor in grelles Licht.

Bergner hatte offensichtlich noch nicht aufgegeben. Auch wenn seine Revolte niedergeschlagen worden war, befand sich doch noch immer der Papst in seiner Gewalt.

Luzifers Dolch war ebenfalls hier. Nun konnte auch ich ihn spüren. War der General der Dieb? Und wenn ja, wie hatte er das angestellt?

Wraith brachte uns so dicht an die Feste heran, wie sie es vermeiden konnte, von einem der durch die Nacht geisternden Lichtfinger erfasst zu werden. Ihr Äußeres war grauenerregend. Ich mochte sie kaum richtig ansehen. Die Sepuku erinnerte mich an eine Mischung aus Dämon und Flugsaurier, auch wenn ihre Erscheinung als solche an keine feste Gestalt gebunden schien. Zumindest die Länge und Form ihrer Gliedmaßen veränderte sich ständig. Sie setzte uns ab, richtete sich auf, schlug mit den Flügeln und geriet dabei in eine im Laub eines Baumes verborgene Sprengfalle. Diesmal gelang es mir nicht sie zu retten. Die Wirkung der Waffe war begrenzt, aber Wraith erwischte sie mit voller Wucht. Aufstöhnend sank sie zu Boden. Die Sepuku starb, und noch im Sterben nahm sie ihre ursprüngliche Gestalt wieder an. Die gewaltigen Fledermausflügel schrumpften, und aus ihren Klauen wurden wieder Hände. Von ihren Augäpfeln aber, war bald nur noch das Weiße zu sehen. Als ich sie bereits für tot hielt, bewegten sich die Lippen der Sepuku doch noch einmal.

»Hass mich nicht, Ariko ... bitte, hass mich ...«

Sie starb und das was sterblich an ihr gewesen war, zerfiel. Ich erinnerte mich in diesem Moment daran, dass ich einst geschworen hatte, sie zu töten, aber nun, da ich in ihrem Staub kniete, war ich froh, meinen Schwur nicht halten zu müssen.

Ich musste es alleine tun, und es war mir sogar gelungen, Lamis'jala davon zu überzeugen. Nackt, wie Gott mich geschaffen hatte, ging ich auf den Wachtposten zu.
»Halt!«
Ich nahm die Hände hoch und verschränkte sie hinter dem Kopf.
»Nicht schießen, Kamerad!«
Zwei Männer traten aus dem Scheinwerferlicht. Ungläubig starrten sie auf das Symbol des Kollektivs, das mir einst über das Herz tätowiert worden war.
»Wer bist du, und wo kommst du her?«
»Leutnant Schneider, 2. Panzerdivision des Kollektivs. Ich habe einst zu den Belagerern Jistas gehört und war in Gefangenschaft. Erst heute konnte ich fliehen!«
Das Misstrauen stand den Wachen ins Gesicht geschrieben. Das war ihnen kaum zu verübeln.
»Du bist also ein Kollektivist?«
»Ja!«
»Dann bete für uns.«
Ich räusperte mich. Die Zeit lief mir davon, aber was half mir diese Erkenntnis? Wenn es mir nicht gelang die Wachen davon zu überzeugen, dass ich einer der ihren war, würden sie mir anstelle eines Passierscheins nur Kugeln geben.

Hör uns, Allmächtiger!
Hör uns, Allgütiger!
Himmlischer Führer der Schlachten!
Vater, Dich preisen wir!
Vater, wir danken Dir,
dass wir zur Freiheit erwachten.

Wie auch die Hölle braust,
Gott, Deine starke Faust,
stürzt das Gebäude der Lüge.
Führ uns, oh, Herr,
führ, dreieiniger Gott,
führ uns zur Schlacht und zum Siege!

Führ uns! – Fall' unser Los,
auch tief in Grabes Schoß.
Lob doch und preis Deinen Namen!
Reich, Kraft und Herrlichkeit
sind Dein in Ewigkeit!
Führ uns, Allmächtiger! Amen

Die Wachen bekreuzigten sich nach meinem Gebet. »Gut, Kamerad. Bitte verzeih, aber die Zeiten sind schwer. Die Feinde lauern überall, und sie haben geschworen, uns zu vernichten!«
»Wahr gesprochen, Bruder.«
Obwohl die Männer mich durch das Tor ließen, wusste ich doch, dass mir ein letzter Test noch bevorstand. Eine der Wachen gab mir die Hand und sah mir dabei fest in die Augen. Ich wusste, was er tat. Zwar war es mir inzwischen gelungen, ihn davon zu überzeugen, dass ich kein Spion der Republik war, aber da gab es ja auch noch eine andere Möglichkeit. Die Möglichkeit, dass es sich bei mir um einen Sohn der Roten Mutter handelte, der das einem Gefangenen der Wälder abgepresste Wissen dazu benutzen wollte, um sich in die Reihen des Kollektivs zu schleichen. Der Agrim musterte mich sehr genau, schloss für einen Moment die Augen und öffnete sie wieder. »Du bist sauber, mein Freund! Bitte! Hier entlang! Ich schätze, du sehnst dich nach einem Kaffee und einer Uniform.«
Ich gab mir große Mühe nicht erleichtert zu wirken. Lamis'jala hatte bereits prophezeit, dass kein Lauscher mich entdecken würde. Woher sie dieses Wissen nahm, hatte meine Frau mir zwar nicht sagen können, doch war ich jetzt froh, ihrem Instinkt vertraut zu haben.
Auf den Gedanken, dass mein Kommen möglicherweise angekündigt worden sein könnte, kam ich dagegen nicht, aber genau das war geschehen. In Wahrheit hatten die Wachen mich keine Sekunde lang für einen der ihren gehalten, im Gegenteil. Sie hatten von Anfang an gewusst, wer ich war!
Der Schlag, der mich am Hinterkopf traf, ließ mich zu Boden taumeln, und das Betäubungsmittel, das sie mir unter die Haut spritzten, raubte meine Sinne. Das Letzte, was ich fühlen konnte, waren die Handschellen, die sich um meine Handgelenke schlossen.

Ich weiß nicht, wem ich nach meinem Erwachen zu sehen erwartet hatte, am allerwenigsten aber ihn.

»Taske?«

»Hallo Ariko.« Taske saß mir gegenüber. Wir beide saßen auf stählernen Stühlen, nur dass ich angekettet war, während der Freund keine Fesseln trug. Immerhin trug ich wieder Kleider am Leib, wenngleich auch die verhasste Uniform des Kollektivs.

»Gott zum Gruß, Ariko.«

Erst jetzt bemerkte ich Bergner. Er trat aus dem Schatten einer Mauer. In der Linken hielt er ein schweres silbernes Kreuz, in der Rechten den Dolch Luzifers!

»Verdammter Dieb!«, entfuhr es mir.

Bergner trat vor und gab mir eine Ohrfeige. »In den heiligen Hallen Jistas wird nicht geflucht!«

»Wie konntest du ihn stehlen?«

»Oh, ich habe ihn nicht gestohlen! Das war unser Freund hier.« Bergner wies auf Taske.

Erst jetzt fielen mir die seltsamen Symbole auf, die – offenbar aus Kreide gezeichnet – Taskes Stuhl umgaben.

»Was hat das alles zu bedeuten? Taske! Freund! Sag es mir!«

»Oh, keine Sorge, Ariko. Er wird es dir gleich sagen!«, erwiderte Bergner anstelle des Freundes. Er trat Taske gegenüber und hielt das Kreuz über ihn. »Nenne deinen Namen!«

Taske lachte. »Was soll der Blödsinn?«

»Nenne deinen Namen!«

»Bergner!«, erwiderte Taske noch immer lächelnd, wenn auch mit fühlbar unterdrückter Wut. »Was du da tust, ist Schwachsinn!«

»Nenne deinen Namen!«

»Drauf geschissen!«

»Ich befehle es dir bei Gott, dem Allmächtigen, verfluchter Dämon! Nenne deinen Namen!«

Plötzlich begann Taske sich zu verändern! Seine schmächtige Gestalt wurde groß und bullig. Schwarze Flammen umzüngelten seinen Leib und sein Haupt wurde zu dem eines ... Stieres!

»Aniguel!«, brüllte die höllische Kreatur. »Mein verfluchter Name ist Aniguel!«

Bergner war fort, und aus Taske war wieder Taske geworden. Irgendwo tief in den Eingeweiden Jistas saßen wir uns in einem Raum gegenüber, in dem sich außer unseren beiden Stühlen und einer von der Decke baumelnden Glühbirne nichts befand. Ich konnte das Summen eines Generators hören. Das und der knirschenden Laut, den Taske mit seinen Zähnen erzeugte, waren die einzigen Geräusche, die zu hören waren.

Das also war Aniguel. Der erste Diener Gottes. Der Ahnherr des Kollektivs! Ich konnte es noch immer nicht fassen. »Warum hast du das getan?«

»Was meinst du, mein junger Freund?«

»Warum hast du Luzifers Dolch gestohlen?«

Taske, oder Aniguel, beugte sich vor. Anders als ich war er nicht gefesselt, seine Bewegungsfreiheit hatte Bergner auf andere Weise eingeschränkt.

Der Dämon faltete seine Hände. »Ich habe ihn nicht gestohlen, Dummkopf! Luzifers Dolch hat der Roten Mutter nie gehört! Zum Dank dafür, dass ich ihr diesen Wurm vom Hals geschafft habe, hat sie ihn einfach behalten!«

Mein ganzes Leben hatte die mir gegenübersitzende Kreatur zerstört! Als der Begründer des Kollektivs hatte Aniguel mir die Jugend geraubt und als falscher Freund die Zukunft!

»Warum ich?«

Die Kreatur zuckte die Schultern. »Da warst mein Schlüssel. Ich vermag vieles, doch ist die Magie, die ich beherrsche, von anderer Natur als die, die der weiße Wurm besaß! Nachdem die Rote Mutter mich aus ihrem kleinen Reich getrickst hatte, konnte ich nicht mehr dorthin zurück! Das ist wie bei diesen kleinen blauen Kobolden, deren Dorf man nicht findet, wenn ...«

»Kleine blaue Kobolde? Wovon zur Hölle sprichst du?«

»Vergiss die Kobolde! Mit Gewalt kam ich jedenfalls nicht weiter, also benötigte ich eine List! Ich brauchte jemanden, von dem ich wusste, dass die Agrunbar nicht zögern würde, ihn in das Innere ihres Reiches zu lassen.«

»Und da bist du ausgerechnet auf mich gekommen?«

Aniguel lachte. Auch wenn er nicht weniger Gefangener war als ich, schien er weder besorgt und inzwischen noch nicht einmal mehr zornig zu sein. »Doch, das konnte ich. Auch wenn die Rote Mutter die Wälder schon seit Jahrtausenden beherrscht, hat sie es doch nie geschafft, den Geist der alten Kadrash ganz zu tilgen. Noch immer stellt er einen, wenn auch kleinen, magischen Faktor dar, den sie beachten muss. Mag sein, dass sie einen Narren an dir gefressen hat, aber sie braucht dich auch. Sie braucht dich, um diese Höllenwesen zu beherrschen, die du Sepuku nennst!«

»Ich und die Sepuku beherrschen? Das ist der größte Blödsinn, den ich je gehört habe!«

Aniguel lächelte. Er wirkte weder so, als habe er ein schlechtes Gewissen, noch, als würde er Triumph empfinden. Er wirkte interessiert, vielleicht sogar ein klein wenig froh darüber, dass ich bei ihm war, um ihm die Zeit zu vertreiben.«

»Du bist der Verräter, von dem Bergner damals gesprochen hat!« fuhr ich ihn an.

»Ja, das nehme ich an. Ich habe den General gebraucht, schließlich sollte er dich laufen lassen. Womit ich nicht gerechnet habe, ist, dass der Idiot es wagen würde, Luzifers Dolch an sich zu nehmen. Zum Glück aber wird ihm der nichts nützen.«

»Du hast den Dolch im Laub versteckt! Du hast dafür gesorgt, dass ich Asmod töte!«

Aniguel schüttelte den Kopf. »Falsch! Meinen Versuch, dir zum Sieg zu verhelfen, hast du in den Sand gesetzt! Dafür, dass du Asmod tötest, hat letztlich jemand anderer gesorgt.«

Ich zog die Augenbrauen zusammen. »Wer sollte das gewesen sein?«

»Wraith.«

»Wraith?« Ich glaubte, mich verhört zu haben. »Die hat mich von Anfang an gehasst! Warum hätte sie mir helfen sollen?«

»Wer weiß?« Aniguel verschränkte die Hände hinter seinem Kopf. »Vielleicht hat sie sich ja des Knaben erinnert, den sie einst, als sie noch keine Sepuku der Roten Mutter, sondern eine rauschgiftsüchtige Prostituierte war, in einer kalten Winternacht auf die Stufen einer Polizeistation gelegt hat.«

Ich war wie vor den Kopf geschlagen. Ob Aniguel log? Ich versuchte es zu glauben, aber ich konnte es nicht. Welchen Grund dafür konnte es auch jetzt noch geben?

»Du bist ein Verräter und ein Mörder!«

»Mörder?« Aniguels Augen funkelten. »Ich trage eine Bürde, Ariko, über deren Schwere du selbst dann nicht urteilen könntest, wenn du kein Dummkopf wärst! Meine Pflichten umspannen mehr als nur diese Wälder, ja mehr als nur diese Welt! Dabei passieren Fehler. Fehler wie zum Beispiel der, sich auf einen Idioten wie Bergner zu verlassen!«

»Oder ein *Fehler,* wie er dir in Boist unterlaufen ist? Hast du den auch auf dem Gewissen?« Ich dachte an die Stadt, die einmal das Kleinod des Gürtels gewesen war. Das Kollektiv hatte dort ein Massaker angerichtet.

»Das war kein Fehler, Ariko. Diese Menschen waren Ketzer! Sie sind vom wahren Glauben abgefallen. Sie haben ihre Strafe verdient! Ich habe dort das Werk eines guten Christen getan.«

»Das Werk eines guten Christen?« Ich vermochte mein Entsetzen nicht zu verbergen. »Das Kollektiv hat dort unterschiedslos alle abgeschlachtet! Christen, Heiden, Ketzer! Alle!«

Der Dämon beugte sich vor. Er bleckte seine Zähne und breitete die Arme aus. »Das sind die Erfordernisse des Krieges, Ariko! Boist war verseucht! Es war das Sodom dieser Welt! Schuldig, unschuldig, gläubig, ungläubig ... Das sind doch nichts weiter als akademische Spitzfindigkeiten! Es war keine Zeit, um derart feine Unterscheidungen zu treffen. Also ließ ich eben alle töten. Warum auch nicht? Gott, der Herr, wird die Seelen der Gerechten schon zu sich genommen haben!«

Mir wurde kalt. Der Dämon, den ich einmal einen Freund genannt hatte, war von dem, was er sagte, zutiefst überzeugt. Für ihn war ich nicht mehr als ein Idiot, der die wahren Zusammenhänge nicht verstand. »Wofür brauchst du den Dolch?« wechselte ich das Thema.

»Um ihn seiner Eigentümerin zurückzugeben. Bergner wird mich nicht ewig hier festhalten können. Um genau zu sein, hat die in mir lodernde Flamme die von ihm geschmiedete Kette bereits fast geschmolzen.«

»Du wirst ihn also nicht behalten?«

»Nein. Auch wenn ich ihn, wie ich zugeben muss, noch immer gut gebrauchen könnte. Leider aber habe ich versprochen, ihn zurückzugeben, und deshalb werde ich das auch tun. Ich halte mein Wort!«

Der mir gegenübersitzende Dämon hatte mich über etliche Monate hinweg getäuscht und manipuliert. Es fiel mir schwer, ihm auch nur ein Wort zu glauben. »Und du bist sicher, dass der Dolch für Bergner wertlos ist?«

»Sicher. Um ihn nutzen zu können, braucht man entweder himmlische oder teuflische Kräfte. Bergner hat keines von beiden.«

»Wusstest du, dass der Papst hier ist?«

»Wie bitte?«

»Seine Heiligkeit, Leo der XVI., ist Bergners Gefangener. Er ist hier.«

Die Gelassenheit wich aus Aniguels Zügen. Er versuchte, das Höllenfeuer zu entzünden, doch die ihn hier festhaltenden Bande waren noch zu stark. Rasch erstickten sie die Flammen.

»Machst du dir plötzlich Sorgen, Taske? Hast du Angst, seine Heiligkeit und Bergner könnten von dieser Welt verschwinden und dich hier zurücklassen?«, höhnte ich.

»Auch«, gab der Dämon zu. »Mehr aber noch fürchte ich, er könnte diese Welt vernichten!«

Mein Herz gefror zu Eis. »Warum sollte er das tun? Aus welchem Grund?«

»Das weiß ich nicht, Ariko. Vielleicht braucht Bergner keinen Grund! Vielleicht tut er es ja einfach nur, weil er verrückt ist!«

Aniguel krümmte sich auf seinem Stuhl zusammen, den Kopf aber hatte er weit in den Nacken gelegt. Die Augen weit aufgerissen, die Zahnreihen aufeinander gepresst, bot er einen Anblick zorniger Konzentration. Der Dämon sammelte seine Kräfte. Er war Gottes erster und blutigster Krieger. Das Konzentrat des Kollektivs! Trotz all der bitteren Erfahrungen, die ich in den neunzehn Jahren meines Lebens gesammelt hatte, glaubte ich doch noch immer an die Existenz eines göttlichen Plans, der allem Bösen, das geschah, irgendwann einen nachträglichen Sinn geben würde. In Momenten wie diesem jedoch, in denen ich Zeuge göttlich-dämonischen Wirkens wurde, fragte ich mich, ob Gott die Dinge in Wahrheit nicht schon längst entglitten waren.

Die magische Detonation schleuderte mich mitsamt dem Stuhl gegen die hinter mir gelegene Wand. Die Glühbirne erlosch, und Aniguel war frei. Der Dämon war gewaltig und sein Anblick so

Ehrfurcht gebietend, dass ich fast vergaß, die meinen Leib entlang züngelnden Flammen auszuschlagen. Der Aufprall hatte meinen Stuhl zerbrochen und die Ketten gesprengt. Die Kräfte der Roten Mutter begannen ihr heilsames Werk und ließen die Brandblasen auf meiner Brust und meinem Gesicht abheilen. Nichts an Aniguel erinnerte an den schmächtigen Taske, dessen schmale Wangen stets dazu ermuntert hatten, ihn zum Essen aufzufordern. Als flammender Stier maß Aniguel mehr als zweieinhalb Meter. Seine Schultern waren so breit, wie sein Nacken dick war. Allein schon sein Stierschädel mochte an die fünfzig Kilo wiegen.

Aniguel sah auf mich herab. Instinktiv griff ich nach den Überresten meines Stuhls und hielt ihn mir über den Kopf. Aniguel nahm sich drei Sekunden Zeit, mich durch das Höllenfeuer hindurch zu mustern und sich dann mit dem Zeigefinger gegen die schwarze Stirn zu tippen. Dann wandte er sich ab, zerbrach mühelos die von Bergner verschlossene Eichenholztür und war im nächsten Augenblick verschwunden.

Einen Moment lang war ich unsicher, was ich tun sollte, dann aber folgte ich dem Dämon. Das von Aniguel ausgesandte Licht wurde bereits schwächer, und die künstliche Beleuchtung war ausgefallen. Hatte die Entladung magischer Gewalten die das Festungswerk mit Strom versorgende Energiequelle zerstört? Ich bezweifelte, dass ich mich ohne jedes Licht in den dunklen Katakomben Jistas zurechtfinden würde, doch ich hatte einen Auftrag. Mochten die wahren Motive der Roten Mutter, sofern sie mich betrafen, auch im Dunkeln liegen, so war sie doch die Schutzpatronin der Liebe, die Lamis'jala und mir gehörte. Sie war die Hüterin unserer Seelen, und ich war ihr Gefolgschaft schuldig. Der Dolch musste zurück in ihren Besitz!

Wenigstens zehn Minuten lang folgte ich dem Dämon in die Tiefen von Jista hinab. Noch ein Tor hatte Aniguel zerstört, dann eine Stahltür geschmolzen. Diese Tür schien, soweit ich das im Dämmer des verglimmenden Höllenfeuers sehen konnte, neu gewesen zu sein. So wie es aussah, war die Mauer, in die man sie eingefügt hatte, erst vor Kurzem durchbrochen worden.

Dann gab es das Höllenfeuer, das mich bislang geleitet hatte, plötzlich nicht mehr. Ich atmete stoßweise, und der Schweiß lief mir das Rückgrat herab. Es war kalt hier unten, sehr kalt, vor allem aber stockdunkel. Als ich gerade überlegte, wie es weitergehen sollte, bemerkte ich einen flackernden Schimmer. Er kam von vorn, war aber so schwach, dass ich mir erst nicht ganz sicher war, ob ich ihn mir möglicherweise nur einbildete. Langsam ging ich weiter. Der Grund war feucht und uneben, und ich konnte es mir nicht erlauben, Zeit zu verlieren, weil ich mir im Dunkeln vielleicht den Knöchel brach. Allmählich wurde es heller, und ich konnte es wagen, wieder zu rennen. Ich kam an ein Gitter, vor dem Aniguel – oder vielmehr Taske – stand. Taske in der Erscheinung, in der ich ihn kennengelernt hatte. Er rüttelte und zerrte an der Sperre, ohne auch nur die mindeste erkennbare Wirkung zu erzielen.

Ich packte ihn und stemmte ihn mit dem linken Arm in die Höhe. Taske wog fast nichts. Die Kräfte der Roten Mutter hatte er nie besessen, doch nun schien ihm auch noch seine dämonische Kraft abhandengekommen zu sein.

»Was sollte mich wohl jetzt daran hindern, dir die Knochen zu brechen, Taske?«

»Versuche es«, antwortete der hagere Mann. »Aber bevor du das tust, solltest du dir sicher sein, dass du mich nicht noch brauchst, um deine kleine Welt zu retten!«

Ich verschwendete wertvolle Sekunden, um mich meinen Rachefantasien hinzugeben. Der Tod so vieler meiner Freunde, das Massaker von Boist ... das alles und vermutlich viel mehr hatte diese Kreatur auf dem Gewissen, und nun war sie in meiner Gewalt! Ich ahnte schon, warum dem so war, wusste aber nicht, wie lange es so bleiben würde, und doch ... Hatte ich nicht eine Verantwortung, die meine persönlichen Gefühle überstieg? Hatte ich das Recht, ein Wesen, sei es nun böse oder nicht, sei es nun verderbt oder nicht, auszulöschen, dessen Tod kaum zu überschauende Konsequenzen nach sich ziehen würde?

»Also, gut ...« Ich gab Taske frei, bog die Gitterstäbe auseinander und zwängte mich durch die entstandene Lücke. »Dann lass uns sehen, wie das alles enden wird.«

Jista war das magische Zentrum meiner Welt. Hier hatte Luzifer den Planeten betreten, und hier war Gottes Wort zur Erde gelangt. Die Kadrash hatten hier ihr bedeutendstes Bauwerk errichtet, und die Rote Mutter hatte die Feste zum weltlichen Zentrum ihres

Reiches gemacht. Die erste Bibel lag inzwischen in den Katakomben des Petersdoms, doch Luzifers Dolch war wieder hier. Er befand sich in den Händen seiner Heiligkeit, der ihn vor eine in die Wand eingelassene Vertiefung hielt. Sie entsprach in Form und Maß ebenso dem teuflischen Dolch wie eine zweite Einlassung, die sich direkt daneben befand. Sowohl über der einen wie auch über der anderen Vertiefung befanden sich Symbole oder Schriftzeichen, die ich allerdings nicht lesen konnte.

Taske und ich sahen alles, ohne aber eingreifen zu können. Wir waren von der Raumhälfte, in der Bergner und der Papst sich befanden, durch eine Wand aus Mehrverbundglas getrennt. In meinen beiden Fäusten splitterten bereits die Knochen, ohne dass es mir gelungen wäre, mehr als drei der aufeinander gepressten Glasscheiben zu zerschlagen.

Der Dämon war nicht in der Lage, zu helfen. Die Kräfte des flammenden Stiers unterschieden sich gerade nicht von denen eines Menschen. Warum das so war, vermochte ich nicht mit Sicherheit zu sagen, nahm aber an, dass das Geheimnis von Aniguels Schwäche in der Gegenwart des Papstes begründet lag.

Bergner hatte keinen Blick für uns. Seine Aufmerksamkeit galt ganz diesem Moment, in dem er das altersschwache Kirchenoberhaupt zu der Stelle führte, hinter der sich Luzifers rätselhafte Mechanik verbarg. Seine Heiligkeit war alt, sein Blick aber über die Bürde seiner Jahre hinaus getrübt, als würde er unter dem Einfluss von Drogen stehen. Er zuckte zusammen, als er mich gegen die Scheibe schlagen hörte, aber sein irrlichternder Blick schien mich nicht zu finden. Stattdessen vertraute er sich wieder Bergners Führung an, um gemeinsam mit ihm die letzten Schritte in Richtung Weltenende zu gehen.

Hatte ich vor Minuten noch an Aniguels Worten gezweifelt, wurde ich jetzt von Panik erfasst. Ich trat und schlug und warf mich gegen die gläserne Wand, ohne das System aus Plastik und Glas sprengen zu können. Irgendwann fühlte ich Aniguels Hand auf meiner Schulter.

»Es ist vorbei, Ariko. Tut mir leid.«

Luzifers Dolch lag in der Versenkung, war dort allerdings nur noch für einen Moment zu sehen, bevor sich der Felsen Jistas über ihm schloss. Bergner trat einen Schritt zurück. Er wandte sich zu der uns von ihm trennenden Wand und trat uns gegenüber. Völlig ruhig sah er jetzt aus, vollkommen im Einklang mit sich und den Dingen, die er im Namen seines Glaubens verbrochen hatte. Er wollte etwas sagen, doch ihm wurde rasch klar, dass er sich mit uns durch das dicke Glas hindurch nicht würde unterhalten können. Daher zog er sein Mobiltelefon aus seiner Jackentasche und tippte auf die Tasten. Dann drehte er die Anzeige des Apparates in meine Richtung.

Deus vult! Das Kollektiv beherrscht die Horde!

Aniguel nickte grimmig. »Niemand beherrscht die Horde. Schon bald wird auch Bergner das begreifen.«

Der Papst sank zu Boden. Nun schien er Aniguel und mich sehen zu können, denn kniend streckte er seine Hand nach mir aus. Sein Blick war der eines Ertrinkenden, und ein Ertrinkender war er, denn nun begann Luzifers Dolch sein mörderisches Werk. Die Wand, in die der Papst das Artefakt gebettet hatte, war verschwunden. Oder besser gesagt: Sie war nun keine Wand mehr, sondern glich einem undurchschaubaren Räderwerk, in dem sich unzählige kleinere und größere Zahnkränze bald in die eine, bald in die andere Richtung drehten. Manche schraubten sich in die Wand hinein, andere hinaus, und dann schoss schwarzes Wasser aus den entstandenen Spalten. Seine Heiligkeit wurde von einer Woge erfasst und wuchtig gegen das Panzerglas geschleudert.

Ich wandte mich zu Taske. »Wir müssen ihm helfen!«

Aniguel hielt sich seine Hand vor das Gesicht. Sie war pechschwarz. Flammen züngelnden die Hand des Dämons empor. »Zu spät!«, kommentierte er mit unbewegter Miene. »Der alte Mann ist von uns gegangen.«

Bergner dagegen war nicht tot, aber auch er stand bereits bis zur Brust in schwarzem Wasser. Ich wusste nicht, welch teuflische Stimme ihm eingeflüstert hatte, er sei dazu ausersehen, mithilfe der Horde die Welt zu reinigen, aber der Moment war nah, in dem er seinen Irrtum einsehen musste. Er watete zu der von uns aus gesehen rechten Wand. Dort hing ein Schalter, den Bergner betätigte. Nichts tat sich. Er presste den Knopf noch einmal, und als auch das nicht fruchtete, hieb er schließlich mit den Fäusten auf ihn ein. Was er wollte, war offensichtlich. Er wollte die Glasscheibe herunterfahren, die ihn nun nicht mehr schützte, sondern zu einem Gefangenen seiner Hybris machte.

»Er weiß nicht, dass es auf der Feste keinen Strom mehr gibt«, sagte ich mehr zu mir selbst als zu meinem dämonischen Begleiter, doch er gab mir dennoch Antwort.

»Der Raum hier hat seine eigene Stromversorgung, aber ich blockiere sie.« Aniguel sah mich an. »Es sei denn, du ziehst es vor, Bergners Schicksal zu teilen.«

Zwei Minuten später war der Raum hinter der Scheibe vollständig geflutet. Weitere zwei Minuten danach trieb Bergners Leichnam an uns vorbei. Die Augen weit aufgerissen, die Lungen mit schwarzem Wasser gefüllt, hatte der General sein unheiliges Ende gefunden.

⚕

Das Wasser floss so schnell ab, wie es gekommen war, aber neben den Leichen seiner Heiligkeit und Bergner schälte sich eine weitere Gestalt aus den Fluten. Erst glaubte ich, dass es sich dabei um ein durch das Wasser hervorgerufenes Phänomen handeln müsse, vergleichbar dem eines Strudels, dann aber erkannte ich, dass es keine Wassertropfen waren, die an der Erscheinung hinauf und hinab wanderten, sondern unzählige kleine Käfer. Diese Insekten waren es, die der Gestalt ihre Form gaben.

»Was ... ist das?«

Die Erscheinung war weiblichen Geschlechts. Man hätte die Gestalt schön, ja anmutig nennen können, wenn nicht das Wissen um die Natur ihres insektoiden Seins, das Wissen um ihre tödliche Natur die Sinne belastet hätte.

»Das ist P'tolomé, aber unter diesem Namen kennt sie heute niemand mehr.« erläuterte Ariko »Einst war sie ein Mensch. Eine junge Frau voller Hoffnungen und Träume, doch das ist lange her. Wenn man Agrunbar die *Rote Mutter* nennt, dann könnte man P'tolomé die *Schwarze Mutter* nennen. Sie ist der Geist der Horde, deren Schlaf und Wachen das Schicksal dieses Planeten bestimmt.«

P'tolomé hatte die Arme vor der Brust verschränkt, ihre Augen waren geschlossen. Zwei Herzschläge später formten ihre Lippen sich zu einem Lächeln und ihre Lider öffneten sich. Noch heute denke ich manchmal an diesen Moment zurück, an dem P'tolomé mir in die Augen sah. Ihr Blick war voller Schmerz, aber auch von einer schwer zu beschreibenden Sanftheit. Dieser Moment, der in all seiner Entsetzlichkeit doch auch ein die Sinne betörendes Erlebnis war, währte nur Sekunden, und die Gestalt der schwarzen Mutter verfiel wie ein zu hochgetürmter Hügel aus feinem Sand. Die kleinen Käfer stoben auseinander. Sie rannen durch die Spalten und Ritzen der großen Feste und waren kurz darauf verschwunden. Ein Moment verging, dann ein weiterer, dann bebte der Boden unter meinen Füßen. Nicht heftig oder Furcht einflößend, nein, das Gefühl glich einem sanften Schaukeln, das nicht im Mindesten auf die daraus erwachsende Gefahr hindeutete.

»Sie hat gelächelt«, wunderte ich mich.

»Das Ende der Welt ist ihre Erlösung«, sagte Taske. »Die nächste Wanderung der Horde wird sie zum Mittelpunkt dieser Welt führen, und wenn sie diesen erreicht hat, ist auch ihre Zeit vorbei. Der Sohn der Venus hat es so gewollt, und so wird es geschehen!«

Die Glasscheibe glitt herunter, und der Spalt in der Wand, der Luzifers Dolch eingeschlossen hatte, öffnete sich wieder. Das Artefakt glitt heraus und fiel direkt in Aniguels geöffnete Hand.

»Ich denke, wir müssen uns um dieses Ding nicht mehr streiten, Ariko. Die Rote Mutter braucht es nicht mehr. Sobald in zwei Jahren die Horde zu ihrer letzten Wanderung aufbricht, wird auch sie Geschichte sein.«

»Das war es also?«, fuhr ich den Dämon an. »Ein ganzer Planet wird sterben, und du machst dich einfach aus dem Staub? Du musst etwas dagegen tun. Du musst einfach!«

»Nichts kann ich tun! Weder Mensch noch Gott noch Dämon, niemand hält die Horde auf!« Das wilde Lodern in Aniguels Augen erlosch, und er legte mir seinen Arm auf die Schulter. »Hör zu, mein Freund. Noch viele werden sterben, bis die Pforten der Hölle für immer versiegelt sind. Doch was sorgst du dich? Weißt du denn nicht, dass deine Seele gerettet ist?«

Ich schüttelte den Kopf »Ich weiß nicht mehr, was ich noch glauben soll ... Gibt es denn wirklich nichts, was ich tun kann? Warum ... warum können die Hameshi nicht fliehen? Du kannst es doch auch!«

Taske zuckte die Schultern. »Luzifers Dolch dient nicht jedem. Davon abgesehen werde ich ihn mit mir nehmen. Das Tor, durch das ich treten werde, wird sich hinter mir schließen, und zwar für immer.«

Ich sank kraftlos zu Boden. Ich wartete darauf, das Taske ging, aber der Dämon zögerte. »Also gut, Ariko. Du hast recht. Es gibt eine

Möglichkeit. Deine Welt und die, zu der ich jetzt aufbreche, sind nicht nur auf eine Weise miteinander verbunden, sondern auf drei. Dies hier ist weniger eine Schleuse in diese andere Welt, als eher ein Katapult. Dann gibt es noch den Weg, den die teuflische Shabula beschreitet, aber auch dieser Weg scheidet für die Hameshi aus.«

»Und der dritte?«

Aniguel seufzte. »In der Welt, in die ich gehe, leben drei Sepuku. Die erste besitzt magische Kräfte, die groß genug sind, um einen Kontinent zu zerschmettern. Die zweite gebietet über ein Dschungelreich und ein Dämonenheer. Der dritten aber gehört dieser Dolch.«

Die Stimme des Dämons wurde allmählich leiser. Seine Worte kamen immer zögerlicher. Vielleicht irritierte ihn ja die Aufmerksamkeit, mit der ich ihm zuhörte. »Wenn du eine Schleuse schaffen möchtest, die vielleicht – und ich sage *vielleicht!* – lange genug stabil ist, um ein paar Tausend Hameshi die Flucht zu ermöglichen, dann musst du diese Klinge in deinen Besitz bringen, zwei Sepuku töten und die dritte dazu überreden, dass sie dir den Weg in einen tief im Urwald verborgenen Tempel zeigt.«

»Ich verstehe.«

Aniguel zog die linke Augenbraue hoch. »Das klingt mir aber nicht so, mein Freund. Um es dir zu verdeutlichen: Von mir kannst du keine Hilfe erwarten. Ganz abgesehen davon, dass vermutlich selbst ich an dieser Aufgabe scheitern würde.«

»Ich sage doch: Ich habe verstanden!«

»Ariko!«

Diese Stimme! Sie gehörte Lamis'jala! Wahrscheinlich hatte sie den Stromausfall dazu genutzt, um über den Zaun zu klettern und sich in die Feste zu schleichen. »Ariko? Wo bist du?«

Ihr Instinkt führte sie den gleichen Weg, den auch ich gekommen war. Sie war alles, was ich besaß, alles, was ich je hatte besitzen wollen!

»Euch bleiben noch zwei Jahre, Ariko. Sei kein Dummkopf. Geh zu ihr!«

Ich trat zu der Schaltvorrichtung, die Bergner vorhin vergeblich versucht hatte, zu aktivieren. Nun funktionierte sie. Schnarrend fuhr das Panzerglas nach oben. Dann war Lamis'jala hier.

»Ariko? Was tust du da? Lass mich zu dir!«

Wir standen uns gegenüber, vom Panzerglas getrennt. Die Chance, dass ich sie jemals wieder sehen würde, war so schmerzhaft gering, dass es mir die Tränen in die Augen trieb. Doch selbst wenn die Chance, sie zu retten, noch so klein war: Ich musst es versuchen. Ich weiß nicht, ob Lamis'jala sich vorstellen konnte, was ich vorhatte, doch die Verzweiflung in ihren Zügen lässt mich glauben, dass sie es zumindest geahnt haben muss.

»Ariko! Bitte! Mach auf!«

Das Panzerglas dämpfte Lamis'jalas Stimme, doch sprengte der darin lodernde Schmerz fast das Maß dessen, das ich auszuhalten imstande war.

»Deine Entscheidung, Ariko«, sagte Taske, der Luzifers Dolch über der zweiten Einkerbung hielt.

Ich nickte ihm zu. »Lass uns gehen, Dämon.«

Noch einmal, ein allerletztes Mal in dieser Welt, sah ich Lamis'jala in die Augen. Ihr Bild würde es sein, das mich tragen würde, tragen *musste* bis zu der Stunde unseres Wiedersehens. Oder der meines Todes.

Dann verschwamm die Welt in einem weißen Licht. Sie verging, wie der weiße Wurm einst entstanden war, nur dass das Leuchten jetzt nicht zusammenfiel, sondern auseinanderstrebte.

Lamis'jala verschwand, und mit ihr das Glück, das mein Herz noch in der dunkelsten Stunde hell erleuchtet hatte.

7

Einen kurzen Moment lang glaubte ich, wieder zu Hause zu sein. Zu Hause in den geliebten Wäldern, die mir Schutz und Heimat waren. Aber dann fiel mir alles wieder ein. Traurigkeit umfing mich, doch ich gab ihr nicht nach. Stattdessen setzte ich mich auf und schnupperte. Ja, da war der vertraute Geruch der Bäume, doch wurde er vom Gestank der Menschenwelt, von Heizungs-, Auto- und Industrieabgasen, überlagert. Ich stand auf und klopfte mir das Laub aus den Kleidern. Aniguel war fort.

Ich befand mich auf einer Weide. Zu meiner Rechten war ein Hügel, auf dessen Kuppe eine Burgruine thronte. Im Tal sah ich ein Dorf oder eine kleine Stadt mit Häusern, Fabriken, und ... einer Kirche. Das schien mir ein Zeichen zu sein! Hier würde ich meine Suche beginnen!

Ich mied die in Richtung der Burg führenden Straße und ging einen kleinen Trampelpfad hinab. Unterwegs kamen mir zwei junge Burschen und ein Mädchen entgegen. Sie waren gerade dabei, sich mit einem Taschenmesser ein paar Hölzer zurechtzuschnitzen. Schon am Geruch der Schnitte erkannte ich, dass die Äste frisch waren. Ich widerstand dem Drang, die Kinder zu ohrfeigen, stattdessen sagte ich:»Du da, Kleiner. Gib mir mal dein Messer.«

Das Kind sah mich verdutzt und wohl auch etwas verängstigt an, gab mir das Werkzeug aber. Offensichtlich konnte es mich also verstehen. Ich nahm die kleine Klinge, schnitt mir damit quer über die Handfläche und betrachtete die Wunde. Der Schnitt schloss sich ebenso rasch, wie ich es gewohnt war. Ich gab dem Kind sein Spielzeug zurück und ging weiter. Mochte ich die heimatliche Welt auch verlassen haben, so waren die Kräfte der Roten Mutter doch noch immer bei mir. Sie waren es auch, die Lamis'jala über die Kluft von Raum und Zeit hinweg mit mir verband. Welch schöner, tröstlicher Gedanke.

Wenige Minuten später kam ich an einem Ortsschild vorbei. *Salach* stand darauf. Ich hatte den Namen noch nie gehört. Er klang ein wenig nach Erkältung. War ich wirklich in einer anderen Welt? In einer anderen Dimension? Wäre da nicht dieses Gefühl der völligen Fremdheit in meinem Inneren gewesen, ich hätte es kaum zu glauben vermocht. Die Autos, die Häuser, die Menschen ... alles sah genauso aus, wie ich es kannte. Wann immer ich an Leuten vorüberkam, konnte ich ihre Blicke spüren. Das lag vermutlich an meinem Aufzug. Auch in Wilderklinge hatte die Uniform des Kollektivs Aufmerksamkeit erregt.

Schließlich kam ich an einem Friedhof vorbei, der auf dem Gelände der Kirche lag, die ich bereits von der Weide aus gesehen hatte. Ich betrat ihr Inneres und sog die vertrauten Gerüche, die vertraute Kühle des Gotteshauses in mich ein. Da saß eine Betende. Eine alte Frau, die ich nach dem Pfarrer fragte. Die Dame schickte mich wieder nach draußen, wo ich einen bebrillten Mann mit Schnauzbart traf, in dessen Mundwinkel eine Zigarette baumelte.

»Tod allen Ungläubigen!«, begrüßte ich den Geistlichen freundlich »Kannst du mir sagen, wo ich eine Asartu mit Namen Hapu finde?«

Das Spiel ist aus. Die aus dem Stadion quellende Menschenmenge lärmt noch eine Weile, verliert sich aber schon bald in der Abenddämmerung. Die Buche, an der ich lehne, wurde von Menschenhand gepflanzt und bietet mir daher keinen Schutz. Jedoch: Ich bin ein Kind der Wälder. Man muss schon ganz genau hinsehen, wenn man mich im Schatten eines Baumes entdecken will.

Die Sepuku steht an einem Getränkestand. Nicht an dem, an dem ich vorher vergeblich versucht habe, mir ein Bier zu kaufen, sondern an einem, dessen Kunden in ihrer Mehrheit rot-weiße Trikots tragen. Darüber wundere ich mich ein wenig, da Hapu während des zurückliegenden Spiels ihren Block immer wieder aufgefordert hat, diese Leute zu beleidigen.

Der Himmel zieht zu und leichter Regen setzt ein. Der Stand fährt surrend eine elektrische, mit Sonnenblumen verzierte Markise aus. Neben der Sepuku steht mittlerweile ein Mann, ein wahrer Riese von einem Kerl, der ihr jetzt seine Hand auf den Hintern legt. Unwillkürlich rümpfe ich die Nase. Auch wenn ich in den vergangenen Tagen Ähnliches bereits öfter gesehen habe, bin ich doch noch weit davon entfernt, mich an den Mangel an Anstand zu gewöhnen, der hierzulande herrscht.

Die Begleiter des Mannes wollen gehen. Sie fordern ihren Freund auf, mitzukommen, doch Hapu umschlingt ihn und flüstert ihm etwas ins Ohr. Schließlich macht sich die Gruppe davon, während ihr stiernackiger Freund bei der Sepuku bleibt. Die beiden unterhalten sich, unterbrochen von immer längeren Küssen. Wahrscheinlich rechnet der Mensch mit einer leidenschaftlichen Nacht. Ich nicht. Ich rechne mit seinem Tod.

Etwa zehn Minuten später gehen er und die Sepuku davon. Langsam löse mich aus dem Schutz der Düsternis und folge ihnen. Der Regen wird stärker, und die Straßenbeleuchtung geht an.

Der vor uns liegende Weg ist menschenleer. Die Hände in den Hosentaschen vergraben, den Blick auf den regennassen Asphalt gerichtet, folge ich den beiden. Die Sepuku mag ihre Kräfte verloren haben, nicht aber ihre Instinkte. Daher verringere ich den Abstand zu ihr nur langsam. Würde sie sich im Augenblick nicht auf ihre Beute konzentrieren, hätte sie mich wahrscheinlich schon gewittert.

Der Angriff der Sepuku kommt ein wenig zu früh, als dass ich ihn ausnutzen könnte. Ich bin zu weit weg. Mit einer Bewegung, deren Anmut nur derjenige bewundern kann, der ihr nicht zum Opfer fällt, dreht sie sich plötzlich aus der Umarmung ihres Begleiters heraus und schmettert ihm ihren Ellenbogen unters Kinn. Dann stellt sie sich ihm mit einem kurzen Seitschritt gegenüber und tritt ihm wuchtig zwischen die Beine. Der Hüne sinkt auf die Knie. Ein letzter Faustschlag beendet diesen Kampf. Schwer sackt der Mann zu Boden.

Ich suche einen Schatten und warte ab. Es wäre unklug, der Sepuku gegenüberzutreten, solange die Angriffslust durch ihre Adern rast. Zwar lassen ihre Kräfte sich nicht mit meinen vergleichen, doch darf ich Luzifers Dolch nicht vergessen. Den trägt sie nämlich bei sich, und ich weiß nicht, was sie damit anstellen kann.

Sie bückt sich zu dem Mann herab. Ich erwarte, dass sie ihn tötet, aber seltsamerweise tut sie das nicht. Stattdessen legt sie ihm etwas auf die Brust, das aus der Ferne aussieht wie ein Streichholzheft. Dann geht Hapu davon. Stirnrunzelnd folge ich ihr. In Höhe des niedergeschlagenen Mannes bleibe ich stehen. Das, was ich für ein Streichholzheft gehalten habe, erweist sich jetzt als Visitenkarte. Ich nehme sie an mich und lese:

Herzlichen Glückwunsch!
Sie hatten die Ehre, ein Schwabenmädel zu treffen.

Schritt für Schritt komme ich näher, doch plötzlich beginnt Hapu, zu laufen. Ich bin entdeckt!

»Verdammt!«

Sie ist schnell, aber ich bin schneller. Die U-Bahn-Station ist bereits in Sichtweite, als die Sepuku einsehen muss, dass sie mir nicht entkommen kann. Daher wirbelt sie herum, fasst sich in den linken Ärmel und zieht Luzifers Dolch hervor. Da ist es also. Das Artefakt! Jetzt muss es sich zeigen!

Langsam ziehe ich ebenfalls meine Klinge. Sie soll die Sepuku nur ablenken. Für unseren Kampf kommt der Waffe keine Bedeutung zu. Den wirklich entscheidenden Gegenstand halte ich noch verborgen. Es ist ein goldener Nagel, den ich von einem satanischen Priester habe segnen lassen. Ihn muss ich Hapu in die Stirn treiben, damit sich das Tor in meine Welt ein Stückweit öffnen kann.

»Was willst du von mir, du Arschloch?«, keucht die Sepuku.

Ich deute eine leichte Verbeugung an. Ganz gleich, was zwischen uns steht: Die Frau ist eine leibliche Tochter der Roten Mutter Agrunbar und verdient als solche meinen Respekt. »Zweierlei«, gebe ich zur Antwort. »Deine Waffe und dein Leben.«

Im nächsten Moment entwaffne ich sie und im übernächsten kann sie sich schon nicht mehr wehren.

Hapu lässt die Fäuste sinken und sieht mich an. Ihre Augen scheinen mir lebendiger als die von Wraith. Obwohl sie nach seinem Ebenbild erschaffen wurde, scheint Luzifers Einfluss auf sie schwächer. Aber darüber darf ich mir keine Gedanken machen. Ich bin hier, um meine Pflicht zu erfüllen. Rasch ziehe ich den Nagel aus dem Stiefelschaft und setze der Sepuku seine Spitze gegen die Stirn.

»Nein ...« Die Augen der Frau weiten sich. Ob sie weiß, welche Wirkung das Gold auf ihre Seele hat? Sie wird Qualen leiden, die erst der Tag des Jüngsten Gerichts beenden wird. Das ist grausam, aber notwendig. Nur ihr Leid kann mein Volk retten.

Plötzlich spüre ich etwas. Erst glaube ich, mich zu täuschen, doch dann bin ich mir sicher. Da ist ein zweiter Herzschlag! Die Sepuku bekommt ein Kind!

»He! Sie da! Lassen sie die Waffe fallen!«

Zwei Männer nähern sich. Beide tragen Uniform, und beide haben sie Pistolen in den Händen. Polizei! Ich spüre, wie mir die Zukunft meiner Liebe, die Zukunft der Hameshi durch die Finger rinnt. Alles, alles werde ich verlieren!

Mit der bloßen Hand versuche ich, der Sepuku den Nagel in den Schädel zu schmettern, aber einer der beiden Polizisten reagiert sofort. Er schießt mir durch die Schulter, und der Nagel fliegt mir aus den Fingern. Klirrend rutscht er über den feuchten Asphalt.

Hapu stößt mich von sich und rappelt sich auf. »Habt ihr das gesehen, habt ihr das gesehen?«, fragt sie die beiden Polizisten. »Der verdammte Wichser wollte mich umbringen!«

Langsam stehe ich auf und presse mir die Faust gegen die Schulter. Ein glatter Durchschuss. Eine Verletzung, aber keine, mit der die Kräfte der Roten Mutter nicht fertig würden. Die Männer nähern sich mir vorsichtig, die Waffen im Anschlag.

»Leg dich hin! Hast Du nicht gehört? Leg dich auf den Boden, du Penner.«

Unterdessen ergreift Hapu die Flucht. So schnell sie kann, rennt sie in die Richtung einer gerade einfahrenden U-Bahn. Im Gegensatz zu den beiden Menschen weiß sie, dass die Gefahr noch nicht vorüber ist.

»Leg dich endlich hin, oder ...«

Ich wünschte, ich könnte die beiden mit Paschawé vertreiben, aber soweit weg von zu Hause wirkt es leider nicht. Daher entwende ich dem ersten Polizisten die Waffe, packe ihn unterm Kinn und ziehe ihn vor mich, bevor ich ihm von hinten ins Herz schieße. Sein Kamerad erwidert das Feuer und trifft mich ins Knie. Er will gleich noch einmal schießen, doch bevor er abdrücken kann, zerschmettert ihm meine Kugel den Schädel. Ich habe gewonnen, aber das ist kein Sieg, auf den ich stolz sein könnte. Doch wenigstens weiß ich, wofür ich gekämpft habe.

Ein paar Sekunden lang versuche ich, Hapu zu folgen, aber es hat keinen Sinn. Knorpel, Bänder, Knochen ... die Kugel des Polizisten hat alles zerschmettert, was in einem Kniegelenk zerschmettert werden kann. Vor Ablauf einer halben Stunde werde ich kaum wieder richtig laufen können.

Ich setze mich auf die nasse Straße und sehe der abfahrenden U-Bahn nach. Hinter einer ihrer Scheiben glaube ich, Hapus weißes Gesicht zu entdecken, aber das kann auch Einbildung sein. Ich sollte mir wegen ihr keine Sorgen machen. Jetzt, wo ich ihre Spur einmal aufgenommen habe, wird sie mich nicht mehr abschütteln können. Auf allen Vieren krieche ich erst zu meinem Nagel, und dann zu Luzifers Dolch hinüber. Mag sie auch des Teufels sein, so ist sie dennoch eine schöne Waffe. Ich schleudere mein Messer in ein Gebüsch und schiebe das Artefakt in das dadurch frei werdende Futteral.

Der erste und vielleicht wichtigste Schritt ist geschafft. Langsam wird mein Knie besser. Ich kann bereits wieder aufstehen und einige Schritte umher hinken. Noch bleibt mir etwas Zeit, und die nutze ich, um etwas zu tun, was ich schon lange nicht mehr getan habe. Ich gehe zu den beiden toten Polizisten, um sie um Verzeihung zu bitten und für ihre Seelen zu beten.

Weitere Bücher aus dem Art Skript Phantastik Programm

Dämonenbraut
Christina M. Fischer

Illustrator: Oliver Schuck
Teil 1 der Dämonen-Trilogie
Preis: [D] 11,80 € | [A] 12,10 €
ISBN-13: 978-3981509205

Vor 60 Jahren brach eine Virus-Epidemie aus. Was vorher nur vereinzelt auftrat, häuft sich nun: Menschen verwandeln sich in Hexen, Vampire, Werwölfe oder Dämonenbräute, kurz: in A-Normalos. Die Agentin Sophie Bernd ist eine von ihnen, eine Dämonenbraut, die mit einem Tropfen ihres Blutes Dämonen aus einer anderen Dimension rufen kann, die ihr in kritischen Situationen zum Gehorsam verpflichtet sind. Mit dieser Gabe verdient sie ihr Geld und bekämpft diejenigen, die sich in der neuen Welt nicht an die Regeln halten.

Gemeinsam mit ihrem Partner, dem werdenden Vampir Julius, macht sich Sophie auf die Jagd nach einem Psychopathen, der es auf Hexen und Magier abgesehen hat, um seine eigene Macht zu stärken. Kaum verwunderlich, dass sie dabei auch auf den charmanten Samuel trifft, den mächtigsten Hexenmeister der Stadt, und sich fragen muss: Hat er etwas mit den Morden zu tun?

Christina Fischers Debüt-Roman mischt Urban Fantasy mit Mystik, abgerundet mit spannenden Thriller-Elementen und verfeinert mit einer Prise Erotik und viel Humor.

Weitere Bücher aus dem Art Skript Phantastik Programm

Wien, Stadt der Vampire
Fay Winterberg

Illustrator: Fay Winterberg
Teil 1 der New-Steampunk-Age-Reihe
Preis: [D] 8,70 € | [A] 9,- €
ISBN-13: 978-3981509243

2090, das Jahr, in dem der Krieg ausbrach. Die verborgene Welt der Vampire offenbart sich der Menschheit und führte auch einen Großteil anderer übersinnlicher Wesen mit ans Licht der Öffentlichkeit. Erst nach Jahren des Krieges gelang es den Nachtwesen, eine Co-Existenz mit den Menschen aufzubauen.

Die Halb-Vampirin Lilith Avant-Garde arbeitet als Archäologin, spezialisiert auf übersinnliche Artefakte, und ist Verbindungsglied zwischen Menschen und Vampiren im Europa des Jahres 2207, einer Zeit, die als New-Steampunk-Age betitelt wird. Ihre Aufgabe führt die 26-Jährige nach Wien, denn die Stadt der Vampire hat nicht nur ein neues Oberhaupt, sondern auch ein Problem mit illegalen Werwolf-Fights.

Band 1 der New-Steampunk-Age-Reihe von Fay Winterberg legt die Weichen in eine fantasievoll gestaltete Zukunft, deren Frieden jedoch sehr fragil ist.

Weitere Bücher aus dem Art Skript Phantastik Programm

Vampire Cocktail
16 Geschichten aus der Vampirwelt

Illustrator: Grit Richter
Preis: [D] 11,80 € | [A] 12,10 €
ISBN-13: 978-3981509250

Vielfältig und aufregend präsentiert sich die Welt der Cocktails, von Cosmopolitan bis Bloody Mary ist für jeden Geschmack etwas dabei. Um einige dieser Mix-Getränke ranken sich Legenden und Erzählungen, andere haben es sogar schon auf die große Leinwand geschafft. Ein Cocktail kann zu Begegnungen führen und der Beginn eines Gespräches sein. Nur was passiert, wenn der Gesprächspartner ein Vampir ist?

Genießen Sie die Abwechslung.

Der Verlag im Internet
» www.artskriptphantastik.de «
» art-skript-phantastik.blogspot.com «

Printed in Germany